MERIDIANE

Aus aller Welt

Band 27

Jiří Kratochvil

Unsterbliche Geschichte
oder
Das Leben der Sonja Trotzkij-Sammler
oder
Karneval

Roman

Aus dem Tschechischen von
Kathrin Liedtke
und Milka Vagadayová

Ammann Verlag

Die Originalausgabe »Nesmrtelný příběh *aneb* Život Soni Trocké-Sammlerové *čili* Román karneval« erschien 1997 im Atlantis Verlag in Brünn.

Die Übersetzung dieses Buches wurde durch
das Literarische Colloquium Berlin
mit Mitteln der Stiftung Pro Helvetia gefördert.
Der Verlag bedankt sich hierfür.

Erste Auflage

Homepage: http://www.ammann.ch

Satz: Dörlemann Satz, Lemförde
Druck und Bindung: Freiburger Graphische Betriebe
ISBN 3-250-60027-x

Für Susanna Roth

»Das, was die meisten phantastisch und außergewöhnlich nennen, bildet für mich die Grundlage der Wirklichkeit an sich.«

Fjodor Dostojewskij

»... es gibt ein mit Sträuchern und Nebel bewachsenes Land, das von Tieren mit Kerzenleuchtern anstelle von Geweihen durchquert wird – so ist es auf der Mitternachtsseite – du durchquerst den Klettengarten, und dort hinter der Mauer ... hinter der Mauer ist wieder Nebel ...«

Iwan Wernisch

»Stirne Gottes Farben träumt
Spürt des Wahnsinns sanfte Flügel.«

Georg Trakl

ERSTES BUCH

DER SCHIMPANSE

1

Die Stimme meines Herrn

Geboren wurde ich, wenn Sie das wirklich hören wollen, meine Herren, geboren wurde ich in der Nacht vom 31. Dezember 1899 auf den 1. Januar 1900, und mein Vater war der Sohn eines orthodoxen russischen Priesters und meine Mutter eine Deutsche (ihren Eltern – und später ihrem Bruder – gehörte ein großes Gut in Landskron am Fuße des Adlergebirges). Ich wurde zu Hause geboren, damals machte man das noch so. Meine Hebamme war Magda, eine Ungarin aus Preßburg. Meine Geburtsstadt Brünn. Die genaue Stelle dann ein Bett, eine Pritsche im dritten Stock eines großen Mietshauses in der Ferdinandstraße (später Masarykstraße, noch später Hermann-Göring-Straße und noch später wieder Masarykstraße und noch später Straße des Sieges und dann kurz wieder Masarykstraße und dann wieder lange Zeit Straße des Sieges und heute wieder Masarykstraße).

Jede Geburt ist, falls Sie das nicht wissen sollten, meine Lieben, für alle Beteiligten auch ein Zirkus von Emotionen. Die Hebamme hielt mich und schrie etwas auf ungarisch und slowakisch. Mutter versuchte, mich anzusehen, und obwohl man sie daran zu hindern versuchte und mit aller Gewalt ins Bett zurückdrückte, stützte sie sich auf die Ellenbogen, richtete sich auf wie eine Kobra und murmelte einen Augenblick hastig etwas auf tschechisch und gleich darauf wieder auf deutsch. Vater kniete auf dem Boden, und er, der es mit dem Glauben bisher nicht so genau genommen hatte, betete jetzt auf russisch, und in diesen großen orthodoxen Strom, der sich aus ihm herauswälzte, flossen auch tschechische Sätze wie Vegetationsinselchen, die von der Flut mitgerissen wurden. Um das Bett herum standen auch unsere amerikanischen Gäste, die zufällig dazugestoßen waren, denn sie waren gerade mit dem Schiff von den Niagara Falls gekommen und vom Hamburger Hafen mit der Eisenbahn angereist, sie brachten uns Bären- und Bisonfell und standen jetzt da wie die drei Könige aus der Neuen Welt, und es waren auch wirklich Könige, drei Indianerhäuptlinge (das erkläre ich Ihnen gleich), und sie murmelten wiederum etwas in einer Indianersprache. Und in dieses Sprachengemisch drang noch die ausgelassene Fröhlichkeit des Maskenumzugs, der gerade durch die Ferdinandstraße zog. Inmitten des nächtlichen Brünns explodierten Champagnerflaschen, spielte eine kreischende Kapelle, brannten und flatterten viertausend Lichter wie Augen von zweitausend Eulen, und die als Tiere verkleideten Menschen knurrten, bellten, miauten, grunzten, wieherten, iahten, meckerten, blökten, krähten und muhten. Mein Leben hatte begonnen, und es begann ein neues Jahrhundert.

Aber ich möchte das Wichtigste natürlich nicht unterschlagen: In dem Moment, da ich geboren wurde, hörte ich trotz all dieses Lärms um mich herum deutlich jemandes Stimme, der mich schon ungeduldig erwartete. Und diese Stimme, meine Täubchen, konnte nur ich hören, und sie war wie eine gestraffte Angel, die mich hartnäckig aus der Gebärmutter zog, die Stimme meines Herrn, und kaum daß ich mich nach draußen durchgeschlagen hatte, antwortete ich ihm mit einem sehnsuchtsvollen Schrei und wußte schon gleich in diesen ersten Momenten, wie er jetzt irgendwo weit weg, himmelweit weg wußte (naja, um nun nicht zu übertreiben, so weit wiederum auch nicht), daß ich gerade geboren wurde.

Im Gegensatz zu mir war er schon das zwölfte Jahr auf der Welt und beobachtete aus der Ferne die Vorbereitungen zu meiner Empfängnis (er kroch meinen Eltern in die körperlichen Gelüste und stichelte sie von weitem permanent an und kiebitzte ihnen ständig da hinein: Nun macht schon! Worauf wartet ihr? Und was machst du da, Herrgott noch mal! Zieh's jetzt nicht aus ihr raus! Jetzt mußt du's drinlassen! Du willst der Sohn eines orthodoxen Popen sein, wenn du nicht einmal weißt, daß es Sünde ist, zu unterbrechen?! Also, stoß zu, siehst du! Ahhh, das ist Seligkeit, was?), und als es endlich zur Empfängnis gekommen war, streckte er wiederum aus der Ferne ein unsichtbares Stethoskop aus, das auf eine lange Stange gesetzt war, und horchte, ob ich schon zu hören war, und als ich schließlich geboren wurde, freute er sich wahnsinnig und packte die Schneiderpuppe (er war der Sohn eines Hofschneiders) und wirbelte mit ihr durch die Werkstatt, während seine Eltern zur selben Zeit am Wiener Hof (in der Hofburg) am königlich-kaiserlichen Ball anläßlich der Begrüßung des neuen Jahrhunderts teilnahmen.

Bis hier, meine Herren, lief also alles kolossal. Unsere Begegnung als unsterbliche Liebende des bevorstehenden Jahrhunderts (Petrarca und Laura im Atomzeitalter, Tristan und Isolde in den Zeiten der Küchenroboter, Sputniks, Computer und Holocausts) war also feierlich vorbereitet. Auf der einen Seite durch unsere furchtbare Triebausstattung, die fähig war, auch eine kosmische Rampe kurz vor dem Raketenstart rhythmisch zu erschüttern, und auf der anderen Seite durch die Liebe bis in den Tod. Von Anfang an wußten wir voneinander, und die gewaltige gegenseitige Anziehung, die lediglich mit dem mächtigen Sog des Golfstroms zu vergleichen ist, sollte unsere rechtzeitige Begegnung gewährleisten, dieses verblüffende, lediglich mit der Entdeckung der Molekülstruktur der DNA vergleichbare Ereignis.

Aber der Zufall ist ein Esel, wie Sie schon ahnen werden. Drei Tage nach meiner Geburt kam der zwölfjährige Bruno Mlock von einem Besuch bei seinem Onkel Mosche Bajles zurück, er kehrte heim in die Leopoldstadt, aber anstatt daß er schön bis zur Reichsbrücke gegangen wäre, wollte er eine Abkürzung über die zugefrorene Donau nehmen; weil es jedoch spät am Abend und der Herrgott hoch und die Wiener Straßenbeleuchtung noch weit war, fiel er in dieser Dunkelheit in ein Loch, das Wiener Hechtjäger ins Eis geschlagen hatten. Und sofort riß ihn die Strömung mit sich, und ich hörte, wie er vor Wasser keine Luft mehr bekam, eingemauert unter dem Eis, an das von unten seine Nägel kratzten wie in den Deckel eines gläsernen Sargs, ich hörte in meinem Kopf dieses furchterregende Kratzen, als drehte sich dort Edisons Phonograph, aber ich lag machtlos da, in Windeln und Decken gewickelt und noch dazu mit einem Wickelband verschnürt, und einen Augenblick später verstummte dann Brunos verzweifeltes Kratzen in meinem Kopf vollständig, als habe der Küster auf dem Hauptaltar alle Kerzen gelöscht, und es war dunkel und still, still und dunkel.

Und so endete alles, bevor es hatte beginnen können. Die Triebausstattung verfehlte augenblicklich ihren Zweck und tobte nur noch wie wild geworden, von der Liebe bis in den Tod blieb nur der Tod (in den kalten und feuchten Tiefen des Grabes rauften die Hechte wie tollwütige Hunde um Brunos Silberknöpfe), und gerade begann das Jahrhundert, das für mich lediglich eine ewige Trauerfeier für Bruno werden sollte.

Aber dann geschah plötzlich etwas Merkwürdiges.

Und darum geht es, meine goldigen Schätze, in meiner folgenden Erzählung.

2

Aus der Familiengeschichte

Einen Großteil meiner Kindheit verbrachte ich in Landskron, wo mein Onkel Helmut Sammler ein großes Gut besaß, mit ausgedehnten Ländereien und Wäldern, durch die man laufen und noch weiter laufen und zwei drei Stunden laufen und sich verirren konnte, ohne jemals ans Ende zu gelangen.

Die Eltern meiner Mutter (Walter und Alma Sammler) vermachten den großen Familienbesitz ihrem erstgeborenen Sohn, Onkel Helmut, der seine drei Geschwister (darunter auch meine Mutter) nach genau berechneten Anteilen, die einen bestimmten Prozentsatz des Familienvermögens betrugen, auszahlte. Das war damals gang und gäbe, der Besitz durfte nicht auseinandergerissen werden, und so übernahm der Erstgeborene das Gut, und Mutter brachte ihren Anteil auf die Bank. Außerdem schickte uns Onkel Helmut jeden Monat – bis ins Jahr 1945 hinein, als er das Gut, die Ländereien und die Wälder verlor – einen großen Essenskorb aus Landskron, so daß ich bis zu meinem fünfundvierzigsten Lebensjahr nicht wußte, was Hunger und Not ist.

Dafür winkte uns von der Familie väterlicherseits absolut nichts, ja, weniger noch als das: *ničtožestvo i niščenskaja niščeta,* wenn Sie verstehen, was ich meine. Vater war nämlich der Sohn eines armen orthodoxen Popen, der nach dem Tod seiner Frau einem mystischen Wüten verfiel, das ihn zu einer der damaligen Sekten hätte führen können, den Geißlern, den Unsterblichen oder den Skopzen, tat es aber nicht, sondern er ging statt dessen, sieh mal einer an, seinen eigenen Weg, er packte auf einmal seinen Popen-Laden zusammen und wanderte durch die Ukraine und durch Galizien und weiter in den Süden der österreichisch-ungarischen Monarchie bis nach Triest und von dort weiter nach Italien. Er zog in einem Wohnwagen umher, auf den ein riesiger Christus *Pantokrator, Vsedjeržitel,* der Allherrscher, gemalt war, mit einem strengen, durchdringenden Blick, vor dem es kein Verbergen gab, seine Rechte erteilte den Segen, und die Linke hielt den geöffneten Kodex empor, und drinnen im Wagen, hinter Christi Rücken, schrien Großvaters hungrige Kinder. So war aus Großvater ein Zigeuner-Pope geworden, der von der Vision eines orthodoxen Amerikas getrieben wurde und auf dem Weg durch Europa seine Kinder streute (zwischen Proßmeritz und Oleksowitz verstreute er meinen Vater), und in Italien schiffte er sich mitsamt seinem Wohnwagen ein und setzte über in die ersehnte Neue Welt. Am Himmel malten Blitze Drudenfüße und Symbole von Tarotkarten sowie einen aus dem Wasser emporsteigenden Ziegenbock, den Antichrist, aber auch eine Himmelsleiter, von der Mönche in den Schlund des Meeresdrachen *Bythios Drakon* herabfielen, und aus dem Meer tauchten Wasserdämonen und Meeresungeheuer auf, bereit, auf Befehl die italienische Nußschale samt Großvaters Wohnwagen zu vertilgen, aber der Befehl wurde stets rechtzeitig widerrufen, so daß mein Großvater in Amerika ankam. Dort machte er sich schleunigst daran, die Ureinwohner auf kirchenslawisch anzusprechen, und er wurde tatsächlich der erste orthodoxe Bischof aller nordamerikanischen und kanadischen Indianer, von Alaska bis an die mexikanische Grenze, und auf sein Geheiß fuhr im Jahre 1897 eine indianische Abordnung nach Petersburg (sie kamen auf Schlitten und Schneeschuhen über den zugefrorenen finnischen Meerbusen angereist), um dem orthodoxen Zaren ihre Aufwartung zu machen. Sie überbrachten ihm nicht nur die obligatorischen Bären- und Bisonfälle, sondern auch das Angebot, der große Häuptling aller übriggebliebenen und verwaisten Indianerstämme zu werden, insbesondere der Dakota, Delawaren, Shoshoni, Apachen, Irokesen, Omaha, Navajos, Shawnee und Ojibwa, von den Cherokee ganz zu schweigen, aber Väterchen Zar verschmähte dieses großzügige Angebot, und so blieb er mit seinem Romanowschen Allerwertesten auf der Scholle von Zarskoje Selo kleben und beschwor damit alle Katastrophen herauf, die ihn dann dort in den folgenden zwanzig Jahren auch heimsuchten einschließlich der Herrschaft der Antichristen, von denen der eine, Lew Dawidowitsch Bronstein, sogar die zynische und ketzerische Frechheit besaß, sich unseren Familiennamen – Trotzkij – anzueignen und ihn als seinen revolutionären Namenszusatz zu verwenden.

An meinem Vater war jedoch überhaupt nichts Popenhaftes mehr, es sei denn, ich würde seine Vergötterung der Technik für so etwas halten. Er war ein begeisterter Edisonianer und hatte sein ganzes Leben lang das Bedürfnis, sich in der Nähe von etwas aufzuhalten, das funkelte, lärmte und rauchte. Er begann zwar als Schlosser – auf seinem Firmenschild prangte ein ungesattelter Schlüssel, auf dem ein Reiter wie auf einem wilden Mustang saß –, aber schon sehr bald sattelte er aufs Feuerroß um und verdiente sich seine Sporen bei der Nordbahn des Kaisers Ferdinand, wo er lange Zeit mit der berühmten Lokomotive Komet II. fuhr. (Jawohl, meine Herren, damals wurden Lokomotiven noch getauft und bekamen Namen!) Meiner Mutter begegnete er allerdings erst auf der Strecke Prag-Olmütz, als sie mit ihrem Bruder Joachim nach Brünn fuhr, der zu der Zeit schon Kapuzinermönch in einem Alpenkloster unweit von Salzburg war (seinen gesamten Anteil am Landskroner Besitz, das dürfte Sie wohl interessieren, hatte er dem Kapuzinerorden übertragen, und so wanderte jeden Monat auch ein Landskroner Proviantkorb in das Bergkloster, aber Onkel Joachim hat davon nie auch nur ein kleines gebratenes Rebhuhn gesehen).

Noch bevor mein Vater jedoch meiner Mutter begegnete, trafen Mutter und ihr Bruder Joachim auf den als Radek der Kolporteur bekannten Anarchisten. Er verteilte im Zug die achte Nummer des anarchistischen *Arbeiterblatts*. Er hatte meinen Kapuziner-Onkel noch nicht ganz bemerkt, da fingen seine Augen auch schon an zu glühen, weil er sich vermutlich des vierten anarchistischen Gebots des Fürsten Kropotkin entsonnen hatte (Klerikern aller Art sollst du eins aufs Maul geben!), und er legte das Zeitungspaket zur Seite und stürzte sich auf meinen Onkel mit der Absicht, ihm die Kapuze über die Augen zu ziehen und ihn auch sonst gut durchdacht zu erniedrigen. Da war er aber schlecht beraten, denn der Kondukteur rannte sofort zu meinem Vater und berichtete ihm, daß sich im dritten Abteil des zweiten Waggons Radek der Kolporteur befinde und dort einen Mönch grob erniedrige, ohne auf die anwesenden Damen Rücksicht zu nehmen. Mein Vater tat das, was man in solchen Fällen ganz selbstverständlich zu tun pflegte. Er brachte die Maschine zum Stehen (will heißen, er führte einige Handlungen aus, die zum Anhalten der Maschine notwendig waren, aber der Bremsweg der Lokomotiven war damals lang wie ein Kometenschweif, und für diese Zeit übernahm dann der Heizer die Verantwortung) und ging mit einer Eisenstange bewaffnet in den zweiten Waggon, drittes Abteil. Kaum hatte Radek der Kolporteur ihn bemerkt, ließ er von dem Mönch ab, warf sein Zeitungspaket aus dem Waggon und sprang geschickt hinterher. Von den aus den Fenstern lehnenden Passagieren beobachtet, kullerte er den Bahndamm hinauf, als wäre er von einer anarcho-syndikalistischen Kraft angetrieben. Vater richtete noch einige entschuldigende Worte an Joachim (er fühlte sich nämlich für die Ordnung im ganzen Zug verantwortlich), schenkte Mutter ein galantes Lächeln, wobei er es nicht versäumte, auch mit ihr ein paar Worte zu wechseln, und kehrte erst dann zurück auf die Lokomotive. Er nickte dem Heizer zu, und die große, schwere Maschine mit dem trichterartigen Schornstein und der langen Waggonkette setzte sich langsam wieder in Bewegung.

An jenem Tag passierte nichts Wichtiges mehr. Was sich dann in den folgenden Wochen auf der Strecke Prag–Olmütz zugetragen hat und schließlich auch zu meiner Geburt führte, ist wohl so offensichtlich, daß ich es mir ersparen kann.

3

Im Ägäischen Meer

Meine erste Erinnerung stammt aus der Zeit, als ich drei Jahre alt war. Es ist eine Untersee-Erinnerung.

Also, meine Teuersten, wie ich schon erwähnt habe, waren wir dank der Eltern meiner Mutter, den Sammlers aus Landskron, wirtschaftlich gut abgesichert. Und vielleicht hätte es sich von unserem Anteil am Sammlerschen Vermögen, der in einem soliden Bankhaus angelegt war, hören Sie, vielleicht hätte es sich ganz gut leben lassen, ohne daß man auch nur einen Finger dafür hätte krümmen müssen. Besonders, wenn wir die Landskroner Lebensmittelkörbe in Betracht ziehen. Daraus geht hervor, daß es vollkommen überflüssig war, daß Vater als Lokomotivführer arbeitete und ausgerechnet diesen harten und unerbittlichen Dienst verrichtete, diese elende Schufterei, in der die härteste Zucht herrschte und die die Fähigkeiten eines Stiers, eines Adlers und eines Bandwurms erforderte, wie Vater zu sagen pflegte. Eines Stiers wegen der herkulischen Kraft, die man auf der Strecke unter Beweis stellen mußte, denn allein die Handhabung aller Schieber, Zugstangen, Kupplungen und Hand- und Saugluftbremsen brachte einen ins Schwitzen, und von Zeit zu Zeit hörte irgend etwas auf zu funktionieren, und man mußte Ersatzmechanismen benutzen, wenn Sie mich verstehen, meine Lieben, und wenn gar Felsblöcke auf den Schienen lagen, die dort von fanatischen Gegnern des technischen Fortschritts immer wieder hingeworfen wurden, mußte Vater zu einer riesigen Brechstange auf dem Tender greifen, mit der er so gewandt wie ein Dirigent mit dem Taktstock umzugehen wußte, und manchmal war es nötig, die umgekippte Lokomotive wieder zurück auf die Räderchen zu stellen. Er konnte aber ebensowenig ohne die Fähigkeiten eines Adlers auskommen, denn er mußte die ganze Strecke permanent wie von einer riesigen Höhe herab überblicken und dabei, aufgepaßt, alle Details sehen, besonders dort, wo sie sich jäh hinter einen Felsvorsprung schlängelte. Und da habe ich noch nicht einmal von den Fähigkeiten eines Bandwurms gesprochen, das heißt, wenn es notwendig war, in den Schlund der Dampfmaschine zu schlüpfen und sich durch ihre metallenen Gedärme zu irgendeinem lärmenden inneren Defekt durchzuwühlen.

Damit will ich sagen, liebe Freunde, daß Vater sich ruhig eine gemütlichere Arbeit hätte gönnen können, zum Beispiel im Kontor eines großen k.u.k.-Amtes Klinken putzen, in die staatlichen Spucknäpfe spucken und mit einem Beamtengehalt nach Hause kommen. Das hätte ihn jedoch nicht nur zu Tode gelangweilt, was ich wohl nicht weiter erklären muß, sondern er hätte es für unmoralisch gehalten. Ja, Sie haben richtig gehört, für unmoralisch. Das Sammlersche Vermögen war nämlich seiner Überzeugung nach nicht dazu da, uns ein Lotterleben zu ermöglichen, sondern es war ganz der Zukunft zugewandt wie die ägyptische Sphinx dem Sonnenaufgang. Es sollte für den Fall da sein, daß sich etwas Schlimmes ereignete. Und natürlich war es auch als Mitgift für mich gedacht.

Ich bin jedoch ledig geblieben und habe das ganze Jahrhundert über kein einziges Mal an Heirat gedacht. Naja, gedacht schon, wenn ich ehrlich bin, aber immer nur an die Hochzeit mit meinem toten Bruno Mlock. Gelegentliche Liebhaber, wenn es das ist, was Sie wissen wollen, gelegentliche Liebhaber hatte ich unzählige. Ich könnte eine ganze Armee aus ihnen rekrutieren, wenn auch eine merkwürdige Armee, sicher, deren General ein waschechter General wäre (der sich seine Sterne und Orden bei den tschechoslowakischen Legionären im Ersten Weltkrieg verdient hat) und der letzte Fußsoldat vielleicht der Krüppel Toni, der nicht deshalb ein Krüppel war, weil ihm etwas gefehlt hätte, sondern weil ihm im Gegenteil etwas zuviel gewachsen war, er hinkte auf drei Beinen, die sich gegenseitig im Weg waren und übereinander stolperten, durchs Leben, und nur, wenn Toni irgendwo regungslos stand, stand er so, wie es kein Zweiter auf der Welt vermocht hätte. Von der Armee der Gelegenheitsliebhaber werden Sie aber kaum etwas erfahren. Ich werde nur ab und zu einen erwähnen, seines guten Naturells oder eines anderen exzentrischen Zuges wegen. Ich schäme mich nämlich für meine furchtbare Triebausstattung, die ihre Wirkung ohne Bruno vollkommen verfehlte und sich nur wütend und leer mit gelegentlichen Liebhabern entlud (um sich dann und wann dennoch auf die Schnelle mit Bruno zu treffen, unter überaus merkwürdigen Umständen, aber haben Sie keine Angst, Sie werden es nicht verpassen, denn darum geht es doch in meiner folgenden Erzählung).

Weil ich also nie geheiratet habe, ist aus dem Sammlerschen Vermögen nie meine Mitgift geworden, und es hat den Ersten und den Zweiten Weltkrieg in Ruhe überdauert, bis sich dann im Jahre 1945 schließlich etwas Schlimmes, etwas Schicksalhaftes ereignete, worauf das Vermögen, wie es scheint, ein halbes Jahrhundert regungslos gewartet hatte, um dann innerhalb einiger Tage vollkommen in den Wind geschossen zu werden. Im Juni 1945 wurden meine Eltern nämlich in die »wilde Abschiebung« der Deutschen eingereiht, was natürlich ein schrecklicher Irrtum war, denn sie waren keine Nazis, und Vater war doch Russe. Wenn es soweit ist, werde ich Ihnen schildern, wie ich alles getan habe, was in meiner Macht und in der Macht des Sammlerschen Besitzes stand, um diesen Irrtum zu korrigieren, und wie es schließlich ausgegangen ist. Bis dahin ist es aber noch ein weiter Weg, denken wir vorerst nicht daran, jetzt bin ich drei Jahre alt, und Vater entscheidet sich zum ersten- und gleichzeitig zum letztenmal, in den Sammlerschen Goldhaufen zu greifen.

Er greift aber nicht besonders tief, keine Angst, er taucht nicht bis zum Ellenbogen ein, sondern gräbt nur an der Oberfläche. Bis nach Triest fuhren wir nämlich mit der österreichischen Eisenbahn (der berühmten Südbahn, der Staatsbahn Wien–Triest), und die war für uns als Familie eines Maschinenführers ganz umsonst. Nachdem wir die Grenze der Monarchie passiert hatten, fuhren wir dann ans Ägäische Meer auf die griechische Insel Kreta.

Warum gerade Kreta? Vater hatte nämlich beschlossen, mir mit drei Jahren das Schwimmen im Meer beizubringen. Und die Ägäis schien ihm ein würdiger Ersatz für das Schwarze Meer zu sein, wo er es im selben Alter gelernt hatte. Abgesehen davon, daß beide Meere durch den Bosporus und die Dardanellen miteinander verbunden sind (schauen Sie nur im Atlas nach, meine Käferchen).

Vater hat mir einmal erzählt, daß ihn, als er drei Jahre alt war, sein Vater mit nach Sewastopol genommen hat. Am folgenden Tag in aller Frühe, es herrschte noch tiefe Dunkelheit, habe er ihn dann geweckt und aus der Stadt hinausgeführt bis ans Ufer des Schwarzen Meeres. Mein dreijähriger Vater trippelte neben seinem riesigen Vater her, und als weit draußen im Meer ein roter Klecks zu brennen begann, waren sie am weißen Strand angelangt, und Vaters Vater zog Stück für Stück seine Popen-Kluft aus, die Soutane, den violetten Gürtel, die Priesterkappe, und nahm dann meinen kleinen Vater an die Hand und ging mit ihm immer näher an die große, den weißen Sand ableckende Meereszunge heran.

Von Triest fuhren wir wohl mit einem italienischen und dann vielleicht auch mit einem griechischen Schiff weiter. Es war eine lange Reise, aber ich erinnere mich an nichts mehr, mein Gedächtnis entzündet sich erst unter der Meeresoberfläche in irgendeiner Bucht von Kreta, es leuchtet Auge in Auge mit einem großen Meeresfisch auf, der mich verblüfft, verwundert und überrascht anschaut, während ich wie ein gedoptes Seepferdchen an ihm vorbei in die Tiefe sinke, und Vater hält mich derweil an einer Leine, er kniet am Ufer und schaut mir nach, wobei er sich mit der Hand gegen die ägäische Sonne abschirmt. Er lehrte mich nämlich nicht nur schwimmen, sondern auch tauchen, und so stieg ich mit der Leine am Bein bis auf den Grund hinab, ich fiel wie ein Seeigel, wie ein Seestern in die bunten Teppiche hinein, aus denen verzweigte Burgen mit Drusen von Türmchen und Zinnen wuchsen, und ich ging unglaublich lange durch diese abgedunkelte und zugleich merkwürdig beleuchtete Welt, in der Erinnerung kommt es mir jetzt so vor, als wäre ich ganze Monate lang gegangen, Vater lockerte die Schnur, und ich schlug mich durch den Untersee-Dschungel und ließ Luftblasen nach oben steigen wie ein echtes und ordnungsgemäß patentiertes Trebitscher Sprudelwasser. Wenn Sie das Glück haben, daß sich schon mit drei Jahren eine riesige Meeresmuschel vor Ihnen öffnet, die das ganze Universum mit all seinen Galaxien und Gottheiten in sich birgt und aufdringlich nach Fisch stinkt, wenn Sie dieses Glück haben, dann bleibt es bis an Ihr Lebensende bei Ihnen, wo immer Sie auch hinfahren, es wird Sie Hand in Hand begleiten, weil das Ägäische Meer ein nicht endender, nicht erlöschender beweglicher Feiertag ist.

Moment noch, Moment, ich bin noch nicht fertig. Tatsächlich ist es so, daß das einzige, woran ich mich wirklich erinnere, das erstaunte, überraschte und verdutzte Fischauge ist, dem ich auf dem Weg in die Tiefe begegnete. Alle anderen Erinnerungen spiegeln sich nur in diesem Auge, sie sind darin wie in einem Panorama-Guckglas. Erinnerungen an die Meeresbucht, an die Küste und ganz Kreta, aber auch an die Berge von Kreta, bestehend aus den Gebirgen Dikte, Ida, Levka Ori und den Weißen Bergen (dabei habe ich diese Gebirge nie sehen können, denn wir kamen weder mit dem Flugzeug noch einem Ballon oder einem Luftschiff nach Kreta, sondern auf dem Seeweg, und das nicht einmal mit einem Schiff, wovon ich Sie gern überzeugt hätte, sondern in der Eierschale eines mythologischen Vogels, den die Griechen abgeschossen und dessen Nest sie dann ausgenommen hatten, ehe weitere Ungeheuer mit Vogelkörpern und Fuchsköpfen ausschlüpfen konnten), aber auch an die ganze Insel, die an der einen Seite mit Olivenbäumen und Stechpalmengebüsch und an der anderen wiederum mit Platanen bewachsen ist und hoch im Ida-Gebirge ein strenges und geheimes, sorgfältig in die Felswände gehauenes großes Felskloster in sich birgt, mit allem, was dazugehört: dem Konvent, den Mönchszellen und dem Dormitorium, einem Ambitus, Kreuzgang sowie Lavatorium, dem Refektorium, der Klosterbibliothek und einem erhaben durch das Felsmassiv gleitenden mächtigen Kirchenschiff. (Und erst jetzt, halten Sie sich fest, meine Täubchen, erst jetzt fällt mir nämlich ein, daß sich mein Vater, wenn wir schon mal in dieser Gegend gelandet, wenn wir da schon hingeraten waren, möglicherweise zum heiligen Berg Athos begeben hat, wo vielleicht schon sein Vater haltgemacht hatte, bevor er sich zu seiner indianischen Mission einschiffte.)

Mit dem großen Abstand der Jahre ist es mir gelungen, in einer englischen naturgeschichtlichen Enzyklopädie jenen Fisch aus der Tiefe des Mittelmeers zu finden, dem ich als Dreijährige ins Auge geschaut habe. Er heißt *Regalecus Banksii* und ist etwa drei Meter lang, auffallend geflammt und flach, ähnlich einem wogenden Schal, auf dem Kopf erhebt sich ein Büschel aus sehr langen Strahlen, und gleich darunter sitzt das Auge, stets erstaunt, verblüfft und verdutzt.

4

Wann wurde Edison geboren?

Eines schönen Wintertags im Februar 1905 *(da war ich schon fünf Jahre alt, und Rußland wurde gerade von den Unruhen des Blutigen Sonntags in Petersburg geschüttelt, wo ein entfernter Verwandter meines Großvaters und ein noch entfernterer Großonkel von mir, der Pope Georgij Gapon, eine mächtige Prozession anführte, die dem Zaren Nikolaus* II. *eine Petition überreichen wollte, der Winterpalast empfing sie aber mit Schüssen und einem fürchterlichen Massaker, bei dem mehr als tausend Menschen umkamen, sie lagen dort übereinander und zwischen ihnen die orthodoxen Ikonen und Banner, die ebenfalls von Schüssen durchlöchert und blutverschmiert waren, die Mutter Gottes mit löchrigen Augen, der Erzengel Gabriel mit zerschossener Brust und der auferstandene Lazarus wie ein abgestochenes Ferkel kreischend, und über dem Platz schwebte das Röcheln der Sterbenden wie ein dunkler Chorgesang)* trippelte ich mit meiner Mutter gemütlich am winterlichen Ufer des Flusses Schwarzau entlang, auf dem Weg in das Dorf Kinitz *(in das Dorf, das einmal, in ferner Zukunft, von einem riesigen See – dem Brünner Stausee nämlich – überflutet wird, und in dieser fernen Zukunft werde ich dann über die Eisschale, über die zugefrorene Oberfläche des Stausees gehen, und – stellen Sie sich das bloß vor – einundsechzig Jahre alt sein, und an einer Stelle werde ich mich aufs Eis knien und durch das Eisfenster nach unten schauen und in der Tiefe des Stausees, aber auch in der Tiefe der Zeit das längst vergangene, untergegangene Dorf Kinitz sehen, mit Häuschen, die in der Tiefe verstreuten Eichhörnchenzähnen gleichen, und auch mit seiner strahlend weißen kleinen Kirche, ich werde in dieser fernen Zukunft auf dem Eis knien, einundsechzig Jahre alt sein, nach unten schauen und auf dem Grund des Sees mich selbst als Fünfjährige neben meiner Mutter am winterlichen Ufer des Flusses Schwarzau entlangtrippeln sehen, in jener längst vergangenen Zeit, als Rußland gerade von den Unruhen des*

Blutigen Sonntags in Petersburg geschüttelt wurde), wir eilten nach Kinitz, weil uns die Horáčeks geschrieben hatten, daß wir uns was vom Schlachtfest abholen sollten.

Sie, meine Herren, werden selbstverständlich denken, wozu denn noch Schlachtfest, wenn wir doch jeden Monat die Landskroner Proviantkörbe bekamen! Sehen Sie, ich fuchtel etwas ratlos mit den Armen rum: sicher, Mutter war gewissermaßen sparsam und haushälterisch, Sie würden natürlich von strebsamer Geschäftigkeit sprechen. Wie auch immer, Sie sollten wissen, daß sich die Landskroner Körbe und das Kinitzer Schlachtfest überhaupt nicht in die Quere kamen.

Wir waren mit einer Kanne für die schwarze Blutsuppe (die trug ich) und einem großen Korb für das Fleisch und die Leberwürstchen ausgerüstet. Es war ein schöner Wintertag, das habe ich, glaube ich, schon gesagt, überall lagen noch Reste von Schnee, aber die Sonne hatte bereits ihre brennende Kraft gesammelt. Ich zog meine Fäustlinge aus und steckte sie in die Taschen.

Wieviel ist drei und vier? Mutter fragte mich unterwegs ab, weil ich im nächsten Jahr in die Schule kommen sollte und Vater und Mutter der Ansicht waren, daß es an der Zeit sei, mich vorzubereiten, denn wie der Schwede Gustav Olof Martinson in der damals sehr modernen und populären *Gymnastik der Hirnwindungen* behauptete, sei es schon im Vorschulalter notwendig, die Gehirnhälften regelmäßig zu massieren.

Sieben, antwortete ich richtig, aber auweia, jede richtige Antwort hatte eine noch anspruchsvollere Frage zur Folge.

Wie heißt die Hauptstadt von Dänemark? fuhr meine Mutter fort, während wir einen Steg zum anderen Ufer der Schwarzau überquerten und sich die Eichhornburg von dem gezuckerten Hügel hoch über uns erhob.

Kopenhagen, antwortete ich, und schon wieder war es richtig.

In welchem Jahr wurde Thomas Alva Edison geboren? fragte sie mich genau in dem Augenblick, als ich zum erstenmal einen riesigen, sich auf der Erde bewegenden Schatten erblickt hatte, und ich hob den Kopf und sah in das Antlitz eines Luftschiffes, dieser Mutter des Fortschritts, wie man diese flügellosen Bestien damals nannte, die gerade (wenn auch nur für kurze Zeit) den Luftozean beherrschten. Hinter dem ersten Luftschiff kam gleich noch ein zweites und ein drittes.

Wo guckst du schon wieder hin? fragte Mutter mit mahnender Stimme. Also, in welchem Jahr wurde dieser geniale Erfinder, der Kolumbus der Technik, auch Leonardo da Vinci des modernen Zeitalters genannt, geboren?

Ich senkte den Kopf, schaute auf den Boden vor uns und zählte gleich fünf, sechs, sieben und vielleicht auch noch acht oder neun und zehn Luftschiffschatten, die sich über unseren Weg schoben. Am Manövrieren der Schatten erkannte ich dann, daß die hinteren Luftschiffe die vorderen eingeholt und sich neben, vor und hinter ihnen eingereiht hatten, es kamen weitere und noch weitere hinzu, und wie sie sich so diszipliniert in mehreren Reihen hinter- und nebeneinander aufstellten, begannen sie allmählich, den ganzen Himmel zu verdekken. Es wurden immer mehr, bis sich das letzte in die letzte noch freie Lücke eingeordnet hatte, und kaum war das geschehen, wurde es mit einem Schlag dunkel wie bei einer totalen Sonnenfinsternis.

Achtung! schrie Mutter auf, pozor! Ostorožno! Ostorožno!

Da war es aber schon zu spät, die Dunkelheit hatte uns voneinander getrennt. Also blieb ich bewegungslos stehen, überzeugt davon, daß gerade dies das allerrichtigste Verhalten sei, weil mich die Welt, wenn es wieder hell würde, dort fände, wo sie mich hinterlassen hatte. Wie ich da aber so regungslos im Dunkeln stand, berührte mich plötzlich etwas. Jeder andere wäre wohl gehörig erschrocken, aber vergessen Sie bitte nicht, daß ich schon mit fünf Jahren, jawohl, eine beherzte junge Dame war, so wie mich mein Vater eben erzogen hatte, indem er mir von den Dekabristen erzählte, von Rylejew, Pestel, Murawjow-Apostol, Bestužew und Kachowskij (ich mußte ihre Namen auswendig aus dem Ärmel schütteln), diesen mutigen Adeligen, die gegen die zügellose Tyrannei gekämpft hatten und die Zar Nikolaus I. dann aufzuhängen befahl.

(Das, meine Lieben, gehört jetzt überhaupt nicht hierher, aber ich fühle, daß ich es trotzdem sagen sollte: an meinem Vater war in dieser Hinsicht etwas Widersprüchliches. Auf der einen Seite diese Bewunderung für die Dekabristen und der Haß auf den bornierten Starrkopfski Nikolaus I., und auf der anderen Seite wiederum die große Verehrung von Nikolaus II., den Vater, weiß Gott warum, für einen gütigen und gerechten Zaren hielt. Als die Gebrüder Lumière 1896 eine Filmaufzeichnung seiner Krönung angefertigt hatten, die dann in einem kleinen obskuren Kino in Wien gezeigt wurde, sah mein Vater sie achtzehnmal, und zwar immer im dunklen Anzug mit gestärktem Kragen. Der Wahrheit halber muß aber gesagt werden, daß seine Bewunderung für Nikolaus II. den Blutigen Sonntag, das Massaker vor dem Winterpalast, nicht überdauerte. Das bedeutet jedoch nicht, daß sie etwa auf die Gegner des Zaren, die marxistischen Revolutionäre, übergegriffen hätte. Im Gegenteil. Als wir uns im Jahre 1914 endlich nach Wien begaben, darüber werden Sie noch hören, führte mich Vater in das Café Central, um mir dort diesen Ehrabschneider, der uns unseren Familiennamen geklaut hatte, Lew Dawidowitsch Bronstein-Trotzkij zu zeigen. Wir trafen aber nur Wladimir Iljitsch Uljanow-Lenin an, der mit dem künftigen Weltmeister, dem blutjungen Alexander Alexandrowitsch Alechin, Schach spielte. Und hier siehst du, sagte Vater mit warnend erhobenem Zeigefinger, den räudigen Hund Uljanow, der eigentlich noch viel räudiger ist als der räudige Hund Bronstein.)

Ich habe mich auch deshalb an die Dekabristen erinnert, weil mir, als mich da in der Dunkelheit etwas berührte und ich sofort erkannte, daß dieses Etwas vom Himmel herabhing, auch die Galgenstricke in den Sinn kamen, an denen die Dekabristen erhängt wurden. Das heißt aber noch lange nicht, meine Herren, daß diese Berührung womöglich unangenehm gewesen wäre. Sie hatte etwas Liebevolles, Seidenes. Weil das Etwas aber weiterhin herunterhing (inzwischen war mir bereits klargeworden, daß es von einem der Luftschiffe herabhing) und immer noch nichts passierte, nahm ich meinen Mut zusammen und hielt es, ohne sonderlich darüber nachzudenken, zunächst mit der einen und dann auch mit der anderen Hand fest. Kaum daß ich mich aber so festgehalten hatte, setzte sich die seidene Strickleiter, denn es war eine seidene Strickleiter, ganz leicht in Bewegung, und es handelte sich gleich um eine doppelte Bewegung, nach oben und nach vorne zugleich. Ich stieß mich mit den Zehenspitzen ab und stellte mich auf die erste Sprosse der Leiter.

Wir hoben schnell ab, und die Leiter zog mich durch die Dunkelheit empor und trug mich vorwärts, und da hörte ich auch schon, wie Mutter tief unter uns rief und mich suchte: Komm hea, Mädlein! *Sjuda, sjuda, djewotschka! Ozvi se, Soničko!* Ich weiß nicht, warum ich mich nicht gemeldet habe, warum ich schwieg, als hätte es mir die Sprache verschlagen, und mich schnell von dieser Stimme entfernte, die dort unter mir in der Finsternis verloren war.

Aber so ist das nicht! Wieso denn verloren? Verloren war doch ich! Und sehen Sie, dieses Gefühl hatte ich überhaupt nicht! Nichts dergleichen habe ich damals empfunden.

Und dann zog man mich samt der Leiter an Bord eines dieser Luftschiffe, die den Himmel über dem Schwarzau-Tal verdeckten, über dem Tal, aus dem einmal ein großer Stausee werden sollte.

An Bord des Luftschiffes erwartete man mich bereits. Es war ein Luftschiff von der Größe des Brünner Großen Platzes (des heutigen Freiheitsplatzes), so daß es mich kaum mehr überraschte, daß es im Innern einen Korso gab, auf dem Damen mit Sonnenschirmen, eingehakt bei eleganten Herren mit Zwickern, im Kreis herum promenierten. Alle grüßten mich sogleich freundlich, die Herren zogen ihre Hüte, und die Damen verbeugten sich ganz leicht. Ich habe aber auch bemerkt, daß sie alle nicht mehr die jüngsten waren. Da nahm sich aber schon ein Begleiter meiner an und führte mich in eine Kajüte am Bug, zum Kapitän des Luftschiffes.

Der Kapitän war ein hochwürdiger Greis mit schütterem weißen Haar und aufgedunsenem Gesicht. Sein eines Augenlid war gesenkt und das andere außergewöhnlich hochgezogen. Ich begriff sofort, daß beide Augen blind waren. Neben dem sitzenden blinden Kapitän stand ein weiterer Alter, der noch nicht blind war, wo denken Sie denn hin, nein, seine Augen flitzten sogar wie Fische im Aquarium, und er hatte ziemlich dichtes, wenn auch ebenfalls weißes, sorgfältig nach hinten gekämmtes Haar, so daß er auf den ersten Blick dem Komponisten Franz Liszt ähnelte, dessen beseeltes Porträt in der Wohnung von Madame Venedig in der Augustinergasse hing, bei der ich seit meinem vierten Lebensjahr Klavierunterricht hatte.

Mein Begleiter brachte mich zu dem blinden Luftschiffkapitän und sagte etwas auf englisch zu ihm. Der Greis hob den Kopf und sprach mich auf deutsch an: Willkommen, mein Junge. Der Begleiter beugte sich jedoch sofort zu ihm herunter und flüsterte ihm etwas ins Ohr. Der Greis schüttelte den Kopf: Ein Mädchen also … ein Mädchen … das hat mir niemand gesagt. Dann schaute er mich eine Weile mit seinen blinden Augen an, streckte die Hand aus, mein Begleiter schob mich näher und noch näher heran, und der Alte tastete sich vor, bis seine ausgestreckte, immer weiter sinkende Hand mein Köpfchen berührte, nur einen Meter über dem Boden, und dabei hatte ich mich sogar schon auf die Zehenspitzen gestellt. Sofort war dem Blinden anzumerken, daß er ziemlich unschlüssig war, ob etwas so Kleines, kaum einen Meter Großes eine so riesige Aufgabe würde erfüllen können wie die, mit der er es jetzt betrauen wollte. Aber, meine Herren, mein Begleiter beugte sich erneut zum Ohr des Greises, und ich nahm an, daß er dem Kapitän wohl erklärte, daß ich noch wachsen würde.

Wir haben festgestellt, sagte der erhabene Greis, daß von allen Menschen auf der Erde mit größter Wahrscheinlichkeit gerade Sie das höchste Alter erreichen werden, nämlich das Alter, das wir benötigen, um unsere Botschaft für das dritte Jahrtausend zu überbringen, und zwar mit Ihrer Hilfe. Wir haben Sie auserwählt, auf daß Sie unser verlängerter Finger sind, mit dem wir eines Tages das einundzwanzigste Jahrhundert und das dritte Jahrtausend berühren werden.

Es war das erste Mal, daß mich jemand siezte. Ich war bereit, was auch immer wohin auch immer zu überbringen, wenn ich doch nur noch einen Augenblick gesiezt würde.

Dann begann der Blinde zu erzählen, wie die Besten und Weisesten des neunzehnten Jahrhunderts, Wissenschaftler, Philosophen, Schriftsteller, Dichter und Erfinder, den Text der Botschaft abgefaßt hatten, mit dem sich das neunzehnte Jahrhundert, das Jahrhundert des Glaubens an den menschlichen Geist, an die so weit entfernte und doch so nahe Menschheit vom Anfang des dritten Jahrtausends wendete, eine Menschheit, die bereits frei und glücklich auf Schmetterlingsflügeln von Planet zu Planet fliegen würde, von einem Sonnensystem zum anderen, von Galaxie zu Galaxie, eine Menschheit, die bereits ein Teil der großen Bruderschaft der kosmischen Zivilisationen sein würde, einer Bruderschaft von einer Milliarde

Herzen, die sich für die Bewältigung der großen galaktischen Aufgaben zu einem gigantischen Frühlingszug und schwindelerregenden Gewölben verbündet hätten, die über den Sternenlüstern schweben …

Eine lange und langweilige Rede. Ich beschloß aber durchzuhalten, obwohl ich schon ziemlich unruhig war, denn ich bin ein berüchtigter Zappelphilipp, meine Mutter nannte mich manchmal auch auf deutsch *Wetzteufel* oder *Rutschepeter*, während Vater *čudjesnaja molnij*, *Wunderblitz*, bevorzugte, so daß ich bereits ein bißchen (oder, wenn Sie so wollen, auch ein bißchen mehr) hin- und herrutschte, und wenn es noch länger gedauert hätte, hätte ich den Fußboden der Kapitänskajüte wie ein Bohrer durchbohrt, der Unterdruck hätte den Kapitän aufgesogen, und das Luftschiff wäre auf Grund gelaufen. Die lange Rede näherte sich aber Gott sei Dank ihrem Ende. Und gleich darauf schritten sie zur Tat.

Haben Sie keine Angst, es wird überhaupt nicht weh tun, beeilte sich mir der Blinde zu versichern.

Jetzt endlich kam die Reihe an den zweiten Alten. Was denn, den hatten Sie in der Zwischenzeit schon vergessen? Das war doch der mit dem weißen, sorgfältig nach hinten gekämmten Haar, der aussah wie der Komponist Franz Liszt, dessen beseeltes Porträt ich bei Madame Venedig gesehen hatte, in der Augustinerstraße Nummer neun. In Wirklichkeit, und jetzt hören Sie mir mal gut zu, handelte es sich aber um den berühmten Neurologen, Internisten, Psychiater und Hypnotiseur Doktor Jean Martin Charcot, dessen Hypnose jetzt wie ein Kochlöffel funktionieren sollte, mit dessen Hilfe die Botschaft der weisen Alten aus dem vergangenen Jahrhundert – wie Stopfnudeln in Gänsehälse – in mich eingeführt werden sollte.

Jemand verschwand kurz irgendwo und brachte etwas mit, das wie zwei große eingefallene, schlaffe Kröten aussah. Sogleich kniete er sich zu einer der beiden nieder und begann, sie aufzublasen, bis allmählich ein großer antiker Sessel im Stil Ludwigs XVI. aus ihr wurde, ein Wunder der Blastechnik. Dann blies er auch noch den zweiten Sessel auf, und ich begriff, daß nicht einmal in einem so großen Luftschiff, wie die *Jean-Jacques Rousseau* es war (wie bitte, ich habe Ihnen noch nicht gesagt, wie das Luftschiff hieß? Also, nun wissen Sie's und können daraus all die furchtbaren Konsequenzen ziehen), daß also nicht einmal in diesem monströsen Luftschiff überschüssiger Platz war, um dort antike Sessel *in natura* zu lagern. Man setzte mich in einen der beiden Sessel, und in dem zweiten mir gegenüber nahm dann Doktor Charcot Platz. Sie schoben die Sessel so nah aneinander, daß wir uns – wenn ich in dem meinen nicht gänzlich versunken wäre – mit den Knien berührt hätten.

Entspannen Sie sich, mein liebes Kind, sagte Charcot in holprigem Deutsch. Nichts hat dieser akademische Dummkopf bei Sigmund Freud gelernt, dachte ich mürrisch, denn ich war der Meinung, daß Charcot, als sich die beiden begegnet waren (in den Jahren 1885 und 1886 lebte Freud nämlich in Paris und war Charcots Schüler), bei Freud zumindest das elegante Wiener Deutsch hätte aufschnappen können.

Sie drückt etwas, mein Kind? fuhr Charcot in seinem selbstmörderischen Deutsch fort. Drängen Sie's bitte aus sich heraus! Denn wenn S' net h'nasdränge, könn' wir S' net hypnotisiere. Also, raus damit! Drängen S' hnaas! Putz! Putz!

Mich quält lediglich, daß ich nicht weiß, wann Thomas Alva Edison geboren wurde.

Charcot sah sich nach den Anwesenden um.

Mir reicht schon das Geburtsjahr, mehr brauch' ich nicht, präzisierte ich.

Weil es hier aber auch niemand wußte, griff der blinde Kapitän nach dem Haustelefon, durch dessen Rohr er in alle Stockwerke des Luftschiffes rief.

Wir können mit Edisons Telegraph auch eine Depesche direkt nach New Jersey schicken, wir können Edison direkt fragen, schlug Charcot vor.

Nein, nein, das wird nicht nötig sein, der leichenhafte Greis wehrte mit der Hand ab, ich hab's schon! Und er legte das Telefon beiseite. Thomas Alva Edison wurde im Jahre 1847 geboren!

Habn S' ghert, Mädchen, und nun merkn S' gut, 1847! wiederholte Charcot. Nun quält's nix mehr, und so kann's da jetzt entspanne!

Was würde ich darum geben, meine Lieben, wenn ich mich jetzt so sehen könnte, wie ich da sitze, ein fünfjähriges Mädchen, und der ehrwürdige Charcot mir gegenüber, und seine Augen glühen wie die eines Jaguars. Und was würde ich darum geben, im Wald und auf der Heide, wenn ich jetzt sehen könnte, wie ich da meinen hypnotischen Schlaf schlafe und sich über mir, über diesem im Sessel abgelegten Katzenknäuel, der Schlangenkopf des alten Charcot erhebt und mir in den hypnotischen Schlaf die Botschaft diktiert, die ich durch unser ganzes Zeitalter, durch das ganze zwanzigste Jahrhundert tragen soll, und wie er sie dann dreimal verschließt.

Natürlich kenne ich den Inhalt dieser Botschaft nicht und weiß auch nichts über den Schlüssel, mit dem sie aufgeschlossen wird. Sie wird sich ja von selbst aufschließen, wenn die Zeit gekommen ist. Und die Zeit ist gekommen, wenn ich jemandem aus dem einundzwanzigsten Jahrhundert, jemandem aus dem dritten Jahrtausend begegne. Ich stelle mir vor, und jetzt passen Sie echt gut auf, ich stelle mir vor, daß es höchstwahrscheinlich wieder ein fünfjähriges Mädchen sein wird. Und zwar im Jahre 2005. Vorher wohl kaum.

Und vielleicht – ich will Sie ja nicht eines Tages enttäuschen, falls Sie es erleben sollten –, vielleicht ist der Inhalt der Botschaft nur ein bedeutungsloser Gruß der Menschen vom

Ende des neunzehnten Jahrhunderts an die Menschen am Anfang des einundzwanzigsten, nur ein Hallo, hallo und tschüs, tschüs. Es könnte sich aber auch um eine wichtige Mitteilung handeln, etwas, das man bis dato nicht laut aussprechen kann und das erst die Enkel unserer Enkel verstehen können. Manchmal bin ich natürlich schon versucht, die Botschaft zu entschlüsseln. Aber vergebliche Liebesmüh. Es bleibt mir also nichts anderes übrig, als zu hoffen, daß ich doch den Augenblick erleben werde, da sich die Botschaft von selbst hinausrotzt und hinausspuckt und aus mir herausschießt wie der Korken aus einer Champagnerflasche, putz, putz!, wie der Doktor Charcot sagen würde.

(Aber du, Bruno, weißt, du, Bruno Mlock, weißt als einziger, daß ich das ganze Jahrhundert hindurch nur dir entgegenlaufe! Und daß man mir diese Botschaft nur angehängt hat wie einem Rennpferd die Startnummer!)

Den ganzen Tag, den ganzen Abend und die ganze Nacht haben mich Mutter und Vater gesucht, bis sie mich auch, diese kleinen Dummköpfe, von den k.u.k.-Gendarmen mit Federbuschhelmen suchen ließen. Und am Nachmittag des darauffolgenden Tages kam ich mit der schwarzen Blutsuppe und dem Korb voller Leber- und Blutwürstchen nach Hause, die Zunge hing mir bis zu den Knien, denn es war wahrlich kein Vergnügen, das Ganze die Treppe raufzuschleppen.

Kaum daß mir Mutter die Tür geöffnet hatte, holte ich tief Luft und sagte: Edison wurde 1847 geboren. Ich fürchte jedoch, daß sie mich nicht ganz verstand. Als sie mich da mit der Kanne duftender (stark gewürzter!) Blutsuppe und dem Korb voller Leber- und Blutwürstchen stehen sah, empfahl sie sich und ging zu Boden, aber wie immer in ihrem Leben (wie fast immer in ihrem Leben) sprang Vater rechtzeitig herbei und fing sie in seinen Armen auf.

(Die Schlachtleckereien waren nicht von den Horáčeks, das

muß ich Ihnen noch schnell verraten. Bevor man mich wieder aus dem Luftschiff entließ, hatte man mir zu Ehren nämlich noch ein Schwein geschlachtet! Und da in Luftschiffen alle Schweine hohe Ränge haben, war dies ein Oberst-Schwein. Die aus ihm gefertigten Blutwürstchen hatten die Form einer salutierenden rechten Hand.)

(Aber ja doch, noch ein Nachtrag. Und zwar zu dem berühmten Neurologen und Hypnotiseur Jean Martin Charcot! Er starb leider schon 1893, so daß er mich kaum in einem 1905 über Brünn schwebenden Luftschiff hat hypnotisieren können. Es muß also jemand gewesen sein, der sich als Charcot verkleidet hatte. Wie rührend! Die Botschaft sollte mir wohl von der Bildungselite des neunzehnten Jahrhunderts übergeben werden, und dabei durfte Charcot nicht fehlen. Aber warum fehlte dann Thomas Alva Edison? Das verstehe ich nicht, und Sie sollten auch nicht versuchen, es zu verstehen. Ich sage es immer wieder, das Bemühen, immer alles zu verstehen, ist erbärmlich und verachtenswert.)

5

Das mystische Glühen

Im Jahre 1908 wurde Vater anläßlich der Jubiläumsfeiern zum siebzigjährigen Bestehen der Nordbahn des Kaisers Ferdinand nach Wien eingeladen und auf dem Wiener Bahnhof in einer kleinen Gruppe von Maschinenführern fotografiert, vor einer Lokomotive mit dem berühmten Namen Ajax (die 1841 von der englischen Lokomotivfabrik *Jones Turner & Evans* im englischen Warrington hergestellt wurde). Im Hintergrund stand die modernste Gölsdorfer Vierzylinderlokomotive mit

Dampftrockner aus der Serie 210, und gerade die Konfrontation der Gölsdorfer mit der Ajax verlieh der Fotografie eine lebendige Dramatik. Vater rahmte das Foto ein und hängte es an die Wand neben ein Ölgemälde mit der Einfahrt in den Eisenbahntunnel im Alpenpaß des Semmering.

An dieser Stelle muß aber präzisiert werden, daß Vater mit der Lokomotive Ajax niemals gefahren ist, weil er damit gar nicht hatte fahren können: sie wurde schon im Jahre 1874 ausrangiert. Lange bevor er Lokomotivführer wurde. Er war noch immer der jüngste aus dieser ganzen fotografierten Gruppe von Lokomotivführern.

Als mein Großvater Lew Konstantinowitsch Trotzkij Anfang der achtziger Jahre des vergangenen Jahrhunderts nach Amerika ging, tat er dies aufgrund einer missionarischen Berufung, einer tiefen religiösen Verzückung, die sein ganzes Leben dominierte und sich durch den Tod seiner Frau in ein mystisches Wüten verwandelte. Vater erbte von ihm eine ebenso gewaltige mystische Ausstattung, wie sie sonst nur Visionäre, Propheten und heilige Märtyrer kennen, in seinem Falle wandte sie sich jedoch ganz und gar den Lokomotiven zu. Als er zum erstenmal einen Zug erblickte (noch als Bübchen und irgendwo in der russischen Steppe, wenn Sie so wollen, also in der Wüste, an einem Ort religiöser Erleuchtung), wurde sein kindliches Körperchen von einem mystischen Glühen geschüttelt, und keine Kraft der Welt hätte ihn noch von dem Entschluß abbringen können, Lokomotivführer zu werden. Und das wurde er bereits mit einundzwanzig (fünf Jahre vor meiner Geburt), was damals bei der Eisenbahn einfach etwas Unerhörtes war, wenn Sie bedenken, daß der angehende Lokomotivführer seine Gesellenjahre als Schlosser absolvieren mußte und erst dann auf der Lokomotive heizen durfte, lange Jahre nur Heizer sein durfte und dann wiederum lediglich Züge rangierte und zusammenstellte, bevor er anfangen konnte zu fahren, zunächst lediglich mit Güterzügen, und erst, wenn er sich bewährt hatte, stieg er auf Personenzüge um, und erst viel später wurde er auch für Schnellzüge zugelassen (vom langen Militärdienst ganz zu schweigen). Verstehen Sie, mit einundzwanzig Lokomotivführer zu werden war dasselbe wie mit fünfundzwanzig General, mit dem Unterschied, daß letzteres zuweilen dennoch vorkam, während es nur einen einzigen einundzwanzigjährigen Lokomotivführer in der Geschichte der österreichisch-ungarischen Eisenbahn gab. Ein derart schneller Dienstaufstieg war lediglich durch geradezu wundersame Fähigkeiten möglich, die erst durch Vaters mystische Verzückung in Gang gesetzt wurden. Jedem, aber auch absolut jedem war klar, daß er für das Führen von Lokomotiven geschaffen war. Was sich auch darin ausdrückte, daß er in späteren Jahren niemals eine Karriere bei der Eisenbahnverwaltung anstrebte, sondern bei seiner Lokomotive blieb. Denn sie war sein Alpha und Omega, sein Wille und sein Schicksal.

Ebenso wie Vater für die Lokomotiven geschaffen war, war ich für Bruno geschaffen und ging in Großvaters und Vaters Fußstapfen brennend durch das mystische Glühen. Und wenn sich meine hungrige Sehnsucht lediglich von Zeit zu Zeit verzweifelt und traurig entlud, blieben meine Träume mit Bruno vollgestopft. Und warum sage ich nicht gleich, zugepfropft?

6

Die Tiere von Landskron

In Landskron, auf den Gütern meines Onkels Helmut Sammler, verlebte ich zwischen 1904 und 1914 eine lange Reihe glücklicher Sommermonate, eine lange Reihe von Ferien, und erst der Krieg hat mich, schnipp schnapp, von Landskron abgeschnitten. Und nach dem Krieg, meine Freunde, war ich auf einmal schon achtzehn, und die Kindheit verschwand wie ein Mantel, den Ihnen jemand im Wartezimmer beim Zahnarzt klaut, und als ich dann auch noch erfuhr, daß auf dem Gut mittlerweile ganz andere Tiere waren, vollkommen andere Tiere, verlor ich die Lust, nochmals hinzufahren. Und in der Tat bin ich nie wieder nach Landskron zurückgekehrt und würde mich mit Händen und Füßen gegen jedermann wehren, der mich dort mit Gewalt hinschleppen wollte. Denn wie habe ich diese Tiere geliebt! Und wie wenig habe ich mich, meine Wuschelchen, damit abfinden können, daß man sie wie Socken gegen neue, frisch gewaschene Tiere ausgetauscht hatte!

Der zweitälteste Bruder meiner Mutter, Onkel Gerhard Sammler, war Professor am ersten Koedukations-Gymnasium in Königgrätz (an einem der ersten in der Monarchie: die Koedukation wurde damals zur lodernden Fackel des Fortschritts, zu einem Pfeiler des Tempels der modernen Zeit) und zudem ein leidenschaftlicher Naturkundler. Er überlegte eine Zeitlang, auf den Gütern von Landskron – natürlich mit dem Segen seines Bruders Helmut – eine naturwissenschaftliche Forschungsstation einzurichten. Und so kamen zu den Haustieren auch Tiere hinzu, die auf einem Gut normalerweise nicht gehalten werden. Man könnte sagen, exotische, aber auch halbexotische oder zumindest viertelexotische. Um genauer zu sein: Könnte es Ihnen scheinen, daß ein Uhu nicht exotisch genug ist? Und haben Sie mal einen gesehen, wenn Sie nachts aus dem Haus gekommen sind und über den Hof das Häuschen mit dem ausgeschnittenen Herzchen angesteuert haben, haben Sie ihn auf dem zugezogenen Verdeck einer abgestellten Kutsche sitzen und mit großen gelben Augen in die Dunkelheit blinzeln sehen? Oh, du mein stolzer Vogel, der du dein Gefieder wie einen königlichen Hermelin trugst! Wer hat dir den Hals umgedreht, bis dein Herz platzte wie eine Kastanie beim Rösten?

Es lebte hier aber auch ein ganz zahmer Fuchs, und wenn er sich faul in der Regenrinne breitmachte und sein zottiger roter Schwanz über uns baumelte, wirkte er ganz schön ausgebufft. Und der Marder erst, über den ich in *Brehms Tierleben* lauter blutrünstige Geschichten gelesen hatte. Hier mußte ich nun besorgt mit ansehen, wie er sich flink an ein Hosenbein oder einen Rockzipfel hängte, mit Schwung auf die Schulter der betroffenen Person lief, dort herumspazierte und sich mit seinem ganzen Wurstkörperchen um den Hals des Betreffenden drehte, um sich mit dem Köpfchen am Adamsapfel zu reiben, bis er sich dann irgendwo wieder abseilte. Ich wurde auch Zeugin, wie er einmal zwischen den Brüsten einer Magd verschwand und dort irgendwo hin- und herschwankte wie Quecksilber. Offensichtlich brachte er diese Nummer oft und regelmäßig, denn die Magd kreischte nur amüsiert, und als das Marderköpfchen dann wieder in ihrem Ausschnitt auftauchte und um sich schaute, kreischten wir dann bereits alle. Ach, was hat man dir angetan, mein armer Bibo (Bibo-Fibo, Königs-Pipo!), oder hast du es geschafft, dich rechtzeitig über das Reetdach der großen Scheune aus dem Staub zu machen?

Keines meiner geliebten Landskroner Tiere hat den Ersten Weltkrieg überlebt, denn Onkel Helmut bot sie der Armee zur Requisition an, wobei die außergewöhnlichen Fähigkeiten des Affen Flik (die nur ein wirklicher Dummkopf übersehen konnte) zu Spionagezwecken genutzt wurden. Er starb wie die meisten Spione, vor Tagesanbruch und ohne Beichtvater. Die österreichische Armee wußte es leider nicht zu schätzen, daß sie wahrscheinlich das beste Theater der Welt requiriert hatte, und verfuhr damit wie mit gewöhnlichem Vieh und Geflügel: schlachten, häuten, ausnehmen.

Aber greifen wir den Ereignissen nicht vor.

7

Skandal am Koedukations-Gymnasium

An dem Affen Flik, einem wunderbaren Schimpansen-exemplar, wollte Onkel Gerhard ursprünglich den damals noch sehr provozierenden darwinistischen Gedanken von den Verbindungsgliedern zwischen der Tierwelt und der Welt des Menschen demonstrieren, und auch, daß man durch eine systematische, konzentrierte und beharrliche Dressur aus einem Affen ein Geschöpf machen kann, das sich vom gewöhnlichen loyalen Wiener Steuerzahler nur durch eine größere Geschicklichkeit beim Klettern auf den Kandelabern der Ringstraße unterscheidet.

Nichts von den großartigen Tierexperimenten des Onkels wurde jedoch letztendlich verwirklicht. Er versammelte lediglich die Tiere auf dem Landskroner Gut und bereitete den Boden für sein tierisches Experimentieren, das zum Beispiel die Kenntnisse über das Zusammenleben von Tieren in größeren heterogenen Gruppen vertiefen sollte. Dann aber fing er leider ein Techtelmechtel mit einer minderjährigen Schülerin an, und am Königgrätzer Gymnasium brach ein fürchterlicher Skandal los, wie ihn die Gymnasien der Monarchie noch nicht erlebt hatten, zumal Onkel Gerhard seine Schülerin dann auch noch entführte und irgendwo mit ihr verschwand.

Er wurde steckbrieflich gesucht, aber sie waren vom Erdboden verschwunden. Man erzählte, daß er Zuflucht in der Antarktis gefunden und sich dort mit seiner Schülerin ein Iglu gebaut hatte, in dem sie bis ans Ende ihrer Tage glücklich lebten. Und nur ein einziges Mal sei ihre Idylle bedroht gewesen, und zwar als der englische Polarforscher Captain Robert Scott im Januar 1912 auf seiner Südpolexpedition ihre Spuren entdeckte. Deshalb habe er auch sterben müssen (Onkel Gerhard stellte ihm eine Falle wie für ein Mammut). Bis zum heutigen Tage sollen auf dem Südpol Kinder von Onkel Gerhard und seiner minderjährigen Schülerin leben, und auch Kinder ihrer Kinder, in jeder Hinsicht wunderschöne, mit einem dichten weißen Fell bewachsene Menschen, denn auch in der eisigen Einöde hat Onkel Gerhard nicht von seinem naturkundlichen Experimentieren abgelassen.

Aber aufgepaßt, Onkel Helmut geriet wegen Gerhards Anteil an den Landskroner Naturalien, den Lebensmittelkörben, in eine höchst komplizierte Rechtslage. Jemanden für verschollen zu erklären war damals eine schwierige Amtshandlung, und so sammelte er Gerhards Landskroner Lebensmittelkörbe lieber in einem großen, gut gekühlten Keller, den er zu diesem Zwecke ausheben ließ (richtig, meine Herren, mir ist gleich in den Sinn gekommen, daß es Ihnen auch in den Sinn kommen wird: Der Keller, den Onkel Helmut aushob oder ausheben ließ, unterschied sich wahrscheinlich nicht besonders von der Mammutfalle, in der Onkel Gerhard den englischen Polarforscher gefangen hatte, und ich fürchte, daß er und seine Schülerin den Captain Robert Falcon Scott dann auch verspeist haben, denn warmes Fleisch war in der Antarktis schon immer eine nicht zu verachtende Gottesgabe). Erst durch den Ausbruch des Ersten Weltkriegs wurde die Todeserklärung praktisch über Nacht vereinfacht, und die Amtshandlung konnte ausgeführt werden. Onkel Helmut teilte Gerhards Korb dann gleichmäßig zwischen meiner Mutter und ihrem Bruder, dem Kapuziner auf (will heißen, er schickte seinen Teil in das Alpenkloster) und gab auch noch die Anteile aus den sechs Jahren dazu, als Gerhards Körbe noch im Keller gesammelt wurden. So verbrachten wir die gesamten Kriegsjahre wie die Maden im Speck, und während beispielsweise die Schlacht um Verdun wütete, stopften wir uns fürchterlich mit Pastetchen voll, und in uns tobte eine ganz andere Schlacht.

Nun habe ich mich aber schon zu weit von dem Affen Flik entfernt, und so erlauben Sie mir bitte, mit demütigem Schnaufen zurückzutraben.

8

Das Theater der Welt

Nachdem Onkel Gerhard sich so unnachahmlich verpieselt und sich deshalb um seine Landskroner Versuchstierfarm nicht mehr gekümmert hatte, nahm sich der Affe Flik – wohlbemerkt erst nach einem gewissen Zögern – dessen an, wessen er sich annahm.

Ich weiß es zufälligerweise ganz genau: Niemand in Landskron hat überhaupt gemerkt, was dort eigentlich mit den Tieren passierte. Nur ich, weil ich während der Ferien nicht nur stunden-, sondern tagelang die Tiere und ihre Bewegungen beobachtet habe, und diese Bewegungen ergaben dann auf einer größeren Fläche ein ziemlich verständliches Bild für mich.

Dazu muß ich aber, meine Herren, seien Sie mir da nicht böse, auch noch was sagen, auch ein bißchen etwas über die Landskroner Güter, über den Besitz von Onkel Helmut, auf dem sich alle Bewegungen der Tiere abspielten.

Der Besitz des Onkels zeichnete sich am deutlichsten dadurch aus, daß es einen besonderen Wohn- und einen besonderen Wirtschaftstrakt gab, verstehen Sie, zwei streng voneinander getrennte Welten, wie es nur auf den Gütern der reichsten Dorfgrößen üblich war, die von Verwaltern und ihren Familien bewirtschaftet wurden, während der Gutsherr selbst wie ein englischer Lord ein wenig abseits lebte, in einer Art Dorfresidenz. Und in der Tat, die prunkvolle Villa von Onkel Helmut war im englischen Landhausstil erbaut worden und von einem großen Garten umgeben, der den Komplex der Wirtschaftsgebäude nur flüchtig berührte, die sich dann zu den Sammlerschen Feldern, Wäldern, Wiesen und Jagdrevieren hin öffneten. Der eigentliche Wirtschaftsbetrieb, diese acht oder neun zum Teil gepflasterten Höfe, war von einem Halbkreis aus Speichern und Scheunen umringt, in denen alles mögliche gelagert wurde: von Landwirtschaftsprodukten und Futtermitteln über Arbeitsmaschinen, Kutschen und Bauernwagen bis hin zu Baumaterial für weitere Vergrößerungen des Gutes.

Sie ahnen wohl schon, was ich Ihnen sagen möchte. Oder nicht? Aber ja doch, so ist es. Dieser – im eigentlichen Sinne – Wirtschaftsbetrieb, die ineinander verschachtelten Höfe, die von einem Halbkreis aus Scheunen, Speichern und Lagern umsäumt waren, hatte eigentlich die Gestalt (wenngleich gewiß unbeabsichtigt) von Shakespeares Theater *The Globe*. Mit dem Unterschied allerdings, daß die berühmte elisabethanische Theaterarena doch um einiges kleiner war als diese Landskroner Bühne. Es reichte aus, aufs Dach einer der Scheunen zu klettern, und ich hatte das ganze Amphitheater, hatte das ganze Theater vor Augen.

Der Affe Flik war der Regisseur und Hauptakteur all dieser tierischen Stücke, die sich während des gewöhnlichen Tagesablaufs abspielten. Klar, von Zeit zu Zeit herrschte ein unentwirrbares Chaos. Es war ja auch schwer, das Spiel vom alltäglichen Leben auf dem Gut zu trennen, aber auch das hatte seinen Reiz. Es wurde so gespielt, daß eine jede Vorstellung auch Probe, Generalprobe, Premiere, Dernière und wer weiß was noch alles zugleich war. Flik schaute manchmal nur gleichgültig zu, wie seine tierischen Schauspieler da umherirrten, sich anrempelten und wie Stoffpuppen hinfielen, dann wurde er mit einem Male aufmerksam, unterbrach die Vorstellung irgendwo mittendrin und verbiß sich an einer Stelle, so daß sie bis zum Abend nur einen einzigen Auftritt bis zum Erbrechen wiederholten. Das war Flik. Manchmal lasch, und manchmal ein Perfektionist. Und worum es bei dem Theater ging? Ich komme gleich darauf.

Ich konnte ganze Vormittage und ganze Nachmittage auf dem Scheunendach sitzen, und nur hin und wieder ging ich mir schnell eine Scheibe Schmalzbrot holen. Onkel Helmut und Tante Helmutine waren zunächst beunruhigt, auf welche Art und in was für gefährlichen Höhen ich da die Zeit verbrachte. Als sie aber gesehen hatten, mit welcher Behendigkeit ich mich auf den Dächern bewegte, ließ der Onkel verlautbaren, daß mein Vater Russe sei, was alles übrige erkläre. Lange habe ich das nicht verstanden, bis ich dann viel später die Bilder irgendeines berühmten russischen Malers sah, auf denen Menschen über den Dächern flogen. Und so ließen sie mich dort, wenn ich schon mal dort sein wollte (ohne jedoch zu ahnen, warum ich dort war), und reichten mir nur ab und zu ein Schmalzbrot oder einen Blaubeerkuchen, meine Lieblingsleckerei, nach oben.

Ein bißchen anders war es mit den Tieren. Zuerst taten sie nämlich so, als wüßten sie überhaupt nicht, daß ich sie beobachtete, aber allmählich fingen sie an, mir ihre Zuneigung zu bekunden. Und dann wurde ich ganz schnell zu ihrem geliebten Publikum. Als sei das noch nicht genug, begannen sie auch, eine Art Kontakt zu mir anzuknüpfen. Manchmal zwinkerte mir eines der Tiere zu, und ein anderes salutierte oder machte zumindest Männchen. Bis dann eines schönen Ferientags … aber nein, greifen wir nicht schon wieder vor.

Einmal, meine Lieben, fuhr ich mit meinem Vater zu den Passionsspielen in Niemes. Nachdem Vater vom orthodoxen Glauben abgefallen war, war er ein lauer Katholik geworden, aber darüber wissen Sie schon das Ihre. Er heiligte die Feiertage, doch sein Herz flammte woanders. Sein Verhältnis zur Liturgie blieb (zumindest formal) dennoch orthodox. Und die Passionsspiele hatten genau das, was er bei der katholischen Zeremonie nun doch vermißte. Die Niemeser Passionsspiele waren zudem auch dadurch interessant, daß sie damals in doppelter Fassung aufgeführt wurden, auf tschechisch und auf deutsch, es spielten sowohl tschechische als auch deutsche Siedler. Vielleicht wird noch einmal die Rede darauf kommen, jetzt geht es mir um etwas anderes. Mit der frischen Erfahrung aus Niemes wurde mir nämlich bei der täglichen Beobachtung der Tiere bewußt, daß auch sie Passionsspiele aufführten und daß der Affe Flik darin den Christus spielte.

Nie wieder bin ich Zeugin einer eindrucksvolleren Darstellung der Gestalt Christi gewesen. Kein modisches Schönheitsideal, kein robuster Teenager-Kitsch, kein Rock-Superstar, wie wir es heute auf den Theaterplakaten sehen! Dies war ein ganz anderes Spektakel! Der etwas über einen Meter große Schimpanse Flik, auf dem Rücken einen riesigen gegabelten Klotz – das schreckliche Kreuz – schleppend, bewegte sich eigentlich auf drei Extremitäten (mit einer der vorderen hielt er das Kreuz, während sich die andere nach Affenart auf die Gelenke der monströsen Finger stützte), er kroch, warf sich hin und her, fiel immer wieder hin und richtete sich dann mühsam wieder auf, im Gesicht diese Affengrimasse. Ich spürte, daß mich gerade diese Szene persönlich betraf. Und als die Tiere, die Fliks Kreuzweg säumten, auf vielfältige Art und Weise ihre Verachtung und ihren Haß kundtaten, wollte ich, obwohl ich sehr wohl wußte, daß sie es nur spielten, daß sie diesen Haß nur spielten, wollte ich schreien: Neeein, um Gottes willen, neeein! Hört auf damit! Aber der Weg führte unwiderruflich auf den Berg Golgatha, und alles näherte sich unaufhaltsam dem Augenblick, da der Vorhang im Tempel zerriß und Fliks Affengesicht unter der Dornenkrone die dicke Unterlippe wie einen

Löffel nach vorne schob und sie ruckartig von einer Seite zur anderen bewegte! Flik spielte den Christus der Erniedrigten und Verunstalteten, den Christus der Krüppel und der Rollstuhlfahrer, den Christus der Gelähmten und der Mißgebildeten, den Christus der menschlichen Mißgeburten und der Zwerge, den Christus derer, die in den Kehlen ihrer Mütter Schreie des Abscheus und des Ekels hervorriefen, nachdem sie der Gebärmutter entlaufen waren. Aber wenngleich ich auch damals schon alles mögliche begriffen hatte, habe ich noch nicht wissen können, daß genau das der wahre Christus meines Jahrhunderts war, der Christus des Yperits, der Schrapnelle, Minen und des Napalms, des Doktor Mengele, der gekreuzigte jüdische König, der Christus von Hiroshima und Tschernobyl, nein, entschuldigen Sie, das habe ich damals (im Sommer 1908) nicht einmal ahnen können.

Die Landskroner Tiere spielten aber nicht nur die Passionsspiele. Sie hatten ein ziemlich umfangreiches Repertoire, und erst rückblickend und aus dem Abstand der folgenden Jahre meines Lebens heraus ist mir bewußt geworden, daß das damals das wahre Theater der Welt war. Theaterszenen aus der Menschheitsgeschichte und Kapitel aus der Historie, über die ich dann in der Schule lernte. Erst aus einem sehr großen Abstand heraus habe ich begriffen, daß sie auch einige Bilder der Zukunft, oder wie ich es nennen soll, spielten. Erst als diese Zukunftsbilder im Laufe meines Lebens zu einer düsteren Gegenwart wurden, begann ich sie rückwirkend zu verstehen. Das, was die Welt bewegte, hatte ich schon im voraus gekannt, und ich wußte auch schon einiges darüber, wie es enden würde. Dank meiner Landskroner Kindheit unter Fliks Tieren war ich also viel besser als alle anderen auf alles vorbereitet, was uns in diesem Jahrhundert erwartete. Aber nein, so ist es nicht. Niemand konnte vorbereitet sein auf das, was uns erwartete. Ich kannte lediglich einige zufällige Bilder, aus denen man nichts zusammensetzen und verstehen konnte. Aber auch wenn ich alles haargenau gekannt hätte, schön Bild für Bild, hätte es mir nichts genützt. Ich hätte es nicht geglaubt! Kein Theater der Welt hätte uns vor dem retten können, in das wir einträchtig hineinliefen wie glückliche Schweinchen in ein offenes Maul.

9

Sonja, du meine Liebe!

Ich saß auf meinem Lieblingsplatz auf dem Scheunendach, möglichst weit weg vom Blitzableiter, wie mich der Onkel beschworen hatte, biß von meinem Blaubeerkuchen ab, und plötzlich sah ich, wie Flik eines der Tiere zu sich rief, ohne das Stück dabei zu unterbrechen (es war übrigens nur ein unbedeutendes Kaninchen, das sowieso nur untergeordnete Nebenrollen spielte und als Mädchen für alle und alles diente), er rief das Kaninchen zu sich und zeigte auf mich. Das Kaninchen nickte resigniert, kletterte über den Zaun des einen und gleich darauf des zweiten Hofes und kraxelte über den anliegenden Holzstapel zu mir aufs Dach.

Ich erwartete mit freundlichem Interesse, was eine Ermutigung für es hätte sein können, denn dies war, schätze ich – und ich glaube, daß ich mich nicht irre – sein erster vertraulicher Kontakt mit Menschen. Als es jedoch bis nach oben geklettert und schon auf meiner Höhe angelangt war, so daß es mit seiner Schnauze fast mein Knie berührte, war ihm sofort anzumerken, daß es die geheimnisvolle Grenze, die die Menschen von den Tieren trennt, leider nicht zu überschreiten vermochte, daß es nicht in der Lage war, irgendwie menschlich mit mir zu kommunizieren.

Aber keine Bange, Flik ließ es nicht im Stich. Er ermutigte es aus der Ferne, zum einen durch so ein aufmunterndes Affengekreische und zum anderen durch wildes Gewinke mit all seinen Affengliedmaßen. Das Kaninchen konnte das Winken zwar nicht sehen, da es Flik den Rücken zugekehrt hatte, aber auf irgendeine Art und Weise wußte es von ihm, das auf jeden Fall. Damit aber noch nicht genug. Fliks Aufmunterungen schlossen sich spontan alle anderen Tiere an wie Fans bei einem Match, auch sie kreischten und wedelten mit Pfoten und Schwänzen, bleckten aufmunternd ihre Zähne, sträubten sich vor Ergriffenheit und zitterten wie Sülze (mit der gerade laufenden Aufführung war also Schluß, die war ganz und gar gerissen und verstreut wie eine Perlenkette), und das Gekreische mischte sich mit Knurren und Murren, mit Schmatzen, Zischen und Rülpsen, und das Kaninchen stand auf den Hinterbeinen mit erhobenen Vorderpfoten vor mir, es war dabei absolut regungslos und konzentriert, das Ärmste, um etwas auszustoßen, was ihm jedoch nicht gelang, als hätte es einen Pfropfen in der Kehle (möglicherweise aber auch in der Seele!). Und Flik, der Affe, steigerte sogleich sein Gekreische und Gehopse, und auch alle anderen Tiere bemühten sich nach Leibeskräften, sie vervielfachten ihr Winken, Hüpfen und Stöhnen, und so schloß ich mich zu guter Letzt auch an und brachte meinen Kopf und die Glut meiner Augen in unmittelbare Nähe des Kaninchens, ich hockte da, pendelte hin und her und beugte mich schaukelnd nach vorn, und mit zu Fäustchen geballten Händen dirigierte ich die aufmunternden Bewegungen (sehen Sie das, meine Herren? Sehen Sie, wie die Tiere da springen und kreischen und ich dem Kaninchen gegenüberhocke, meine Augen in die seinen gebohrt, und aufmunternd schaukele?), bis sich schließlich, dank unser aller Bemühungen, etwas regte in dem Kaninchen, und da wir nicht nachließen und es aus ihm herauspreßten, als hätte eine riesige, aus unserem Willen entstandene gemeinsame Hand das Kaninchen wie einen mit Hasenpastete gefüllten Darm gequetscht, lief es ihm schließlich durch die Kehle und flog aus ihm heraus, und das Kaninchen rief: Der Schimpanse Flik, das bin ich, dein Bruno! Sonja, du meine Liebe!

Und im selben Augenblick sprang Flik wie verrückt mitten im Hof herum, er breitete seine Affenarme in meiner Richtung aus und trommelte sich mit seinen behaarten Fäustchen auf die behaarte Brust!

Das Kaninchen, dieser Liebesbote, verwelkte wie eine Lilie und kullerte vom Dach herunter.

10

Der Reinkarnationsweg

Doch ich sehe Sie betrübt dasitzen, und es sieht nicht gerade so aus, als ob Sie sich Tränen der Rührung abwischen. Die Liebesbegegnung eines Schimpansen mit einem achtjährigen Mädchen hat Sie vermutlich in Verlegenheit gebracht. Natürlich, ich gestehe, daß auch mich das empört hätte, wenn nicht ausgerechnet ich das Mädchen und Bruno der Schimpanse gewesen wäre. Bruno hatte lange gezögert, bevor er sich entschloß, in Schimpansengestalt vor mich zu treten. Er hatte Angst, nehm' ich an, und deshalb hatte er mich lange nur beobachtet und war sehr erfreut, daß ich mich gerade auf dem Dach niedergelassen hatte, wo er mich ständig vor Augen hatte. Da er sich aber überhaupt nicht sicher war, wie es mit ihm weitergehen und in welcher Gestalt er das nächste Mal erscheinen würde, dachte er, daß die eines Schimpansen noch ganz passabel sei. Denn das Register der Ungeheuer und der Katalog der Tiergestalten sind in der Tat sehr umfangreich.

Aber Moment mal, gerade fällt mir ein, gerade wird mir klar, daß ich Ihnen das noch gar nicht gesagt habe. Habe ich es Ihnen wirklich noch nicht gesagt? Nach Brunos Tod, nachdem er (am 4. Januar 1900) in der Donau ertrunken war, blieb nur noch eine einzige Möglichkeit, uns hier auf Erden zu treffen. Und das war gleichzeitig auch ein langer Weg zurück zur Menschengestalt. Wann er aber wieder Mensch werden würde, wann dieser Reinkarnationsweg zu Ende sein würde, davon hatten wir leider keine Ahnung. So war ich glücklich, daß ich ihn überhaupt treffen durfte. Aber auch diese Annäherung unterlag einer strengen Ordnung, wie Sie noch hören werden.

11

Schüsse in Sarajevo

Am Tag nach unserer Annäherung nahm mich Bruno gleich in seine Theaterclique auf, als Erstes Naivchen, und er selbst spielte jetzt regelmäßig die Rolle des Ersten Liebhabers. Wenn die Landskroner Tierspiele, wie ich bereits erwähnt habe, der Gegenwart entweder vorauseilten oder ihr hinterherhinkten (wenn es sich um historische Bilder oder – umgekehrt – um Bilder aus der Zukunft handelte), war es in einem Fall doch anders. Als ich zu meinen letzten Ferien nach Landskron kam (damals hatte ich freilich noch keine Ahnung, daß es meine letzten Ferien in Landskron sein würden), war ich schon vierzehn. Und mit der Ankunft hatte ich mich, ich weiß nicht mehr warum, verspätet. Es war der 28. Juni 1914.

Unter den Tieren herrschte außergewöhnliche Aufregung, und Bruno brannte schon vor Ungeduld. Diesmal spielte er jedoch nicht die Rolle des Ersten Liebhabers. Noch bevor ich mich's recht versah, setzte sich alles in Bewegung, und an meiner Seite erschien ein großer stattlicher Ziegenbock (der in einem Stück von Bruno schon mit Erfolg Abraham Lincoln gespielt hatte), und peng! peng! hörte ich Brunos Schreckschußpistole, der Bock bäumte sich auf und warf sich zu Boden, und Bruno gab mir ein Zeichen, daß auch ich mich hinschmeißen solle. Eine Weile lagen wir herzergreifend da wie ehrwürdige Leichname. Und am nächsten Tag las ich in der Zeitung, daß zur selben Zeit, als wir es gespielt hatten, in Sarajevo Schüsse knallten und der serbische Student Gavrila Princip den habsburgischen Thronfolger erschossen hatte. Ich begriff, daß ich in jener Theaterszene aus der Gegenwart die Gemahlin des Thronfolgers gespielt hatte, die Gräfin Sophie Chotek, diese strenge Schönheit. Lange saß ich dann (in meinem Landskroner Zimmer) vor dem Spiegel. Jawohl, meine Herren, es gab keinen Zweifel, ich war der Gräfin ebenbürtig. Schon mit meinen vierzehn Jahren hatte ich das Gesicht (und als ich dann vor dem Spiegel hin- und herstolzierte, auch die Gestalt) einer strengen aristokratischen Schönheit.

12

Als Erbauerin von Palästen und Tempeln

Ich habe Ihnen bereits von der Reise auf die Insel Kreta im Ägäischen Meer erzählt, und es wird die Zeit kommen, da ich Ihnen auch von der Reise in die Karpato-Ukraine erzählen werde. Aber nur sehr ungern würde ich, hören Sie, wirklich ungern, die Reise nach Wien vergessen, eine Reise, zu der es um ein Haar nicht gekommen wäre, obwohl Wien so nah liegt, daß man sich von den Fenstern der äußersten Häuser des südlichen Teils von Brünn mit den Wienern in den Fenstern der äußersten Häuser an der nördlichsten Peripherie von Wien durch Schreie verständigen kann. Aber ehrlich gesagt, so ist es doch immer. Wenn Sie zum Beispiel in Prag wohnen, direkt gegenüber dem Nationaltheater, kann es Ihnen durchaus passieren, daß Sie nie im Leben die *Verkaufte Braut* sehen, während Sie sich, wenn Sie irgendwo leben, wo sich die Füchse gute Nacht sagen, in dieser goldenen Kapelle wie zu Hause fühlen können und Sie die Platzanweiserinnen schon von weitem mit fröhlichem Fuchsgebell begrüßen.

Ich brauche Ihnen, meine Teuersten, wohl nicht zu erklären, was Wien für mich bedeutete. Jawohl, es war mir teuer, meinem Herzen nah und teuer. Besonders die Leopoldstadt, wo Bruno Mlock geboren wurde und seine frühe Kindheit verbracht hatte. Von der Donau ganz zu schweigen, Brunos Grab, wo sich unter der Eiskruste hungrige Hechte um seinen ausgemergelten Körper rauften. Wien sollte einmal unsere Hochzeitsstadt werden, so haben Bruno und ich das in Landskron beschlossen. Wenn er nämlich auf seinem Reinkarnationsweg zurückgestolpert käme, wenn er sich wieder in seiner menschlichen Gestalt entpuppen würde.

Aus der Reise nach Wien ist nun jedes Jahr aus irgendeinem Grunde nichts geworden. Zu jener Zeit hielt man mich zu Hause noch kurz angebunden, an einer sehr kurzen Leine, wie es damals übrigens üblich war. Nicht auszudenken, anders als mit den Eltern nach Wien zu fahren! Ich kam nicht weiter als in den Ferien nach Landskron, wo man davon ausging, daß ich unter der Aufsicht der evangelisch strengen Sammlers stehen werde. Darüber hinaus führte auch die Bahnstrecke, die Vater damals befuhr, über Landskron. Er hatte zwar nie Zeit, nach mir zu sehen (der Zug hielt an der Station nur zwei Minuten), aber dafür mußte ich mich jedesmal auf dem Bahnsteig zeigen, die Arme seitwärts heben, Beine grätschen, hüpfen, mich umdrehen, dem Vater vorführen, daß es mir gutging, daß mich der Hund nicht zerrauft, die Gans nicht gerupft und der Bulle nicht geschwängert hatte.

Als ich nun also begriffen hatte, daß ich mir das alles selber und anders einrichten müsse, ging ich in die große Drogerie und Apotheke in der damaligen Schmerlingstraße (später Legionärenstraße), holte dort einen Sack voll leerer Verpackungen, Schachteln und Schächtelchen von allen möglichen Abführmitteln, Salben, Medikamenten und Arzneien und machte mich an die Arbeit. Ich hatte beschlossen, aus dem Abfallmaterial die Stadt meiner Träume zu errichten.

Ich war schon immer die aufmerksamste Zuhörerin von Vaters Erzählungen über Wien gewesen. Und was hat er nicht alles darüber erzählt! Die Nordbahn des Kaisers Ferdinand, die Wien mit Galizien verband, war nämlich seine erste Strecke als Maschinenführer gewesen (aber das habe ich ja schon erzählt, ermahnen Sie mich, bitte, wenn ich mich wiederhole), von Wien aus war er zum erstenmal als Lokführer gefahren, während er vorher auf verschiedenen Strecken als Heizer und Ersatzlokführer gependelt war. Aus diesem Grund war Wien seine Festtagsstadt (genau so, wie es einmal meine Hochzeitsstadt sein wird!), aber gleichzeitig auch die Stadt der alltäglichsten Tage, weil seine Turnusse hier oft begannen und auch endeten.

Und da ich also keine Hoffnung hatte, in den nächsten Jahren in die Stadt meiner Träume zu gelangen, machte ich mich daran, sie zu erbauen, ähnlich den Auswanderern, die sich ihre europäischen Städte in Amerika wieder aufgebaut haben, nachdem sie die Hoffnung aufgegeben hatten, sie jemals wiederzusehen. Mit dem Unterschied allerdings, daß ich sie nur aus Pappschachteln, Kartons und nach Vaters Erzählungen errichtete.

Problemlos baute ich aus den Apothekerschachteln, -schächtelchen und -verpackungen die Gebäude des Hoftheaters und der Wiener Staatsoper zusammen, aber auch die zwei Barockschlösser des Belvedere mit dem ausgedehnten französischen Park, das neugotische Rathaus, die Universität, das Naturhistorische Museum, den Justizpalast sowie die Palais der Kinskys und der Esterházys, ohne dabei diverse Kirchen außer acht zu lassen, die Votivkirche, an deren neogotischem Filigran ich mich zugegebenermaßen ziemlich ausgetobt habe, den Stephansdom, die Kapuzinerkirche mit der Kaisergruft oder die Karlskirche samt den triumphalen Trajanssäulen und der mächtigen Kuppel. Genossen habe ich auch den Bau der Hofburg und des Schlosses Schönbrunn, und dabei auch das supermoderne Haus auf dem Michaelerplatz nicht vergessen, ein Werk des Architekten Adolf Loos, das den Kaiser höchst selbst so erregt hatte. Das alles war nun wirklich kein Problem für meine geschickten Händchen, ich klebte aus den Pappschachteln Tempel und Paläste, Gebäude im barocken, klassizistischen, neogotischen und Jugendstil, so wie ich sie bis ins Detail kannte, nicht nur aus Vaters Erzählungen, sondern auch von den Postkarten, von dem Stapel Ansichtskarten, die er uns aus Wien geschickt hatte. Schwieriger war es mit den namenlosen und anonymen Gebäuden, von denen es in jeder Stadt am meisten gibt.

13

Auf nach Wien!

Bisweilen versetzte ich Vater mit diesem unendlichen Ausfragen in Staunen. Plötzlich interessierte mich jede Kleinigkeit, die Fassaden von Wiener Gebäuden, Details der Parterre, aber auch jeder Kratzer im Putz.

Vater hatte wahrlich ein phantastisches Gedächtnis, das – wie bei jedem ordentlichen Lokführer – durch das tägliche Verfolgen der Bahnstrecke trainiert war. Er wußte nicht nur von jedem Baum, Häuschen, Schuppen, von jeder Wiese, jedem Waldstück und Rübenacker entlang der Bahndämme, sondern merkte sich auch die Grashalme aller Strecken, die er je befahren hatte, wie sie auf den Hunderten von Kilometern einander folgten und was mit einem jeden von ihnen im Laufe der Tage, Wochen, Monate und Jahre geschah, auf Verlangen hätte er einen unendlichen Film dieser Strecken aus dem Gedächtnis vorführen können, wenn es zufällig jemanden interessiert hätte, wie jeder Sekunde Fahrt und jedem Strich im Fahrplan ein anderes Detail auf der Strecke entsprach. Und so durfte ich wohl hoffen, daß dieses anhaftende Gedächtnis ganz Wien kopiert und zusammengerollt hatte und daß es uns nun gelänge, es wie einen großen Teppich auszurollen, auf dem wir laufen würden, glücklichen kartographischen Tieren gleich, vom Sternenstaub der Städte lebend.

Papa, jetzt stell dir mal vor, daß du auf der Mariahilfer Straße zum Westbahnhof gehst, und versuch, nacheinander alle Gebäude zu beschreiben, die du zu deiner Linken passierst. Mich interessiert alles, an das du dich erinnerst, jede Kleinigkeit, der du vielleicht gar keine Bedeutung beimißt, aber, verstehst du, ich bin nun mal so, daß mich das interessiert.

Mädel, bist du denn verrückt geworden, weißt du denn überhaupt, wie lang die Mariahilfer ist?

Vater hatte noch viel mehr Gründe für seine Sympathie gegenüber Wien. Es ist ja eine Kaiserstadt und deshalb auch mit dem zaristischen Petersburg verwandt, wo er im Gegensatz zu Wien zwar noch nie gewesen war (eigentlich schon, er wurde dort geboren und verbrachte dort die ersten Monate seiner Kindheit, aber da hatte sich das große Aggregat seines Gedächtnisses noch nicht in Bewegung gesetzt), es dennoch aber aus dem Effeff kannte, aus dem großen Bildband *Prelesti Petjerburga,* so daß er sich traute, von einer auffallenden Ähnlichkeit einiger Wiener und Petersburger Straßen zu sprechen. Ohne mit der Wimper zu zucken, nutzte ich das aus und füllte die herausgebissenen Stellen in Vaters Wiener Gedächtnis mit schmackhaften Stückchen aus dem Petersburger Kuchen auf.

Die Arbeit an dem genauen Modell Wiens, die ich ohne viel Aufhebens im Frühling 1913 begonnen hatte (ohne meinen Eltern da Einblick zu gewähren, genausowenig, wie ich sie auch in meine Träume von Bruno eingeweiht hatte), war aber auch Ende Juni 1914 bei weitem noch nicht abgeschlossen, als ich zu meinen letzten Ferien nach Landskron fuhr (und zu meinem letzten Treffen mit Bruno in Schimpansengestalt). In Landskron war ich dann (wie ich schon erwähnt habe) bei dem Attentat auf den Thronfolger und seine Gemahlin aus dem Grafengeschlecht der Choteks zugegen, dem Attentat, dessen Echo dann irgendwo im fernen Sarajevo ertönte. Als ich in der zweiten Julihälfte aus Landskron zurückkam, machte ich mich mit termitenhafter Beharrlichkeit an den weiteren Aufbau Wiens und die weitere Plünderung von Vaters Gedächtnis. Wenngleich er bisher auch beachtliche Geduld bewiesen hatte, die, wie bemerkt werden muß, zu seiner professionellen Ausstattung gehörte, hielt er dem Ansturm seiner kleinen Quasselstrippe diesmal nicht stand, und am 26. Juli 1914 entschloß er sich plötzlich, also gut, daß wir nach Wien fahren würden, und zwar sofort, bitte schön (er hatte gerade drei freie Tage zwischen den Turnussen), und ich möge mir dort doch alles mit eigenen Augen anschauen, aber nur, wenn ich ihm schriftlich gäbe, ihn hinterher nicht mehr auszufragen.

Und so machten wir uns gleich am nächsten Tag, dem 27. Juli, auf den Weg, zu unserer aller großen Überraschung und möglicherweise auch der des Vaters selbst.

14

Schmerzhaftes Aufjaulen

Es war ein wunderschöner Tag, für einen Ausflug wie geschaffen – dieser unvergeßliche Sommer 1914! –, und alle waren wir ausgezeichneter Laune (es war mir zu guter Letzt also doch gelungen, und dabei hatte ich schon resigniert und nach einer Ersatzlösung gegriffen, denken Sie deshalb bitte daran, daß eine Ersatzlösung manchmal der Rammbock sein kann, der schließlich den Weg für die ursprünglichen Absichten frei macht!), unsere Stimmung war sogar so, daß Vater schon, als wir in Lundenburg losfuhren, das ganze Abteil zum Singen bringen wollte, aber Mutter trat ihm rechtzeitig gegen das Schienbein, so daß die ersten Worte des Liedes von einem schmerzhaften Aufjaulen jäh unterbrochen wurden. Wenn wir jetzt aber, meine Herren, den ganzen Weg durch den fröhlichen Sommertag beiseite lassen und erst vor den ersten Häuschen an der Wiener Peripherie anhalten, werden Sie wiederum mein schmerzhaftes Aufjaulen hören.

Es war nämlich etwas passiert, das mich vollkommen aus der Fassung brachte. Am hinteren Trakt eines dieser Peripherie-Häuser, die mit ihrem häßlichen Hinterteil der Eisenbahnstrecke zugewandt waren, sah ich etwas sehr Merkwürdiges und – ich würde sagen – Unheilverkündendes.

Aus der Hauswand trat eine riesige Pappschachtel hervor, aus der das Haus offensichtlich zusammengesetzt war, sie trat mit der deutlich lesbaren Aufschrift hervor: *Peterkas Abführmittel – Friede Ihren Gedärmen!*

Ich erschrak geradezu fürchterlich, da mir sofort klar wurde, was das zu bedeuten hatte. Wir waren nämlich gar nicht im wirklichen Wien angekommen, sondern nur in meinem aus Schachteln, Schächtelchen und Apothekerverpakkungen von mir gebastelten, das zu Hause unter dem Bett versteckt war.

Einerseits verstand ich überhaupt nicht, was eigentlich passiert war, und auf der anderen Seite war mir klar, daß wir in diesem Fall einer häßlichen Katastrophe entgegenfuhren. Mein Wien war doch noch nicht fertig, und es gab darin ganze Viertel, Straßen und Häuser, die es noch nicht gab. Transzendente Risse, aus denen der kosmische Durchzug wehte.

Zu meinem Erstaunen widmeten meine Eltern den Kuriositäten und Besonderheiten, die hier überall auf uns lauerten, nicht die geringste Aufmerksamkeit. Vater interessierte sich vor allem dafür, wo wir wohnen würden, denn es kam nicht in Frage, gleich wieder umzukehren. Wenn wir nun schon endlich in der Kaiserstadt waren, dann wenigstens für eine Nacht.

15

Oberst Redl und die Mariahilfer Strasse

Und hier war nun ein schnelles Eingreifen meinerseits erforderlich. Ich hatte nämlich nur zwei eingerichtete Hotels (von den anderen standen nur die Fassaden). Das berühmte Hotel Sacher, in dem Vater einst übernachtet hatte und mir deshalb als Eingeweihter darüber erzählen und mich mit genauen Beschreibungen aller Stühle, Sessel, Tische, Couchen, Diwane, Taburette, Chaiselonguen und lombardischen Halbsessel versorgen konnte, die im Sacher zu finden sind und die ich dann auch in meiner Papierminiatur aufgestellt habe. Das Sacher war berüchtigt dafür, daß seine gegenwärtige Besitzerin durchaus schon mal einem Milliardär die Übernachtung verweigerte, wenn er ihr nicht gefiel. Wenn Sie aber ein Bettler mit guten Manieren waren und die alte Dame an Ihnen Gefallen fand, dann bekamen Sie nur vom Feinsten und eine Nominalrechnung. So ein Hotel wollte ich in meinem Wien gerne haben. Bis zu unserer Ankunft habe ich es aber noch geschafft, das Hotel Klomser vorzubereiten, das Journalisten unlängst (im Zusammenhang mit der Affäre um den Oberst Redl) gründlich ausgeschlachtet hatten, so daß ich von seinem Interieur ebenfalls alles wußte. Und nun versuchte ich unauffällig, Vater das Klomser oder Sacher aufzuzwingen.

Also, ich glaube, daß wir uns mal das Hotel Klomser anschauen sollten, sagte Vater genüßlich, denn schon immer hatte er den Leckerbissen politischer Skandale gegenüber Sachertorten den Vorzug gegeben. Und meiner Mutter und mir blieb nichts anderes übrig, als zuzustimmen.

Als uns der Hoteldiener dann auf unser Zimmer geführt hatte, klimperte Vater mit österreichischen Goldmünzen, um deutlich zu machen, daß es nicht umsonst sein würde, und fragte, wo denn das Zimmer sei, in dem sich Oberst Redl erschossen hatte.

Dann hörn S' ma guat zu, gnä Herr, sagte der Diener und zeigte auf unsere Tür, da vor der Tür hat die Militärpolizei bis zwa Uhr in der Nacht gwart, derweil hier herinnen der Redl mit der Pistolen in der Hand dogsessn is. Dann endlich is a Schuß gefalln, und die Polizei is eini und hat den selbstmördrischen Körpa vom Oberst am Teppich gfundn.

Neeein! rief Vater erfreut.

Den Teppich homma natürlich reinign lassn, fügte der Diener hinzu, schüttete Vaters Goldmünzen in die Tasche und empfahl sich.

Nachdem er weggegangen war, stand Vater noch eine Weile an der Tür und horchte, bis er das Summen des Hotellifts hörte. Dann kniete er sich vorsichtig an den Teppichrand und ließ sich nach kurzem Zögern vergnügt auf ihn plumpsen, wobei er die vermeintliche Lage von Redls leblosem Körper nachstellte, bis er sich schließlich wie ein verspielter Welpe auf den Rücken drehte und alle viere hochstreckte, womit er offensichtlich seine Freude über das verdiente Ende des obersten Chefs des österreichischen Spionagedienstes ausdrücken wollte, der die geheimsten militärischen Informationen Österreichs verräterisch ins Ausland verkauft hatte. Gleichzeitig drückte er aber auch seine Freude darüber aus, daß er wenigstens mit Hilfe des Teppichs an den Schlüsselmomenten der hohen Politik teilhaben durfte. Allerdings gab es da einen Haken. Oberst Redl hatte die geheimsten militärischen Informationen nämlich vor allem an die Russen, an den Generalstab des Zaren verkauft. Seien Sie aber bitte nicht böse, ich würde darin keinen so großen Widerspruch sehen. Vater hielt einfach jeden Vaterlandsverräter für einen Dreckskerl, egal, an wen er verkaufte. Ganz zu schweigen davon – aber das habe ich ja schon erwähnt –, daß er nach dem Massaker am Blutigen Sonntag jegliche Verehrung für den Zaren Nikolaus II. aufgegeben hatte und seine Sympathien fortan dem Kaiser Franz Joseph I. galten.

Zerknittert wie eine Schindmähre erhob sich Vater vom Teppich und wurde erst verlegen, als er sah, wie wir ihn anschauten.

Laßt uns mal ein bißchen rausgehen, Mädels, wir machen einen Zug durch Wien, und er jagte uns zum Lift.

Das hatte ich aber am meisten gefürchtet.

Er führte uns zum Promenieren auf die Mariahilfer Straße. Das war die Straße, der ich die allergrößte Sorgfalt gewidmet hatte und auf die ich stolz war wie auf mein kleines Meisterwerk, so daß es den Anschein hatte, daß meine Befürchtungen in diesem Falle unbegründet waren. Alles war hier wie gedrechselt, die Fassaden wie vom Zuckerbäcker und die Dächer, meine Lämmchen, die Dächer wie vom Lebküchler. Unzählige Geschäfte, Läden und Lädchen auf beiden Straßenseiten, Firmenschilder jeglicher Form und Größe sowie bunte Sonnenschirme über den kleinen Tischen der Straßencafés. Aber wissen Sie, irgend etwas beunruhigte mich dennoch. Und jetzt sind wir bei des Pudels Kern, will heißen, bei einer schönen Teufelei. In den glänzenden Schaufenstern überall um uns herum spiegelten sich nämlich die Massen der Promenierenden. Die meisten waren gekleidet wie aus Pariser Modejournalen, einige von ihnen aber immer noch im Gehrock und mit Zylinderhut, die Damen wiederum im Korsett, geküßt von den Strahlen der längst untergegangenen Sonne der Belle Époque. Im Gegensatz zu Vater und Mutter aber, die sich friedlich durch den promenierenden Fluß bewegten, war ich in ständiger Anspannung, wohl wissend, daß hier etwas nicht in Ordnung war und gerade hier der Pferdefuß lag. Und tatsächlich, als ich mich umdrehte, sah ich mit Schrecken, wie sich die ganze elegante promenierende Masse hinter unserem Rükken, kaum, daß sie uns passiert hatte, auf den Boden warf und alle in ihren Gehröcken, Zylindern und Korsetts übereinanderkrochen. Was hatte ich wohl anderes erwartet? Denn unter dem Bett, wo das Modell von Wien versteckt war, befand sich natürlich nichts anderes als allerlei wuseliges Ungeziefer. Auch wenn es mich zugegebenermaßen ein wenig überrumpelte, daß es von diesem Ungeziefer, o Gott, so tonnenweise gab.

Wichtig war jetzt jedoch, daß Vater und Mutter sich nicht umdrehten und nicht merkten, was hinter ihrem Rücken geschah. Aber die gleiche Katastrophe, was soll ich Ihnen sagen, hätte ja auch passieren können, wenn Vater gelegentlich auf die Idee gekommen wäre, in eins der uns umgebenden Häuser zu treten, in eins der nicht eingerichteten. Er hätte die Türklinke gedrückt und drinnen nichts als gähnende Leere gesehen. Ich war einfach nicht imstande gewesen, sie alle einzurichten, zu tapezieren, möblieren und sonstwie auszustaffieren. Die Mehrheit der Häuser blieb leer wie die Herzen von Wucherern und Kupplerinnen. In der kurzen Zeit, die mir zur Verfügung stand, hatte ich es lediglich geschafft, einen kleinen Torso von Wien aufzubauen, und genau in diesem Torso mußte ich Vater und Mutter immer schön im Kreis herumführen und streng darauf achten, daß wir nirgendwo die Grenze überschritten. Gleichzeitig mußte ich alles so einrichten, daß meine Eltern, Puschelchen, meine puscheligen, nicht merkten, daß ich sie an der Leine führte.

16

Wien, Wien, du Stadt meiner Träume

Auf der Mariahilfer Straße hatten wir unterdessen die Abzweigung zum Westbahnhof passiert und näherten uns allmählich dem Park vor dem Schloß Schönbrunn, wo gerade, da schau mal einer an, achtzigtausend Wiener Schüler, die auf dem breiten grünen Wiesenplan aufgestellt waren, herzergreifend Haydns Hymne sangen:

Gott! erhalte Franz den Kaiser,
Unsern guten Kaiser Franz!
Lange lebe Franz der Kaiser
In des Glückes hellstem Glanz!

Während sie sangen, stieg Kaiser Franz Joseph I. die große Schönbrunner Treppe hinab, und umgeben von seiner Suite und seinen Generälen, nahm er die ergebene Huldigung der Schülermenge entgegen.

Vater stand unendlich gerührt da, weil der kaiserliche Greis so auffallend gebrechlich war, und gerade dadurch erfüllte er Vaters Traum von einem gütigen Herrscher, dessen Gebrechlichkeit ja geradezu die Punze echter kaiserlicher Güte war. Vater, der von seiner Ergriffenheit vollständig eingenommen war, nahm überhaupt nicht zur Kenntnis, daß eigentlich Schulferien waren und es somit keinen Gott gab, der die über alle Winkel ihrer österreichischen und ungarischen Heimat verstreuten Schüler so hätte zusammentreiben können.

Sobald die Hymne verklungen war, zog sich der Kaiser mit seiner Suite und den Generälen ins Schloß zurück, aber kaum daß das geschehen war, ertönte Haydns anrührendes Lied aufs neue, und der Kaiser tauchte augenblicklich wieder auf, und die Schüler sangen erneut. Als sie geendet hatten, zog sich der Kaiser mit seiner Suite und den Generälen wieder ins Schloß zurück, auf daß die Musik kurz darauf erneut ertönte und der Kaiser die Treppe wieder hinunterstieg. Es war wie mit einem verrückt gewordenen Automaten, der bis zum Erbrechen ein und dieselbe Rokoko-Szene wiederholt, die von immer derselben Melodie aus einer sich drehenden Metallwalze begleitet wird. Ich begriff, daß der Glanz der Rührung in Vaters Augen diesen ganzen Auftritt elektrisierte und der Kaiser, solange wir da so hängenblieben, bis in alle Ewigkeit herauskommen und sich wieder zurückziehen würde und die Schüler gerührt kreischen würden.

Ich denke, Papa, daß wir wieder gehen sollten, schlug ich vor, und Mutter schloß sich mir an. Beide faßten wir den vor Rührung erstarrten Vater von jeweils einer Seite unter und drehten ihn um, so daß er dem Schloß Schönbrunn den Rükken zukehrte.

Schau dich bitte nicht um, Papa, säuselte ich mit lieblicher Eindringlichkeit, die bei mir ziemlich ungewohnt und deshalb auch wirkungsvoll war. Kaum daß wir Vater umgedreht hatten, verstummten Musik und Gesang auf der Stelle, und statt dessen hörte ich gedämpftes Lärmen und Hasten. Ohne zu fragen, wußte ich, daß ich, wenn ich mich jetzt umdrehte, den gebrechlichen Kaiser sehen würde, wie er behende auf alle sechs fiel und mit ihm auch seine Suite, die Generäle und die achtzigtausend Wiener Schüler, und wie sie alle wie Kakerlaken in die nächsten Löcher rannten.

Als wir dann am Abend auf der Ringstraße herumspazierten, hörten wir aus der halboffenen Tür eines Cafés oder vielleicht auch Cabarets, wie jemand *Im Prater blühn wieder die Bäume* sang. Wir blieben stehen, und Mutter stimmte – zunächst leise, dann aber auch laut – mit ein, und als dann einen Augenblick später das Lied *Wien, Wien, du Stadt meiner Träume* erklang, sangen wir bereits alle mit, und diesmal kamen auch mir die Tränen, so daß ich mich zu guter Letzt wie ein nasser Cockerspaniel schütteln mußte.

Am Abend führte Vater uns dann in eine Konditorei, die, wenn man vor dem Hotel Sacher stand, gleich um die Ecke war, also in eine Sacher-Konditorei, wo er uns natürlich die leckersten Sachertorten bestellte, auf denen sich die Schlagsahne nur so türmte, die weißen Gipfel der österreichischen Alpen, und als ich mit dem silbernen Löffel durch die Eisschollen und den ewigen Schnee fuhr, eröffneten sich schokoladene Schluchten wie die schwarzen Eingeweide des Weltalls.

Ansonsten haben wir das abendliche Wien nicht sonderlich genossen. Vater jagte uns nämlich früh in die Betten; in dem Doppelzimmer mit Zusatzbett, unter dessen Zimmerdecke des Nachts – wie ein mit Gas gefüllter bunter Luftballon aus dem Prater – der Geist des Oberst Redl mit der durchschossenen Schläfe schwebte.

17

Die morgendliche und abendliche Frau Schratt

Ich ahnte – nein, nein, ich werde Sie nicht anlügen: ich wußte –, warum Vater uns so früh ins Bett gejagt hatte und wohin uns die Droschke, die er bestellt hatte, bei Tagesanbruch bringen würde.

Wir standen mit der Morgendämmerung auf, und Vater weckte den auf dem Bock zusammengekauerten Kutscher. Wir stiegen ein, und klick – in Vaters Hand öffnete sich die Lokführer-Zwiebeluhr, er beleuchtete sie mit einem Streichholz, und die Droschke setzte sich schmatzend in Bewegung. Wir fuhren durch menschenleere Straßen, und ihr Klappern hörte sich an, als klopfte Mutter das Sonntagsschnitzel. An einer Hausfassade leuchtete kalkweiß die gehässige Parole *Austria delenda est!*, die Nachtarbeit von irgendwelchen Anarchisten oder anderen Feinden Österreichs.

Es war kurz vor fünf Uhr morgens. Wir hielten unweit eines gelben Hauses mit gelben Jalousien, wiederum vis-à-vis der Gärten von Schönbrunn. Wir stiegen aus, und die Droschke verbarg sich im Schatten. Natürlich wußte ich sehr gut, was es mit diesem gelben Haus auf sich hatte. Ich hatte es ja selbst gebaut – aus einer Schachtel, in der in der Drogerie auf der Schmerlingstraße Gummischutzmittel für den Herrn verkauft wurden.

Wir warteten nicht lange. Um acht Minuten vor fünf öffnete sich die Tür des Hauses, und eine Frauengestalt kam zum Vorschein, ganz und gar in einen Mantel gehüllt, aus dem nur eine ungezogene mächtige Strähne langer schwarzer Haare geschlüpft war. Sie lief zu den Schönbrunner Gärten und wurde dort auch schon erwartet. Jemand öffnete ihr und ließ sie schnell hinein. Sie bewegte sich mit einer Sicherheit, die davon zeugte, daß sie diesen Weg bereits jahrzehntelang ausgetreten hatte, daß sie ihn täglich und immer um dieselbe Zeit ging, einer eisernen Gesetzmäßigkeit folgend. Und das verstand Vater: er schätzte Regelmäßigkeit und Pünktlichkeit als einen geheiligten Fahrplan des gesamten Universums. In jenem Moment war nichts mehr zu verheimlichen: es handelte sich um eine Schauspielerin des Wiener Burgtheaters, Frau Katharina Schratt, und sie eilte zu ihrer täglichen Verabredung mit dem Kaiser, einer Verabredung, die aus einem Frühstück mit Seiner Kaiserlichen und Königlichen Majestät bestand, und Vater richtete nun seinen Finger auf den Schönbrunner Palast, und auf seiner verlängerten Linie wurde, klick, ein Fenster erleuchtet, hinter dem sich Katharina und Franz Joseph gerade an einem gedeckten Tisch niederließen, und gleichzeitig fingen die Uhren der nahen und fernen Wiener Kirchtürme an, die fünfte Stunde zu schlagen, der Kaiser begann seinen Arbeitstag mit einem kurzen gemeinsamen Frühstück mit seiner Freundin, Gefährtin und Vertrauten, und so begann der Tag auch für die ganze Stadt Wien, diese *Versuchsstation des Weltuntergangs.*

(Vater hatte natürlich keine Ahnung – das wußte nur ich, die heimliche Erbauerin von Wien –, daß der Tag so, wie er angefangen hatte, auch endete: wieder mit der Schauspielerin Katharina Schratt. Ich hatte nämlich auch – aus einer Schachtel von Prostata-Heiltee – das berühmte vierstöckige Stundenhotel Orient gebaut, hinter dessen weißer Fassade sich unter fünfundzwanzig einfallsreich stilisierten Zimmern auch des Kaisers Liebesnestchen verbarg, in dem Katharina allabendlich unter ihren aufgelösten schwarzen Haaren das erschlaffte Vögelchen-Fickerchen tröstete, das mit dem stolzen kaiserlichen Adler leider schon so lange keine Ähnlichkeit mehr besaß, während draußen, in Wien, dieser *Versuchsstation des Weltuntergangs,* der Tag erlosch.)

Weiter nur noch auf die Schnelle:

Am Vormittag schafften wir dann noch die Kaisergruft in der Kapuzinerkirche auf dem Neumarkt, in der die Habsburger ihren ewigen Schlaf schlafen und wo auch Franz Joseph I. bereits seine Schlafstätte aufgeschlagen hatte. Er kam ja auch jede Woche, um sie auszuprobieren. Dabei legte er immer die rechte Handfläche für einen kurzen Moment, für diesen ach so süßen Augenblick, auf den unerbittlichen Marmor, auf diese kalte Schnauze des Nichts, aus der schon der Speichel tropfte, sobald sie den Kaiser witterte.

Und wie zu erwarten war, eilten wir auch ins Wiener Eisenbahnmuseum, in dem seit 1911 die Lokomotive Ajax ausgestellt war (ich hatte sie getreu Vaters Gruppenfoto ausgeschnitten), die älteste Dampflokomotive des europäischen Kontinents.

Ich werde Sie aber nicht mehr den ganzen Weg entlangjagen, den wir noch absolviert haben, ich wiederhole nur noch einmal, daß ich permanent auf der Hut war, daß wir die Grenze der existierenden Welt in keiner Weise überschritten, nicht aus dem Torso von Wien hinaustraten, auf daß wir uns plötzlich im fusseligen Staub unter meinem Bett wiedergefunden hätten, wo darüber hinaus auch noch eine Mausefalle lauerte, die angesichts unserer Proportionen so groß wie die Donaubrücke war.

Womit Sie mich, meine Teuersten, daran erinnert haben, daß ich Ihnen etwas von meiner Wien-Reise nicht erzählen werde, auch wenn Sie mich auf Knien darum bitten würden, etwas werde ich nur für mich allein behalten, und zwar meinen Ausflug an die Donau, an den Ort, wo vor vierzehn Jahren das mit Bruno passiert war. Das ist, wie Sie gewiß verstehen werden, meine intimste Angelegenheit, die Sie nichts angeht, gönnen Sie mir also, dort einen Augenblick allein zu verweilen, die Augen auf den Fluß geheftet, der die Ufer unserer Träume umspült und dabei den leicht rosafarbenen Glibber unseres Schmerzes darauf hinterläßt (in Wien, dieser *Versuchsstation des Weltuntergangs*).

18

Das Abführmittel

Als wir am späten Nachmittag des 28. Juli 1914 nach Hause zurückkehrten, bangte ich zu Recht, ob wir wohl die richtige Weiche wiederfänden, die uns in diese unsere beste aller möglichen Welten zurückbringen würde. Diese Last fiel aber von mir ab, als ich die Fassade des Hauses an der Peripherie mit der riesigen hervortretenden Pappschachtel *Peterkas Abführmittel – Friede Ihren Gedärmen!* wiedersah.

Als wir dann auf dem Brünner Bahnhof ausstiegen, war die Stadt bereits vollgeklebt mit irgendwelchen Kundmachungen, um die herum sich die Menschen versammelt hatten. Vater ging zu einem dieser Grüppchen und las mit seinen Lokführer-Adleraugen weit über die Köpfe der Leute hinweg.

Der Kaiser hat den Krieg erklärt, berichtete er uns dann verlegen. Er verstand es nicht. Wie hatte der Krieg beginnen können, und in Wien war keine Spur davon zu merken gewesen? Wieso wußte man dort noch von nichts? Sollte Brünn etwa das Sprachrohr Wiens sein?

Zu guter Letzt war Vater aber doch sehr froh, daß wir das mit Wien so gut über die Bühne gebracht hatten. Denn wer wußte schon, wie das jetzt mit den Zügen nach Wien werden würde. Der Krieg ist ein großes Abführmittel der Geschichte, erinnerte er sich plötzlich, nur wußte er im Moment gerade nicht, ob das Bismarck, Clausewitz oder dieser Kaffeehausmüßiggänger Uljanow-Lenin gesagt hatte, den wir gestern noch bei einer Schachpartie im Café Central angetroffen hatten. Ja, das kam mir logisch vor: *Peterkas Abführmittel – Friede Ihren Gedärmen!* Ein Abführmittel war eher Krieg als Frieden.

Bevor ich mich schlafen legte, zog ich das Modell von Wien unter dem Bett hervor und schaute es nachdenklich an. Nun würde ich es nie mehr zu Ende bauen. Denn das Wien, das ich da zu bauen angefangen hatte, hatte mit diesem Tag zu existieren aufgehört. Darüber gab es für mich keinen Zweifel. *Austria delenda est!* Mir wurde klar, daß es, wenn ich das nächste Mal hinfahren, das heißt, wenn ich wirklich hinfahren würde, bereits ein anderes Österreich und ein anderes Wien sein würde.

Als dann das Schuljahr begann, wütete der Krieg schon in vollen Zügen, und jeden Tag wurden wir vor Unterrichtsbeginn auf den Schulhof hinausgejagt, wo wir mit schrillen Kinderstimmchen das singen mußten, was damals die Wiener Schüler vor Schönbrunn gesungen hatten:

Gott! erhalte Franz den Kaiser,
Unsern guten Kaiser Franz …

Am Ende des Unterrichts trabten wir dann wieder auf den Schulhof und sangen wieder wie blöd. Und so drängten sich unsere Stimmchen jeden Tag durch die dichten Baumkronen, durch die Wolken und atmosphärischen Störungen, bis sie etwas zerzaust vor dem Antlitz des Herrn standen. Aber obwohl es die Stimmen unschuldiger Kinder waren, sah der Herr, wie es scheint, nicht besonders freundlich auf sie herab, denn binnen vier Jahren hatte der Kaiser samt seiner Familie und Generäle den Krieg verloren, und Vater kehrte mit einer zerstörten Lokomotive, bösen Träumen und von der Bewunderung für alle gütigen Monarchen für immer geheilt von der galizischen Front zurück.

Zweites Buch

DER HIRSCH

19

Das Maimärchen

Mit meinen neunzehn Jahren war ich (wie es die ovalen und rechteckigen Fotografien in Mutters samtenem Album belegten, aber wo ist dieses Album heute geblieben? In dem Moment, da ich Ihnen dies erzähle, habe ich nichts mehr in der Hand, keinerlei Firlefanz aus meiner Vergangenheit, alles habe ich unterwegs nach und nach verloren, und alles ist irgendwo spurlos verschwunden, auch davon werde ich Ihnen natürlich erzählen, nur drängen Sie mich nicht, das alles braucht seine Zeit und Ordnung) ein ziemlich hübsches Mädchen und Studentin an der Lehrerbildungsanstalt. Zuvor hatte ich aber die Brünner Hauswirtschaftsschule Lenz absolviert, wo man mir alle Frauenarbeiten und -fertigkeiten beibrachte und – sie stand wahrlich im Zeichen des Lichtbringers, dessen überlebensgroßes Relief das Portal der ehemaligen Schule bis heute ziert – eine ausgezeichnete Köchin aus mir gemacht hat, für die der Kochlöffel und die Schöpfkelle die kostbaren Insignien ihres Standes waren, und darüber hinaus brachte man mir im Lenz auch ein paar Ballettschritte bei, mit denen ich wohl eines Tages zum Hochzeitsbett schreiten sollte, und meinem Deutsch und Russisch fügte man noch die Grundlagen des am Waschtrog und Waschbrett so unverzichtbaren Französisch hinzu und zu den Klavierstunden bei Madame Venedig noch einige Lautenstunden, so daß sie dann, meine Liebsten, nachdem mir die Lehrerbildungsanstalt auch noch einige Gedanken des weltbekannten Pädagogen Comenius eingetrichtert hatte, in einem abenteuerlichen Konkubinat mit dem gesellschaftlichen Katechismus von Guth-Jarkovsky und dem aufklärerisch-kulinarischen Evangelium der patriotischen Köchin Magdalena Dobromila Rettig in meinem Kopf lebten.

In jenem Sommer, dem ersten Nachkriegsjahr, hatte ich auch meine erste ernsthafte Bekanntschaft. Und wie alles so seinen natürlichen Lauf hat und sich eins aus dem anderen ergibt, überraschte es mich keineswegs, daß die erste ernsthafte Bekanntschaft niemand anderes war als einer, den ich schon seit meiner Kindheit kannte: Lubomír Horáček aus dem Dorf Kinitz, bei dessen Eltern wir uns vor dem Krieg immer was vom Schlachtfest geholt hatten. Dann hatte ich Luboš lange nicht gesehen, und wir trafen uns erst Jahre später bei einem großen patriotischen Ereignis im ersten Winter der freien Tschechoslowakischen Republik wieder, auf dem Lehrerball im Brünner Gesellschaftshaus. Luboš war damals Lehreranwärter, ein Lehrer *in spe* also, der vorläufig nur aushalf und supplierte, allerdings mit der Hoffnung, daß auch er seinen Marschallstab bereits im Tornister trug und eines Tages vielleicht sogar ein ordentlicher Gymnasialprofessor werden würde.

Er begann nun, uns regelmäßig zu besuchen, und meine Mutter brauchte leider einige Zeit, bis sie die Gewohnheit ablegte, von ihm als »Blutwürstchen-Lubošek« zu sprechen, so tief hatte sich ihr die Erinnerung eingeprägt, wie sie ihn einmal, als er noch ein kleiner Bub war, bei den Horáčeks ertappt hatte, als er die Abwesenheit seiner Eltern nutzte, um in einen Riesenbottich mit Brathack zu klettern und sich dort nackt zu suhlen.

In jenem Sommer habe ich auch davon geträumt, der verlockendsten Versuchung meines Lebens zu erliegen, nämlich ein ganz gewöhnliches menschliches Los anzunehmen, um so meiner schicksalhaften Vorbestimmung zu entwischen und zu sein wie alle anderen um mich herum – die Lehrerbildungsanstalt zu beenden und dann entweder im Lenz oder in irgendeiner Grundschule zu unterrichten (die Erst- bis Fünftkläßler), den »Blutwürstchen-Lubošek« oder meinetwegen auch irgendeinen »Leberwürstchen-Matthias« zu ehelichen, drei bis fünf Kinder mit ihm zu haben, von der Landskroner Mitgift eine Villa irgendwo im Masarykviertel zu kaufen, auf die gewöhnlichste Art und Weise glücklich zu sein und alles andere schnell zu vergessen. In jenem Sommer schien es mir auch, als gäbe es nichts Einfacheres.

Ich habe aber noch nicht erwähnt, meine Herren, daß es von Kinitz aus nicht weit war zu den Schauplätzen, an denen Luboš' heißgeliebter Liebesroman, *das Maimärchen* von Vilém Mrštík, spielte. So irrten wir auf den Spuren der Romanhelden durch die Wälder, was Luboš dazu nutzte, um zu sagen: Siehst du, hier hat Ríša Helenka an einen Baum gelehnt und sie leidvoll geküßt, und er demonstrierte es gleich an mir wie an einem anschaulichen Lehrbehelf. Er war nicht der einzige. Die Verfallenheit bezüglich Mrštíks *Maimärchen* nahm damals herdenartige Ausmaße an. Wir begegneten vielen anderen Paaren, die ebenfalls auf den Spuren von Ríša und Helenka herumirrten, und mit Trikoloren geschmückt betrachteten sie ihre Romanliebe als eine große patriotische Aufgabe. Ich stellte mir sogleich vor, wie der »Blutwürstchen-Lubošek« wohl reagieren würde, wenn er die lange Leiter seiner anschaulichen Demonstrationen bis nach unten zu meinem Liebestempel hinabgestiegen wäre und erkannt hätte, daß da schon jemand vor ihm gewesen war. Weißt du, lieber Lubo, er hieß Flik und war ein Schimpanse, die größte Liebe meiner acht bis vierzehn Jahre. In Wirklichkeit natürlich Bruno Mlock, aber das kann ich dir schlecht erklären. Dann passierte aber auf einmal etwas, das mein Geständnis verschob und den Ereignissen einen vollkommen anderen Verlauf gab.

Eines Tages gingen wir nämlich durch den Wald zu dem Jägerhäuschen in Ostrovačice, einer dieser Kultstätten, wohin es die Maimärchenleser paarweise zog, und plötzlich spürte ich etwas, das mich sofort meinen alten Erinnerungen preisgab. Wenn es aber nur bei den Erinnerungen geblieben wäre: ich wußte sofort, daß es wieder da war! Ich riß mich sanft von Lubošek los, lief in die Mitte der Lichtung und drehte mich langsam, auf der Suche nach der Quelle. Dann ging ich wie mondsüchtig in eine bestimmte Richtung, bis ich zu einem Baum kam, dicht davor blieb ich stehen und zog mich auf die Fußspitzen. Ich hob beide Arme und berührte die Baumrinde, so hoch ich konnte. Luboš staunte zuerst nur. Dann folgte er mir. Ich nahm die Hände vom Baum und schaute meine Handflächen an.

20

Der Liebestanz

Warte mal, sagte er überrascht und trat ebenfalls ganz nah an den Baum heran. Er legte seine Hände dorthin, wo meine vorher gelegen hatten, und schaute sich danach ebenfalls die Handflächen an.

Das hier war ein Hirsch. An dem Baum hat er sein Geweih gefegt, und das, was er hinterlassen hat und das wir nun an den Händen haben, nennt man in der Jägersprache Bast, das ist behaarte Haut am Geweih.

Und was hast du gegen den Hirsch?

Ich habe nichts gegen Hirsche, im Gegenteil, ich bin ein großer Gönner von ihnen, weil ich Mitglied im Verein *Ad cervinos vivere in annos* bin. Eines macht mich jedoch stutzig. In dieser Gegend gibt es viele Rehböcke, aber an einen frei herumlaufenden Hirsch erinnert sich kein Mensch mehr. Hirsche gibt es in Mähren gerade noch im Altvatergebirge und in den Beskiden, aber hier, in unmittelbarer Nähe eines Industriezentrums, das würde mich schon interessieren, was diesen Hirsch hierhergezogen hat, überlegte der gebildete Lehreranwärter.

(Ach, wenn du wüßtest, mein Freundchen, dachte ich mir, sagte es aber natürlich nicht laut, wenn du das wüßtest, würdest du von mir wegheizen, als ginge dein Lehrerröckchen in Flammen auf.)

Wie hast du gesagt? Ad cervinos vivere? fragte ich schnell, um ihn abzulenken und von der Frage abzubringen, was mich denn zu dem Baum gezogen hatte.

An diesem Tag ist jedoch etwas in meinem Leben zerbrochen, und mein Versuch, dem Schicksal zu entrinnen, war ein für allemal beendet.

Ich nahm von Luboš keine Angebote mehr an, auf den Spuren von Romanhelden zu wandern, und bestand ausnahmslos auf Verabredungen in der Stadt, wo ich insbesondere laute und verrauchte Cafés und Kneipen bevorzugte.

So leben wir überhaupt nicht gesund, jammerte Luboš. Was ist denn mit dir passiert? Wir waren dem modernen Ideal der Homöostasie, worin alle geistigen und körperlichen Parameter ausgeglichen sind, doch schon so nah, beschwerte sich mein Lehreranwärter.

Ich ging weiter mit dem »Blutwürstchen-Lubošek«, aber nur, um es ihm noch mehr zu verleiden. In Wirklichkeit wartete ich nur auf Brunos Rufen. Keinen Augenblick zweifelte ich nämlich daran, daß er es gewesen war. Bis es also passierte. Eines Nachts weckte mich sein Hirschröhren. Und es sah so aus, als ob er in der Nähe war, in meiner Reichweite.

Ich stieg aus dem Bett, öffnete vorsichtig die Küchentür, blieb einen Augenblick stehen (Vater kam manchmal in der Nacht, um ein Glas Wasser zu trinken) und trat dann auf den Balkon.

Als das Röhren abermals ertönte, drehte ich den Kopf in die Richtung, aus der Brunos Stimme kam, und erkannte ganz unzweifelhaft, daß er von der Festung Spielberg rief und sich demnach den mächtigen Hügel mitten in der Stadt ausgesucht hatte und jetzt höchstwahrscheinlich ganz oben an den Mauern der steinernen Militärfestung stand, den Hals reckte und sein mächtiges Geweih schüttelte. Hoffentlich erwartete er nicht, daß ich ihm ebenfalls mit Röhren antwortete.

In der nächsten Nacht weckte mich Brunos sehnsüchtiges Rufen erneut, und anhand der Richtung und Entfernung (diesmal war es durch die größere Entfernung gedämpft und auch dadurch, daß es nicht mehr von oben auf die Stadt fiel, sondern sich seinen Weg mühevoll durch die Häuserblöcke bahnen mußte) erkannte ich wieder ganz unzweifelhaft, von wo der Quälgeist rief. Er röhrte aus dem Augarten.

In der nächsten Nacht rief er wiederum aus dem Wilsonwald, der das Masarykviertel von Sebrowitz trennt. Dann meldete er sich aus dem kleinen Park auf dem Lažanskyplatz und sofort danach aus den Denisanlagen unter dem Petersberg. Und dann wiederum aus dem Park in Hussowitz und dann noch aus dem Park im Glacis. So drehte sich Brunos Rufen im Kreis, als tanzte er einen Liebestanz um mich herum, und ich hörte nicht nur sein Gebrüll, sondern es schien mir, als hörte ich sogar das rasende Gestampfe der tanzenden Hufe.

21

Das Erdbeben in Syrakus

Der Lehreranwärter war lange Zeit der Meinung gewesen, daß er mich in der Hand hatte und ihm das blinde Huhn Trotzkij, falls er, der Herr der Schöpfung, nur die leiseste Andeutung machte, es verlassen zu wollen, verzweifelt nachlaufen würde, mit den ergebenen Flügeln schlagend. Statt dessen zeigte ich ihm gegenüber nun eine so eisige Gleichgültigkeit, daß es den jungen Mann fröstelte und er weinend zu meinen Eltern gelaufen kam. Und damit hatte er natürlich auch bei ihnen verschissen. Ich schaute mich dann voller Selbstmitleid an, wie ich mit so einem überhaupt (wenn auch nur in aller Unernsthaftigkeit) etwas hatte anfangen können. Und ich schämte mich mit einer Scham, tief wie ein Schacht.

Es folgte eine weitere lange Serie von Brunos Röhrkunst. Da wußte ich aber schon, daß ich ihn treffen wollte, treffen mußte.

Hieß das aber etwa, daß ich mich nachts in einen dieser Parks begeben mußte? Wohl ja, das hieß es.

So legte ich mir am nächsten Abend sorgfältig bereit, was ich zum Treffen mit Bruno anziehen wollte. Die Meteorologen hatten für die Nacht fünfzehn Grad, okklusive Front vorhergesagt.

Ich breitete in meinem Zimmer (auf dem Bett, den Stühlen, dem Tisch und der Kommode) alles aus, was ich hatte, von einer Beinahe-Uniform, die ich in der Lehrerbildungsanstalt getragen hatte, bis zu meinem Ballkleid von dem großen patriotischen Ball im Gesellschaftshaus, vom Satin bis zum musselinen Batist also, und verfuhr dann im Ausschlußverfahren. Am Ende blieb nichts übrig. Nichts paßte! Also noch mal! Da begriff ich bereits, daß ich mich wie auf ein Treffen mit einem wirklichen Bräutigam vorbereitete. Aber wozu das »wie«? Ich bereitete mich auf ein Treffen mit einem wirklichen Bräutigam vor!

Ich kleidete mich in den musselinen Batist, setzte mich artig darin aufs Bett und wartete, woher das Hirschröhren diesmal kommen würde. Die Zeit schleppte sich unendlich dahin, in der Wand wechselten irgendwelche riesigen Armeen ihre Stellungen, eine Invasion sonstwohin wurde vorbereitet, von der Decke hing jemand am Trapez und beobachtete mich prüfend, alle Augenblicke knatterte hinter dem Fenster eine Sternschnuppe. Erst kurz vor drei in der Früh ertönte Brunos Röhren. Von so nah jedoch, daß ich im ersten Moment dachte, er stünde vielleicht vor meiner Zimmertür. Und in der Tat: er war nicht weit. Als ich in die Küche trat, sah ich ihn durch die verglaste Balkontür. Ein stämmiges und stolzes Hirschexemplar mit leicht rötlichem Fell und einem wirklich gewaltigen Geweih, dessen Wölbungen an Brückenbögen, wenn nicht gar an Kirchenschiffe erinnerten.

Zuerst standen wir lange nur so da und schauten uns durch die Glastür an. Er, das war nicht zu leugnen, genauso befangen. Als wir uns das letzte Mal gesehen hatten, war er noch der Affe Flik und ich nur ein Kind, ein vierzehnjähriger Backfisch, aber siehe da, nun schon eine Frau, ein Wesen, das sich in seiner aristokratischen Erhabenheit in vielerlei Hinsicht auch mit diesem Hirsch messen konnte. Also standen wir, meine lieben Freunde, noch einen Augenblick da und schauten noch eine Weile. Dann öffnete ich die Tür, und Bruno wollte, wie es sich gehört, den ersten Schritt tun, aber da lief ich ihm schon entgegen. Ich umarmte seinen mächtigen Hirschnacken und drückte mich an seinen zottigen Körper, was sein Blut dermaßen in Wallung brachte, daß jemand, der uns in jenem Zwielicht gesehen, der uns aus den gegenüberliegenden dunklen Fenstern beobachtet hätte, einen Schock fürs Leben davongetragen hätte. Und von meinem Ballkleid blieben nur die Musselinschleifen an Brunos Hörnern übrig.

Es geschah, was geschehen sollte. Eine Nacht der Sternenexplosionen und Meeresorkane, die Nacht des Erdbebens in Syrakus. Es blieben nur ein paar Worte zu sagen. Ich wollte wissen, wann das nächste Mal? Er hatte keine Ahnung. Was wirst du im nächsten Leben sein? Wenn ich das wüßte! Ich habe keine Ahnung, wann ich wieder erscheinen werde, überhaupt nicht. Und obwohl ich sehr gut weiß, daß mein Wesen ein anderes ist, hänge ich leider auch an meinem Tierfell und fürchte den Tod gerade so, als ob es ein menschlicher sei. Ich muß sterben, um wieder erscheinen zu können, aber ich möchte nicht in die Schußlinie eines Jägers geraten, und mich von einem Bären oder einem Rudel Wölfe zerfleischen zu lassen, entspricht auch nicht gerade meinem Geschmack. Bei den Hirschturnieren bin ich immer königlich überlegen und so gewandt und geschickt, daß mir nicht droht, irgendwie abzustürzen und mir das Genick zu brechen. Und doch weiß ich, daß es meine Pflicht ist, auf den Tod hinzuarbeiten, damit wir uns eines Tages auch in menschlicher Gestalt treffen dürfen. Leb wohl, mein Liebchen, sei nicht traurig, und vergiß mich nicht! Und er schwang sich vom Balkon aufs Dach, und dann hörte ich, wie er durch die Dunkelheit trabte, daß die Ziegel nur so flogen.

Am nächsten Tag, kaum daß ich aus der Schule gekommen war, zeigte mir Vater etwas sehr Merkwürdiges. Er hielt es vorsichtig zwischen Daumen und Zeigefinger. Früher war er mal Mitglied der Freiwilligen Jägerkorporation Zisleithaniens gewesen (die die Jägerverbände in Böhmen, Mähren, Schlesien, Ober- und Niederösterreich, Salzburg, der Steiermark, Kärnten, Krain, Tirol und Vorarlberg, Görz, Gradisca, Istrien und Triest, Galizien, der Bukowina und Dalmatien vereinte), und obwohl er weder Zeit hatte, an den Jagden noch an den weidmännischen Gelagen teilzunehmen, wußte er vom Jagdwesen einiges.

Das hier ist das klassische Exkrement eines europäischen Hirsches, *Cervus elaphus,* und er zeigte mir das Kotstück, das an einem Ende auffällig zugespitzt und am anderen wiederum wie abgehackt und mit einer kleinen Mulde versehen war. Auch die Größe entspricht dem Hirschkot, fuhr er aufgeregt fort, und alle in der Literatur beschriebenen Attribute. Nur, verrat du mir mal, Sonitschka, sagte er tief erschüttert, wie sich Hirschexkremente auf unseren Balkon verirren?

Ach nein, Bruno, seufzte ich, das hättest du dir aber auch sparen können! Und gleich darauf kam mir in den Sinn, daß hier offensichtlich jeder die Hirsche verstand, sei es nun Vater oder der »Blutwürstchen-Lubošek«, und daß nur ich einen Hirschdreck über sie wußte!

Brunos Kacke diente Vater dann als Amulett. Er ließ sie mit einem speziellen Jägerlack imprägnieren, zog ein Rohgarn durch und trug sie am Hals als Schutz gegen alle Katastrophen, Unbill, Schläge und Auswürfe des Schicksals. Das Amulett erfüllte dann auch fleißig seine Aufgabe, bis zum Jahre 1942, als es keinen Finger krumm machte, als Vater ins Irrenhaus in Czernowitz verschleppt wurde. Aber davon wirklich erst später, meine Herren, wenn Sie die Chance haben werden, das Ganze anhand der geschilderten Zusammenhänge auch ein bißchen zu verstehen.

22

Ich unterrichte Alžbětka

Nachdem ich die Lehrerbildungsanstalt absolviert hatte, fand ich eine Stelle in der Schule in der Antonsgasse. Die Schule war direkt gegenüber einem der kleineren, heute schon längst nicht mehr genutzten städtischen Friedhöfe gelegen, dabei jedoch unweit des Stadtzentrums, sechs Minuten vom Lažanskyplatz. Hätte mich der Blick aus den Fenstern meiner Klasse auf die Kreuze und Grabsteine hinter der niedrigen Friedhofsmauer vielleicht beizeiten abschrecken sollen? Ich weiß es nicht. Ich denke, eher nicht. Und ich würde sagen, daß alles, was ich erlebt habe, letztendlich hat geschehen müssen, und daß es mich, wenn ich bewußt ausgewichen wäre, ein

Stückchen weiter sowieso ereilt hätte, wenn auch vielleicht in einer etwas anderen Form.

Die Eröffnung des Schuljahres spielte sich in der großen Schulturnhalle ab, und die versammelten Kinder sangen die tschechische Hymne *Wo ist meine Heimat* und dann das Lieblingslied des Präsidenten *Ach, lieber Sohnemann, bist du denn zu Haus, Vater läßt fragen, ob du wohl pflügen warst.* Ich begleitete die Kinder am Klavier. Wie Sie sehen, griff man meine Begabungen und Fähigkeiten dort gleich auf, und alles, was Madame Venedig in mich hineingedroschen hatte, ergoß sich nun über den Köpfen der Kinder wie eine große Lache musikalischer Milch. Nach der feierlichen Eröffnung, noch bevor ich mich vom Klavier hatte erheben können, kletterte der Kollege Sítenický aufs Podium und richtete freundlich das Wort an mich: Hat Ihnen schon mal jemand gesagt, wie schön Sie spielen können? Da war er aber schlecht beraten, denn nach meiner Erfahrung mit dem Lehreranwärter, die noch nicht so weit zurücklag, hatte ich keine Lust mehr auf irgendwelche Techtelmechtel mit einem Pauker. Ich wies ihn ab. Er knickte ein und empfahl sich.

Ich gestehe Ihnen auch gleich, daß ich mir eigentlich mit meinem Beruf nicht so sicher war. Die Lehrerbildungsanstalt hatte ich auf Mutters Wunsch hin absolviert, genauso, wie ich vorher auf Vaters Wunsch den Lenz besucht hatte, aber das war auch alles. Als der Direktor uns im Lehrerzimmer versammelte, um die väterliche Ansprache eines Uralt-Pädagogen an uns zu richten, sah ich die ganze Zeit über auf die große eingerahmte Fotografie des Präsidenten T.G. Masaryk, der dort aufrecht und elegant auf einem Pferd saß, und es war mir klar, daß dieser Sohn eines herrschaftlichen Kutschers der Stolz der Nation war und daß er sich dieser stolzen Pflicht bewußt war und sie keinesfalls zu vernachlässigen beabsichtigte, wohingegen ich nicht so recht wußte, warum ich ausgerechnet hier gelandet war, warum ausgerechnet in einer Schule.

Aber schon im Laufe der ersten Schultage kehrte sich alles zum Guten, und zwar durch das Verdienst eines reizenden Mädchens, in das ich mich auf der Stelle verliebte. Die kleine Alžbětka mußten alle lieben.

Als ich zum erstenmal in die Klasse kam (ich war Klassenlehrerin in der 1c), drängten sich die Erstkläßler um mich herum, ich schaffte es nicht, sie die ganze Stunde über in den Bänken zu halten, und ohne die kleine Alžbětka hätte ich letztendlich die Stimme erheben müssen, wie es alle meine Kollegen und Kolleginnen taten, wenn sie der lärmenden Kleinen Herr werden wollten, die noch nicht ahnten, die noch nicht wußten, daß das Leben nichts anderes ist als ein kleiner Hof und eine große Peitsche. Aber genau da griff Alžbětka ein. Sie sagte etwas zu den Wildesten, und als sich diese etwas beruhigt hatten, schlossen sich die anderen automatisch an. Obwohl sie die Kleinste in der Klasse war, hatte sie eine ungeheure Autorität (später werden wir noch hören, wie phantastisch groß diese Autorität war), ohne daß sie sie hätte einsetzen müssen. Irgendwie erinnerte mich die kleine Alžbětka an meine eigenen Kinderjahre, wenn ich auch nicht sagen konnte, wodurch nur, wodurch. Genau das war aber der Irrtum, sie war mir in nichts ähnlich, sondern (wie ich dann bald begriff) trat mit Alžbětka wieder eine meiner Schicksalsgestalten in mein Leben ein. Das Mädchen war das Fatum, das mich, bildlich gesprochen, auf einen der wichtigsten Wege meiner Lebensgeschichte geleiten sollte.

In einer großen Pause während jener ersten Schultage traf ich Alžbětka an, wie sie an ihre Mitschülerinnen und Mitschüler bunte Bilder verteilte, die an Spielkarten erinnerten.

Kannst du mir auch ein Bild geben? bat ich sie. Sie lächelte, reichte mir gleich zwei und wartete, ob ich nicht noch weitere haben oder die, die sie mir gegeben hatte, gegen andere tauschen wollte. Es waren Oblaten mit Märchenmotiven, die die Rakonitzer Seifenfabrik (Rakona) ihren Produkten beilegte. Ein paar Tage später erfuhr ich, daß Alžbětkas Vater, Ingenieur Tomas Pařízek, noch vor kurzem Eigentümer der Rakonitzer Fabrik und einiger ihrer Filialen gewesen war, jedoch alles verkauft hatte und von Rakonitz nach Brünn gezogen war, wo er wiederum eine Textilfabrik gekauft hatte, deren gesamte Produktion er auf die Herstellung von Zwillich für Uniformen der sich gerade ausrüstenden tschechoslowakischen Armee umgestellt hatte. Der wahre Grund für den Umzug waren aber angeblich nicht die unternehmerischen Interessen gewesen. Man munkelte, daß er hauptsächlich deswegen umgezogen war, weil seine Frau, die er grenzenlos liebte und die ihn grenzenlos liebte, hier aus Mähren stammte (aus Eibenschitz) und er das Gefühl hatte, daß sie in Böhmen litt.

Alžbětka, ich weiß, daß es eine voreilige Frage ist, aber was möchten Sie einmal werden? Und die kleine Alžbětka, die mir half, irgendwelche ausgestopften Tiere aus dem Kabinett zu holen, schaute überrascht zu mir auf und stolperte dabei über die Türschwelle.

Vorsicht, Alžbětka, Sie müssen nicht gleich antworten, wenn Sie nicht wollen.

Ich muß überhaupt nicht antworten, Frau Lehrerin, denn Sie wissen es sowieso schon. Nicht, was ich werden möchte, denn das ist irrelevant, sondern was ich bin. Ich bin Ihr Fatum. Ich bin das Schicksalsmädchen, das Ihnen über den Weg gelaufen ist.

Es war unsagbar rührend anzuhören, wie die kleine Alžbětka das sagte, während sie den ausgestopften Ziesel und den ausgestopften Dachs in den Armen hielt, wobei letzterer, was die Größe anbelangt, ihr Onkel hätte sein können. Diese Begegnung durchlief ich natürlich nur im Traum. In Wirklichkeit hatte ich die ganze Zeit vor, mit Alžbětka zu sprechen, aber irgendwie klappte es nie. Bis ich dann meine Chance verpaßt hatte.

Es geschah kurz vor Weihnachten.

23

Wir beerdigen Alžbětka

Die Familie von Ingenieur Pařízek wohnte im Masarykviertel, das heißt also da, wo ich mir eines Tages gern von der Landskroner Mitgift eine kleinere Villa gekauft hätte, um dort zu leben, natürlich nicht mit einem Lehrergesellen (für diese verzweifelte Idee schäme ich mich noch immer zutiefst), sondern mit Bruno Mlock, wenn er sich in seiner menschlichen Gestalt entpuppt hätte. Der Herr Ingenieur hatte die Villa bauen lassen, als er noch in Rakonitz wohnte, und ein Vierteljahr, bevor er umgezogen war, war er immer mit Plänen und Schublehre gekommen, um zu kontrollieren, wie die Villa gedieh und wuchs. Wie Sie aber schon bald erfahren werden, blieb er dort letztendlich nicht lange.

Das Masarykviertel war damals ein grüngedeckter Hügel, von dem jedes neue Familienhaus auch einen wunderschönen Garten in die Wiege gelegt bekam. Das Viertel wurde gerade frisch bevölkert, eine moderne Villen- und Gartenstadt, und jeder, der kam, suchte sich ein Grundstück aus, stach dort eine Stange ein und konnte anfangen zu bauen. Auch die Pařízeks hätten nicht besser wählen können, aber der blühende Hügel, der sie am Ende des Sommers begrüßte, sollte sich dann zum Ende des Jahres in einen düsteren Grabhügel verwandeln, so daß es nicht wunderte, daß der Herr Ingenieur wieder seine

Koffer packte und so schnell wie möglich verschwand. Aber einen Moment noch, seien wir nicht so vorschnell, wenn es auch diesmal wirklich schwierig ist, weil die Ereignisse sich auf einmal in einem derartigen Tempo überschlugen, daß sie mein Leben um ein Haar überrollt hätten.

Kurz vor Weihnachten fiel eine ordentliche Portion Schnee, und eine Truppe von Kindern aus den neuen Einfamilienhäusern rodelte auf sogenannten amerikanischen Schlitten. Das war damals die große Mode, aber ob sich heute überhaupt noch jemand daran erinnert? Ich weiß eigentlich nicht mehr so recht, wie das damals war. Was war an den Schlitten so besonders, so amerikanisch, war es die aerodynamische Form oder das Material, aus dem sie hergestellt waren, vielleicht Aluminium anstatt Holz? Oder vielleicht nur die Tatsache, daß vorne eine echte Autohupe angebracht war? Ich erinnere mich nicht mehr und weiß es wirklich nicht. Ich weiß nur, daß die kleine Alžbětka mit ihrem Schlitten unter einen Lastwagen flog, der gerade auf der Straße unterhalb des Masarykviertels vorbeifuhr.

Sie war auf der Stelle tot. Wir erfuhren es erst mit einer eintägigen Verspätung, die durch die Entfernung des Masarykviertels von der Schule in der Antonsgasse zu erklären war. Erst jetzt wird mir bewußt, daß es wohl keinen mir bekannten Grund gab, warum Alžbětka gerade auf unsere Schule ging, am anderen Ende der Stadt. Wenn es aber keinen mir bekannten Grund gab, gab es zweifellos immer noch den einen, von dem ich nichts wissen wollte.

Wie viele Tage fehlten noch bis Weihnachten? Vielleicht etwas mehr als eine Woche. Ich lief durch die Stadt, um noch irgendwelche Geschenke für Vater und Mutter zu ergattern, der Schnee rieselte leicht, und die Fußgänger hatten die morgendliche Schneebescherung noch nicht in einen häßlichen Stadtschneematsch verwandeln können. Ich schaute auf den

Bürgersteig, auf dem sich der Schnee immer noch hielt wie ein glänzender Tortenguß, und plötzlich hob ich den Kopf und erblickte Ingenieur Pařízek. Wir waren uns bis dahin nur anläßlich eines Elternsprechtags in der Schule begegnet, aber sein lebendiges und edles Gesicht hatte sich mir dennoch zuverlässig eingeprägt.

Er wäre aber an mir vorbeigegangen, wenn ich ihn nicht angesprochen hätte, und es sah nicht so aus, als hätte er mich erkannt. Als ich meine Frage ausgesprochen hatte, fuhr er nur mit abwesendem Blick an mir entlang. Als ich meine Frage daraufhin verlegen wiederholte, als ich ihn noch einmal fragte, ob Alžbětka krank sei, da sie heute nicht in der Schule erschienen war, wurde ihm anscheinend erst bewußt, daß ich ihn etwas gefragt hatte. Er schaute aber weiterhin irgendwohin an mir vorbei und antwortete, daß Alžbětka nicht gekommen sei, weil sie zurück nach Rakonitz zögen. Und dann sagte er noch: Entschuldigen Sie, schob mich beiseite und schritt schnell davon. Ich drehte mich unwillkürlich nach ihm um, denn sein Benehmen war sehr merkwürdig und seine Antwort noch merkwürdiger. Jetzt vor Weihnachten zog jemand nach Rakonitz zurück, anstatt wie ich nach Geschenken zu suchen und sich auf die Ankunft der feierlichen Tage der Liebe und des Friedens vorzubereiten, auf die Ankunft des Jesuskindes!

Am nächsten Tag erfuhr ich dann, was mit der kleinen Alžbětka passiert war, und der Schrecken schnürte mir die Kehle zu. Nun konnte ich mir auch das merkwürdige Verhalten des Herrn Ingenieurs erklären. Er war durch das Ganze sicherlich noch so gelähmt, daß er es nicht einmal zu benennen und auszusprechen vermochte. Er hatte also gesagt, was ihm in dem Moment in den Sinn kam, nur, um mich los zu werden, nur, damit ich ihm den Weg frei machte, und einen Augenblick später wußte er wahrscheinlich schon gar nicht mehr, daß er mir begegnet war. Dann kam mir aber der Gedanke, daß es ihm auch aus dem Unterbewußtsein heraus in den Sinn gekommen sein könnte, genau, es war aus dem Unterbewußtsein gekommen, und man konnte es zum Beispiel so übersetzen können: Wenn wir nicht aus Rakonitz weggezogen wären, wäre meine Tochter noch am Leben!

Alžbětkas Begräbnis fand an einem Sonnabend statt. Wir hatten uns in der Michaeliskirche auf dem Dominikanerplatz versammelt. Links des Altars standen ein kleiner Katafalk, überflutet von Blumen und Kränzen, und ein kleiner weißer Sarg. Die Kirche war voller Kinder, die ganze Schule aus der Antonsgasse. Als dann die Orgel und die Worte des Priesters verklungen waren, vernahm ich ein leises Rauschen, die Kinder flüsterten und unterhielten sich, und niemand ermahnte sie. Es hatte den Anschein, als ob sie nicht verstanden hatten, was eigentlich geschehen war, als sei es noch nicht durchgedrungen zu ihnen, denn für die meisten von ihnen war dies die erste Begegnung mit dem Tod überhaupt. Ich hatte mich aber getäuscht. Sie hatten verstanden, und sie wußten, was passiert war, sie konnten es nur nicht – genausowenig wie der Herr Ingenieur, als ich ihn am Tag von Alžbětkas Tod getroffen hatte –, sie konnten es nur noch nicht benennen und ausdrücken. Und statt dessen plapperten sie einfach so drauflos. Schon sehr bald erhielten sie dann aber die Gelegenheit, es genau zu benennen und genau auszudrücken!

Ich erlebte etwas, an das ich mich bis an den heutigen Tag mit bangem Grauen erinnere wie an ein Bild aus Dantes Hölle. Obwohl es sich in einer Kirche abspielte.

Die Frau des Herrn Ingenieurs, Alžbětkas Mutter, stand regungslos am Altar, eingepackt in Trauerflor wie eine schwarze Puppe, genau so, die Puppe eines riesigen schwarzen Insekts. Als die Orgel erneut verstummte, hörte man eine Weile nur jenes leise und ununterbrochene Geplapper der Kinder, und dann geschah es plötzlich, ohne Vorwarnung. Alžbětkas Mutter schrie auf, brach in Tränen aus und fiel auf die Knie, und schon lag sie ganz auf dem Steinfußboden. Nun war es aber kein Weinen mehr, sondern hysterisches Geschrei. Und die Kinder, die bis dahin scheinbar ganz unberührt geblieben waren, ohne jegliches Interesse an dem, was da vor sich ging, verwandelten sich jetzt mit einem Mal. Als hätte sich mit dem hysterischen Klagegeschrei von Alžbětkas Mutter eine wilde, alles vertilgende Lawine losgerissen. Ein Kind nach dem anderen schloß sich an, bis sich das ganze Kirchenschiff mit Weinen und wütendem Geschrei gefüllt hatte.

Sie haben aber keine Vorstellung davon, wenn Sie es nicht gehört haben.

Es schien, als würde es nie enden. Der Priester wandte sich vom Altar ab und breitete die Arme aus, aber das fürchterliche Weinen und Schreien hörte nicht auf. Dafür zuckte der Priester ein paarmal, obwohl er verzweifelt dagegen ankämpfte, dann machte er einen Satz, und schon hob er ab, in einem steilen Bogen stieg er empor und flog in das Kirchengewölbe wie ein von der Dreschmaschine in den Wind gefegter Strohhalm, und oben blieb er mit ausgebreiteten Armen und wehendem Ornat bewegungslos stecken, als wäre er von der langen Lanze des Kindergeschreis festgenagelt.

Ich blickte auf den kleinen, winzig kleinen weißen Sarg, der in Blumen und Kränzen ertrunken war, und ich wußte, wußte ganz sicher, daß nur dort und nirgendwo sonst die schreckliche Kraft angesiedelt war, die das Geschrei entfesselt hatte und die auch imstande wäre, es mit einem Schlag zu stoppen, als schaltete man eine Sirene aus. Ich wußte aber auch, daß es genügt hätte, wenn ich nur ein Stück näher an den weißen Sarg herangetreten wäre und geflüstert hätte: Alžbětka, um Himmels willen, sei still, hör auf, ich bitte dich darum! Und der wilde Orkan wäre sofort verstummt. Dann lehnte ich aber den Kopf in den Nacken, sah den hoch im Gewölbe festgenagelten Priester und begriff, daß er aus dieser Höhe, falls das Geschrei jetzt plötzlich abbrechen würde, auf dem Steinboden der Kirche zerschmettert würde.

Bis dann endlich jemand auf die Idee kam, die Flügel der Kirchentür zu öffnen und die Kinder in Frost und Schnee hinauszujagen. Ich hatte das Gefühl, als ob es eine riesige Menge wäre, eine unendliche Kinderschar, die jetzt den ganzen Dominikanerplatz füllen und sich dann durch die Schlossergasse bis zum Freiheitsplatz wälzen würde. Und als sich die Kirche allmählich leerte und die Kinder, die schon nach draußen gelangt waren, zu schreien aufhörten, schwebte der Priester sachte vom Gewölbe herab, er fiel in langsamen, konzentrischen Kreisen und rotierte auf einer schmucken Spirale wie eine einsame Vogelfeder.

Danach herrschte Stille, und Ingenieur Pařízek kniete neben seiner Frau nieder, die immer noch auf dem Kirchenboden lag, er beugte sich zu ihr, umarmte sie von oben, hob sie zu sich empor und hielt sie, reglos und still wie sie war, in den Armen, und wir alle, die wir in der Kirche geblieben waren, wandten uns jetzt dem Ausgang zu und ließen nur den Ingenieur mit seiner Frau und ihrem kleinen Mädchen zurück.

Falls Sie aber jetzt denken, daß damit alles zu Ende war ... Es erwartete mich noch, naja, wie soll man's nennen, eine Überraschung. Die schwarze Autokolonne, die uns von der Michaeliskirche wegbrachte, fuhr über den Freiheitsplatz, am Weihnachtsbaum der Republik vorbei, setzte dann den Weg zum Lažanskyplatz fort und von dort durch die Kaunitzstraße, und ehe mir klar geworden war, daß dies doch nicht der Weg zum Zentralfriedhof war, bogen wir nach rechts ab, dann steil nach unten, und da sah ich auch schon das Schulgebäude in der Antonsgasse.

Zuerst dachte ich, daß sich der Herr Direktor entschlossen hatte, die Kinder lieber in der Schule abzusetzen und sie von den Trauerfeierlichkeiten zu verschonen. Der Ärmste hatte aber wohl vergessen (zermürbt darüber, wie ihm die Schule entglitten war), daß Samstag nachmittag war und darüber hinaus Weihnachtsferien und daß sie hier folglich nichts mehr zu tun hatten. Aber nein, leider hatte ich mich geirrt, wir alle hatten hier noch zu tun.

Die Wagen hielten vor der Schule. Ingenieur Pařízek kam zu mir und sagte: Ich weiß, daß Sie unsere Alžbětka gern hatten.

Nicht nur ich, die ganze Klasse hat sie gern gehabt. Alle in der Schule haben sie geliebt.

Ja, er nickte und zeigte auf den Friedhof gegenüber der Schule. Genau deshalb wird sie hier bei Ihnen bleiben. Wenn sie nämlich hierbleibt, werde ich das Gefühl haben, als sei nichts passiert, als ginge sie weiter in Ihre Klasse und als seien Sie weiterhin ihre Klassenlehrerin.

Neeein! wollte ich schreien, tat es aber nicht, denn es gab schon genug Geschrei an diesem Tag. Ich wußte, daß auf dem Friedhof keine Bestattungen mehr vorgenommen wurden, aber ich wußte auch, daß reiche Leute alles durften. Oder, um mich zu korrigieren, fast alles.

Einen Monat nach dem Begräbnis (an jenem Tag schneite es ebenfalls) ließ der Herr Ingenieur ein sehr merkwürdiges Kreuz auf Alžbětkas Grab errichten und stellte dort einen sonderbaren Grabstein auf. Erst, wenn man näher gekommen war, konnte man sehen, was an dem Kreuz so merkwürdig war: es war nicht Christus, der da hing, sondern ein gekreuzigtes Kind, ein kleines Engelchen. Ich war mir nicht sicher, ob man so etwas überhaupt durfte, verstehen Sie, ob es die liturgischen Vorschriften zulassen, ein Kind anstelle Christi zu kreuzigen. Mir wurde aber erneut bewußt, daß reiche Leute alles durften (oder beinahe alles). Trotzdem verstand ich nicht, warum der Herr Ingenieur wollte, daß sein Kind (denn das gekreuzigte Engelchen war ohne Zweifel die kleine Alžbětka) in dieser

Weise allen vor Augen hing. Einen Moment dachte ich sogar, daß er seine Tochter vielleicht insgeheim gehaßt hatte und sie so, noch nach ihrem Tode, an den Pranger stellen wollte. Natürlich verdrängte ich diesen Gedanken sofort wieder, und ich sollte noch etliche Gelegenheiten bekommen, mich davon zu überzeugen, daß er Alžbětka im Gegenteil sehr geliebt hatte. Auf ihrem kleinen Grabstein war etwas in der Art eines Rokokobildes eingraviert: Drei kleine tobende Todesgöttinnen tanzen miteinander, und eine von ihnen, die anderen beiden an den Händen haltend, dreht Ihnen den Kopf über die Schulter zu und schaut Ihnen mit einer sehr sonderbaren skelettartigen Grimasse ins Gesicht.

Von den Klassenfenstern aus sahen wir auf Alžbětkas Kreuz und den Grabstein, als wäre sie tatsächlich für immer bei uns geblieben, und während des Unterrichts kam es häufig vor, daß ich mich von der Tafel, an die ich für die Kinder Buchstaben in Schönschrift geschrieben hatte, wegdrehte und meine Schüler und Schülerinnen dabei ertappte, wie sie, die Köpfe in Richtung der Fenster gewandt, voller Sehnsucht auf den verschneiten Friedhof schauten. War das Ihre Absicht, Herr Ingenieur? Merkwürdigerweise habe ich ihm diese Frage nie gestellt, obwohl ich, wie Sie noch hören werden, unzählige Male Gelegenheit dazu gehabt hätte.

Denn das, was ich Ihnen über Alžbětka erzählen möchte, fing jetzt gerade erst an.

24

Auf in die Karpato-Ukraine

Mein erstes Jahr in der Schule Antonsgasse war vergangen, und es begann der Sommer, von dem Vater eine ganz genaue Vorstellung hatte. Er wollte uns nämlich auf einen Ausflug in die Karpato-Ukraine mitnehmen, in ein Dörfchen hinter Mukatschewo namens Schtschor, wo Wasilij Djurij lebte, Vaters alter Freund und Heizer, der eine Zeitlang mit ihm auf Kaiser Ferdinands Nordbahn gefahren war, bevor Djurka, wie Vater ihn nannte, auf die ungarisch-karpatische Bahn umgesattelt hatte, mit der er bis weit in die Bukowina und nach Siebenbürgen gefahren sein soll, in das Königreich der Werwölfe und Vampire.

Vater hatte natürlich nicht vor, den Zug, der uns in die Karpato-Ukraine bringen sollte, selbst zu fahren, denn dann hätte er keine Zeit für uns gehabt. Er fuhr als Passagier mit uns. Wir waren jedoch der unendlichen Fürsorglichkeit des Bahnpersonals ausgesetzt, vom Lok- und Zugführer bis zum Kondukteur, weil alle Vater sehr gut kannten und ihn gern hatten, sie waren eine große Eisenbahnerfamilie aus den Zeiten der k.u.k.-Eisenbahn. Schließlich vereinbarten alle auf der ganzen Strecke, daß sich die Bahnhofsvorsteher und Fahrdienstleiter zu Vaters Ehren ihre Paradeuniformen mit polierten Goldknöpfen anziehen würden.

Und so stiegen wir am Tag des heiligen Prokop, dem 4. Juli, in den Zug ein, der uns dann nach einer langen Reiserei, begleitet von goldenen Blitzen auf den Uniformen wie auf einem mit Goldtalern ausgelegtem Pfad, bis in das Land der karpatischen Almen brachte, wo die Ruthenen lebten, eins der freien tschechoslowakischen Völker.

Djurka heizt jetzt nicht mehr bei der Bahn, erklärte uns Vater unterwegs, er verrichtet aber eine sehr ähnliche Arbeit, er brennt Holz auf dem Meiler – sagte er, wobei er sich besonders an mich wandte, weil er annahm, daß derartige Kenntnisse für mich als Lehrerin von Nutzen sein könnten –, was ein Produktionsverfahren ist, mit dem man in den Karpaten noch heute Holzkohle gewinnt. Ich habe Djurka rechtzeitig geschrieben, daß wir kommen, aber er hatte es nie besonders mit dem Schreiben, so daß er mir nicht geantwortet hat. Aber wie ich ihn kenne, fügte er hinzu und wandte sich diesmal an Mutter, erwartet er uns schon ungeduldig.

Und es zeigte sich, daß er recht hatte. Als wir kurz nach Mukatschewo an einem Bergbahnhof hielten, der noch gute zwanzig Kilometer von Schtschor entfernt war, wartete Wasilij Djurij dort schon auf uns. Will heißen, er döste auf Baumstämmen, von denen er einen geschält hatte, auf dem nun mit Teer und in großen kyrillischen Buchstaben der Willkommensgruß ES LEBE TROTZKIJ! verzeichnet war. (Sieh da, mit dem Schreiben hatte er es zwar nicht so, aber wenn es nötig war, zu schreiben, dann schrieb er!)

Lew und Wasilij (Vater und Djurka) umarmten sich, und der Vollbart des Ruthenen schlängelte sich sofort entgegenkommend um Vaters Hals. Dann zeigte sich, daß Waska ein starkes Bergpferd bei sich hatte, mit dem das Holz zu den Meilern heruntergeschleppt wurde. Wir luden ihm das Gepäck auf, setzten Mutter dazu und machten uns auf den Weg.

Vater und der Ruthene unterhielten sich ununterbrochen, aber ich verstand sie nicht besonders gut, weil sie dieses eigentümliche Ukrainisch sprachen, das von ungarischen und rumänischen, aber auch hebräischen Worten durchsetzt war, eine Sprache, die sich mein sprachbegabter Vater noch während der Zeit angeeignet hatte, als er mit Djurka auf Ferdinands Nordbahn gefahren war.

Lebst du ohne Weib, du alter Fuchs? fragte Vater interessiert, als er abseits des Dorfes die Hütte des Ruthenen sah. Aber

Djurka murmelte nur irgend etwas in dem Sinne, daß er in Schtschor eine rothaarige Hexe habe.

Zuerst sah es so aus, als ob wir Pech hätten, weil sich am nächsten Morgen Nebel über dem Land ausbreitete, und als wir den Weg zu den Bergkämmen hinaufstiegen, sahen wir nichts als Waskas Rücken.

Du heizt zuviel, verdammt, bemerkte Vater, laß ein bißchen Dampf ab. Und der Ruthene zog an der Kette seiner Heizerzwiebeluhr, besah sie sich aus der Nähe und versprach Vater, daß sich der Dampf in zwanzig Minuten legen würde. Nach einer Viertelstunde riß die Nebeldecke tatsächlich langsam auf, und es eröffneten sich uns traumhafte Durchblicke:

Riesige gewellte Hänge, die mit so dichten Wäldern bewachsen waren, daß ich die Gewißheit erlangte, daß unter ihrer Decke finsterste Finsternis herrschen mußte und sie lediglich von blinden Tieren bewohnt waren. Bergdörfchen, die sich um hohe hölzerne Glockentürme geschart hatten, deren Glocken an einfachen Gabelstangen baumelten, die riesigen Hirtenstäben ähnelten. Weitreichende Almen mit Tausenden von gefällten und geschälten Baumstämmen, die sich (wenn man sie eine Weile starr anschaute) wie eine septische Grube voller großer weißer Würmer zu bewegen begannen. Bäche, Flüsse, Wasserfälle, Tümpel, Seen, Torfmoore und Sumpfgebiete, und von dort aus wieder steile Abhänge und Felsen, Hänge mit Schafherden, die niemand weidete, und ein entfernter Pfad auf dem Bergkamm, über den – im Gänsemarsch – ein Wolfsrudel lief. Verwaiste kleine Holzkirchen, *cerkve,* mit sonderbaren Kuppeln und orthodoxen Kreuzen, und ein Stück weiter genauso einsame, regungslos über etwas nachdenkende Auerochsen.

Natürlich kam mir in den Sinn, meine Herren, daß ich gerade hier noch mal Bruno in seiner Hirschgestalt hätte treffen können, und in der Tat sahen wir auch Hirsche, stattliche Karpaten-Kurfürsten und Zuchtexemplare, deren mächtiges Geweih meiner Schätzung nach einen guten halben Zentner wiegen mochte, aber weit und breit kein Bruno, was auch o. k. war, weil ich doch nur zu gut wußte, daß ich mich mit ihm in jeder seiner Gestalten nur einmal paaren konnte, ach, und MEHRMALS NICHT.

Wir stiegen weiter über Kämme und Bergpässe, an den wildesten Bächen entlang und auf den schmalsten Pfaden zwischen schwarzen Waldmassiven, die dort wie märchengroße Monasterien standen, aus denen wir zuweilen langgezogene Chorgesänge hörten, und es war kaum zu glauben, daß es nur der heulende Wind war.

Wo jagst du uns denn hin? fragte Vater besorgt, als wir schon langsam auf die Schnauze fielen und um uns herum immer nur Wälder, Wälder, Wälder, Wälder, Wälder, riesige Planen mit Wiesen und Weiden, Bäche und Flüsse und Bergkämme.

Ich habe ein Geschenk für euch, sagte Djurka lächelnd und zog uns unerbittlich weiter.

Zwei Stunden später (wir können nicht verlorengehen, beruhigte uns der Ruthene, weil ich hier überall meine Kindheit verbracht habe und alles wie meine Westentasche kenne), als wir auf einem Pfad durch den schwärzesten aller Wälder gingen, nur von dem lauten Geschrei der Stille begleitet, legte sich plötzlich ein Lichtstreifen über unseren Weg.

Seht ihr, da ist das Geschenk versteckt. Der Ruthene lachte und zeigte auf den hellen Lichtstreifen: und das, bitte schön, ist die Schleife von dem Geschenk! Sofort traten wir neugierig näher, um das Geschenk endlich auszupacken.

Der Lichtstreifen kam aus dem Wald. Und es gab eine Schneise in dem düsteren und undurchdringlichen Forst, eine mit Licht gefüllte Schneise, meine Liebsten, und als wir in diese Schneise eintraten, sahen wir zunächst überhaupt nichts, nur das helle und im ersten Moment blendende Licht, und erst nach einigen Schritten gewahrten wir – Mutter wich dabei erschrocken zurück, obwohl das, was wir sahen, an sich nichts Schreckliches war, sondern im Gegenteil, Friede und Behaglichkeit –, wir erhielten am Ende dieser mehrere Kilometer langen Schneise durch den schwärzesten Wald, jawohl, Einblick in ein Zimmer, dessen Tür halb offen war. Und trotz der riesigen Entfernung durch den Tubus der Schneise war jedes Detail hinter der Tür klar sichtbar und warnend vergrößert.

Nun (und jetzt folgen Sie mir bitte einen Augenblick aufmerksam, es ist wichtig!) sahen wir einen Ausschnitt des Zimmers, und zwar die Ecke hinter der halboffenen Tür, dort einen Perserteppich und auf dem Teppich hingeworfene Damenpantoffeln mit rosa Troddeln (richtig: Pantoffeln mit rosa Troddeln!) und gleich daneben ein Fläschchen mit irgendeinem Parfum (eindeutig ein Parfumfläschchen!) und einen Plüschteddybär.

Verflixt, was ist das?! fragte Vater und streckte den Arm in die Richtung. Und dann lief er seinem Arm auch schon hinterher. Nach kurzem Zögern liefen auch Mutter und ich los, aber kaum daß wir uns bewegt hatten, verschwand der Durchblick in das Zimmer mit dem Perserteppich und den auf dem Teppich hingeworfenen Damenpantoffeln, dem Parfumfläschchen und dem Plüschteddy, der Durchblick in das Zimmer verschwand. Vater trat ein paar Schritte zurück und wir mit ihm, und sofort tauchte die halboffene Zimmertür wieder auf, als wir aber noch einen weiteren Schritt zurück machten, verschwand sie erneut. Das hieß, daß man die halboffene Tür lediglich von einer bestimmten Stelle in der Schneise aus sehen konnte. Von da jedoch deutlich und unerbittlich.

Es ist immer da, erklärte Wasil, und ich zum Beispiel kenne es seit meiner Kindheit. Ich habe es schon gefunden, als ich mich zum erstenmal in dieser Gegend verirrte, schon als ich hier als fünfjähriger Knirps zum erstenmal Wolfsfallen legte. Das heißt, es ist hier, Moment – und Waska zählte an den Fingern ab – schon gute zweiundsechzig Jahre, wenn es nicht schon vorher hier war. Man kann ja nicht ausschließen, fuhr er fort, man kann nicht ausschließen, daß es seit Anbeginn der Welt hier ist, und es wird hier, meine Herren (und Damen, fügte er mit einer Verbeugung in meine und Mutters Richtung hinzu), es wird hier bis ans Ende aller Tage sein. Jedes Jahr komme ich, um nachzuschauen.

Aber, sag mal, Djurka, was ist das, wessen Zimmer, wessen Damenpantoffeln, wessen Parfumfläschchen und wessen Plüschbärchen? fragte Vater.

Wenn es möglich wäre, dorthin zu gelangen, würden wir es vielleicht erfahren. Aber ihr seht ja selbst, es ist scheu wie ein Reh. Wenn man auch nur ein bißchen näher kommt, verschwindet es.

Du, Waska, sagte Vater abschließend, weißt du, was mir in den Sinn kommt? Höchstwahrscheinlich ist es nur eine Fata Morgana. Es ist überhaupt nicht da, in Wirklichkeit ist es ganz woanders, und hier spiegelt es sich nur.

Gut, der Ruthene nickte. Mein Vater war für ihn eine Autorität. Man sprach nicht mehr darüber, und kurz darauf kehrten wir zurück nach Schtschor, stiegen von dort aus wieder zur Bahnstation hinab, verabschiedeten uns herzlich von Wasilij und fuhren nach Hause.

Der Rest der Ferien verging dann schnell wie ein Peitschenschlag. Aber am Ende der Ferien erwartete uns doch noch etwas.

25

Die Audienz

Als Vater (am Ende des Sommers 1922, einige Zeit nach unserer Rückkehr aus der Karpato-Ukraine) einen Brief mit dem Siegel des Präsidialamtes der Republik bekam, konnte er sich lange nicht dazu entschließen, das Siegel zu brechen. Und als er endlich soweit war, es zu brechen, bangte er noch immer, daß es sich um eine sehr schlechte Nachricht handeln würde. Nachdem er den Brief gelesen hatte, begriff er jedoch, daß sein langgehegter Traum in Erfüllung gegangen war: Er war zu einer Audienz beim »aufgeklärten Zaren« geladen.

Vaters Ansicht über die Institution des »aufgeklärten Zaren« durchlief eine lange Entwicklung. Aber darüber haben wir uns ja schon unterhalten. Ich habe die Enttäuschungen bereits erwähnt, die ihm der Zar Nikolaus II. und später auch Kaiser Franz Joseph I., der Zerstörer des Reiches, zugefügt hatten. Da Vater aber nicht bereit war, seinen Traum einfach so aufzugeben, entschloß er sich, ihn nicht mehr weiter an Monarchien zu binden, und wandte seinen abwartenden und hoffnungsvollen Blick dem tschechoslowakischen Präsidenten zu. Er fand dazu gewiß auch genügend Gründe, darunter zum Beispiel den, daß Präsident Masaryk die Republik für Flüchtlinge aus der Sowjetunion geöffnet hatte, insbesondere für Russen und Ukrainer, die ihre Schulen und sogar eine Universität bei uns hatten und Möglichkeiten wie sonst nirgends in Europa.

Noch bevor ich Sie aber, meine Herren, zu der Begegnung im Lanaer Schloß und Park mitnehmen werde, halte ich es für angebracht, Ihnen offen zu sagen, daß die Einladung meines Vaters nur auf einem Mißverständnis und einem Irrtum beruhte.

In seinem Bemühen um einen möglichst breiten und zugleich lebendigen Kontakt mit den verschiedenen gesellschaftlichen Schichten und Gruppen kam der Herr Präsident auf einige unformelle und ungewöhnliche Ideen, wie man den Menschen begegnen konnte. Die Einladungen ins Schloß Lana gehörten dazu. Die Kandidaten für die Lanaer Audienz wurden aber nicht von jemandem aus dem Präsidialamt ausgewählt, sondern damit war jemand außerhalb der Burg und ihrer bürokratischen Struktur betraut, kein Beamter, sondern angeblich sogar jemand aus einer ganz anderen Welt als der politischen, irgendein Opernsänger oder vielleicht Komponist, dem der Präsident völlig freie Hand ließ (wen dieser Sänger oder Komponist ausgewählt hatte, der wurde vom Präsidenten mit absolutem Vertrauen empfangen), von dem man jedoch nichts wußte, niemand kannte seine Identität, damit man nicht versucht war, die Lanaer Auswahl zu beeinflussen. Erst viel später habe ich, meine Liebsten, erfahren, daß es in dieser Auswahl doch ein System gab. Wenn zu dem Treffen mit dem Präsidenten beispielsweise ein Dichter erschienen war, konnte man davon ausgehen, daß das nächste Mal ein Unternehmer ausgewählt werden würde, und wenn jemand von der ungarischen Minderheit gekommen war, war zu erwarten, daß beim nächsten Mal wieder jemand von der deutschen Minderheit kommen würde. So wechselte sich das ab, und der regelmäßige Rhythmus, von dem das Ganze getragen wurde, ließ vermuten, daß der Auswählende wohl in der Tat Musiker war. Vater sollte in dieser Auswahl höchstwahrscheinlich die russischen Emigranten repräsentieren, die in der Tschechoslowakei lebende Gemeinschaft der russischen Emigration. Da jedoch derjenige, der die Auswahl vornahm, bei uns lebende russische Philosophen, ausgezeichnete Sprachwissenschaftler sowie Dichter und Dichterinnen zur Verfügung hatte, russische Maler, Musiker, aber auch Mathematiker, Chemiker und Entomologen, russische Volkswirte, Historiker, Soziologen, aber auch Diplomaten und hohe Offiziere aus der ehemaligen Zarenarmee, die Elite der russischen Adeligen und Geistlichen, das heißt eine riesige Menge ausgezeichneter Persönlichkeiten aus dem vorrevolutionären Rußland, die sich die Tschechoslowakei entweder als neue Heimat oder nur als Zwischenstation auf der Flucht vor den Bolschewiken und der Tscheka ausgesucht hatten (genauso wie später in den dreißiger Jahren die deutschen Intellektuellen auf der Flucht vor den Nazis und der Gestapo), wenn nun derjenige, der die Auswahl unter den russischen Emigranten vornahm, derartige Möglichkeiten und ein so reichhaltiges Angebot hatte und dennoch ausgerechnet meinen Vater für die Audienz in Lana auswählte, war das wirklich nur durch diesen Irrtum zu erklären, durch Vaters unglückseligen oder in diesem Falle vielleicht glücklichen trotzkistischen Namen.

Zwischen dem Tag, an dem die Einladung gekommen war, und dem Tag der Audienz blieb nicht viel Zeit, und Vater hatte sie noch dadurch verkürzt, weil er so lange über dem präsidialen Siegel zögerte, so daß in dem Augenblick, als er es brach, überhaupt nicht mehr in Frage kam, sich einen neuen Anzug nähen zu lassen, und er mußte in dem Anzug gehen, den er bei unserer merkwürdigen Vorkriegsreise nach Wien (im Sommer 1914) angehabt hatte. Mutter bügelte ihn nur sorgfältig und befahl Vater, mich mitzunehmen, da dies für eine Lehrerin eine kostbare Gelegenheit sei, aus der sie dann im Heimat- und Staatsbürgerkundeunterricht reichlich schöpfen könnte. So zumindest begründete sie es vor Vater, in Wirklichkeit jedoch hegte sie den Wunsch, daß ich ein Auge auf ihn hatte und ihm auf die Zunge trat, falls er damit zu sehr wedelte.

Über Schloß Lana wehte eine Fahne, die kundtat, daß der Präsident in diesem Augenblick nicht auf dem strengen und ehrwürdigen Sitz der böhmischen Könige, der Prager Burg, weilte, sondern in dieser fröhlichen Sommerresidenz. Kaum waren wir angekommen, rief die Wache am Eingang den Sekretär des Präsidenten an (Vater pflückte schnell ein Klettenblatt und wischte sich die Schuhe damit ab), und dieser holte uns ab. Er war ein wenig überrumpelt von meiner Anwesenheit, die sich mit der üblichen Audienzordnung nicht gerade vertrug (die rechnete nur mit einem Gast), aber dann nickte er zustimmend, daß die Änderung in diesem Falle nicht hinderlich sein müsse, und schon führte er uns über einen kleinen Schotterweg zur Stirnseite des Schlosses, wo sich im gleichen Moment unser Gastgeber von der Wand löste (mit der er bis dahin dank seines Sommeranzugs und des weißen Husarenschnurrbarts verschmolzen war) und uns mit langen Schritten entgegenkam.

Der Sekretär stellte uns vor: Das sind Herr Lew Trotzkij und seine Tochter Sonja, und der Herr Präsident schaute mich wohlwollend an, reichte mir die Hand und dann dem Vater, der aber plötzlich unsicher war, wie man sich in so einer Situation zu benehmen hatte, das Muschik-Syndrom war bei ihm ausgebrochen, und beinahe wäre er auf die Knie gerutscht, wenn ihn der Präsident nicht im letzten Moment zurückgehalten hätte.

Na, na, sagte Masaryk verärgert, tun Sie mir das nicht an, Mensch, ich bin doch keine Exzellenz *prewoschoditjelstwo,* ich bin nur Ihr demokratisch gewählter Präsident. Er legte uns die Hände auf die Schultern und führte uns in den Schloßpark zu einer höher gelegenen Stelle mit einem Gartentisch und Korbsesseln. Der Sekretär brachte eine Schüssel mit Powidelkolatschen sowie Tassen mit Kaffee und für den Herrn Präsidenten seinen großen Kaffeebecher mit Röschen.

Essen Sie nur, essen Sie, und genieren Sie sich nicht! Mit seinen großen knöchrigen Händen wedelnd, scheuchte er die Wespen vom Kuchen weg, und von Zeit zu Zeit zeigte er auf irgend etwas in den Buchenkronen, aber immer, wenn wir uns umgedreht hatten, war es nicht mehr da, falls es überhaupt je dagewesen war, und wir sahen nur das trügerische Funkeln eines Sommertages. Er wartete geduldig, bis wir uns ein wenig an ihn gewöhnt hatten, und stellte erst dann seine neugierige Frage.

Sie, Herr Trotzkij, sind der Bruder oder vielleicht der Cousin des gleichnamigen russischen Revolutionärs?

Ach so ist das also, dachte Vater verbittert (jedenfalls las ich es so von seinem Gesicht ab), er schluckte und antwortete dann schon ganz ruhig: Trotzkij ist mein Familienname und kein Pseudonym, ich heiße nicht Bronstein.

Richtig, entschuldigen Sie die dumme Frage, sagte Masaryk, Sie sind also ein russischer Poet, Philosoph oder vielleicht ein Gürtler oder Plattner …

Da erhob sich Vater schnell und wollte das Weite suchen: Entschuldigen Sie, Herr Präsident, aber es ist ein schreckliches Mißverständnis passiert! Ich bin nämlich weder ein Dichter noch ein Philosoph, sondern lediglich ein ganz gewöhnlicher Eisenbahner, Maschinenführer bei der Tschechoslowakischen Staatsbahn.

Da sprang aber der Herr Präsident auf und stopfte Vater wieder zurück in den Korbsessel: Bleiben Sie doch sitzen, Mensch, bleiben Sie sitzen! Von wegen Mißverständnis! Ich habe mich schon immer darauf gefreut, daß mich eines Tages ein Maschinenführer besuchen wird! Daß es aber ein Maschinenführer und darüber hinaus noch ein Russe sein würde … also nein, Herr Trotzkij, davon habe ich nicht einmal zu träumen gewagt! Bleiben Sie also sitzen, ich bitte Sie! Ich werde Ihnen etwas erzählen.

Bleiben Sie sitzen, ich erzähle Ihnen etwas. Es ist schon über vier Jahre her. Ich fuhr mit der Transsibirischen Eisenbahn von Moskau nach Wladiwostok. III. Klasse im Sanitärwagen. In Moskau wurde eine mehr oder weniger passable Matratze gekauft, auf der ich dann nachts auf der Bank schlief. Lange Warterei an den Bahnhöfen und irgendwo außerhalb war keine Seltenheit. Wenn Sie mehrere Wochen im Zug verbringen, leben Sie sich ein darin. An der sibirischen Station Amarak hatten wir einen langen Aufenthalt. Man informierte uns darüber, daß es zu einem Zusammenstoß der Züge vor uns gekommen und die Strecke dabei beschädigt worden sei. Ich stieg aus dem Waggon und ging zum Maschinenführer, der sich gerade seine fünfte Papirossa drehte. Wir sahen auf den nahe gelegenen Wald, und ich fragte, ob dort Bären und Wölfe lebten. Jetzt nicht, er schüttelte den Kopf und zeigte auf das Dorf, jetzt im Winter leben sie dort. Die Menschen müssen einige Gebäude und Scheunen für sie frei machen und sich den ganzen Winter über um sie kümmern und sie mit Schafen und Ziegen versorgen. Denn die Herren hier sind die Bären und Wölfe, und wer hier leben will, lernt es, mit ihnen auszukommen. Und da – der Maschinenführer zeigte mit der Hand Richtung Norden –, da lebt noch ein dritter Herrscher, der sibirische Tiger. Und der wird auch eines Tages bis zu den menschlichen Behausungen vordringen. Kein Bolschewik und kein Koltschak, sondern Bär, Wolf und Tiger. Masaryk dachte über etwas nach, schaute dann auf seinen ausgestreckten Arm und bewegte die Finger. Und Sie, Herr Trotzkij, waren Sie schon mal in Sibirien?

Vater schüttelte den Kopf. I wo, weder in der Verbannung noch als Pelzjäger. In Rußland sei er zwar geboren worden, habe dort aber nur noch seine frühe Kindheit verlebt. Und heute verbinde ihn mit Rußland nur noch das Russische sowie die russischen Romane. Am liebsten habe er Tolstoj, weil in seinen Romanen die meisten Züge fahren. *Anna Karenina*, zum Beispiel, sei mit Zügen, Bahnhöfen und Bahnsteigen geredezu gespickt.

Ich glaube, sagte Masaryk wiederum, daß Tolstoj der Allererste war, dem klargeworden ist, daß heutzutage nicht mehr

Fährmänner, sondern Züge ins Jenseits befördern. Auch er hat schließlich seine letzte Reise mit dem Zug angetreten.

Ja, entgegnete Vater zustimmend, Charons Züge. Die Menschen quetschen sich in den dunklen Gängen der Waggons, der Kondukteur leuchtet mit einer Karbidlampe in ihre Gesichter und auf die Fahrkarten und hält eine Zange in der Hand, mit der man die Köpfe der Neugeborenen herauszieht.

Der Präsident antwortete nicht und schaute Vater überrascht an. Dann stand er auf, wir alle standen auf und gingen kreuz und quer durch den Park, und Masaryk entsann sich seiner Gastgeberpflichten und fing an, über den Park und das Schloß zu erzählen und über seinen geschätzten Freund, den slowenischen Architekten Josip Pletschnik, der sich nicht nur der Renovierungsarbeiten an der Prager Burg angenommen, sondern auch einen Löwenanteil (richtig, einen Löwenanteil habe mein Täubchen, Lew Lwowitsch!) an der gegenwärtigen Gestalt des Lanaer Schlosses habe. Schauen Sie nur, sagte der Präsident auf das Schloß deutend, wie es ihm gelungen ist, den barocken Teil aus der zweiten Hälfte des siebzehnten Jahrhunderts im pseudobarocken Stil des neunzehnten Jahrhunderts zu vollenden.

Dann führte uns der Präsident tief in den Park hinein bis zu der Stelle, wo er in ein Gehege überging, und dort blieben wir vor einer Statuengruppe mit Hirsch und Reh stehen. Plötzlich faßte mich Masaryk bei der Hand und legte sie auf den bronzenen Hirschnacken. Wie soll ich das denn verstehen? dachte ich erschrocken, und in den Augen des Präsidenten blitzte es schelmisch auf, erlosch aber sofort wieder.

Und genauso kundig wie über die Schloßarchitektur erzählte er nun über die Bäume im Park, über Hagebuchen, Buchen, Kastanien, Eichen, Platanen, aber auch über libanesische Zedern, über all jene Bäume, deren Kronen sich hier berührten und über unseren Köpfen miteinander verflochten eine riesige

Stadt bildeten, die von der Ausgelassenheit der Vögel und der Achtsamkeit der Eichhörnchen erfüllt war, den durchhuschenden Pelzen und arglistigen Tücken.

Zu guter Letzt führte er uns ins Schloß, wo wir uns in der Bibliothek niederließen, die Masaryk auch als Arbeitszimmer diente. Er ließ uns einen kleinen Imbiß kommen und noch einen starken Kaffee, und ich nahm eigentlich gar nicht wahr, wie er ins Russische schlüpfte und wir alle anfingen, wie die Personen in Tschechows Onkel Wanja zu sprechen. Der Herr Präsident sprach sehr gut russisch, man merkte, daß er schon als Student ein eifriger Leser russischer Literatur gewesen war, und er sich nicht umsonst in Rußland herumgetrieben hatte. Als er am Ende des Krieges mit den bolschewistischen wie auch den weißgardistischen Potentaten verhandeln mußte, um unsere Soldaten sicher durch Rußland zu bringen, wurde sein Russisch zu einem zuverlässigen Instrument, das er gewandt beherrschte, auch wenn sich ihm von Zeit zu Zeit wohl mal ein mährisches oder slowakisches Wörtchen einschlich, wie gerade jetzt, als er mit uns sprach.

Ich muß gestehen, daß Ihr Namensvetter, dieser Bronstein-Trotzkij, mich doch ziemlich beunruhigt. Er hat die sowjetische Armee in der Hand, träumt ständig von der weltweiten Diktatur des Proletariats und hat letztes Jahr den Befehl zu diesem schrecklichen Massaker in Kronstadt gegeben. Ich hatte mit ihm in Rußland auch Konflikte. Er konnte unsere Legion nicht ausstehen und hätte sie am liebsten entwaffnet. Gott sei Dank, daß da solche Leute waren wie der Kommissar Stalin –

Stalin? fragte Vater, dem dieser Name nichts sagte.

Ja, Stalin, so ein Kerlchen, das sich im Gegensatz zu Trotzkij und Lenin nie in schweizerischen und österreichischen Kaffeehäusern herumgetrieben hat und sich dort von dem europäischen Titanismus nicht hat anstecken lassen. Kommissar Stalin telefonierte am 26. März 1918 mit den örtlichen Räten in

Sibirien und teilte ihnen mit, daß die Tschechoslowaken nicht als Kampfeinheiten, sondern als freie Bürger dorthin führen und daß der Rat der Volkskommissare ihnen deshalb auf russischem Boden jegliche Hilfe zukommen lassen solle. Von solchen Stalins sollte es in Rußland mehrere geben! Uns hier in Europa bleibt nichts als zu hoffen, daß das Kerlchen Stalin diesem Trotzkij rechtzeitig auf die Finger klopft und die bolschewistische Revolution nicht von Rußland zu uns nach Mitteleuropa überschwappt.

Dann erschien plötzlich der Sekretär mit irgendeiner Nachricht, der Herr Präsident entschuldigte sich bei uns, verabschiedete sich schnell, und der Sekretär brachte uns wieder zum Tor des Lanaer Schlosses. Als wir uns umdrehten, sahen wir, wie die Präsidentenfahne rasch den Mast herunterfuhr und jemand am Haupteingang eilig den Wagen des Präsidenten bereitstellte.

26

Alžbětka rediviva

Das neue Schuljahr in der Schule Antonsgasse hatte begonnen, aber für mich war es diesmal nicht von langer Dauer. Gleich in der ersten Septemberwoche besuchte Ingenieur Tomas Pařízek die Schule und wartete in der Pause vor dem Lehrerzimmer auf mich. Er fragte, ob ich einen Augenblick Zeit habe, und als ich ihn vor die Schule begleitet hatte, so daß meine Schüler, Kollegen und Kolleginnen uns nicht mehr hören konnten, sagte er, daß er auf der Suche nach einer Hauslehrerin sei. In dem Moment wurde mir bewußt, wie wenig ich doch von den Menschen wußte. Ich hatte nämlich in der Überzeugung gelebt, daß der Herr Ingenieur keine weiteren Kinder habe. Meine Unwissenheit war aber vielleicht dadurch gerechtfertigt, daß bei Alžbětkas Begräbnis keine Geschwister anwesend waren.

Ich zahle Ihnen dreimal soviel, wie Ihnen irgendeine Schule anbieten kann. Sie brauchen sich nicht jetzt sofort zu entscheiden. Ich gebe Ihnen selbstverständlich Bedenkzeit. Aber nicht viel. Leider bin ich ziemlich in Eile.

Wir verabredeten uns noch für denselben Abend im Bellevue. Dort sollte ich alles erfahren, was ich wissen müsse, und mich dann dafür oder dagegen entscheiden.

Das Bellevue war (und ist immer noch) ein Eckcafé und Restaurant mit einem wunderbaren Ausblick auf den Lažanskyplatz (den heutigen Mährischen Platz). Vor dem Bellevue erwartete mich ein eleganter Gentleman mit einem Rosenstrauß und drinnen ein reservierter Tisch. Die Kellnerin nahm sich der Rosen an, und der Kellner vollbrachte Wunder an Servilität.

Hängen Sie an der Schule? Kann ich Sie nicht weglocken?

Ich hänge an nichts, aber ich muß gestehen, daß ich keine Ahnung hatte, daß ... daß Sie noch weitere Kinder haben.

Aber nein, er schüttelte den Kopf, habe ich nicht. Alžbětka war Einzelkind.

Auf dem Lažanskyplatz gingen die Lichter an, und im selben Moment erklang das Piano aus dem Billardsalon hinten im Restaurant, eine bis ins Unendliche verlängerte Ragtime-Melodie. Der Herr Ingenieur sah sich die Flasche an, die man ihm gerade gebracht hatte, und zeigte mir das Etikett, ich nickte zustimmend, und er gab dem Kellner ein Zeichen. Es sah nach einem langen Abend aus. Der Rosenstrauß duftete derartig, daß ich leichte Kopfschmerzen bekam.

Ich bin Ihnen, Fräulein Trotzkij, eine Erklärung schuldig. Nun, schießen wir los. In Wien, liebes Fräulein, begann der Herr Ingenieur, in Wien lebt so ein Skandaldoktor. Er heißt

Sigmund Freud. Ich bin gerade von einem Besuch bei ihm zurückgekehrt. Mir hat nämlich jemand gesagt, daß nur er mir helfen könne. Sie können sich aber nicht vorstellen, wie schwierig es war, zu ihm zu gelangen. Seine Klientel besteht aus Scharen reicher hysterischer Weiber. Ich mußte meine Zelte in Wien für zwei lange Monate aufschlagen, jawohl, für den ganzen Sommer, und bin jeden Tag an Freuds Tür klinkenputzen gegangen. Und ich würde sie noch heute polieren, wenn mir nicht plötzlich in den Sinn gekommen wäre, an Freuds Mährentum zu appellieren. Dieser berühmte Wiener Arzt ist nämlich hier in Mähren geboren worden, in dem kleinen Städtchen Freiberg, einem Städtchen wie geleckt, und seine frühen Kindheitserinnerungen üben bis heute einen mächtigen Einfluß auf ihn aus. Ich meldete mich also als Mähre an, und als ich endlich sein Arbeitszimmer betreten durfte, steuerte ich sofort die Wand an, an der zwischen Gruppenfotos von internationalen Konferenzen zur Psychoanalyse ein kleines Bild hing, eine Ansicht des Marktplatzes in Freiberg mit dem phallischen Kirchturm im Hintergrund. Ich trat näher an das Bild heran und stand dort nicht einmal eine Minute, als ich hörte, wie der alte Freud den Stuhl vom Tisch wegschob. Und dann standen wir beide da und schauten lange auf den Marktplatz im mährischen Freiberg. Danach schilderte ich ihm, was nach Alžbětkas Tod mit meiner Frau passiert war. Zu was für einer merkwürdigen Verwandlung es bei ihr gekommen war und daß sie das Lesen und Schreiben und Rechnen vergessen hatte. Und ihre Mentalität, fragte mich Freud, ihr Denken entspricht dem Alter ihrer Tochter in dem Jahr, als sie starb? Aber dann ist ja alles klar, werter Herr. Ihre Frau versucht, Ihnen Ihre tote Tochter zu ersetzen, sie hat ihre Rolle angenommen und sich mit ihr identifiziert. Das alles ist natürlich ein unterbewußter Prozeß, wir haben es hier mit Tiefenkräften zu tun, gegen die wir machtlos sind. Es gibt im

Grunde nur zwei Möglichkeiten: entweder die Fesseln der Liebe, die sie an Sie binden, zu zerreißen und Ihre Frau so zu befreien, sie aus der Pflicht entbinden, Ihnen die tote Tochter zu ersetzen, oder sich mit ihrer Rolle zu versöhnen und sie, werter Herr, wie ein Kind im Alter Ihrer verewigten Tochter zu behandeln. Da Sie sie aber natürlich nicht in die Schule schicken können, engagieren Sie einen Hauslehrer für sie.

Eine Straßenbahn fuhr über den Lažanskyplatz und klingelte. In der Thomaskirche war die Abendmesse zu Ende gegangen, und die Menschen strömten auf den Platz. Aus dem Billardsalon war immer noch der Ragtime zu hören.

Und so endete meine Karriere in den Diensten des Ministeriums für Bildung und Aufklärung, und es begann eine neue, im Dienste der Familie Pařízek. Eine Woche nach dem Treffen im Bellevue zog ich in der Wohnung des Ingenieurs ein. Aber vielleicht habe ich es nicht geschafft, Ihnen zu sagen, ja, natürlich, ich habe Ihnen noch nicht gesagt, daß Ingenieur Pařízek aus dem Masarykviertel weggezogen war, weil er nicht länger in der Nähe des Ortes leben konnte, an dem seine Tochter umgekommen war, und er lebte nun in Schwarzfeld, was damals genauso ein Nobelviertel war wie das Masarykviertel. Und am ersten Tag meines Aufenthaltes zeigte er mir sein neues Haus.

Meine Frau schläft gerade, weil sie von Alžbětka auch das kindliche Bedürfnis nach möglichst viel Schlaf übernommen hat. Werfen wir aber wenigstens einen Blick in ihr Schlafzimmer! Obwohl ich entschieden protestierte, öffnete er die Tür einen Spaltbreit, und ich sah einen Perserteppich und auf dem Teppich hingeworfene Damenpantoffeln mit rosa Troddeln und gleich daneben ein Fläschchen mit irgendeinem Parfum und einen Plüschteddybär.

Pardon, sagte er, trat ins Zimmer und wollte den Teddy und das Parfum aufheben.

Nicht! schrie ich, nicht aufheben!

Warum? fragte er interessiert. Da ich aber nicht zu antworten wußte, hob er die Gegenstände in aller Seelenruhe auf und legte sie irgendwo auf die Kommode. Dann schloß er die Tür, und wir gingen weiter.

Warum hätte ich es denn nicht aufheben sollen? fragte er mich erneut, als wir im Salon saßen, der rundherum mit Porträts von den Vorfahren des Herrn Ingenieurs aus der Gründerzeit behängt war, lauter Rakonitzer Seifenhändler.

Das kann ich Ihnen nun wirklich nicht beantworten, sagte ich ratlos. Manche Dinge kann man nicht erklären, und wenn es einen in den Wahnsinn treibt.

Das kenne ich sehr gut, Fräulein Trotzkij, entgegnete er zustimmend. Manche Dinge kann man wirklich nicht erklären. Und wenn es einen in den Wahnsinn treibt.

27

Zwölf Jahre in Alžbětkas Diensten

Sáva Pařízek, meine Teuersten, war eine wunderschöne Frau, und ich sah sie hier zum erstenmal ohne den schwarzen Schleier (davor hatte ich sie lediglich an Alžbětkas Begräbnis gesehen), aber mir wurde sofort bewußt, daß ich das Gesicht von irgendwoher kannte, sehr wahrscheinlich von der Titelseite der Zeitschrift *Mondäne Welt.* Darüber hinaus breitete sich in ihrem Gesicht jetzt etwas niedlich Kindliches aus, etwas vom Gesicht ihrer Tochter, was ihrer Erscheinung als erwachsener Mensch eine geheimnisvolle Anmut verlieh.

Mit dem Unterricht knüpften wir genau da an, wo ich mit

Alžbětka aufgehört hatte. Sáva konnte schon alle Selbstlaute schreiben, besonders gefiel ihr das lange a, von den Mitlauten beherrschte sie die grundlegenden, so daß wir schriftlich Sätze üben konnten wie: Die Waage wiegt die Ware! oder Der Hase haart! Sáva lernte schnell und hatte einen scharfen Verstand, sie war aber nicht in der Lage, sich andere als Alžbětkas Alter entsprechende Fertigkeiten anzueignen.

Wenn ich sie unterrichtete, unterrichtete ich sie wie ein Kind. Das bereitete mir keinerlei Schwierigkeiten, so weit war ich schon der pädagogischen Routine verfallen, aber nach dem Unterricht kam es mir doch ungehörig vor, mit einer erwachsenen Frau wie mit einem Kind zu sprechen, und ich versuchte es anders, kam damit aber nicht sehr weit. Frau Sáva reagierte nämlich immer wie ein Kind, und auch ihre Stimme wurde von Tag zu Tag immer mehr zur Stimme eines Kindes.

Erst etwas später (denken Sie daran, meine Herren, daß in meiner Erzählung jetzt Jahre vergehen, sie streuen sich dahin wie die Körner eines Rosenkranzes, sie laufen dort wie Schäfchen) habe ich begriffen, daß eine weitere Tragödie für den Ingenieur darin bestand, daß ihm seine schöne Frau, nachdem sie die Rolle seiner Tochter angenommen hatte, den ehelichen Kontakt verweigerte. Denn das wäre für sie jetzt ein schrecklicher Inzest gewesen! So entstand die absurde Situation, daß die heiße Liebe der Frau Ingenieur eigentlich die Ursache dafür war, daß sie ihm das vorenthielt, was bis dahin die Blüte ihrer Liebe gewesen war. Und so verwandelte sich Sáva-Alžbětka von der Blüte in die Frucht, aber als Frucht dort, wo sie nur Blüte sein sollte, weckte sie das Begehren des Ingenieurs um so wilder, ohne es stillen zu wollen. Es waren also Qualen, von denen ich zunächst nicht die leiseste Ahnung hatte, bis das Begehren des Ingenieurs auf mich als Ersatzobjekt überschwappte.

Schließlich wurde ich also nicht nur die Lehrerin der Gattin-Tochter des Ingenieurs, sondern auch seine stets willige Mätresse, so daß ich mir bei der Lohnauszahlung am vierzehnten eines jeden Monats nie sicher sein konnte, wofür ich das Geld eigentlich erhielt. Er war aber immerhin so aufmerksam, daß er das sofort begriff und mir anbot, unsere Beziehung zu legalisieren: er würde sich von Sáva scheiden lassen und mich heiraten, wenn ich im Gegenzug dafür bereit wäre, meine Schülerin als Stieftochter anzunehmen. Ich hätte ihm nur schwer erklären können, daß so etwas überhaupt nicht in Frage komme, weil ich schon vergeben und meine Nicht-Heirat genau die Bedingung war, auf der sich meine kryptogamische Beziehung zu Bruno Mlock gründete. Deshalb versuchte ich es anders. Ich erinnerte ihn daran, daß immer noch die Möglichkeit bestünde, daß Sáva eines Tages von ihrer Geisteskrankheit geheilt und in die Rolle seiner Frau zurückkehren würde und wir dieser Möglichkeit durch unsere Heirat die Tür vor der Nase zuschlagen würden. Die weitere Entwicklung schlug sich jedoch selbst die Tür zu.

Praktisch über Nacht veränderte Sáva Pařízek nämlich auch ihre physische Gestalt. Es ereignete sich nämlich, daß sie eines Abends noch als Frau einschlief, deren besondere Note nur in jenem reizenden Kinderlächeln lag, und schon am Morgen ganz als Alžbětka erwachte. Sie wickelte sich aus Sávas riesiger Frauenwäsche und sprang als kleines Mädchen aus dem Bett.

Obwohl ich meine Beziehung zu Tomas Pařízek niemals legalisierte, hörte ich im Laufe der Zeit auf, lediglich die Lehrerin der Frau Ingenieur zu sein, und wurde wohl oder übel immer mehr zu ihrer Stiefmutter. Bis schließlich die Mutterrolle ganz überwog. Schon aus dem Grunde, weil mich die Lehrerbildungsanstalt für den Gymnasialunterricht nicht mehr qualifizierte und Ingenieur Pařízek eine ganze Reihe von Gymnasialhauslehrern engagieren mußte, während mir die weitaus schwierigere Aufgabe zufiel, Alžbětka-Sáva die Dinge beizubringen, die Mütter ihren Töchtern beizubringen pflegen.

Ich redete sie selbstverständlich mit Alžbětka an (sie glich ihr wie ein Ei dem anderen, und nur ein auf Alžbětkas spezialisierter Fachmann hätte es vielleicht vermocht, sie auseinanderzuhalten), und wir führten beispielsweise folgende Gespräche:

Alžbětka: Warum fürchtest du die Heirat mit meinem Vater so?

Ich: Weißt du, Alžbětka, es ist eigentlich keine Angst, sondern es gibt zwei triftige Gründe. Der eine betrifft direkt dich, und ich kann ihn dir vorerst, sei mir nicht böse, nicht nennen. Und der andere sieht so aus, daß ich nicht heiraten darf, weil ich mal jemandem versprochen habe, auf ihn zu warten. Ich hebe mein Brautkleid für ihn auf.

Alžbětka: Und warum kohabitierst du dann mit meinem Vater, wenn du schon vergeben bist?

Ich: Das frage ich mich auch manchmal. Aber Bruno ist Gott sei Dank tolerant und erlaubt mir, mich ab und zu mit jemandem einzulassen.

Alžbětka: Er heißt Bruno?

Ich: Bruno Mlock, wenn du es schon wissen mußt.

Alžbětka: Ich denke, daß das kein gewöhnlicher Name ist.

Ich: Er ist ja auch kein gewöhnlicher Grünschnabel, Alžbětka. Auf jeden Fall ist er kein Hallodri.

Alžbětka: Warum heiraten du und Herr Mlock dann nicht auf der Stelle? Worauf wartet ihr eigentlich, Mama, kannst du mir das mal verraten?

Ich: Bist du nicht ein bißchen keck, Alžbětka-Schreck? Und weißt du was? Ich werde dich auch etwas fragen. Und jetzt ist es keine voreilige Frage mehr, so daß du mir ruhig sagen kannst, was du eigentlich werden möchtest. Aber Vorsicht,

Alžbětka, du mußt nicht gleich antworten. Das heißt, wenn du nicht willst.

Alžbětka: Ich muß überhaupt nicht antworten, denn du weißt es sowieso schon. Nicht, was ich werden möchte, weil das irrelevant ist, sondern was ich bin. Ich bin dein Fatum. Ich bin das Schicksalsmädchen, das dir für zwölf Jahre in den Weg gelaufen ist und dich jetzt, hörst du, Sonitschka, dich jetzt in Frieden entläßt. Geh schon, wohin dein Herz dich trägt ..., Mama.

Und so diente ich zwölf Jahre lang in der Pařízek-Familie (seht, Jungs, es verging wie im Fluge!), zuerst als Hauslehrerin, dann als Mätresse des Herrn Ingenieurs (denn wie hätte man unser von niemand gesegnetes Verhältnis anders nennen sollen?) und zu guter Letzt als Alžbětkas Stiefmutter. Als Alžbětka mit einem Schlag achtzehn wurde, machte sie das Abitur und heiratete kurz darauf. Ich hielt es, meine Teuersten, noch für meine Pflicht, an ihrer Hochzeit in der Peter-und-Pauls-Kirche teilzunehmen, deren bürgerliche Pracht die immer ausgefalleneren Gelüste des Ingenieurs Pařízek befriedigte, der sein Kapital durch die Produktion von Uniformen für die Tschechoslowakische Armee inzwischen erheblich erweitert und zudem den entscheidenden Aktienanteil der Brünner Rüstungsfabrik Zbrojovka gekauft hatte.

Während Alžbětkas Hochzeitszeremonie wandte sich Ingenieur Tomas Pařízek erneut mit dem Vorschlag an mich, jetzt ebenfalls unsere Hochzeit zu veranstalten, und wieder wies ich ihn entschieden ab: Nicht nur, daß ich dich nicht heiraten werde, Tomas, sondern ich gehe sogar für immer von euch fort. Ich habe Alžbětka erzogen und sie bis an den Altar geführt, aber jetzt wirst du mich nicht mal mehr mit einem Ochsengespann halten können.

Nur weil unser Gespräch während Alžbětkas Hochzeitszeremonie stattfand und Tomas sich daher beherrschen mußte, geriet er nicht vollends in Rage. Soeben hatte er nämlich kapiert, daß ihn seine eigene Frau schließlich ganz schön an der Nase herumgeführt hatte, jawohl, Sáva hatte ihn ganz schön an der Nase herumgeführt, weil sie ihn jetzt mit einem anderen, bedeutend jüngeren Mann verließ (gewiß, ein kleiner Trost war für ihn, daß sein zukünftiger Schwiegersohn der Sohn des stellvertretenden Direktors der einflußreichen Wiener Creditanstalt war), und auch ich ihn am selben Tag verlassen würde.

Wie er sich so von absolut allem und absolut allen verschmäht fühlte, gesellte sich Ingenieur Tomas Pařízek dann dem tschechischen Faschisten General Radol Gajda zu und stellte einen beträchtlichen Teil seines nicht gerade kleinen Vermögens der Tschechisch-Nationalen Faschistenvereinigung zur Verfügung. Das ist aber eine Geschichte, die mich überhaupt nichts angeht, und deshalb trete ich schleunigst den Rückzug an, meine Herren.

Etwas möchte ich aber doch noch hinzufügen. Direkt von der Hochzeitsfeier fuhr ich mit der ersten Straßenbahn zum Lažanskyplatz und machte mich von dort auf den Weg zur Schule in der Antonsgasse. Und es wird Sie sicherlich nicht verwundern, daß mein Ziel der Friedhof gegenüber der Schule war. Als ich dann an Alžbětkas Grab stand (das Kreuz mit dem zu Tode gequälten Mädchen, tanzende Rokoko-Todesfeen), war ich versucht, etwas zu sagen, Alžbětka anzusprechen, brachte aber keinen Laut heraus. Hatte ich etwa Angst, daß sie mir hätte antworten können? Oder vielleicht eher, daß sie mir nicht mehr antworten konnte, weil sie schon lange nicht mehr in dem Grab lag? Nach einer Weile drehte ich mich um und ging schnell weg. Sie aber drehen bitte Alžbětka noch nicht den Rücken zu. Tun Sie das in Ihrem eigenen Interesse nie! Denn ihre Geschichte wird, das verspreche ich Ihnen, nach einer längeren Auszeit fortgesetzt werden.

28

Ein prächtiges Rauhbein

Ich bin mir darüber im klaren, wie wenig Mutter in meiner Erzählung auftaucht und wie sie irgendwo an den Rand und in den Hintergrund gedrängt ist, so daß Sie fast nichts über sie wissen. Dabei war sie zweifellos eine Schönheit, und es ist sehr an der Zeit, das zu sagen. Langes Haar in der Farbe von Akazienhonig, das sie meist zu einem Knoten zusammengebunden hatte, aber manchmal auch verschwenderisch offen trug. Mutters Neffe Günter (also mein Cousin Günter, von dem Sie schon bald mehr hören werden, als Ihnen lieb ist) vergötterte sie geradezu, und nach seinem Umzug von Landskron nach Brünn drängte er sich bei uns auf, und immer mit riesigen Blumensträußen, deren Duft bei uns explodierte wie peruanische Vulkane. Wenn Vater von seinem Turnus zurückkam, witterte er es schon in der Tür: Spieglein, Spieglein an der Wand, ist hier was Güntrisches im Land? Das Merkwürdigste an Mutter war jedoch, daß sie keine Zärtlichkeit ausstrahlte, die ihrer Schönheit angemessen gewesen wäre, sondern im Gegenteil, meine Herren, sie war ein echtes Rauhbein, als wollte sie ihrem Namen Gudrun alle Ehre machen. Vater nannte sie Runa, Runilein.

Mutter sprach sehr gut russisch, eine lebendige, spontane, fröhliche, ja, genau so, fröhliche Sprache, es war aber ein Russisch mit einem ziemlich begrenzten Gebrauch, eine Sprache des intimen Zusammenlebens mit Vater und die Sprache unseres Zuhauses, das Russisch unserer Traumfamilieninsel. Als Vater einmal einen russischen Emigranten zu uns brachte und Mutter auf diese Weise zum erstenmal hörte, daß auch jemand russisch sprach, der nicht zu unserem Familienkreis gehörte, erlitt sie beinahe einen Schock. Und ein Schock war auch, daß sie den größten Teil von Vaters Unterhaltung mit diesem Jammer-Russen (er klagte über das unglückliche Schicksal des russischen Volkes) überhaupt nicht verstand, was bedeutete, daß es noch ein anderes Russisch gab als nur dieses lebendige, spontane und fröhliche, das manchmal bei uns zu Hause gebrabbelt wurde. Und wo ich nun einmal dabei bin: was also Sprachen betraf, war Mutter wechselhaft wie das Wetter. Sie flocht die drei Sprachen zusammen wie einen sonnigen Tag mit Sommergewitter und Hagelschauer, wobei nie abzusehen war, aus welcher es diesmal donnern und welche uns Heiterkeit bringen würde. Ihre Muttersprache war Deutsch, sie gab sich jedoch Mühe, mich vor allem Tschechisch zu lehren. Kaum daß ich aber in die Schule gekommen war, fiel diese Sorge von ihr ab, und bei uns brach ein Sprachenkarneval aus, den Mutter genoß.

Sie war eine große Leserin, genauso wie Vater. Sie verbrauchte eine Unmenge an Geschichten in ihrer Einsamkeit, wenn Vater Turnusse fuhr, die manchmal so lang waren wie die Quarantäne nach einer Cholera, und ich diente zu dieser Zeit bereits bei den Pařízeks, und Günter trieb sich noch irgendwo in Landskron herum. Sie las aber nur deutsche und tschechische Bücher, an die russischen traute sie sich doch nicht heran, auch wenn ich mich erinnere, wie ich sie einmal ertappte, als sie Tolstojs *Auferstehung* in der Hand hielt, leise und langsam die Lippen bewegend (die kyrillische Schrift bereitete ihr Schwierigkeiten, sie irrte zwischen den kubistischen Buchstaben wie in einer wahnsinnigen Stadt herum) über etwas nachdachte und das Buch wieder zurück auf Vaters Regal über dem Schaukelstuhl legte, und erst dann bemerkte sie mich.

Einmal, als Vater wieder auf so einem langen Turnus war, kam Günter mit einem Strauß Krokusse und mit noch etwas, das er wohl bereits ziemlich lange im Kopf herumgetragen hatte. Ich war damals bei den Pařízeks, und Mutter schrieb mir davon. Ich habe den Brief nicht mehr, denn wie Sie noch hören werden, bin ich in einer bestimmten Phase meines Lebens ununterbrochen umgezogen, das heißt, ununterbrochen vielleicht nicht gerade, aber immerhin mehr als genug, und eine Zeitlang war ich gar ein obdachloser Penner, so daß ich nicht nur Briefe verloren habe. Ich bin jetzt aber nicht dazu da, um mich selbst zu bemitleiden, sondern um Ihnen vom verlorengegangenen Brief meiner Mutter zu erzählen.

Einige Monate seit der Gründung der Sudetendeutschen Partei waren vergangen (damals hieß sie aber irgendwie anders, vielleicht Sudetendeutsche Heimatfront oder so ähnlich), und Günter hatte sich lange nicht blicken lassen, weil er mit seiner Parteiangehörigkeit vollauf beschäftigt war. Als er nun endlich mit den Krokussen antanzte, kam er gleichzeitig mit einem merkwürdigen Vorschlag.

Der Name Trotzkij fing ihn nämlich auf einmal an zu stören (wahrscheinlich hatte er ihn schon immer gestört, er hatte nur früher nicht den Mut aufgebracht, es zu äußern), und er erklärte Mutter, daß er in Erfahrung gebracht habe, daß sich Ehegatten sowohl nach der Braut als auch nach dem Bräutigam benennen können und man sogar noch nachträglich den Namen von Trotzkij auf Sammler ändern könne und daß die Ämter gegen eine bestimmte Gebühr angeblich dazu bereit seien.

Es ist Ihnen wahrscheinlich nicht hinreichend bewußt, Gudrun, daß der Name Trotzkij im allgemeinen Bewußtsein mit dem Bolschewismus und dem Judentum in Verbindung gebracht wird, auch wenn er, Günter, selbstverständlich sehr gut wisse, daß das absoluter Blödsinn sei, weil der jüdisch-bolschewistische Revolutionär Lew Dawidowitsch Trotzkij in Wirklichkeit Bronstein heiße. Nur, daß das nicht mehr allgemein bekannt sei, und jetzt sagen Sie, Gudrun, haben Sie es nötig, sich wegen eines Mißverständnisses allgemeiner Verachtung auszusetzen? Ich denke übrigens, fuhr Günter munter fort, daß es wahrscheinlich, ja, sogar sehr wahrscheinlich ist, daß Ihr Mann, wenn er irgendwo aus dem Norden Rußlands stammt, in Wirklichkeit ebenfalls der nordischen Rasse angehörig sein kann, denn er ist ja in Petersburg geboren, in Reichweite von Skandinavien, und Petersburg ist natürlich ebenfalls eine uralte nordische Stadt.

Und möchtest du nicht zufällig in deinen nordischen Arsch getreten werden? fragte Mutter, diese rauhe Schönheit, dieses prächtige Rauhbein mit honigfarbenen Haaren und sternengleichen Augen.

Sie nahm die Krokusse, die er mitgebracht hatte, aus der Vase, steckte sie ihm naß in die Hand und begleitete ihn zur Tür. Günter verwandelte sich in einen begossenen Pudel, entschuldigte sich hastig, und ich meine, mich ziemlich genau an die abschließenden Sätze von Mutters Brief zu erinnern: Er hat sich, Sonitschka, auf einmal so benommen, als hätte er mir dort ein Pfützchen gemacht. Weißt du, er ist sicher ein ganz lieber Junge, er braucht nur eine starke Hand.

Vater erfuhr niemals von dieser Begebenheit. Und Günter war für eine Weile schön brav. Bis die Zeit gekommen war, da weder Mutters stärkste Hand (noch ihre honigfarbenen Haare und ihre sternengleichen Augen) etwas ausrichten konnten.

29

Hitzespielchen

Irgendwann Mitte der dreißiger Jahre gab es, meine Goldschätzchen, einen Juli, der heiß war wie eine glühende Herdplatte. Zwar nur ein paar Tage lang, die sich dann aber über

Europa ergossen wie angebrannter Grießbrei, der aus dem Topf quillt. Mitten in dieser Hitzewelle fand ich mich in irgendeiner Jagdhütte irgendwo in der Trebitscher Gegend wieder. Aber nur keine Bange, meine Liebsten, niemand hat dort irgendwen gejagt, geschweige denn meinen Bruno, den Zwölfender. Zunächst war es so, daß ich meinen Vater in Verdacht hatte, die Elite der Eisenbahner eingeladen zu haben, um mich endlich unter die Haube zu bringen (und am liebsten natürlich eine Eisenbahnerhaube), wenn ich schon selbst keine Anstalten dazu gemacht hatte und schon so entsetzlich alt war. Später zeigte sich jedoch, daß ich ihm Unrecht getan hatte.

Der Stolz der tschechoslowakischen Eisenbahnerschaft traf sich dort nämlich dienstlich. Ein Stück hinter der Hütte hatten sie eine sehr wichtige Aufgabe. Eigentlich hielten sie Wache. Die Hütte war eine Art provisorisches Wächterhaus, verstehen Sie, und immer wieder verschwand einer dieser Eisenbahner, um einen anderen abzulösen, der dann aus dieser mörderischen Hitze zurück in die Hütte eilte, die sich immerhin im wohltuenden Schatten anschmiegsamer Wintereichen befand. Mich hatte Vater lediglich als paukende Paukerin dazu eingeladen, die das Gesehene taufrisch der nach Erkenntnis lechzenden tschechoslowakischen Jugend weitergeben sollte. Der Ärmste ließ völlig außer acht, daß ich mich nach der Rückkehr von den Pařízeks für immer von der Paukerei verabschiedet hatte. So freuten sich alle Eisenbahner, daß sie mich, wenn sich die Bestie Hitze gelegt haben würde, hinführen würden, wohin sie mich führen wollten, und ich dort Dinge zu sehen bekäme, von denen beschlossen worden war, daß ich sie sehen mußte.

Anstatt daß sie nachgelassen hätte, nahm die Hitze jedoch immer mehr zu, bis sie schließlich kulminierte und ihren unheilvollen Gipfel erreichte, infolgedessen die Eisenbahner zu verdampfen begannen, bis auch Vater verdampft war und nur ich und mit mir ein blutjunger Kondukteur zurückblieb, der ebenfalls von einer dichteren Konsistenz war und deshalb vorläufig unverdampfbar.

Warten Sie bitte hier, und machen Sie um keinen Preis jemandem auf, bat er mich und lief weg (um das Eisenbahnobjekt zu bewachen, wie ich begriff). Kaum war er weggegangen, begann die Hitze wie böse Waldfeen an der Tür zu kratzen, ich aber machte ihr keinen Finger breit auf, obgleich sie bettelte und wimmerte. Erst kurz vor Tagesanbruch ließ die Glut wenigstens ein bißchen nach, und da erschien auch der blutjunge Kondukteur.

Ich möchte Ihnen jetzt etwas zeigen.

Ihre Schmetterlingssammlung?

In seiner jünglinghaften Unschuld verstand er meine – im übrigen sehr dumme – Anspielung überhaupt nicht und schüttelte den Kopf, daß es sich um keine Schmetterlinge handele.

Die Sterne glühten noch wie die gierigen Augen nächtlicher Raubtiere, und als wir vor die Hütte traten, stapelte sich die Hitze überall um uns herum in hohen Garben, Mandeln und Stapeln, die uns die Aussicht auf den nahen Marktflecken Budkov und das Budkover Schloß versperrten. Wir gingen aber nicht dorthin, weder in die Stadt noch ins Schloß, sondern bogen entschlossen hinter der Hütte ab zu dem kleinen Wald. Da sah ich, daß auf dem Boden Gleise lagen wie glühende Stäbe.

Hier führt eine Bahnstrecke entlang?

Nur die örtliche Lokalbahn, Fräulein Sonja. Aber dieser Tage ist ihr Betrieb eingestellt, und Sie werden gleich verstehen, warum.

Auf den Gleisen erwartete uns eine Zweisitzdraisine. Wir stiegen auf, und während der Jüngling wie bei einem Fahrrad trat, beobachtete ich, wie sich am Himmel langsam die Morgendämmerung zusammenbraute und der Glanz der Sterne allmählich vor irgend etwas zurückwich, das noch nicht zu sehen war. Wir kamen zu dem Wäldchen, fuhren an einem Zipfel vorbei, und plötzlich tauchte ein Zug auf: Hinter dem Wäldchen stand ein langer Zug, etwas, das nicht einmal ich, die Tochter eines Maschinenführers, je gesehen hatte.

Das hätten Sie auch nicht sehen können, denn das hier ist der Orient-Express, auf unseren Bahnstrecken ein ziemlich rares Getier. Aber noch ehe ich etwas einwenden konnte, fuhr er fort: Die meisten Leute wissen es für gewöhnlich nicht, aber alle Strecken sind miteinander verbunden und bilden so eine Art Blutgefäßsystem, in dem die wichtigsten Bahnstrecken die Schlagadern sind, während die Schienen der gottverlassenen Lokalbahnen die Kapillaren bilden, so daß es möglich ist, von den Hauptstrecken auch zu den hinterletzten Bimmelbahnen zu gelangen. Das hat, Fräulein Sonja, eine Menge Vorteile, leider aber auch einen Nachteil – jeder Zug kann nämlich aus Versehen in dem entlegensten Kaff enden.

Ich trat näher, streckte die Hand aus und berührte die Lokomotive. Sie war aus den edelsten Metallen gefertigt, und falls Sie das nicht wissen sollten, meine Herren, seit 1883, als der Orient-Express zum erstenmal losgefahren war, hatte die Lokomotive (aber auch der ganze Zug) zahlreiche Veränderungen erfahren wie die Schöne aus einem Modejournal, die ständig die Frisur wechselt und ihr Taille und Figur anpaßt, es war die Lokomotive des durch unsere Träume rasenden Zuges, der mit lauter Kaisern, Scheichs, Maharadschas, Prinzessinnen und Hochstaplern, Präsidenten, Milliardären, Spionen und schönen Späherinnen, Gentlemen, Falschspielern und Hollywoodstars gefüllt war wie mit Rosinen und Nüssen. Nun war der Zug leer wie eine ausgeschälte Schote und leuchtete mit den Fenstern der leeren Abteile in die Dunkelheit. Mein Begleiter fischte einen kleinen Silberschlüssel aus der Tasche, schloß die Tür des ersten Waggons auf und antwortete auf meinen überraschten Blick: Und warum glauben Sie, Fräulein, sind wir hier alle zusammengekommen? Der Elite der tschechoslowakischen Eisenbahner ist die Ehre zuteil geworden, den Orient-Express bis zu dem Augenblick zu bewachen, da ihn jemand wieder auf seine Strecke zurückbringt. Wie Sie sehen, bin ich damit zu guter Letzt allein geblieben, und außerdem habe ich hier noch eine andere Verpflichtung. Der Wunsch Ihres Vaters, bevor er verdampfte, war es, daß Sie jemand durch den Orient-Express führt und Ihnen Waggon für Waggon zeigt.

Der Kondukteur Jan reichte mir die Hand (na also, Jan hieß er, und ich habe schon gedacht, daß ich es vergessen hätte, und dabei hüte ich im Kopf jedes Klümpchen, jeden Span oder Krümel meines Lebens), und ich stieg die Stufen hinauf, die vor mir schon Rodolfo Valentino und Mary Pickford, Mata Hari und Sarah Bernhardt, russische Fürstinnen sowie deutsche Baroninnen hinaufgestiegen waren. Als wir dann die ganze Garnitur durchstöberten, zeigte mir Jan, was sehenswert war, und erklärte dabei, was diesem Stolz der Weltklasse-Eisenbahnen, diesem eleganten Bonvivant der Langstrecken widerfahren war.

Das sind alles nur Spielchen dieses unglücklichen Sommers, Fräulein Sonja. In dieser gespenstischen Hitze ist dem Maschinenführer das Hirn zerkocht – anstatt von Paris durch den Simplontunnel über Mailand und Triest nach Belgrad und dann weiter über Athen nach Istanbul zu fahren – hat er sich einen Weg über Weichen und Stellwerke gebahnt und dann uns hier in Budkov im Trebitscher Land angepeilt. Einige Passagiere haben den Express schon während der Fahrt verlassen, sie haben die Koffer aus den Fenstern geschmissen und sind hinterhergesprungen in dem festen Glauben, daß der Zug von einer Bolschewiken-Hundertschaft entführt worden sei und sie alle in den sibirischen Kerkern enden würden. Das große Malheur ist nun, daß auf den Strecken, auf denen der Zug zurückfahren wird, eine komplizierte Folge von Absperrungen vorgenommen werden muß, ansonsten würde er mit einer ganzen Reihe anderer Züge kollidieren.

Und wieso ging es hierher ohne Absperrungen?

Weil der Zug von einem Wahnsinnigen mit einem zerkochten Hirn geführt wurde, und Wahnsinnige haben immer Glück.

Würde es sich dann nicht lohnen, auch für den Rückweg einen Wahnsinnigen anzuheuern?

Wahrscheinlich ja, gab der Jüngling zu, aber es widerspricht leider den Verkehrsvorschriften.

Wir gingen durch die Waggons, die sich auch von ihrer Ausstattung her deutlich unterschieden. Es handelte sich bei weitem nicht nur um den Unterschied zwischen der I. und der II. Klasse oder etwa dem Speisewagen und dem Rauchsalon, sondern beispielsweise auch um stilistische Unterschiede. Denn die einzelnen Waggons unterschieden sich voneinander wie die Zimmer eines repräsentativen Schlosses durch ihr Barock-, Empire-, Jugendstil- oder Biedermeiermobiliar, und sie hätten zweifellos einen wirklich eingeweihten Begleiter und sachkundige Führung verdient. Wir schauten uns gerade die Schlafwagen an, als die ersten Sonnenstrahlen erschienen und mit einem Mal das matte Deckenlicht (aus halbleeren Zugbatterien) überdeckten. Sie begannen in jedem Winkel der gemütlichen Zug-Schlafzimmer zu forschen, wo noch ungezählte intime Kleinigkeiten verstreut lagen, die darauf hindeuteten, was für eine Gelassenheit hier noch kurz vor dem Ausbruch der Panik geherrscht hatte. Ich hob die auf einem Kissen liegende *New York Times* auf und warf einen Blick auf die Börsennachrichten. Dann drehte ich eine Karte auf dem Taburett um, und sieh mal einer an, es war der Herzbube. Auf einem kleinen Zettel, den ich vom Kunstleder an der Wand löste, bat mich jemand für den vorgestrigen Nachmittag auf französisch zu einem Rendevouz im römischen Café Eco.

Und dann betraten wir den Gang eines Waggons, dessen einziges, imposantes Coupé jedoch verschlossen war. An der Tür hing das Bild zweier in einer großen Orchideenblüte knutschender Engelchen.

Das ist der Hochzeitswaggon, erklärte mir das Jüngelchen, der für die frisch Vermählten auf ihrer Hochzeitsreise bestimmt ist. Hier haben auch Zelda und Scott Fitzgerald ihre Hochzeitsnacht verbracht. (Da bin ich ja wirklich gerührt, mein Junge, was du so alles unter deiner Kondukteursmütze verbirgst!) Und feierlich schloß er (diesmal mit einem goldenen Schlüssel) auch dieses Hochzeitscoupé auf.

Gleich darauf zeigte sich, daß er das auf keinen Fall hätte tun sollen. Drinnen war nämlich alles für die Explosion der Sinne und der Sinnlichkeit hergerichtet. Nicht nur die großen Stahlstiche mit Bildern aus den Memoiren von Giacomo Casanova oder Repliken von Reliefs aus indischen Tempeln, sondern hier brannte absolut alles in einer besonderen bacchantischen Gier, das Hochzeitsbett war aufgeschlagen, und in der Luft stand der Duft schwerer Aphrodisiaka und lasziver Parfums, Rokokoengelchen krabbelten wie Fliegen aufeinander, mit dem Leuchten verbissener Wollust in den Augen, und an der Decke, nein, ich schäme mich, es Ihnen gegenüber auch nur zu erwähnen, was an der Decke war, ich habe ja auch zu verhindern versucht, daß das Kondukteur-Jüngelchen sah, was sich ihm noch nicht zu sehen ziemte, aber versuchen Sie mal, Rosen am Blühen zu hindern, die Nachtigall zum Schweigen zu bringen, so daß mein junger Begleiter in einem unbewachten Augenblick die Augen zur Decke hob und auf der Stelle von einem derart mächtigen Anflug von Obszönität infiziert wurde, daß dieses jungfräuliche Wesen ins Wanken geriet, die Kondukteursmütze abnahm und sich mit einem entschuldigenden Seufzer: Ich bitte Sie, Fräulein Sonja, seien Sie mir nicht böse, schnell die Hose aufknöpfte, um mir endlich seine Schmetterlingssammlung zu zeigen.

Es kam aber alles noch schlimmer, als ich befürchtet hatte: Anstelle eines zügellosen Angriffs seitens des Jünglings entflammte er in einem heftigen Anfall von Liebe über das kritische Maß hinaus (gerade in dem Moment, als auch die Sonne ihre aufsteigende Bahn begann), so daß ihn diesmal nicht einmal mehr seine dichtere körperliche Konsistenz zu schützen vermochte. Ich bückte mich, hob das einzige, was von ihm übriggeblieben war, auf, setzte es mir auf den Kopf, mit dem Schild nach hinten, und verließ eilig den Orient-Express. Dann setzte ich mich auf die Tretdraisine und fuhr in Richtung Budkov.

In Budkov stieg ich von der Draisine auf den Bus nach Trebitsch um und in Trebitsch wiederum in einen anderen nach Iglau und in Iglau endlich in den Bus nach Brünn. Noch bevor ich das aber alles absolviert hatte, ließ die Hitze plötzlich nach, sie platzte wie eine glühende Blase, und ein Regen der Erleichterung ging über dem Land nieder.

Zu Hause traf ich Vater an (die Folgen des jüngsten Verdampfens waren kaum mehr zu sehen, nur am Hals war ihm etwas wie ein allergischer Ausschlag zurückgeblieben), wie er Radio hörte, irgendeinen Berliner Sender mit einer Rede des deutschen Reichskanzlers Adolf Hitler.

Hörst du, Runa, sagte er gerade zu Mutter, hörst du das! Es muß doch allen klar sein, daß so nur ein Irrer spricht, dem sein Hirn zerkocht ist wie dem unglücklichen Maschinenführer aus dem Orient-Express! Danken wir also Gott, daß diese unglückliche Hitze endlich vorbei ist und alles wieder in seine Gleise zurückkehrt, Runa.

(Auf seine Gleise kehrte auch der Orient-Express zurück, den man kurz nach dem Ende der Hitzewelle auf seine Strecke Paris–Mailand–Triest–Belgrad–Athen–Istanbul gebracht hatte.)

Drittes Buch

DIE WÖLFE

30

Philipp der Schöne

Entschuldigen Sie, wenn ich mich wiederhole, aber ich bin mir jetzt wirklich nicht sicher, ob ich Ihnen schon gesagt habe, daß ich seit eh und je mit einem sehr scharfen Gehör ausgestattet bin, das wohl dazu da ist, Brunos Stimme nicht zu überhören, falls er sich wieder einmal melden sollte, und sei es in Form von Bellen, Jaulen, Miauen, Grunzen, Röhren, Piepsen, Muhen, Mauzen oder Knurren. Wenn ich es Ihnen aber doch schon gesagt haben sollte, was ich, wie Sie sehen, nicht ausschließe, muß ich es sowieso noch mit der Feststellung ergänzen, daß mich dieses sehr verschärfte Gehör gelegentlich in schwierige Situationen brachte.

So hörte ich zum Beispiel an einem Novemberabend des Jahres 1941, wie Mutter im Bad (wo sie sich die Haare aufdrehte) eine Art Selbstgespräch führte. Und obwohl ich ihre Stimme so deutlich hörte, als würde ich neben ihr stehen und ihr die Lockenwickler reichen, verstand ich kein einziges Wort und begriff erst nach einer Weile, daß dies die Stimme des Schmerzes war.

Ich stand aber nicht neben ihr, überhaupt nicht, sondern hörte ihre Stimme aus einer riesigen Entfernung, nämlich über einige Straßen und Plätze hinweg, und ich ließ da, wo ich gerade war, alles stehen und liegen und lief zur nächsten Straßenbahnhaltestelle, holperte ins Stadtzentrum (wir erlebten gerade eine der schlimmsten Zeiten, und die Hölle, in die sich die Welt verwandelt hatte, lastete mit einer schrecklichen Kraft auf uns), ich lief in unsere Straße und rannte der Stimme nach die

Treppe hinauf, aber kaum hatte ich den Schlüssel in unser Schloß gesteckt, verstummte die Stimme, sie hörte den Schlüssel und verstummte, und als ich Mutter fragte, wußte sie von nichts.

Ich höre natürlich auch eine Menge anderer Schmerzensstimmen, die Welt ist ein ununterbrochenes Stöhnen, Klagen und Weinen, aber der Mensch muß sich nur die Stimmen seiner Nächsten heraussuchen, denn mehr kann man sowieso nicht ertragen.

Ich bitte aber vielmals um Entschuldigung, meine Herren, daß ich schon wieder vorgreife. Wir befinden uns jetzt erst im Jahre 1936, und den Vorfall mit Mutters Stimme aus dem November 1941 habe ich nur deshalb erwähnt, weil ich von einem anderen extrem geschärften Sinn erzählen wollte, der bei mir genauso wachsam und empfindsam ist, wenn auch unbenennbar. Einem Sinn, der mich beizeiten auf eine Gefahr hinwies, der wir erst im allerletzten Augenblick entgehen konnten.

Im April und Mai 1936 geschah es mehrere Male hintereinander, daß Vater nach einem Turnus zuerst in die Kneipe ging, was er früher wirklich nur ausnahmsweise getan und dort eigentlich nur an den Versammlungen der Eisenbahnergewerkschaft teilgenommen hatte. Diesmal saß er jedoch mit einem gewissen, angeblich sehr interessanten Mann da, den er nur aus purem Zufall kennengelernt hatte. Er würde ihn uns schon bald vorstellen, versprach er.

Als er ihn aber das erste Mal mitbrachte, wußte ich sofort, daß mit diesem Menschen irgend etwas nicht in Ordnung war. Und woher ich das wußte? Hier war nun eben mein anderer Scharfsinn am Werk. Einigen wir uns doch darauf, daß ich ihn Geruchssinn nenne, denn Geruchssinn, das ist verständlich (wenn auch in diesem Falle grob ungenau). Nehmen wir nun einmal an, daß ich an diesem Typen etwas Unangenehmes gerochen habe. Und dann erfuhr ich auch noch, daß Vaters

Zusammentreffen mit ihm überhaupt nicht so zufällig gewesen war.

Naja, wie man's nimmt. Ich traf ihn auf dem Freiheitsplatz, sagte er. Er saß dort auf dem Boden unter der Pestsäule und bettelte. Als ich ihm aber ein Fünfkronenstück in die Mütze legte, überraschte er mich. Er bedankte sich, stand auf und stellte sich mir mit einer Verbeugung vor.

Ich heiße Philipp der Schöne, genau wie der französische König. Das ist die Strafe, wenn man geschichtskundige Eltern hat. Und er gab mir die Hand. In Wirklichkeit ist er natürlich gar kein Bettler. Das Betteln ist nur eine Finte, die er benutzt, um gutherzige Menschen kennenzulernen. Und er hat mich in die Kneipe eingeladen.

Warte mal, Vater, eigentlich hat er dich getestet. Er hat dich einer Art Test der Herzensgüte unterzogen – deiner Menschlichkeit, aber möglicherweise auch deiner Weichheit, verstehst du?

Er hat mich getestet, sagst du? Nun, ich sehe das eigentlich als gar nicht so schlimm an. Die Welt ist voll von Betrügern, und man kann sich nicht gleich mit jedem verbrüdern.

Na prima, hast du ihn etwa gebeten, sich mit dir zu verbrüdern? Dann mach dir bitte wenigstens bewußt, daß das Interesse von seiner Seite kam! Weißt du, mit der Testerei hat man ursprünglich in Amerika angefangen, an den amerikanischen Militärhochschulen. Mit Hilfe eines Testverfahrens werden aber auch Leute ausgesucht, wenn man zum Beispiel ein Team für eine besondere Aufgabe zusammenstellt. Hinter dem Test verbirgt sich immer eine Absicht, die nicht nur in der Kneipe endet.

Klar, verstanden, sagte Vater, der immer noch die Paukerin in mir respektierte.

31

Blutige Hochzeit

Nur daß ich schon eine geraume Zeit keine Paukerin mehr war. Nachdem ich von der Schule in der Antonsgasse desertiert war, um für Sáva Pařízek die Gouvernante zu spielen, hatte ich nicht die geringste Lust, mit der Paukerei wieder anzufangen. Ich verschaffe mir eine Stelle in der Stadtbücherei, in der Katalogabteilung. Da hat mich auch – einige Tage, nachdem Vater seinen neuen Bekannten zum erstenmal zu uns nach Hause gebracht hatte – der Direktor der Bibliothek angetroffen, als ich völlig erstarrt über den ausgebreiteten Karteikarten saß. Ich dachte gerade intensiv darüber nach, was mir an Vaters Gast nicht schmeckte, und ich würde noch heute darüber nachdenken, wenn mich der Direktor, der zudem auch ein Dichter war, nicht angesprochen hätte:

> Schlafende Schönheit, sagen Sie mir,
> wo in den Gärten der Semiramis
> Ihre levitierende Seele weilt?

Aus meinen Überlegungen herausgerissen, zuckte ich leicht zusammen, und anstelle einer Antwort fragte ich ihn überraschend: Haben Sie vielleicht schon mal gehört, daß jemand Philipp der Schöne heißt?

Aber selbstverständlich, Fräulein Trotzkij. Auch wenn wir den französischen König Philipp IV., genannt der Schöne, unberücksichtigt lassen, bleibt uns immer noch der Brünner Schuster Philipp Schön, der eine so häßliche Rolle bei der blutigen Hochzeit in Domstadtl gespielt hat. Haben Sie denn nichts davon gehört? Es ist gerade vier Jahre her.

Hab' ich nicht, denn vor vier Jahren habe ich noch in der

Familie von Ingenieur Pařízek gedient, wohin keinerlei Lärm und Getöse der Außenwelt drang, denn der Herr Ingenieur bestand darauf, daß die Erziehung seiner Tochter nicht durch den Blödsinn des Lebens gestört werden dürfe. Und so gab es im ganzen Haus keine einzige Zeitung, und im Radio durften wir nur den Promenadenkonzerten lauschen. Jeder, der das Haus betrat, wurde vom Ingenieur persönlich durchsucht und alles, was er mitbrachte, einer strengen Zensur unterzogen.

Pfui, das sind mir vielleicht Sitten, sagte der Dichter und Direktor in einer Person. Dann werde ich Ihnen nun einen schönen Blödsinn über die blutige Hochzeit in Domstadtl erzählen.

So erfuhr ich, daß vor vier Jahren in Domstadtl eine Hochzeit stattfand, auf der der beste Freund von Philipp Schön dessen Verlobte heiratete, und der verschmähte und doppelt verratene Bräutigam lauerte der Hochzeitsgesellschaft auf, als sie aus der Kirche in das Haus der Braut in Ritschky zurückkehrte, er lauerte der Hochzeitskutsche auf dem Felsen hinter Domstadtl auf, neben sich zwei geladene Repetiergewehre, und als die Hochzeitsgesellschaft näherte, erschoß er sie in aller Seelenruhe von da oben aus, den Bräutigam, die Braut und alle, die in der Kutsche saßen, und die kam dann in Ritschky angerast, vollbeladen mit Frischfleisch und die Pferde mit menschlichem Blut besudelt.

Und was ist mit Philipp Schön passiert?

Er hat sich auf der Stelle umgebracht.

Und wie sah er aus? Hatte er nicht zufällig eine Knollennase und unter dem linken Auge hier ein Muttermal?

Wir gingen ins Archiv und fanden dort einen gebundenen Jahrgang der vier Jahre alten Zeitung mit einem Foto des Mörders. Der Direktor und Dichter schaute mich überrascht an.

Als ich nach Hause kam, saß er schon wieder da. Erst jetzt fiel mir auf, daß er zu allem Überfluß auch noch Augen wie die Mündung eines Zweilaufgewehrs hatte. Kaum daß mich Vater bemerkt hatte, teilte er mir fröhlich mit, daß Philipp uns alle zu einer Hochzeit eingeladen habe, und zwar nicht nur zu irgendeiner, denn seine ehemalige Braut würde seinen besten Freund heiraten. Und er werde als Gast da sein und wir alle mit ihm, seine guten Freunde. Dann nahm Vater den Krug und ging auf einen Sprung in die Kneipe, um noch Bier und Zigarren zu holen. Mutter bereitete in der Küche das Abendessen vor, und so blieb ich mit unserem Gast allein.

Und jetzt hören Sie mir mal gut zu, Herr Schön. Sollten Sie sich vielleicht vom Teufel vorgaukeln lassen haben, daß Sie in der Hölle besondere Vergünstigungen erhalten, wenn Sie die blutige Hochzeit noch einmal wiederholen, wenn Sie eine blutige Repetition machen …

Er erhob sich schweigend und empfahl sich. Was wollen Sie noch von mir? fragte er wütend, als ich ihn auf die Straße hinausbegleitete, ihn aber noch am Kragen festhielt.

Sie bringen mich zu Ihrem Teufel.

Er zuckte mit den Schultern und führte mich nur zwei Straßen weiter, in ein gewöhnliches Haus in der Johannesgasse.

Dritter Stock, gleich die erste Tür gegenüber der Treppe. Und gutes Gelingen wünsch' ich.

Als er mir öffnete, stank er nach Sauerkraut und wußte sofort, wer ich war. Er nahm einen Schlüssel vom Nagel.

32

Der hinkende Teufel

Wir fuhren mit dem Fahrstuhl ins oberste Stockwerk hinauf, und mit dem Schlüssel schloß er die Tür zum Dachboden auf, wo wir uns eine Weile in der aufgehängten

Wäsche verhedderten. Scheiße auch, sagte der Teufel ärgerlich, als ihm eine noch nasse Unterhose im Gesicht kleben blieb und er über einen Balken stolperte. Wir kletterten durch eine Dachluke hinaus und stiegen dann vom Satteldach auf das Flachdach. Von hier aus hatte man eine wunderschöne Aussicht, ganz Brünn in der Hand.

Tanzen wir? Er bot mir ein Tänzchen auf dem Dach an, und als ich nicht reagierte, drehte er sich allein herum, hoch über der Stadt. Und erst jetzt sah ich deutlich, daß er ein Hinkefuß war. Noch immer war mir nicht klar, was ich eigentlich suchte und was mich zum Teufel geführt hatte. Dafür war er aber von keinerlei Zweifeln geplagt.

Wollen Sie bitte einen Blick auf dieses Haus werfen, er zeigte in eine Richtung und schnalzte laut mit den Fingern, das Dach wurde aufgeklappt und drinnen das Gewimmel menschlicher Insekten sichtbar.

Sehen Sie diese Familie, wie sie da in rührender Eintracht beim Abendessen sitzt? Und dieses unauffällige Menschlein an der Stirnseite des Tisches? Auf den ersten Blick nichts Besonderes, und dennoch beobachten Sie gerade den berüchtigten Protektoratskollaborateuren und Denunzianten, nach dem nach dem Krieg landesweit gefahndet werden wird.

Krieg? Was für ein Krieg schon wieder? Wovon sprechen Sie denn?

Schauen Sie dorthin! Er schwenkte den Arm nach oben und zeigte mir eine Wolke am Himmel, die augenblicklich wie Pflaumenmus zu brodeln anfing, und während des Brodelns verformte und modellierte sie sich auch gleich: Es stiegen menschliche Köpfe aus ihr auf, ein wogendes Meer von Köpfen, und ich sah Menschenmassen, die sich über einen riesigen Platz wälzten, alle hatten brennende Fackeln in der Hand, und aus der Wolke donnerte es wie aus einem Megaphon. Dann begann die Wolke abermals zu brodeln und verwandelte sich in eine Armee, eine große Pflaumenmusarmee, die ihre Panzer, Kanonen, ihre bis an die Zähne bewaffnete Infanterie und die mit verunstalteten Kreuzen gebrandmarkten Flügel der Jäger und Bomber irgendwohin jagte. Aus der Wolke dröhnte es wieder wie aus einem Megaphon. Und dann sah ich Städte, die in der Mitte zerbrachen und im Dunkeln versanken, und in der Mitte wirbelten brennende Trichter, sie schwollen an und wurden immer größer, bis einer von ihnen abhob, schnell in die Höhe stieg und alles unter sich verdeckte. Aus der Wolke ertönte ein langes, unangenehmes Pfeifen wie aus einem Megaphon ...

Da zeigte der Teufel aber schon wieder nach unten auf das nächste Dach. Er schnalzte mit den Fingern, und es wurde aufgeklappt. Ich sah eine andere Familie, diesmal mit einem Haufen Kinder und Verwandter, offenbar bei einer Familienfeier, alle lachten und freuten sich, in den Augen der Kinder brannten kleine Glücksfeuerchen, da schwenkte er aber schon wieder den Arm nach oben, und wieder hob ich den Kopf gen Himmel, die Wolke fing wieder zu brodeln an, und Gestalten wurden sichtbar. Ich erkannte sofort, daß es dieselben Menschen und dieselben Kinder wie in dem Zimmer unter dem aufgeklappten Dach waren. So sah ich sie in ihrem glücklichen Zuhause und gleichzeitig vergrößert am Himmel. Während da unten aber Freude und Glücksfeuerchen in ihren Gesichtern waren, knieten sie da oben in den Wolken alle in einem engen Kreis zusammengepfercht, mit tierischer Furcht in den Augen und Davidsternen an den Mänteln und Kleidern. Aus der Wolke tönte das Dröhnen der Viehwaggons wie aus einem Megaphon, das Dröhnen der Viehwaggons, das Dröhnen der Viehwaggons, das Dröhnen der Vieh ...

Da aber hob der Teufel schon das nächste Dach ab, legte mir die Hand auf die Schulter und drehte mich in die richtige Richtung: Ich sah ein beleuchtetes Zimmer, ich sah ein Zimmer in unserer Wohnung, und da stand Vater, der gerade den Bierkrug und die Virginias gebracht hatte und sich vergeblich nach seinem Gast umschaute und sich vergeblich nach mir umschaute, und dann ging er nach nebenan in die Küche, wo ich auch schon Mutter erblickte.

In dem Moment zeigte der Teufel zum Himmel.

Dort zog eine lange Prozession von Menschen vorüber, Männer, Frauen und Kinder. Sie hielten sich aneinander fest und fielen. Wie eine Schafherde unter Wölfen wurden sie von allen Seiten von Männern mit Gewehren, Stöcken, Knüppeln und Forken angegriffen. Dann sah ich in der Menge die riesig vergrößerten Details ihrer Gesichter, beide zu Tode gealtert, Lew und Gudrun, und Mutter hatte ein Schild um den Hals, *Germanische Sau!*, und im selben Moment stieß jemand in jemanden vor ihr eine Mistgabel wie in eine Getreidegarbe, ich schrie auf …

Wollen Sie sehen, was mit Ihrem Vater und Ihrer Mutter geschehen wird?

Ich war keines Wortes mächtig. Er wartete einen Moment und machte dann seinen Laden dicht. Er schnalzte mit den Fingern, das Dach klappte zu, die Erscheinung über unseren Köpfen löste sich auf, und nur noch eine schmutzige Wolke schwebte dahin.

Wenn Ihre Eltern auf der blutigen Hochzeit in Domstadtl umgekommen wären, bei diesem blutigen Repetitio, hätten sie erheblich besser daran getan, denn was ist schon eine blutige Hochzeit, verglichen mit dem, was sie sonst so erwartet. Und was sind alle blutigen Hochzeiten, verglichen mit dem, was euch alle erwartet! Ich wollte nur behilflich sein. Aber wie es Ihnen beliebt. Sollten Sie es sich aber doch noch überlegen …

Er wartete einen Augenblick und schüttelte den Kopf. Sie haben es selbst entschieden, und damit basta!

Wir stiegen durch die Dachluke, fuhren mit dem Fahrstuhl

hinunter, und als ich nach Hause kam, erklärte ich Vater, daß ich seinen Gast zum Bahnhof begleitet habe, da er sich auf einmal besonnen habe, an jenem Tag noch irgendwohin fahren zu müssen, und er ließe sich vielmals entschuldigen, würde aber eines Tages wiederkommen und mit Sicherheit von sich hören lassen.

Vater schüttelte den Kopf über sein Verschwinden. Einmal, schon eine Weile später, sagte er amüsiert: Erinnerst du dich noch an den Kerl, Sonja, den ich ein paarmal mit hierhergebracht habe? Der uns zu der Hochzeit eingeladen hat? Er hieß nämlich genauso wie der Mörder auf der blutigen Hochzeit in Domstadtl, falls du dich noch daran erinnerst.

Ach wo, ich schüttelte den Kopf, ich erinnere mich an keine blutige Hochzeit. Es kann aber gut in der Zeit passiert sein, als ich noch Hauslehrerin in der Familie von Ingenieur Pařízek war. Da durfte man nämlich keine Zeitung lesen, kein Radio hören, und jeder, der von draußen kam, wurde von dem Herrn Ingenieur eigenhändig durchsucht, auf daß er keine schlechten Nachrichten brachte.

Aber ich bitte dich, sagte Vater erschrocken, das hast du mir nie erzählt. Und warum hat der Ingenieur das getan?

Er wünschte nicht, daß die Erziehung seiner Frau, Verzeihung, ich meine, seiner Tochter, durch den Lärm und das Getöse unserer verdorbenen Welt gestört wurde.

Und sag mal, Sonitschka, fuhr Vater nachdenklich fort, ist das nicht derselbe Ingenieur, der jetzt den General Gajda und seine tschechischen Faschisten finanziert und der bei dem Angriff der Faschisten auf die Kaserne in Schimitz seine Finger im Spiel hatte?

Man hat ihm nichts nachweisen können, Vater, und du weißt sehr gut, daß der ganze Angriff auf die Kaserne nur eine sehr peinliche Angelegenheit war, mit der sich die tschechischen Faschisten höchstens lächerlich gemacht haben.

Ich würde das nicht unterschätzen.

Schon ein paar Monate nach den eben geschilderten Ereignissen hatte ich doch keine Ruhe mehr und ging wieder in die Johannesgasse. Dort versuchte ich, das Haus und in ihm die Wohnung (dritter Stock, gleich die erste Tür gegenüber der Treppe) zu finden. Ich war eigentlich nicht besonders überrascht, als ich weder das eine noch das andere fand. Es war sowieso blödsinnig zu denken, daß der Teufel ausgerechnet mitten in Brünn wohnt. Mir fiel ein Stein vom Herzen, denn dann brauchte ich auch all das, was er mir gesagt und gezeigt hatte, nicht ernst zu nehmen. Es gab einmal einen dummen, lahmen Zaren, von ihm blieben nur Nebelschwaden!

(In Wirklichkeit wußte ich natürlich sehr gut, daß er recht hatte. Denn alles, was er mir gezeigt hatte, kannte ich schließlich schon längst aus dem Tier-Theater von Landskron. Ich sah es also zuerst im Theater: vom Dach der Landskroner Scheune aus, und dann noch im Kino: am Himmel über den Dächern von Brünn, und erst danach ist es geschehen. So geht es aber jedem. Bevor wirklich etwas passiert, hat man es schon hundertmal gesehen, hundertmal gehört oder gelesen, aber es nützt einem nichts! Wir wollen nicht begreifen, daß alle Geschichten wahr sind! Hören Sie, meine Herren, alle Geschichten sind wahr! Und früher oder später werden sie alle geschehen!)

33

Charon

Jahre waren vergangen seit unserem Besuch beim Herrn Präsidenten in Lana, und Vater hatte sich die ganze Zeit gewünscht, sich noch einmal mit ihm zu treffen, noch einmal mit ihm zu plaudern. Er hatte aber nie etwas in diese Richtung unternommen, er wollte sich ihm nicht ins Gedächtnis rufen, weil er wußte, daß der Präsident mit staatsmännischen Pflichten überhäuft war und daß er, wenn er jedem Bürger so viel von seiner präsidialen Zeit widmen würde wie damals ihm, dreihundert Jahre nichts anderes tun würde, als Bürgern Audienzen zu gewähren.

Sie haben sich also nicht mehr getroffen, aber auf seine Art war Vater seinem Präsidenten immer nahe. Ich weiß zum Beispiel, daß er in seinen Büchern schmökerte. Den dunkelroten Einband von Masaryks *Weltrevolution* habe ich des öfteren auf dem Regal über dem Schaukelstuhl gesehen, wo die Bücher standen, nach denen Vater am häufigsten griff. Und dann auch noch ihre gemeinsame Vorliebe: russische Romane!

Einmal sagte mir Vater darüber: Stell dir vor, wenn ich zum Beispiel Dostojewskijs *Schuld und Sühne* lese (das wievielte Mal schon?) und mit Raskolnikow durch die Straßen von Petersburg irre, widerfährt es mir, daß ich auf einmal sehe, wie sich jemand zu ihm gesellt, und sofort habe ich ihn erkannt, es ist Masaryk mit seiner Legionärsmütze, und Raskolnikow dreht sich erschrocken nach ihm um, die Militäruniform des Präsidenten irritiert ihn, aber der alte Herr lächelt friedlich, lassen Sie uns mal miteinander reden, sagt er und führt Raskolnikow zu einer Bank am Ufer der Newa. Ich nähere mich ihnen unauffällig und lausche, wie unser Präsident ihm vom modernen Titanismus erzählt und von der Sehnsucht nach dem Übermenschlichen, die die Seele zu Staub zermalmt und alles Wahrhaftige im Menschen zu Pferdeäpfeln macht, und daß wir in Wirklichkeit gerade durch unsere Fähigkeit zur Nächstenliebe groß sind. Jesus, und nicht Napoleon! sagt Masaryk zu Raskolnikow, und als er sich nach dem langen Gespräch erhebt, bleibt Raskolnikow noch eine Weile sitzen und geht dann schnell nach Hause. Seine Seele ist gerettet! Nur der Roman ist verdorben! Denn wenn Raskolnikow die alte Wucherin jetzt nicht mehr umbringt, was bleibt dann vom Roman? Also laufe ich dem Herrn Präsidenten schnell hinterher, ehe er mir in den Petersburger Straßen verlorengeht, ich hole ihn ein und sage es ihm: Sie sind ja eigentlich ein Romanverderber! Wenn Sie sich in alle wichtigen Werke derart einschleichen und mit allen negativen Personen so nett plaudern, was würde dann von der Weltliteratur übrigbleiben, und was würden wir dann lesen? Und wir lachen beide darüber.

Als Vater dann Mitte der dreißiger Jahre erfuhr, daß Masaryk nicht mehr lesen konnte, daß seine Augen sich nicht mehr so anstrengen durften und daß ihm vorgelesen wurde, sorgte er sich sogleich, ob ihm auch jemand seine geliebten russischen Romane vorlesen würde und ob sie ihm auf russisch und in einem guten Russisch vorgelesen würden. Denn das ist, sagte Vater, sehr wichtig. Er hatte auch sofort die Idee, daß er während seines Urlaubs oder auch an den freien Tagen zwischen den Turnussen dem Präsidenten selber russisch vorlesen könne, Gogol, Tolstoj und den neuesten Mereschkowskij. Aber seine Schüchternheit erlaubte ihm leider nicht, seine Dienste anzubieten.

Teuerster Freund!
Ich schreibe nur noch schlecht und mit Mühe, aber gerade deshalb ist es höchste Zeit, Ihnen diesen Brief zu schreiben. Nach unserer Begegnung in Lana habe ich oft an Sie gedacht. Ich habe mir gewünscht, Sie noch öfter zu sehen, wollte aber Zeit dazu haben, einen behaglichen Tag, der mir jedoch nicht mehr beschieden war. Ob Sie wohl wissen, lieber Lew Lwowitsch, Sie Täubchen, Lew Lwowitsch, daß Sie ein wunderbarer Mensch sind? Und seien Sie mir bitte nicht böse, wenn ich Ihnen das so direkt sage. Ich habe mir schon immer vorgestellt, daß in unserem schönen Land Menschen verschiedener Nationalitäten und Konfessionen ohne Probleme leben könnten, zusammengehalten von einer einzigen ethischen

Überzeugung. Eine Art Bruderschaft der Köpfe und Herzen, lieber Freund. Ihre russisch-deutsch-tschechische Familie ist für mich die chemische Formel so einer Zukunft, falls Sie mir dieser Worte wegen nicht böse sind. Ich wollte mit Ihnen auch über Ihren Namensvetter reden. Ich sehe jetzt selber ein, wie sehr ich mich damals geirrt habe! Aus Ihrem Namensvetter, dem Ideologen der Revolution, den ich vor Ihnen geschmäht hatte, ist nun ein Vertriebener, ein Flüchtling, ein Ahasver des Gedankens geworden, und aus dem Kommissar Stalin, den ich Ihnen so hochgelobt hatte, ein dummer und grausamer Despot-Samodur. Deswegen aber schreibe ich nicht. Ich habe eine große Bitte an Sie. Und um sicherzugehen, daß sie auch richtig zugestellt wird, werde ich dieses Schreiben zu meinen Papieren legen, die erst nach meinem Tode geöffnet werden und somit den Charakter eines letzten Willens und Vermächtnisses haben. Ich werde darin auch erklären, wer Sie sind, damit Ihr Name nicht etwa Verlegenheit hervorrufen und so die Zustellung des Briefes verhindern wird. Sie erinnern sich gewiß noch, wie wir darüber gesprochen haben, daß heutzutage der Zug ins Jenseits befördert und nicht der Fährmann. Es liegt mir sehr viel daran, daß gerade Sie den letzten Weg mit mir absolvieren. Und da sich ein pompöses Begräbnis einfach nicht vermeiden läßt, möchte ich, daß es wenigstens ein bißchen meinen Vorstellungen entspricht: mit einem Trauerzug aus Prag zum Lanaer Bahnhof, auf den Lanaer Friedhof. Werden Sie das für mich tun, mein teurer Freund? Werden Sie der Maschinenführer meines letzten Zuges sein? Entschuldigen Sie, daß ich schon Schluß mache. Selbst das Schreiben von Briefen bedeutet für mich eine riesige Anstrengung. Ich grüße Sie herzlich und auch Ihre schöne Tochter (Sonja, wenn ich mich nicht irre), und nehmen Sie bitte meinen Dank entgegen.

Ihr
Thomas G. M.

34

Der Teufel zieht den Läufer, das Pferd und gleich darauf den Turm

Nach Masaryks Tod nahm alles einen häßlichen Verlauf. Mit Mutters Verwandten, den Sammlers aus dem Adlergebirge und dem Gebirgsvorland, geschah ebenfalls etwas Unheilvolles. Es war fürchterlich, mitansehen zu müssen, wie all die gutmütigen Landskroner, Opotschner und Reichenauer Onkel, Tanten, Neffen und Nichten vollkommen um den Verstand kamen. Über Nacht verwandelte sich dann ganz Europa in eine Falle, und mit einem Male wurden alle Fluchtwege von denen verstopft, die noch im letzten Moment zu fliehen versuchten. In die nordische Falle tappte auch der listige Despot Stalin, der auf Anweisung aus Berlin seine besten Generäle ermorden ließ und der Gestapo deutsche Antifaschisten verkaufte, die sich in der UdSSR versteckt hatten, und der sich schon darauf freute, als Belohnung dafür Polen zu vernaschen. Die kleine Tschechoslowakei ließ sich Hitler von den Franzosen und Engländern (schön geschnitten und gesalzen) direkt ins Maul servieren. Wenn Masaryk noch leben würde, sagte Vater, hätten uns die Engländer und Franzosen nicht verkauft. Und auch wenn sie uns verkauft hätten, hätten wir uns selbst verteidigen können. Und selbst wenn wir uns nicht hätten verteidigen können, auf den Knien würden wir nicht leben.

Die Wahrheit war allerdings auch die, daß Vater Glück gehabt hatte, daß ihn die Gestapo nach der Okkupation nicht verschleppt hatte. Und daß das Glück natürlich Günter Sammler hieß und gerade stellvertretender Kommandeur der Gestapo in Brünn geworden war. Es besuchte uns vierzehn

Tage, nachdem es Vaters Namen von der Liste gestrichen hatte.

Selbstverständlich war es ein Irrtum, erklärte Günter Mutter, jede große Zeit bringt leider auch unzählige Irrtümer mit sich. Es kann passieren, daß sein Name erneut erscheint, auf einer anderen Liste, auf deren Aufstellung ich keinen Einfluß habe. Wenn also eine verdächtige Vorladung kommen sollte, Gudrun, lassen Sie es mich sofort wissen. Denn durch die Ehe mit Ihnen wird von Ihrem Mann so manche Sünde genommen. Aber nur unter der Bedingung, daß er nicht länger mit diesem jüdisch-bolschewistischen Namen provoziert.

Diesmal sagte Mutter nichts und hatte auch keine Einwände, als Günter die entsprechenden Schritte unternahm. Im Vergleich zu damals, als er zum erstenmal mit diesem Ansinnen gekommen war, lebten wir nun in einer vollkommen anderen Welt. Und natürlich protestierte auch Vater nicht. Es war ihm klar, daß er uns mit diesem Namen gefährdete.

Aber wie das so geht, zur selben Zeit, als Vater seinen Namen aufgab, verschwand auch der zweite Lew Trotzkij aus der Welt, denn Stalin hatte einen Mörder angeheuert (den Spanier Ramon Mercader), der den Konstrukteur der Oktoberrevolution in seinem mexikanischen Exil tötete. In einer Villa, die von einer hohen Mauer umgeben und von Trotzkijs gut ausgebildeter Spezial-Leibgarde bewacht war, erschlug er ihn mit einem Eispickel.

Eines lauen Sommerabends gingen wir – bereits als Lew, Gudrun und Sonja Sammler – ins Kino Kapitol zu einem Film mit dem Komiker Vlasta Burian. Vor dem Film wurden aktuelle Nachrichten aus dem Protektorat gezeigt, wo Hitler schon durch das frisch eroberte Paris spazierte. Und am nächsten Tag hatten wir ihn schon in Brünn. Zu jener Zeit war Hitler wie die Maul- und Klauenseuche, er erschien immer plötzlich und heftig an mehreren Orten zugleich.

Vetter Günter begleitete ihn in Brünn auf Schritt und Tritt und versuchte, Mutter dazu zu bewegen, ebenfalls an der Großkundgebung auf dem Lažanskyplatz teilzunehmen (der sofort nach dem Auftritt des Führers in Adolf-Hitler-Platz umbenannt wurde), aber Mutter dachte sich ihren Teil über Hitler. Das ist so ein Mensch, pflegte sie zu sagen, wenn der Suppenknochen verkaufen würde und es in ganz Brünn keinen anderen Laden gäbe, wo man Suppenknochen verkauft, da würde ich lieber bis nach Proßnitz fahren, als bei dem zu kaufen.

Wegen Hitlers Rede wurde der Verkehr auf dem ganzen Platz lahmgelegt. Die Tribüne plazierte man direkt auf der Kreuzung, und es kam eine Unmenge von Menschen, und zwar nicht nur Deutsche aus Brünn und der weiteren Umgebung (und mit ihnen auch hysterische Weiber, die nur die ersten Worte des Führers abgewartet hatten, um sich dann sofort wild zu schütteln und in Liebeskrämpfe zu verfallen, wobei sie mit ihren Orgasmen die Beine aller Umstehenden wegrissen, so daß sich an vielen Orten in der Menge hüpfende Haufen bildeten), sondern auch Tschechen, die so ihre Loyalität gegenüber dem Reich demonstrieren wollten. So marschierten zum Beispiel die Arbeiter aus der Brünner Zbrojovka-Fabrik (deren Besitzer zu dieser Zeit Ingenieur Pařízek war) mit dem Transparent: ES LEBE DER FÜHRER, DER BESTE FREUND DES TSCHECHISCHEN ARBEITERS! auf. (Um dieses Transparent gleich nach dem Krieg wirkungsvoll auszulöschen, erzwangen sie schon in den Junitagen des Jahres 1945 die erste »wilde Abschiebung« der Deutschen, jene, bei der auch meine Eltern umgekommen sind.) Es kamen aber auch diejenigen, die sich vergewissern mußten, daß die Liquidierung der Brünner Juden unumkehrbar war, auf daß sie weiterhin in Ruhe alles wegstehlen konnten, was an Besitz von ihnen übriggeblieben war, und es kamen auch Neugierige wie ich, die einfach nur wissen wollten, wer nun dieser Führer war und womit er das Volk von Goethe und Beethoven so verhext hatte.

Ich nahm also aus lauter Neugier teil. Da war ich aber schlecht beraten. Ich stand nämlich keine zehn Minuten da, als des Führers Blick, der während seiner Rede frei über den Platz schweifte, mich plötzlich herausfischte und Hitler sich gleichsam verschluckte. Er brach mitten im Satz ab und gab jemandem ein Zeichen, der dann sofort zur Stelle war. Hitler neigte sich zu ihm, und der Handlanger schaute in meine Richtung und nickte. Wahrscheinlich hat die versammelte Masse das gar nicht zur Kenntnis nehmen können, denn der Führer knüpfte rasch dort an, wo er aufgehört hatte, aber durch die Menge näherten sich mir bereits scharfe Flossen auf Haifischrücken. Vetter Günter, der nahe dem Führer auf der Tribüne stand, wandte schnell den Kopf ab. Mich befiel Panik, die mich so lähmte, daß ich nicht imstande war, mich zu rühren. Und in dem Augenblick waren die Haifischflossen auch schon da und schlugen zu. Mein Nachbar wurde blitzartig von zwei Typen in Ledermänteln angegriffen, die ihm eine Schlinge über den Kopf warfen (ich sah deutlich, wie sie die Schlinge zuzogen, mein Nachbar die Augen verdrehte und den Geist aufgab) und ihn wie einen Sack wegschleppten.

Kaum waren die Haifischflossen mit ihrem Opfer verschwunden, wußte ich, daß meiner Neugier Genüge getan war (lieber Gott, ich verspreche Dir, daß ich nie wieder neugierig sein werde), und ich trat schleunigst den Rückzug an.

Der Führer sprach wahrscheinlich lange bis in die Nacht hinein, denn noch als ich am Einschlafen war, hörte ich selbst durch die dicke Wand des Mietshauses, wie sich seine Stimme dort in der Dunkelheit wälzte wie der schreckliche mongolische Wüstenwurm *olgoj chorchoj*.

Im Traum begegnete ich wieder dem Teufel auf den Brünner Dächern. Na, wie ist es, fragte er, haben Sie es sich noch nicht überlegt? Wir gingen eine lange Straße entlang, vielleicht die Zeil, und der Teufel grüßte in einer Tour jemanden. Man riß sich um ihn, die Menschen drängten sich um ihn und winselten vor Wonne, so daß es aussah, als hätte er mich vielleicht vergessen. Aber stets drehte er sich wieder zu mir um und sagte etwas Aufmunterndes. Ich erinnere mich nur an eine einzige Sache: Ich verrate Ihnen etwas über mich. Der Teufel zieht immer zuerst den Läufer, dann das Pferd und gleich darauf den Turm.

35

Ich melde gehorsam

Günter, der Mistkerl, war schon so kirre geworden, daß er praktisch täglich bei uns aufkreuzte, und im Juli 1941, kurz nach dem Überfall auf die Sowjetunion, sprach er schließlich auch Vater an:

Wir werden jetzt Leute mit perfekten Kenntnissen der russischen Sprache, Rußlands und der russischen Kultur brauchen, denn in absehbarer Zeit wird ein riesiger Strom russischer Gefangener zu uns fließen, hören Sie, Lew Lwowitsch, die Wolga wird zu uns fließen, die Wolga! Und Sie wollen doch bei der Demontage der bolschewistischen Regierung und der Rückkehr des Zaren auf den russischen Thron behilflich sein?

Vater fertigte ihn aber nur kurz ab: Und soll der Zar nicht zufällig Batjuschka Adolf heißen?

Sagen Sie Ihrem Vater, wandte sich der Vetter an mich, sagen Sie ihm, daß er uns ein bißchen mehr vertrauen möge.

So also war Günter Sammler, der stellvertretende Chef der Brünner Gestapo, ein Mann, der in Brünn die unbarmherzige Liquidation jeglichen antinazistischen Widerstands leitete und gleichzeitig seine schützende Hand über die Familie eines dubiosen Russen hielt. Er ließ sich auch durch Vaters Unwillen und alle möglichen Provokationen, mit denen ihn dieser Rußki traktierte, nicht davon abbringen. Vater hörte beispielsweise in seiner Gegenwart ausländischen Rundfunk, den Londoner Hetzsender, und mit Mutter sprach er vor ihm nur russisch.

Als Vater achtundsechzig wurde, war er noch bei voller Kraft und Gesundheit, und seine Jahre waren ihm nicht anzusehen. Seit einiger Zeit fuhr er zwar nicht mehr, pflegte aber noch zum Lokomotivendepot nach Gerspitz zu gehen, nicht mehr als Maschinenführer, sondern eher als Maschinenschlosser, der die Feineinstellung der besten Maschinchen vornahm, wie seinerzeit der Meister Hanuš an der Prager Turmuhr. Er rangierte die Züge in Gerspitz auch noch und stellte sie zusammen (er brachte den jungen Maschinenführern bei, die Züge so zusammenzustellen, daß sie nicht auseinanderrissen: die schwereren Waggons gleich hinter die Lok, Jungs, und um Himmels willen nicht ans Ende, aber auch nicht in die Mitte der Garnitur, und wenn schon, dann müßt ihr das austarieren). Der Hauptgrund, weshalb er noch hinging (das Geld hatte er ja nicht nötig, die Pension eines Maschinenführers war ordentlich und die Landskroner Lebensmittelkörbe in all dem Protektoratselend immer reichlich und fürstlich), war aber der, daß er ohne den Lärm der Schienen und des Maschinendepots nicht mehr auskam, er mußte das in sich übertönen, woran er nicht denken wollte. Er konnte sich nämlich nicht damit abfinden, daß ein einflußreicher Brünner Gestapo-Mann seine schützende Hand über uns hielt. Er nahm es nur unseretwegen in Kauf, aber in seinem tiefsten Innern litt er, meine Lieben, unvorstellbar. Genauso, wie er darunter litt, daß er seinem Namen entsagt hatte. Und es ging dabei nicht nur um den russischen Stolz, diesen schrecklichen russischen Stolz, von dem Mutter sagte, daß er uralte Zedern aus den Wurzeln reiße und Flüsse gegen den Strom wende. Diesen russischen Vorzeigestolz hätte Vater letztendlich in sich unterdrücken können.

Als Vater achtundsechzig wurde, schrieb man das Jahr 1942, und im Sommer dieses Jahres brannten die deutschen Okkupanten das Dorf Lidice nieder (184 Männer wurden ermordet und 196 Frauen und 96 Kinder in Konzentrationslager verschleppt). Als Vater davon erfuhr, entschied er sich praktisch über Nacht, und weil er zu Recht erwartete, daß wir mit seiner Entscheidung nicht einverstanden sein und alles dafür tun würden, ihn davon abzuhalten, verabschiedete er sich lieber erst gar nicht von uns (Sie können sich überhaupt nicht vorstellen, wie schwierig für ihn dieses Nichtverabschieden war) und hinterließ statt dessen einen Brief auf dem Tisch, in dem er uns bat, ihm zu vergeben, daß er aber nicht anders könne, nicht anders dürfe. Das Morden und das Niederbrennen von Lidice seien ein Signal dafür gewesen, daß er kein Recht mehr dazu habe, seinem Schicksal zu entfliehen, und daß er dahin gehöre, wo seine Leute waren, Russen, Ukrainer, aber auch Juden, Zigeuner und Feinde des Reiches.

So packte er heimlich seine Sachen, dieses armselige Bündel, von dem er wußte, daß er es mit auf den Transport nehmen durfte, legte den Abschiedsbrief für uns auf den Tisch und fegte aus dem Haus, ehe wir wach wurden.

Ich habe Ihnen, glaube ich, schon gesagt, daß unsere Straße damals Göringstraße hieß (Hermann-Göring-Straße), und Vater ging also die Göringstraße entlang und schaute sich beflissentlich nach jemandem um, dem er sich hätte denunzieren können.

Zuerst sprach er irgendeinen deutschen Soldaten an, der aber nichts von Konzentrationslagern wußte (im Gegensatz zu uns, die wir von Günter alles über die KZs wußten oder, um wiederum nicht zu übertreiben, fast alles). Dann kam eine SS-Streife auf einer BMW-Maschine vorbei, und Vater rief ihnen auf deutsch zu: Halt, halt, Herrgott noch mal, ich will mich anzeigen! Die Maschine machte in steilem Bogen kehrt, fuhr zurück und landete auf dem Bürgersteig, direkt vor Vater. Einer der SS-Männer beugte sich freundlich über den Lenker zu Vater und fragte: Billigen Sie das Attentat auf den Reichsprotektor Reinhard Heydrich? Oder halten Sie etwa Menschen versteckt, die sich in irgendeiner Art und Weise an dem Attentat beteiligt haben? Vater wußte sehr gut, daß für das Billigen des Attentats die ganze Familie hingerichtet würde, und schüttelte deshalb schnell den Kopf.

Was wollen Sie sich dann also anzeigen?

Ich gehöre ins Konzentrationslager. Ich bin Russe, russischer Emigrant.

Sind Sie aus einem Transport geflohen?

Man hat mich vergessen. Irrtümlicherweise hat man mich hiergelassen. Ich melde gehorsam, daß ich in meinem KZ antreten will.

Der SS-Mann schaute Vater einen Moment lang verwirrt an. Er hatte den Eindruck, daß ihn hier jemand ganz gewaltig veräppelte. Aber das war doch Unsinn. Es gab niemanden auf der Welt, der mit seinem Leben derart hasardiert hätte. Und er sagte: Kein Problem, gehen Sie aufs nächste Amt, und melden sie dort, was Sie uns gemeldet haben.

Ich fürchte, daß ich nicht auf der Liste bin, daß man vergessen hat, mich in die Liste der KZ-Einberufungen einzutragen.

Sie fürchten also? (Der SS-Mann konnte sich nicht helfen, aber er fühlte, wie ihm diese dreiste Mißgeburt, die sich fürs KZ meldete, allmählich ankotzte.) Wenn Sie nicht auf der Liste der … Rekruten für das Konzentrationslager stehen, tragen wir Sie eben dort ein. Ein Russe also? Ein Rußki? Iwan? Haben Sie irgendwelche Papiere?

Vater reichte ihm seine »ehrlichen Papiere«, die, in denen die Namensänderung noch nicht vollzogen war, der SS-Mann sah sie eine Weile durch, stieß dann den zweiten SS-Mann mit dem Ellenbogen an und schob ihm alles rüber.

Lew Trotzkij? fragte der zweite.

Jawohl, der bin ich.

Der zweite SS-Mann kletterte vom Beiwagen auf den Rücksitz der Maschine und machte ihn so für Vater und sein KZ-Bündel frei. Schnurstracks fuhren sie ihn zur Gestapo, in das Gebäude der ehemaligen juristischen Fakultät in der Eichhorngasse. Und so landete Vater wieder genau da, wo er nicht hatte landen wollen (hatte er sich etwa vorgestellt, daß ihn die SS-Männer direkt nach Buchenwald bringen würden?), und der unglückselige stellvertretende Gestapo-Chef erfuhr, daß unten ein Lew Trotzkij warte, der den Abtransport ins Konzentrationslager fordere.

Am Nachmittag besuchte Günter uns dann und erklärte, daß er das einzig Richtige getan habe, indem er Vater in die Irrenanstalt nach Czernowitz überführen ließ, weil er dort die Chance habe, den Krieg zu überleben, im KZ selbstverständlich nicht.

Czernowitz war zur Zeit unserer Erzählung der düsterste Stadtteil von Brünn, in dem sich das Irrenhaus in Gesellschaft der großen städtischen Müllkippe befand, jedenfalls verhielt es sich so zueinander, daß Flüchtlinge aus dem Irrenhaus mit einer gewissen Gesetzmäßigkeit auf den himmelhohen Bergen der Müllabfuhr endeten, wo man sie nur einzusammeln brauchte, wie wenn man Rahm von der Milch schöpfte. Und es war ein Tollhaus, möchte ich noch anmerken, das von den Träumen der Irren und Wahnsinnigen so gut durchgefettet war, daß seine Wände bei günstigem Wetter ganz durchsichtig zu sein schienen. Aber auf eine Art kann man, meine Freunde, auch sagen, daß Vater Glück hatte, daß er ausgerechnet in diesem Käfig landete. Und in der Tat übertraf allein schon die Begrüßung alle seine Erwartungen. Zuerst zog man ihn nackt aus, dann bekam er irgendeinen Umhang und wurde, vertrauensvoll untergehakt, unter die Dusche geführt, wobei ihn einer der Pfleger mit einer Anekdote über Juden unterhielt, die man ebenfalls zum Duschen geführt habe, nur daß anstelle von Wasser Gas ausgeströmt sei.

Als man Vater dann das vorführte, was hier gewagt als Gemeinschaftsraum bezeichnet wurde, bemerkte er, daß einer der Patienten ihm außerordentliche Aufmerksamkeit widmete, während die anderen ihn praktisch ignorierten, eingewickelt in ihre »autistischen Welten«, wie man es dort zu nennen pflegte. Am nächsten Morgen beim Frühstück setzte sich dieser Patient zu Vater und sprach ihn an, als sie aus abgeschlagenen Blechbechern Zichorienkaffee tranken: Herzlich willkommen in unserem Club. Ich heiße Ctirad Dobrmann und stehe hier für die Epileptiker. Sie werden aber noch die Gelegenheit erhalten, mich mit Schaum vor dem Maul auf dem Fußboden herumwälzen zu sehen.

Vater gab ihm die Hand und stellte sich als Lew Trotzkij vor, der eigentlich nicht hierhergehöre, da sein Neffe, der stellvertretende Chef der Brünner Gestapo, ihn hierherverfrachtet habe, um ihn so am Eintritt ins Konzentrationslager zu hindern. Kaum hatte der Epileptiker das gehört, zog er sich schnell zu seinen Autisten zurück und erklärte ihnen, daß der hier wirklich einen an der Waffel habe. Die Irren schauten Vater mit höchster Ehrfurcht an.

Einmal beklagte sich Günter mutig bei Mutter, daß die Kamarilla des Führers leider nicht das beste Verhältnis zu den Sudetendeutschen habe, denn ein Sudetendeutscher (das heißt, ein Deutscher aus den Grenzgebieten der ehemaligen Tschechoslowakei und somit einem höheren Risiko der »Rassenverunreinigung« ausgesetzt) sei in ihren Augen immer etwas weniger als ein Deutscher aus dem Zentrum des Reiches, und deshalb habe sich Konrad Henlein auch nur mit dem Posten eines Gauleiters im Sudetengau Reichenberg zufriedengeben müssen, während sich heute schon jedes SS-Männchen aus dem Reich auf eine höhere Position hochgearbeitet habe, sei es in Berlin oder in Prag. Wir Sudetendeutschen, erklärte er Mutter, die wir in Masaryks jüdisch-bolschewistischer Republik um die nackte völkische Existenz kämpfen mußten, haben nur ganz ausnahmsweise unsere verdiente Belohnung bekommen. Damit meinte er seinen Posten bei der Geheimen Staatspolizei, beeilte sich aber gleich hinzuzufügen, daß die Neider auf jeden Fehltritt seinerseits nur so lauerten. Der Fehltritt sei nun leider eingetreten, und man brauche gar nicht weit zu gehen.

Mit dem Fehltritt meinte er natürlich seinen Onkel Lew Trotzkij, diesen häßlichen Klecks auf der rassischen Reinheit des Stammes. So hat er es Mutter gegenüber zwar nie geäußert, aber ich vermute, daß er ein paarmal kurz davor war. Obwohl er sie seit eh und je sehr gern hatte, gab es keinen Zweifel (seine eigene Mutter hatte er schon als Baby verloren, und seine Stiefmutter, die zweite Frau von Onkel Helmut, behandelte ihn wie den letzten Dreck, so daß er sich ausgehungert an meine klammerte), die Versuchung, sich ihres Mannes zu entledigen, konnte man förmlich schon aus ihm riechen. Nach der Niederlage von Stalingrad war uns bereits klar, daß Vaters Schonfrist vorbei war und Günter ihn jederzeit zum Abschuß freigeben konnte. Als wir dann durch Zufall erfuhren, daß in einer deutschen Irrenanstalt die »minderwertige Rasse« der psychisch Kranken liquidiert wurde, begriffen wir, was für ein zweifelhaftes Asyl die Czernowitzer Heilanstalt für Vater war. Damals kam ich auf die Idee, Vater aus dem Irrenhaus entführen zu lassen.

Jetzt muß ich aber einen kleinen Exkurs machen, meine Erzählung um einige Monate zurückdrehen oder, wenn Sie so wollen, einen Bruno-Einschub zwischenschalten.

36

Bruno-Einschub

Kurz nachdem Hitlers Truppen bei uns eingefallen waren, beging mein Chef (der Dichter und Bibliotheksdirektor) Selbstmord. Überzeugt davon, daß mit der nationalsozialistischen Okkupation die glückliche Ära einer freien Tschechoslowakei ein für allemal beendet sei, hängte er sich auf dem Dachboden seines Hauses in der Gomperzgasse auf. Meine anhängliche Vorstellungskraft begegnete ihm aber weiterhin jeden Tag auf den Fluren der Bibliothek. Als Strafe für seine *Kleingläubigkeit in einer knochenfressenden Zeit,* als Strafe für seine Verzweiflung war der Dichter Jiří Mahen nach seinem Tode nämlich dazu verurteilt worden, sich bis in alle Ewigkeit Reime auf das Wort *Hoffnung* auszudenken, und nun brachte er mir die Reime in Koffern, Taschen, Säcken, Schachteln und Tüten. Da es mir aber vollkommen reichte, Bruno am Hals zu haben (das ist ja nicht gegen dich gemeint, entschuldige, Bruno), beschloß ich, nicht auch noch etwas mit Mahens Geist anzufangen, und verließ die Bücherei lieber. Um nach Jahren, die ich in den staubigen Archiven der Bibliothek zugebracht hatte, wieder mal richtig durchatmen zu können, trat ich eine Stelle bei der Verwaltung der Brünner Parks und öffentlichen Grünanlagen an, wie die Institution damals hieß. Irgendwann im Mai 1942 machte ich mich dann als Gärtnerin auf den Beeten im Park ans Werk, mitten in der Stadt, im Glacis.

Es war ein warmer Frühlingstag, Mittagszeit. Ich legte Spaten und Harke zur Seite, legte mich neben die Beete ins Gras und schloß die Augen. Auf dem Parkweg gingen ein paar Menschen vorbei, ich hörte, wie sie sich unterhielten. Dann läuteten die Mittagsglocken vom Turm der nahe gelegenen Thomaskirche. Danach hörte ich nur ab und zu einen Wagen, der die

Straße unterhalb des Parks entlangfuhr. Dann sangen nur noch die Vögel, und die Insekten summten. Schließlich verstummten auch sie. Wahrscheinlich schlief ich kurz ein. Als ich die Augen wieder öffnete, stand die Sonne nicht mehr direkt über meinem Kopf. Dafür sah ich am Himmel einen glänzenden Faden.

Wenn sich über Ihrem Kopf die Gabelung eines Baumes befindet, die so groß ist, daß Sie die Äste nicht mehr sehen, sondern nur noch ein zwischen ihnen gespanntes Spinngewebe, kann der Eindruck entstehen, daß dieses Spinnennetz direkt am Himmel gesponnen ist. Und so war ich mir sicher, daß ich, wenn ich den Kopf jetzt ein wenig nach links und dann gleich wieder nach rechts drehen würde, links und rechts die Äste der Gabelung sehen würde. Ich war jedoch zu faul, mehr zu tun, als nur mit den Augenlidern zu klimpern. Dann aber wurde mir zunehmend klar, daß mit dem Spinngewebe irgend etwas nicht stimmte. So sah doch kein Spinnennetz aus! Eine Spinne, die alle ihre berühmten Kniffe vergessen haben sollte! Also drehte ich doch den Kopf nach links und rechts. Und kein Ast! Ein silbriges Netz, direkt am Himmel gesponnen!

Ich lag weiterhin ruhig da. Bis ich auf einem der Fäden einen schwarzen Punkt bemerkte, der sich zu vergrößern begann. Da sah ich aber auch schon, wie schnell er sich vergrößerte und sich direkt von den Fäden auf mir niederließ! Ich wollte aufspringen, aber eine Stimme von oben nagelte mich an der Unterlage fest: Ich bin's, Bruno! Öffne das Kämmerchen deines Herzens!

Bruno plumpste ins Gras, erhob sich, zog seinen Silberfaden vom Himmel herunter und rollte ihn auf die Größe eines Satzpunktes zusammen, den er dann sorgfältig im Portemonnaie verwahrte. Gleich darauf machte er eine tiefe Verbeugung vor mir und präsentierte sich in seiner ganzen Schändlichkeit. Er breitete die Arme aus, die lang waren wie leere Gedärme, und aus dem kleinen Kopf auf dem langen Hälschen schoß ein

Eidechsenzüngelchen heraus. Als es mich direkt zwischen den Augen stechend traf, schrie ich auf.

Um Himmels willen, Bruno, du weißt doch sehr gut, daß ich dich in jeder Gestalt annehme, aber diesmal hast du es nun wirklich übertrieben!

Ich stecke ja diesmal auch in keiner Tierhaut, diesmal bin ich kein bißchen Tier. Du würdest mich in keinem Pferde- oder Kuhstall finden, aber auch nicht in Dschungel, Urwald oder Busch, und auch nicht im Tierkreis.

Wo würde ich dich denn dann finden?

Noch bevor ich diese Frage stellen konnte, legte Bruno mich flach, fand das Kämmerchen meines Herzens und schleifte mich unter eine Eiche, deren unterste Äste so tief hingen, daß wir uns andächtig darunterschoben. Die ganze Eiche bebte wie ein Federbüschel auf dem Kopf eines durch die Manege kreisenden Lipizzaners.

Vor langer Zeit irrte ein Raumschiff durch unsere Galaxie auf der Suche nach den Ovarien der kommenden Zivilisationen, um sie dann wie ein kosmischer Bulle zu befruchten, später in verschiedenen Epochen zu ihnen zurückzukehren und sie vor den entfesselten Mächten des Bösen und der unwirtlichen Zeiten zu schützen.

Damals (im Mai 1942) konnte ich freilich noch nicht ahnen, daß Bruno mir damit die populärste Story unseres Zeitalters erzählte. Und so wie die vorhergegangenen Jahrhunderte zum Beispiel den Epikureismus, Stoizismus, Taoismus, Buddhismus, das Christentum und den Cartesianischen Rationalismus in die Schatztruhe der Menschheit gebracht hatten, so brachte das zwanzigste Jahrhundert den Gedanken der *Unheimlichen Begegnung mit der dritten Art,* den Triumph des kosmischen Humanismus, welcher dank seiner millionenfachen Verbreitung in Heftchen mit bunten Umschlägen, durch die Traumfabrik Hollywood und die Computerfabrik der Informationen zu einer wahren Volksreligion wurde, und Bruno, ohne daß es ihn besonders nach dieser Ehre gedürstet hätte, war nun einer ihrer ersten Apostel.

Du bist also jetzt ein Angehöriger dieser kosmischen Nation? Dann sag mir doch mal, worauf ihr noch wartet? Reichen euch die Kriegshekatomben, die brennenden Städte, die Konzentrationslager, die in den Gaskammern ermordeten Frauen und Kinder nicht aus? Wann werdet ihr endlich eingreifen?

Bruno schlug die Arme auseinander: Mich darfst du nicht fragen, ich bin in dieser Haut nur zu Gast. Und sie denken, daß das Schlimmste noch nicht gekommen ist. Und daß ihr es allein schaffen könntet.

Monate vergingen, ich traf mich mit Bruno und legte wieder los: Weißt du, was mit Vater passiert ist? Und weißt du, was ihm jetzt da im Irrenhaus droht? Günter ist zu allem fähig.

Warte mal, das würde vielleicht gehen. Das könnte ich mit ihnen regeln. Um so mehr, da man es so einrichten könnte, daß dein Vater, wenn er dann wieder zu dir zurückkehrt, überhaupt nichts wissen wird. Er wird aufwachen wie aus einem traumlosen Schlaf, und in seinem Gedächtnis bleibt nicht mal ein Körnchen interstellaren Staubes hängen.

Du mußt mir aber versprechen, daß die Außerirdischen da keine Versuche mit ihm machen. Denn wenn doch, dann könnte er ja auch direkt ins Lager gehen.

Bist du verrückt geworden? Versuche! Sie werden ihn verehren. Und sie werden ihn dort wie einen Gentleman behandeln. Und noch etwas: er wird sich nicht langweilen. Er wird als erster Mensch den Mond betreten, er wird die Saturnringe berühren, er wird durch die Magellanwolken fliegen und alles über den großen Knall erfahren, aber auch darüber zum Beispiel, wie die Maße und die Form des Schwarzen Lochs durch seine Masse und die Rotationsgeschwindigkeit bestimmt sind. Bloß, daß ihm das einen Scheißdreck nützen wird. Denn wenn er wieder zurückkommt, wird er alles vergessen haben.

37

Die Klugheit und Dummheit der Ausserirdischen

Dann ging alles Schlag auf Schlag. Die Außerirdischen fingen Vater im Garten der Czernowitzer Irrenanstalt ein (er schlief dort unter einem Maulbeerbaum), und unbemerkt verfrachteten sie ihn auf ihr Raumschiff und setzten an seiner Stelle gleich fünf perfekte Repliken aus. Fünf deshalb, weil sie sehr wahrscheinlich dachten, daß eine einzige Kopie nicht überzeugend genug sei und es, wenn sie ihn fünfmal ersetzten, auch fünfmal weniger Zweifel an seiner Identität geben würde!! Sie sehen ja selbst: schlau wie die Affen und doch dumm wie Bohnenstroh!

Ich versuchte umgehend, Bruno zu kontaktieren, damit er etwas unternahm in der Sache, und um noch rechtzeitig zu retten, was die Außerirdischen verpatzt hatten, aber Bruno war schon über alle Berge! Er raste zu seiner nächsten Reinkarnation, um wieder in einer neuen Gestalt erscheinen zu können! Er galoppierte ein wütendes Rennen durch dieses Jahrhundert, einen langen Lauf zurück zu seiner menschlichen Gestalt, und die einzelnen tierischen Zwischenstopps dienten nur dazu, daß wir uns einen Moment treffen, für sieben Minuten paaren und dabei ein paar vertraute Worte wechseln konnten, für mehr reichte die Zeit nie.

Als Vaters fünf Repliken aus dem Garten zurückkamen, nahmen es die Irren wie eine Selbstverständlichkeit auf, die Pfleger jedoch schauten entsetzt zu, wie ein Lew nach dem anderen angetrudelt kam. Sie erstatteten Meldung an Günter Sammler, und der stellvertretende Chef der Brünner Gestapo kam sofort, um sich die Sache anzusehen. Er stand hinter der Tür und beobachtete durch das Guckloch, wie der eine Lew eine mit Butterschmalz bestrichene Scheibe Kriegsbrot aus Kleie aß, während der zweite Lew *Die Abenteuer des braven Soldaten Schwejk* las, und der dritte Lew *Wahlverwandtschaften,* und der vierte Lew las Gogols *Aufzeichnungen eines Wahnsinnigen,* und der fünfte Lew, ja, der fünfte Lew – nicht wissend, daß er durchs Guckloch bewacht wurde, nicht wissend, daß er beguckklocht wurde – versenkte gerade seinen linken kleinen Finger im rechten Nasenloch und vollbrachte dort, hm, wahre Wunder an Gründlichkeit.

38

Das Leben mit den Löwen-Lews

Günter zog sein Auge vom Spion weg, rieb es angewidert und beschloß, daß es das Beste sei, alle fünf Lews so schnell wie möglich nach Hause zu verfrachten, denn egal, auf welchem Wege das Irrenhaus an sie gekommen war, zu Hause würden sie weniger ausgestellt sein. Wenn wir bedenken, liebe Freunde, daß er den Lews nun eine *dosis letalis* hätte spritzen und sie durch den Schornstein hätte ziehen lassen können, dann hat er sich doch ziemlich fein benommen, und vielleicht hab' ich ihm letztendlich doch Unrecht getan.

Mutter war ein Wesen mit der seltenen Fähigkeit, alles von der praktischen Seite zu nehmen, und sie hatte Vaters russische Versponnenheit schon immer durch ihre gründliche deutsche Nüchternheit ausgeglichen. Als Günter nun schweigend alle fünf Lews bei uns ablud, begriff sie sofort, daß man jetzt zuallererst das Schlafzimmer zu einer Herberge mit Etagenbetten umfunktionieren müsse wie in Militärquartieren.

Zuerst konnten wir die Lews nicht besonders gut auseinanderhalten, sie schienen uns alle unvorstellbar gleich. Das war sicher auch die ursprüngliche Absicht gewesen. Das enge Zusammenleben mit ihnen führte Mutter aber allmählich zu der Erkenntnis, daß gewisse Eigenschaften ihres Mannes, die ihr so vertraut waren, bei dem einen Lew viel ausgeprägter zum Ausdruck kamen, während andere Eigenschaften wiederum bei einem anderen ausgeprägter waren. Es war besser, sich unter bestimmten Umständen mit bestimmten Dingen genau an diesen Lew zu wenden und unter anderen Umständen und mit anderen Dingen wiederum genau an jenen, und so weiter. Sie werden mir nicht böse sein, meine Herren, aber ich habe nicht die Absicht, das hier noch genauer auseinanderzunehmen.

(Ich kenne Mutters Zusammenleben mit den Lews in erster Linie nur aus ihren Klagen, als wäre ich selbst nicht dabei gewesen. Und ich war tatsächlich nicht dabei! Sie werden schon bald erfahren, wo und wie ich die letzten Kriegsjahre verbracht habe. Von Zeit zu Zeit kam ich aber doch zu Hause vorbei, um mich an meinen fünf Vätern zu erfreuen, von denen ein jeder auf eine Art an mir hing, für die es keine Worte gibt, nur irgendwo in der Ferne, hören Sie, ertönt leise Musik. Selbstverständlich wußte ich sehr gut, daß das nur falsche Väter waren, und wer hätte es sonst wissen sollen, wenn nicht ich, aber in jenen Kriegsjahren hatten wir schließlich gelernt, auch den Ersatz zu lieben, Butterschmalz anstelle von Butter und dann auch noch irgendeinen künstlichen Honig. Und auch mein ganzer Weg zu Bruno war von Ersatz gesäumt, geliebtem Ersatz.)

Natürlich weihte ich Mutter sofort in alles ein, denn sie hatte das Recht, das, was Bruno mir gesagt hatte, zu erfahren, aber einige Kleinigkeiten entgingen uns beiden. Zum Beispiel dauerte es eine Zeit, bis Mutter aufging, daß alle fünf Lews buchstäblich von Luft lebten und man sie gar nicht zu füttern brauchte. Sie aßen nämlich nur, wenn man es von ihnen verlangte. Wenn sie etwas auf den Teller bekamen, konnten sie es nicht ablehnen, sie waren zu äußerstem Gehorsam programmiert. Das Verfutterte mußten sie dann aber in ihrem Innern ohne Nutzen verbrennen und zunichte machen, es war lediglich eine Belastung, die ihnen keine Energie lieferte, sondern sie im Gegenteil verbrauchte. Kaum hatte Mutter festgestellt, wie es um sie bestellt war, gab sie ihnen keinen Krümel mehr, und es fiel ihr ein Stein vom Herzen. Denn fünf Lews zu füttern war sogar für die Landskroner Lebensmittelkörbe eine reife Leistung, und solange sie von nichts wußte und sie fütterte, mußte sie sich ganz schön ins Zeug legen in dieser Misere der Protektoratsjahre.

Auf der anderen Seite muß aber auch gesagt werden, daß mit der Ankunft der Lews nicht nur Mägen dazugekommen waren, um die sich Mutter irrtümlicherweise kümmerte, sondern sich auch Vaters geschickte Hände vermehrten. Einer der Lews tauchte mit Vaters Arbeitsbuch (also als Lew Sammler) im Ober-Gerspitzer Depot auf und übernahm dort Vaters Arbeit, ein anderer begann zu Hause, verschiedene nützliche Dinge des täglichen Gebrauchs herzustellen, die während des Krieges Mangelware auf dem Markt waren (vom Kochlöffel bis zur Kuckucksuhr), und der dritte nahm zusammen mit dem vierten all jene Reparaturen in Angriff (von den Wasserhähnen bis zur Fensterdichtung), die Vater zu Hause schon lange hatte ausführen wollen, aber nie dazu gekommen war. Es war ein Genuß mitanzusehen, wie eingespielt sie waren und wie ihnen alles von der Hand ging. Und zu guter Letzt der fünfte Lew, jawohl, der fünfte Lew! Er machte zwar nur Nikkerchen, aber, meine Herren, wie er das machte! Er tat es so gekonnt, wie andere Obstbäume pfropfen oder Angora-Kaninchen züchten!

Wenn Mutter sich auch mit der Zeit die Fähigkeit zu eigen gemacht hatte, die Löwen nach gewissen, kaum erkennbaren Unterschieden auseinanderzuhalten, die aus dem ganzen Spektrum von Vaters Charakter schöpften, blieb ihr Äußeres auf Dauer ununterscheidbar. Zunächst hatte sie versucht, sie unterschiedlich zu kleiden, aber das führte zu nichts, weil sie die Kleidungsstücke munter untereinander tauschten. Mutter begriff, daß es keine Boshaftigkeit ihr gegenüber war, sondern sie einfach eine verspielte Bagage waren. Was ihr Mann im übrigen auch gewesen war (und sie wagte zu hoffen, daß er es immer noch war). Also erzwang sie sich ihre Unterscheidung schließlich mit Gewalt.

Sie ging nämlich von der Tatsache aus, daß es sich eigentlich lediglich um Ersatzroboter handelte und sie deshalb in guter Absicht praktisch alles machen durfte. Und falls es Ihnen trotzdem etwas hart erscheint, möchte ich Sie gern daran erinnern, daß Mutter ja ein Rauhbein war. Sie sprang also in guter Absicht von hinten an einen Lew heran und schnitt ihm mit einer großen Schneiderschere das rechte Ohrläppchen ab. Dem zweiten Lew schnitt sie dann wiederum das linke ab. Und den dritten und vierten markierte sie so, daß jeder von ihnen geringfügig nach der jeweils anderen Seite hinkte. Den fünften Lew brauchte sie dann nicht mehr zu kennzeichnen, denn als einziger war er gerade dadurch gekennzeichnet, daß er nicht gekennzeichnet war.

Es verging jedoch kein Tag, meine Teuersten, an dem Mutter nicht an Lew den sechsten oder genauer: Lew den nullten gedacht hätte. Sie alle da waren doch bloße Kopien, an denen (außer ihrem Fleiß) gerade nur die Tatsache sympathisch war, wie geradezu schrecklich ähnlich sie ihrem Mann waren. Und sie warf einen nach dem anderen aus ihrem Schlafzimmer, als sie versuchten (auch hier wohl programmiert), sich zu ihr zu legen. Und eine gewisse Zeitlang ging sie sie hart an, entschlossen zu erfahren, wie ihr nullter Lew eigentlich lebte und wie es ihm dort ging, in der Welt der kosmischen Maikäfer, wie sie die Außerirdischen verächtlich nannte, und wann er von dort wieder zurückkäme. Die fünf Löwen-Lews schwörten, keine Ahnung zu haben, aber Mutter war sich sicher, daß sie logen, diese intergalaktischen Meineidigen, und sie versuchte deshalb, es mit Zucker und Peitsche aus ihnen herauszukitzeln, wobei die Peitsche häufiger Anwendung fand, wie ich fürchte.

Aber die Lews wußten tatsächlich nichts über Vaters derzeitigen Verbleib, und sie konnten auch nichts wissen. Ich brauche Ihnen, meine Herren, wohl nicht zu erklären, daß sie sich nur Vaters Vergangenheit einverleibt hatten, denn das war auch ihr ureigenster Job: das Gedächtnis! Und sie konnten richtig rührend sein.

Sie gedachten Tausender von Details aus dem Leben des nullten Lews, besonders aus seinen jungen Jahren zu Beginn des Jahrhunderts, als die Wiesen noch durchdringend dufteten, alle Augen Fenster zur Seele waren, alle Frauen Nymphen und alle Männer Satyre.

39

Die Rückkehr des nullten Lews

Im Zusammenleben mit den fünf Lews verging für Mutter der Krieg (in dem an der Ostfront zwei Sammlers fielen, einer aus Nachod und einer aus Opotschno), und eines Tages (am 14. Mai 1945) wachte Mutter auf und fand von den fünf Lews nur noch ihre Kleidung vor. Die Lews waren irgendwohin verschwunden, aber Mutter beunruhigte das nicht, denn sie wußte, daß es ein gutes Zeichen war. Und tatsächlich: Nach knapp einer Woche kehrte der nullte Lew zurück, der einzig wahre Lew ihres Lebens, und er erzählte eine merkwürdige Geschichte: wie er auf einmal unter dem alten Maulbeerbaum im Garten des Czernowitzer Irrenhauses aufgewacht sei und die Sonne schon im Zenit gestanden habe. Er sei aufgesprungen und in den Eßsaal geeilt, um das Anstaltsmittagessen nicht zu verpassen. Da habe er aber erfahren, daß es kein Mittagessen mehr geben werde, da die Rote Armee das Irrenhaus schon einige Tage zuvor im Sturm genommen und alle Irren befreit habe. Er war hungrig, aber frei, und bei einer näheren Sondierung des Terrains stellte er fest, daß man Ende Mai 1945 schrieb und somit zwei Jahre seit dem Augenblick vergangen waren, als er unter diesem verzauberten Maulbeerbaum eingeschlafen war, und er schloß daraus, daß man ihm dort ein Schlafmittel gespritzt habe, das ihn um zwei Jahre seines Lebens gebracht hatte, ich werde sie verklagen, Runa, Runitschka, damals war ich wunderschöne neunundsechzig, und jetzt bin ich schreckliche einundsiebzig!

So hat es sich wohl zugetragen, und so stelle ich mir Vaters Rückkehr nach Hause vor. Genauso stelle ich mir aber auch vor, daß Vater nie von den Außerirdischen erfuhr, und auch nicht davon, wo er die zwei Jahre verbracht hatte. Wie ich Mutter kenne, hatte sie es nicht besonders eilig, von den fünf Lews zu erzählen, sie verschob es auf ruhigere Tage, damit Vater es schön auskosten konnte, und dann war es plötzlich zu spät. Und nicht nur, um von den Lews zu erzählen.

40

Die Briten werfen Major Rujbr ab

Jetzt ist es aber höchste Zeit, von Major Rujbr anzufangen, dessen wahre Identität Stanislav Slanina war (nur der Ordnung halber: es handelt sich um denselben Rujbr-Slanina, der gleich nach dem Krieg ein hoher Beamter des Außenministeriums wurde, ein enger Mitarbeiter des Außenministers Jan Masaryk).

Im August 1942 warfen die Briten also Major Rujbr ab. Sie warfen ihn aber (in der stürmischen Nacht vom 16. auf den 17. August) so ungeschickt ab, daß sich der Sturm sofort seines Fallschirms bemächtigte und ihn bis über das Zentrum der Stadt jagte, wo er auf dem Turm der Jakobskirche endete. Hilflos (und wütend zappelnd) wartete er darauf, daß ihn am Morgen die SS-Wache, eine Polizeistreife oder deutsche Soldaten entdecken würden, Kollaborateure und Denunzianten. Und dann begann es bereits zu tagen.

Am 17. August ging ich sehr früh, praktisch noch im Dunkeln, aus dem Haus, ich weiß jetzt nicht mehr, wohin und warum, die ursprüngliche Absicht wurde vom Strom der Ereignisse weggespült. Als ich den Jakobsplatz überquerte, fiel der erste Sonnenstrahl klingend auf das schmutzige Pflaster, und kaum daß ich mich nach ihm gebückt hatte, sah ich, daß es weniger ein Strahl denn ein goldener Füllfederhalter war, wie ihm der englische Premierminister Winston Churchill, der spätere Literaturnobelpreisträger, an die tapfersten Offiziere des Geheimdienstes verteilte. Ich hob den Kopf und sah Major Rujbr, aus dessen Brusttasche der Federhalter wohl herausgerutscht war. Natürlich wußte ich nicht, daß es Major Rujbr-Slanina war, ebensowenig wie ich über den goldenen Federhalter wußte, den ich in der Hand hielt. Als ich aber nach oben schaute, war mir klar, daß ich es mit einem Fallschirmspringer zu tun hatte, der am Kirchturm hing wie ein Karpfen am Angelhaken.

Es sah hoffnungslos aus, denn in jenem Augenblick hätten schon viele Leute von dem Fallschirmspringer wissen können. Dann kam mir aber der Gedanke, daß wenn er denn schon am Kirchturm aufgehängt war, vielleicht ein dienstbarer Engel einen Paravent vor ihn hielt, der ihn verläßlich vor den Blicken derer schützte, die ihn nicht sehen sollten. Bloß, wie lange war der Engel gewillt, den Paravent zu halten? Also beeilte ich mich lieber.

Ich läutete in dem neugotischen Gebäude gegenüber der Kirche, und als der Herr Pfarrer den Kopf hinausstreckte, zeigte ich auf den Turm. Es gelang uns, den Major herunterzunehmen und in den Glockenturm zu ziehen. Die folgenden Tage und Wochen bewiesen, daß der Dienstengel in der Tat sein Scherflein zum Widerstand beigetragen hatte, indem er den Paravent so lange hielt, bis wir auch den Fallschirm weggeräumt und alle Spuren des Parachutisten vom Turm beseitigt hatten.

Der Major vertraute uns vom ersten Augenblick an, was hätte der Arme auch sonst tun sollen, wo der Herr Pfarrer und ich ein so vertrauenswürdiges Paar waren. Dennoch vertraute er uns alles ziemlich zurückhaltend an und erst unter dem Druck der Notwendigkeit. Kein Wunder auch, es ging ja schließlich um die geheimste Militäraktion des Zweiten Weltkriegs, und wir gehörten nicht gerade zu denjenigen, von denen Churchill beschlossen hatte, daß sie zumindest grob eingeweiht sein sollten.

41

Die Aktion des Winston Churchill

Die Idee wurde natürlich im Kopf des großen Fabulators Churchill geboren: Es gibt nur eine einzige verläßliche und schnelle Möglichkeit, den Krieg zu beenden, und zwar die

Liquidierung der führenden Nazis Hitler, Göring, Goebbels, Himmler und Bormann. Zu diesem Zweck sollten sich alle britischen und sowjetischen Nachrichten-, Geheim- und Abwehrdienste in einer einmaligen Aktion zusammenschließen, die mit einem Schlag den Krieg beenden und zugleich die Koordinationsmöglichkeiten der antihitlerschen Kräfte nicht nur an den Fronten nachweisen sollte.

Auf der Böhmisch-Mährischen Höhe, in der Nähe der Neunfelsen, wo zu jener Zeit einige untereinander verfeindete Partisanengruppen operierten, sollten die Akteure der Churchill-Aktion ausgesetzt werden, und ich bin mir gar nicht mal sicher, ob zu ihrem Vorteil. Gott sei Dank trieb ein Gewitter das Flugzeug weit von der Hochebene ab, und als es sich dann für eine Weile legte, öffnete sich ein Sehspalt, ein schmaler Lichtschacht zwischen den tiefhängenden Gewitterwolken, und vom Flugzeug aus sah man das dichte Grün, die Laub- und Nadelbäume, große Hagebuchen und hohe Fichten. Also setzte man die Akteure dort ab, in der Überzeugung, daß man sich in der Nähe der Neunfelsen oder zumindest des Zackenbergs befand. Als man dann aber auch den Befehlshaber der Aktion, Major Rujbr, absetzen wollte, brach der Sturm mit unverminderter Kraft aufs neue los und zog den Fallschirmspringer bis auf den Kirchturm (wovon die Flugzeugbesatzung allerdings nichts ahnte und deshalb nach dem getanen Werk zufrieden zu ihren Golflöchern zurückkehrte).

Als der Major uns dann das Rechteck aus dichtem Grün beschrieb, das sie durch den Sehspalt in den Gewitterwolken gesehen und wo man die Akteure der Aktion ausgesetzt hatte, schauten der Herr Pfarrer und ich uns an und nickten. Der Major brannte vor Ungeduld und wollte, daß wir sofort aufbrachen. Er ließ sich aber schließlich überzeugen, daß es besser sei, die Abendstunden abzuwarten.

42

Die Akteure

Sobald es dunkel geworden war, betraten wir mit äußerster Vorsicht den großen Stadtpark und schritten übervorsichtig weiter. Nun erwies es sich als sehr umsichtig, daß ich von der Katalogisierung der Buchbestände in die Verwaltung der Brünner Parks und öffentlichen Grünanlagen gewechselt hatte. Ich fühlte mich dort auch im Dunkeln wie zu Hause, kannte jedes Gebüsch und wußte, wo die Fallschirmspringer am ehesten zu finden sein würden, falls sie allerdings nicht schon in die Hände der Gestapo gefallen waren, wo ihnen Vetter Günter Sammler mit einer Zigarette Brandzeichen in den Rücken sengte.

Dann hörten wir ein zartes Knurren, und ins Gras vor uns fiel fünfmal etwas herab, und fünf Augenpaare leuchteten auf. Pfarrer Paletschek, dessen einziger Kontakt mit der Tierwelt bisher nur der kastrierte Kater Salomon war, trat erschrocken zurück, aber der Major drückte seine Schulter und sagte: Fürchten Sie sich nicht, Vater, dies sind Tiere mit dem Gemüt eines Lammes.

Gott weiß, daß ich solche Schäfchen nicht würde weiden wollen, gestand Hochwürden und streckte seine Handflächen einem Halbkreis sitzender Wölfe entgegen.

Das verlangt ja auch niemand von Ihnen, beruhigte ihn der Befehlshaber dieser zotteligen Parachutisten.

Da hatte ich aber auch schon erraten, daß man es von mir verlangen würde. Mein Herz jauchzte augenblicklich auf, denn dank Bruno lebte ich in Liebe und Bewunderung zu allen Lebewesen, insbesondere den vierbeinigen (einige Sechsbeiner ekelten mich dann doch ein wenig), jawohl, meine Herren, im franziskanischen, hinduistischen und buddhistischen Umgang mit jeglichem Gottesgeschmeiß. Wie gerufen streckte der Mond sein Pickelgesicht heraus, und in seinem pubeszenten Licht sahen wir, um was für Prachtexemplare es sich handelte, mit großen kantigen Köpfen, deren Schnauzen, wenngleich auch schmal, über gewaltige Kiefer und – wie es sich für richtige Wölfe gehört – schräge Augen verfügten. Es waren, meine Teuersten, Wesen mit eingezogenen Hüften und zottigem Fell an Hals, Nacken, Bauch und Schwanz, das graublond mit schwarzen Spitzen war. Und wie sie da so im Halbkreis saßen und uns anschauten, waren sie gute hundertzwanzig Zentimeter lang mit fünfundvierzig Zentimeter langen Schwänzen (die strahlenförmig aus dem Halbkreis hinausragten).

Ich kann nicht leugnen, meine Herren, daß ich an diesen Wölfen sofort Gefallen fand und somit bereit war, die Aufgabe anzunehmen, die da vielleicht auf mich zurollte, ich lief ihr ja nahezu entgegen mit leicht erregtem Haar.

Trauen Sie sich das zu? fragte Major Rujbr, aber seine Frage war überflüssig, denn der ganze Garten ringsum fluoreszierte schon von meiner Bezauberung. Major Rujbr und Pfarrer Paletschek verschwanden auf Zehenspitzen.

43

Das Leben mit den Wölfen

Und so blieb ich dort als Hirtin einer Herde von Wölfen, besser gesagt, eines Werwolfrudels, wie ich es Ihnen gleich erklären werde, mit diesen lieben Werwölfen.

Auch das war nämlich eine Idee von Churchill, Sie würden vielleicht auch sagen, eine Laune und teuflische Ironie – für das Erwürgen des Nazireiches ausgerechnet Werwölfe zu verwenden, diese Tierchen der deutschen Mythologie. Auf russisch heißt Werwolf allerdings *oborotjenj,* der Gewendete, und diese Bezeichnung barg zugleich auch Churchills Absicht: EINE JÄHE WENDE HERBEIZUFÜHREN!

Ich gab den Werwölfen die Namen der nationalsozialistischen Führer, zu deren Liquidation sie bestimmt waren. So nannte ich den Werwolf, der Göring erwürgen sollte, Hermann, den, der zur Liquidation Bormanns bestimmt war, Martin (und schon an dieser Stelle muß ich gestehen, daß ich Martin am liebsten hatte), den Werwolf, der Goebbels Kehle durchbeißen sollte, Joschka, den, der auf Himmler abgerichtet war, Heinrich, und den Werwolf für Hitler nannte ich Adi. Und auch die Werwölfe gewannen mich bald lieb. Um so mehr, da ich russisch sprach, die Muttersprache der in den Wolfsfellen eingenähten Soldaten. Sie hatten ihre Ausbildung in England absolviert und konnten sich gar nicht mehr erinnern, daß mal jemand mit ihnen russisch gesprochen hätte. Der Major kommunizierte mit ihnen nur auf deutsch, der Sprache ihrer künftigen Opfer, damit sie sich schneller an die Umgebung gewöhnten, in die sie geschickt werden sollten. Übrigens war es ihnen strengstens verboten, überhaupt eine Sprache zu sprechen, während der Dressur nahmen sie den Status von stummen Tieren an.

Soldaten, sprach ich sie gleich das erste Mal mit dem Russisch eines Suworow und Kutusow an, während des Aufenthalts in diesem Brünner Park werde ich euer Kommandant und der Park euer Exerzierplatz sein und »viel Schweiß auf dem Übungsfeld, wenig Blut auf dem Schlachtfeld« eure Losung! Ich will, fuhr ich fort, daß ihr begreift, daß ich die Mutter eures Regiments bin. Sollte es aber erforderlich sein, kann ich auch zu einer bösen Armee-Bestie werden, die euch bei lebendigem Leibe das Fell über die Ohren zieht, schreibt euch das hinter eure beschissenen selbigen, und benehmt euch stets so, wie es sich für die Erben der besten Traditionen der russischen Armee gehört! Und ihr da, Heinrich und Adi, wascht sofort eure verlausten Pelze, ihr stinkt wie Latrinen! Rührt euch, abtreten, Freizeit, Rauchen erlaubt!

Tagsüber schliefen sie wie das liebe Vieh in den dichtesten Baumkronen und wiesen sich durch eine riesige Schlafpotenz aus. Während des Schlafs sammelten sie wohl ihre physischen und psychischen Kräfte, die für die Verwirklichung einer so anspruchsvollen Aufgabe notwendig waren. In der Nacht trainierten sie dann, pflegten ihre Kondition, und ich war dazu da, die Zucht und Ordnung des Trainings zu beaufsichtigen.

Ursprünglich sollte dieses harte Training (das an die Grundausbildung anknüpfte, die sie schon in England absolviert hatten) auf der Böhmisch-Mährischen Höhe stattfinden, wo zu diesem Zwecke ein Übungsplatz eingerichtet worden war, wohingegen die Bedingungen hier, in dem grünen Rechteck mitten in Brünn, doch ziemlich trostlos waren. Trotzdem bin ich der Ansicht, daß wir das Training keineswegs vernachlässigt haben. Ganz zu schweigen davon, daß auf der Hochebene sowieso alles – wie wir schon bald erfahren werden – schnell und katastrophal zu Ende gegangen wäre (katastrophal endete es letztendlich auch hier, aber zumindest wurde uns ein Aufschub gewährt).

Jetzt möchte ich Sie, meine Herren, bitten, sich vorzustellen, daß die Durchführung der Aktion immer wieder verschoben wurde, Woche um Woche und Monat um Monat, und immer, wenn Major Rujbr erschien, sprach er von neuen und neuen Komplikationen auf der sowjetischen Seite. Es wäre einfacher für uns, pflegte er zu sagen, Hitlers Mißtrauen zu brechen und ihm einen Attentäter ins Haus zu schicken als das Mißtrauen Stalins, der die ganze Aktion leider nur als einen Vorwand Churchills begreife, um den russischen Aufklärungsdienst mit britischen Agenten zu infiltrieren, und jederzeit Konsequenzen daraus ziehen könne.

Der ewige Aufschub der Aktion wirkte sich zersetzend bis geradezu vernichtend auf die Moral meiner Wolfssoldaten aus (haben Sie's gemerkt, ich sage bereits: *meiner*), und so reichte es nicht aus, mich ihnen – um sie überhaupt über eine so lange Zeit hinweg in der erforderlichen Kondition zu halten – lediglich als Befehlshaberin und Übungsleiterin zu widmen, denn in jedem dieser zotteligen Wolfsfelle steckte ein sensibler und, wie mir manchmal schien, übersensibler Iwan (Aljoscha, Boris, Fjodor, Sergej), und in jedem von ihnen verbarg sich wiederum ein empfindsames bis überempfindsames menschliches Herz, das auch seine Nahrung brauchte (und nicht zu vergessen die unsterbliche russische Seele, die besonders schwer zu sättigen war).

Die ganze Nacht über trainierten sie hart, bis ihnen der Schweiß herunterrann und in den Pfützen unter den Bäumen zum stärksten Slibowitz (oder, wenn Sie wollen, Wodka) destillierte, und am Morgen sprangen sie dann in die fünf Baumkronen, die den sechsten Baum umringten, unter dem ich mich niedergelassen hatte. Und ich appelliere abermals an Ihr Vorstellungsvermögen: fünf Bäume also und ein sechster in der Mitte, von dem aus ich ihnen zum Einschlafen das Märchen von Ruslan und Ludmila erzählte, jawohl, dasselbe, das mir einst Vater als Gute-Nacht-Geschichte erzählt hatte und das immer, hören Sie, wie folgt begann:

U lukomorja dub zeljonyj
zlataja cepj na dubje tom:
i dnjom i nočju kot učonyj
vsjo chodit po cepi krugom …

Und wie ich so erzählte, hörte ich, wie die Werwölfe auf den Bäumen um mich herum nacheinander einschliefen, in Schlaf versanken *(immer im Kreis herum läuft der gelehrte Kater um die grüne Eiche, und die goldene Kette läutet),* bis ich allein blieb, mutterseelenallein, nur mit der Sonne, die sich unaufhaltsam ihren Weg durch den Wald der Brünner Schornsteine, Dächer und Kirchtürme bahnte.

44

Sonja, Sonja, du meine Einzige

Kaum hatten sich aber die ersten Sonnenstrahlen gezeigt, war Schluß mit lustig, meine Goldschätzchen.

Die Sonne war nämlich noch nicht ganz aufgegangen, da mußte ich von meinem Baum springen und in die Stadt abdampfen und dann kreuz und quer durch die Brünner Peripherie. Warum die Peripherie, fragen Sie? Major Rujbr hatte mich zwar mit Protektorats-Lebensmittelkarten und in England gedruckten Protektorats-Banknoten versorgt, daran mangelte es mir nun wirklich nicht, kein bißchen, aber bei der riesigen Menge an Lebensmitteln, die die fünf Wölfe verbrauchten (ganz im Gegensatz zu Mutters Löwen-Lews, die wiederum gar nichts verbrauchten), wagte ich nicht, nur in einem einzigen Geschäft einzukaufen, wo ich aufgefallen wäre, und so begab ich mich am liebsten in die Außenviertel, aber noch ehe ich alle nötigen Läden abgegrast hatte, war es meist schon Mittag.

(O ja, wie hätte ich damals, vor fünfundfünfzig Jahren, einen riesigen Supermarkt begrüßt, von der Art, wie sie Ihnen heutzutage zur Verfügung stehen, meine Herren, ich hätte den Einkaufswagen für die Wolfsrachen randvoll geladen und dann lediglich in die Taschen umgepackt!)

Dann schleppte ich alles mit hängender Zunge in den Park, hängte die vollen Einkaufstaschen in die Baumkronen, und erst dann konnte ich es mir auf meiner Eiche gemütlich machen.

Wie Sie sicher bemerkt haben, habe ich Mutters Lews erwähnt, und das war, wie Sie richtig vermuten, kein Zufall. Es ereignete sich nämlich folgendes: Eines Nachts versammelte ich zur Abwechslung mal mein Wolfsrudelchen (oder, wenn Sie so wollen, meine schnelle Eingreiftruppe) und ging mit ihm in der Stadt Gassi. Ob ich verrückt geworden bin, wollen Sie wissen? Oder etwa Wolfsnebel meinen Verstand getrübt hat? Ob ich vergessen hatte, daß wir nach dem Attentat auf den Reichsprotektor immer noch unter dem Standrecht lebten? Ganz und gar nicht, meine Herren! Und ich wäre froh, wenn Sie endlich zur Kenntnis nehmen würden, daß das Standrecht sowohl im Stadtpark als auch auf den Straßen galt! Das Wesen der Wolfsausbildung bestand aber gerade darin, auf gefährliche Situationen schlagfertig zu reagieren, die ebenso im Park als auch auf der Straße eintreten konnten. Und ich könnte Ihnen jetzt lang und breit erzählen (tu' ich aber nicht, soviel Zeit haben wir nicht), wie oft nachts im Park SS-Streifen mit Schäferhunden auftauchten und mit welcher pfeilschnellen List meine Wölfe damit fertig wurden, ohne uns auch nur im leisesten zu gefährden. Es gab auch Fälle, daß sich jemand an mich ranhängte, wenn ich vom Einkaufen kam, und mir bis in den Park folgte, aber dann hat man nie wieder was von ihm gehört. In gewisser Weise waren diese reizenden Blitz-Zusammenstöße Teil des Trainings. Kurzum, mit meinen Wölfen fühlte ich mich sicher, auch in den nächtlichen Straßen des Protektorats.

Ich nahm also meinen Wolfshaufen, und wir zogen durch die nächtlichen Straßen. Aber wie der Zufall so spielt – auch wenn ich, ehrlich gesagt, nicht glaube, daß es ein Zufall war –, auf der Rennergasse trafen wir die kleine Löwenherde der Lews, die wiederum von Mutter ausgeführt wurde und ebensoviel riskierte wie wir. Das hätten Sie sehen müssen, wie die Wölfe erstarrten und wie die Löwen-Lews erstarrten und wie sich die beiden Rudelchen von den jeweils gegenüberliegenden

Bürgersteigen erfreut begutachteten, während Mutter und ich uns von Trottoir zu Trottoir austauschten (eher mit Gesten als mit Worten) – herzliche Grüße, Nachrichten, Klatsch und Tratsch, aber auch Rezepte für Hausmannskost, die meine Wölfe so abgöttisch liebten. Nicht, daß Sie denken, ich hätte nicht gesehen, wie gern sich die Wölfe die Lews aus der Nähe angeschaut hätten und wie geradezu reißerisch ihre Neugierde war. Fast ein Idyll, sagen Sie? Richtig, aber da keine Zeit für Idylle war, begaben wir uns lieber weiter.

Der ursprüngliche Gedanke von Winston Churchill soll der gewesen sein, daß in ausgesuchten deutschen Tageszeitungen eine Anzeige erscheinen sollte, die *Werwölfe* anbot, das heißt *reinrassige Wölfe, garantiert deutscher Herkunft, zu absoluter Treue fähig, deren Wurzeln bis tief in die germanische Mythologie reichen*. Der Inserent würde jedoch strikt darauf bestehen, daß *die Kaufinteressenten dieselbe rassische und ideologische Qualität aufweisen wie die angebotenen Tiere, und sollten sie sie nicht nachweisen können, würden die Tiere nicht an sie verkauft.*

Der englische Premierminister erwartete angeblich, daß die mit derartigem Nachdruck geforderte rassische und ideologische Reinheit, die darüber hinaus von der Erwähnung der germanischen Mythologie begleitet war, Neugier wecken und den bewundernden Respekt des Reichsführers SS, Heinrich Himmler, hervorrufen würde, der berühmt war für seine Pflege des nationalsozialistischen Kults und der Mythologie auf der Wewelsburg. Himmler war für Churchill als Leckstelle, durch die in das System einzudringen sei, am realistischsten. Sobald sich Himmler den »Werwolf« gekauft hätte, hätte sich alles weitere aus dem Verhalten des Tieres ergeben.

Wolf Heinrich, der für Himmler bestimmt war (in Wirklichkeit jedoch Oberstleutnant Sergej Antonowitsch Samtschich), wurde angehalten, sich Himmler gegenüber mit hündischer Ergebenheit zu verhalten, allen anderen gegenüber mit wölfischem Stolz. Es war ausgeschlossen, daß Himmler mit einem so prächtigen und stolzen und dabei doch grenzenlos ergebenen Tier vor Hitler, Göring, Bormann und Goebbels nicht geprahlt hätte. Und es war unwahrscheinlich, daß sie sich nicht auch jeder nach einem eigenen Exemplar gesehnt hätten. Und erst, wenn alle fünf Wölfe an ihren fünf Plätzen gewesen wären, hätten sie das Signal erhalten, ihre fünf Herren gleichzeitig zu erwürgen. Es war davon auszugehen, daß gleich nach dem Tode der obersten Parteiführer die unzufriedenen unter Hitlers Generälen, die schon seit der Niederlage von Stalingrad wußten, daß Deutschland einer fürchterlichen Katastrophe entgegensteuerte, die Führung an sich reißen, den Alliierten entgegenkommen und sofort den Krieg beenden würden.

Der Plan war bis ins letzte Detail ausgearbeitet, aber es geschah immer noch nichts. Die Anzeige war schon längst vorbereitet, über ihre Veröffentlichung war aber immer noch nicht entschieden. Die Unstimmigkeiten zwischen dem sowjetischen und britischen Geheimdienst nahmen nämlich immer mehr zu. Stalins Mißtrauen verdichtete sich. Major Rujbr pendelte heimlich zwischen London, Moskau und Berlin hin und her und bombardierte mich mit chiffrierten Nachrichten, daß ich mich noch gedulden solle.

Während Mutter also weiterhin mit den Lews lebte, lebte ich weiter mit den Wölfen, und nicht nur die Winter waren anstrengend (die Wölfe gruben sich ihre Wohnerdlöcher unter den Bäumen aus und verwischten sorgfältig alle Spuren hinter sich). Wie die Zeit nämlich so verging und sich mein Aufenthalt mit den Wölfen ins Unendliche zog, erwachten in mir meine Lehrerinnentriebe, die ich schon längst begraben wähnte. Zu meinem Entsetzen stellte ich fest, daß es mich nicht mehr befriedigte, die Wölfe nur zu trainieren, mich also nur damit aufzuhalten, was die Bestien sowieso schon längst konnten (schon von ihrer Ausbildung in Britannien her), und es lediglich zur erschreckenden Perfektion zu bringen, sondern ich verspürte auf einmal die Sehnsucht in mir, ihnen auch ganz neue Fertigkeiten beizubringen.

Zum Beispiel das Singen. Den Wolfssoldaten war es, wie Sie bereits wissen, streng verboten, eine menschliche Sprache zu sprechen, aber nach großem Drängen rang ich Major Rujbr mit chiffrierten Depeschen eine Ausnahme ab. Denn Singen ist doch nicht dasselbe wie Sprechen! Es singen doch auch die, die nicht sprechen: Tiere und Insekten! Und so mußten sie für mich, bevor ich ihnen zum Einschlafen das Märchen erzählte, im Chor aus den Baumkronen singen. Ich hatte ihnen zu diesem Zweck russische und deutsche, tschechische, mährische und slowakische Lieder beigebracht. Und obwohl sie nur leise sangen wie morgendliche Insekten, können Sie sich nicht vorstellen, wie der Gesang auf den Flügeln der Muschiks aus Irkutsk, Borodino und Hinterbaikal durch die Morgendämmerung getragen wurde.

Die überlange Zeit meines Zusammenseins mit den Wölfen weckte aber leider nicht nur meine Lehrerinnentriebe, sondern auch die natürlichen Triebe der Wolfssoldaten. Es waren ja keine Kastraten, da Eunuchen als Soldaten unbrauchbar sind. Irgendwann gleich zu Anfang hatte ich zu Major Rujbr gesagt: Ich bin äußerst stolz auf die Mission, die mir durch Sie anvertraut worden ist, aber eins möchte ich, bitte schön, ein für allemal klarstellen – kein Gebumse mit Ihren Wölfen! Major Rujbr errötete, er, ein Offizier im Dienste des englischen Königs, ein Gentleman, der den Ausdruck »Gebumse« nicht einmal unter Folter in den Mund genommen hätte und der mir bei jeder Begegnung ehrerbietig die Hand küßte und mir stets auf jede erdenkliche Weise kundtat, wie geehrt er sich durch jedes Quentchen meiner Anwesenheit fühle, versicherte mir jetzt hastig, daß die Soldaten einer eisernen Disziplin unterlägen und es deshalb überhaupt nicht im Bereich des Möglichen läge, daß sie mich jemals auf diese Weise belästigen könnten.

Aber der Gentleman denkt, und das Schwein im Menschen lenkt. Wie ich schon sagte, niemand hatte ursprünglich damit gerechnet, daß sich die Aktion so lange hinziehen würde, und deshalb gab es auch kein Sicherheitsventil für einen solchen Fall. Und so wurde ich schließlich zur Bumsvorlage für die gesamte Wolfsabteilung.

Ich beaufsichtigte ihr Training, fütterte sie, erzählte ihnen vor dem Schlafengehen Märchen, lehrte sie singen, und nun wurde ich, schau einer an, auch noch ihre Bumsvorlage, ein leicht aus dem Leim gegangenes Soldatenliebchen, und mein einziger Trost, wenn diese Wolfsschnauzen schon über mir schnauften und rauhe Zungen aus ihnen herausglitten, die mich kreuz und quer ableckten, während unten aus dem Schlitz im Wolfsfell wie eine Messerschneide, Sie wissen ja schon, wer, herausschoß (ich hing mit dem Kopf nach unten von der Baumkrone, und an den Hüften hielten mich die zotteligen Zangen der Wölfe fest), nun denn, mein einziger Trost und meine einzige Wonne bestanden darin, daß aus den Wolfsschnauzen nicht nur die rauhen Zungen schlüpften, sondern auch die Worte meines Lieblingsliedes. Bumsend sangen die Soldaten für mich in zartem Bariton:

> Unendlich sind Sibiriens Weiten,
> und überall liegt weißer Schnee.
> Man sieht den schwarzen Schlitten gleiten
> wie Rabenschwingen überm See.
>
> Sonja, Sonja, du meine einzige,
> dein Haar wie Pech, Augen wie die Sünde,
> deinen unbefleckt reizenden Leib
> hab' ich in schlaflosen Nächten geküßt.

Aus diesem dienstlichen Gebumse ging dann schließlich mein Sohn hervor, ich glaube inzwischen sogar, daß die ganze Aktion mit den sowjetischen Werwölfen, der Plan zur Liquidierung der führenden Nazis nur dazu da war, damit mein Sohn daraus entstehen konnte. Ansonsten war ihr Erfolg nämlich gleich Null.

Meinem Sohn möchte ich eine eigene Geschichte widmen, und ich glaube, daß Sie noch viel von ihm zu hören bekommen, aber vorläufig hat es noch Zeit, zuerst noch etwas über das Ende der Aktion.

45

Pannychis für die geliebten Wölfe

Die Unstimmigkeiten zwischen dem britischen und sowjetischen Geheimdienst mündeten schließlich in der Vernichtung der Wolfssoldaten. Und nur dank der Tatsache, daß sie auf der Hochebene, wohin der sowjetische Abwehrdienst seine Mörder geschickt hatte, nicht zu finden waren, nur dank dieser Tatsache überlebten sie einige Tage länger. Letztendlich fand man sie dann aber doch auch in dem grünen Rechteck mitten in Brünn, man fand sie und verfuhr mit ihnen so, wie es zu erwarten gewesen war. Wir wissen nichts darüber und können nur Vermutungen anstellen.

Als ich eines Tages von meinen vormittäglichen Besorgungen zurückkam, waren Heinrich, Martin, Joschka, Hermann und Adi schon restlos entsorgt. Womit hatte man ihre professionelle Wachsamkeit getäuscht und ihre scharfen Instinkte überlistet? Vielleicht mit gar nichts. Vielleicht waren die Wölfe wie die Schafe von selbst zur Schlachtbank gegangen. Und erst jetzt, da es zu spät ist, weiß ich auf einmal, was ich sie statt des Singens hätte lehren sollen!

Hinter den Dächern, Kirchtürmen und Fabrikschornsteinen von Brünn ging langsam die Sonne auf. Ich stand mit dem Major allein in der Mitte des Parks, in dem Kreis zwischen den fünf dichtbelaubten Bäumen, auf denen die Wölfe immer geschlafen (und von denen aus sie ihre Morgenchöre gesungen) hatten, ich sah den Major zum erstenmal in Uniform, aber er litt wie ein Hund, daß er nicht einmal einen Pistolenschuß zur letzten Ehre dieser fünf tapferen Soldaten, seiner toten Männer abfeuern durfte, denn das waren keine stinknormalen Rußkis, sondern seine eigenen Leute, die die ihnen anvertraute Aufgabe, wenn sie nur ein bißchen gedurft, bis ins letzte I-Tüpfelchen erfüllt hätten *(sie hätten sich höchst königlich benommen, den Thron erlebt, und möge für sie auf dem Weg die Musik und der gesamte kriegerische Pomp schallend sprechen),* und so hätte er ihnen die Ehre erweisen wollen, die sie verdient hatten.

Wir standen noch eine Weile da, und dann verschwand der Major im nächsten Gebüsch, zog sich um und trat hinaus in den Protektoratstag, schon wieder in seinem unauffälligen abgetragenen Anzug und mit der zusammengelegten Paradeuniform über dem Arm.

Sie werden sehen, Sergeant Sammler, in ein paar Wochen wird der Krieg vorüber sein, obwohl wir uns um sein Ende überhaupt nicht verdient gemacht haben. Unsere Aktion hat sich als erfolglos erwiesen, was aber keineswegs bedeutet, daß sie überflüssig gewesen wäre. Jeder Druck dem Bösen gegenüber, auch wenn es uns scheinen mag, daß er sein Ziel verfehlt hat, ist letztendlich nützlich. Er ist nützlich für die Seele des Volkes, sagte er aufmunternd und rupfte dabei die Kletten von seiner Uniform, die im Gebüsch daran haftengeblieben waren.

Hier ist noch eine Klette, machte ich ihn aufmerksam. Und ich ergriff sie wie eine Laus, die ich so gern aus dem Pelz meiner Wölfe gezogen hatte.

Wissen Sie, Major, ich heiße eigentlich Trotzkij. Aber während des Krieges habe ich diesen gefährlichen Namen abgelegt. Und jetzt werde ich ihn wieder aus dem Kleiderschrank rausholen können.

Naja, ich an Ihrer Stelle würde nichts überstürzen.

Da möchte ich aber gern mal wissen, was Sie damit meinen? Wir werden doch in einem freien demokratischen Land leben, in dem Tochter eines russischen Emigranten zu sein ...

Mögen Sie recht behalten, Sergeant ... Trotzkij.

Nach sechs Monaten war der Krieg tatsächlich aus, und ich schaffte es noch, vor seinem Ende einen Sohn zu gebären.

Hörst du, Bruno Mlock, ich habe dir also einen Sohn von den Wolfssoldaten geschenkt! Ich nannte ihn Martin nach meinem Lieblingswolf (der zum Erwürgen von Martin Bormann bestimmt war), denn es war absolut ausgeschlossen festzustellen, wer von ihnen der Vater war. Major Rujbr verbuchte meine Schwangerschaft als »Arbeitsunfall«, aber da ich nicht im entferntesten an einen Abbruch dachte, habe ich auf Kosten Seiner Majestät in einem luxuriösen Schweizer Sanatorium entbunden und dort auch die letzten Kriegstage verbracht – mit Blick auf das liebliche Panorama des Lac de Neuchâtel, auf die Schatten der sich zum Wasser neigenden Silberfichten und den defekten Sonnenrheostat hinter den Gipfeln der Berner Alpen.

46

Der Kreis im Korn

Als ich aus der Schweiz zurückkam (in der zweiten Juniwoche des Jahres fünfundvierzig), kehrte ich in eine leere Wohnung mit herausgebrochener Tür zurück. Mir wurde schwarz vor Augen. Ich erinnerte mich an die Teufelsvision über den Dächern von Brünn: ein langer Zug von Männern, Frauen und Kindern und inmitten der Menge Vater und Mutter, Mutter mit dem Schild *Germanische Sau!* um den Hals.

Während Vetter Günter, der stellvertretende Chef der Brünner Gestapo, ihnen garantiert rechtzeitig entwischt war, tobten sie sich an den Wehrlosen und Unschuldigen aus!

Noch am selben Tag ging ich zu Madame Venedig, die mir früher Klavierunterricht gegeben hatte. Ich traf sie aber nicht mehr unter den Lebenden. Jetzt wohnte ihre Tochter in der Wohnung in der Augustinergasse, Madame Venedig junior, die ihr übrigens wie aus dem Gesicht geschnitten war und ein ebenso gutes Herz hatte wie ihre Mutter. Ich ließ also meinen Sohn und einen Armvoll Windeln bei ihr und eilte nach Prag.

Wie ich schon erwähnt habe, meine Teuersten, arbeitete Major Rujbr (nun aber unter seinem eigentlichen Namen, Stanislav Slanina also) gleich nach dem Krieg im Außenministerium, als enger Mitarbeiter von Jan Masaryk.

Ich kann nichts weiter tun, gestand Slanina, als Sie an den Genossen Nosek vom Innenministerium zu empfehlen, in dessen Kompetenzbereich all diese Dinge fallen. Ich fürchte jedoch, daß Ihnen eine Empfehlung von mir eher schaden würde. Genau, eine Empfehlung von mir würde Ihnen einzig und allein Schaden zufügen.

Ich schaute den Ministerialbeamten Slanina an und erkannte den Major Rujbr, der sich noch vor kurzem so mutig zwischen den nationalsozialistischen Halsabschneidern bewegt hatte, nicht wieder. Ich begriff, daß ich es selber regeln mußte.

Und so ging es an den bislang unberührten Anteil des Sammlerschen Vermögens, die fette Abfindung, die Mutter einst von ihrem ältesten Bruder Helmut Sammler ausbezahlt wurde, als er das Landskroner Gut von den Eltern übernahm. Auch habe ich schon erwähnt, daß meine Eltern diesen Anteil am Sammlerschen Vermögen als Mitgift für mich aufbewahrt hatten. Als mein Vater gleich nach der Okkupation der Tschechoslowakei das Geld von der Bank abhob, in Goldbarren umtauschte und an einem geheimen Ort, im Zentrum von Brünn sozusagen, auf dem Kuhberg nämlich oder – wie die Brünner sagen – Monte Muh, vergrub, ahnte er nicht, daß ich den ganzen Goldschatz gleich nach dem Krieg in die Rettung von seinem und Mutters Leben investieren würde.

Um den Schatz auszugraben, machte ich mich natürlich, wie es sich gehört, in der Nacht auf den Weg. Ich holte den Karren aus dem Keller und belud ihn mit Schaufel, Spitzhacke, Laterne und Kartoffelsäcken. Die Stelle auf dem Monte Muh fand ich leicht anhand des Plans, den ich den ganzen Krieg über in meiner Fußsohle eintätowiert trug. Ich zog dann die Socke und den Schuh wieder an, grub im Licht der Laterne die Goldbarren aus und wickelte sie in die Säcke. Zurück nahm ich aber lieber einen anderen Weg, um nicht die Aufmerksamkeit des nächtlichen Volkes zu erwecken.

Ich war bereit, den Schatz mit Händen und Füßen zu verteidigen und damit auch (wie ich damals naiverweise dachte) das Leben meiner Eltern. Und sogleich bekam ich auch die Gelegenheit dazu. An der Ecke zur Rennergasse sah ich einen Vagabunden, bewaffnet mit einem riesigen Bajonett, das merkwürdig an seiner Brust hing. Er hatte mich schon aus der Ferne erspäht und kam mir jetzt entgegen. Aber wie immer auch seine Absichten gewesen sein mochten, ob er mich mit dem an der Brust hängenden Bajonett necken wollte oder vielleicht mit dem, was er in seiner dreckigen Pluderhose verbarg, kaum daß ich den Kopf gehoben hatte und sich unsere Blicke begegneten, trat er schleunigst den Rückzug an, ging mir aus dem Weg und schaute mir noch lange nach, keineswegs aber gierig und lüstern, überhaupt nicht. Als ich dann an einem der nicht zerschlagenen Schaufenster vorbeiging, sah ich darin meine Augen mit wildem Licht in der Dunkelheit glühen, bis ich selbst erschrak, um wieviel mehr dann wohl so ein Landstreicher.

Ich vergeudete nicht einen Tag und fuhr mit dem schweren Bündel voller Goldbarren wieder nach Prag, diesmal jedoch direkt zum kommunistischen Innenminister, dem Genossen Nosek.

Schon der erste Milizionär, der mit einem Gewehr bewaffnet vor dem Gebäude des Ministeriums herumstand, schaute streng auf meinen Rucksack. Als er sein Gewicht befühlt hatte, sprach er einen Verdacht aus, nahm das Gewehr ab, rammte mir den Lauf in den Rücken und führte mich um die Ecke in einen Winkel, wo er einen vorsichtigen Blick in den Rucksack warf. Er wurde aber angenehm überrascht. Dann nahm er einen der Goldbarren heraus, schaute ihn einen Augenblick erfreut an und zog sich einen Schuh aus, den Militärstiefel. Er wickelte den langen, schmutzigen Fußlappen ab, schob den nackten Fuß zurück in den Stiefel, wickelte den Goldbarren wie ein Baby in den Fußlappen und marschierte dann mit dem Gewehr auf der Schulter und dem Barren unterm Arm an seinen Platz am Fuße der Treppe zurück und zeigte mit einer beredten Geste auf ihren Gipfel.

Auf dem obersten Treppenabsatz erwartete mich jedoch ein weiterer wachhabender Milizionär, mit dem ich in etwa dasselbe erlebte, und dann noch mit zehn weiteren Genossen Proletariern in drei Vorräumen, drei Vorhallen und vier Vorzimmern auf dem Weg zum Büro des Ministers Nosek, so daß zwölf Dreizehntel vom Sammlerschen Goldschatz hoffnungslos im Rachen des Proletariats verschwanden.

Mit dem Rest, dem letzten, kleinsten und abgewetztesten Barren trat ich schließlich in das Arbeitszimmer des Ministers ein, grüßte hübsch brav und legte das Gold auf den Tisch des Ministers. Der Genosse Nosek sah sich den Barren aber nicht einmal richtig an, er lächelte und ging zu einem der Schränke, den er sperrangelweit öffnete, und ging zum nächsten Schrank und öffnete ihn sperrangelweit. Beide waren bis zum Anschlag mit Goldbarren gefüllt.

Mit einem Goldbarren erweisen Sie mir keine Ehre, mein liebes Mädchen. Wie Sie zu sehen belieben, hat unser Proletariat die kapitalistische goldene Kuh schon ganz schön abgemolken. Wenn Sie aber duftende hausgemachte Buchteln mit Topfen bringen würden, sagte er in genießerischem Ton.

Ich selbst bin eine duftende Hausbuchtel, entgegnete ich aufmunternd und knöpfte mir die drei oberen Knöpfe auf.

Fahren Sie fort, fahren Sie bitte fort, Genossin. Er schüttelte ungeduldig seine Fingerchen.

Kaum waren wir fertig, dachte der Gute zunächst, daß ich ihm das hier als aufrichtiges Geschenk des arbeitenden Volkes serviert hatte. Er machte folglich ein finsteres Gesicht, als er erfuhr, worum es mir ging.

Wir werden Sie benachrichtigen, sagte er, aber da ich mich weigerte, einfach so zu gehen, rief er schließlich einen dieser Proletarier zu sich, deren Kordon ich vorher durchschritten hatte, gab ihm entsprechende Anweisungen und mir wiederum zu verstehen, daß ich ihn nun wirklich enttäuscht hatte und ihm aus tiefster Seele zuwider war: Ich mag Sie nicht mehr, Genossin.

Wir rasten mit einem russischen Geländewagen aus Prag davon, der Proletarier hatte im Handschuhfach einen Revolver und einen Goldbarren, eingewickelt im stinkenden Fußlappen. Unterwegs drehte er mir eine dicke, krümelige Zigarette, die ich dankbar annahm, denn ihr Geruch überdeckte zumindest den bestialischen Gestank dieses proletarischen Fußlappens. Als wir dann durch ein Waldstück fuhren, überlegte ich, was jetzt wohl passieren würde: Der Proletarier biegt ab, hält zwischen den Bäumen an und führt mich tiefer in den Wald hinein, wo dann Towarischtsch Mauser zu Wort kommt – denn was für ein Weg hätte auch sonst von einem kommunistischen Innenminister ausgehen können?

Es zeigte sich aber, daß alles nur leere Befürchtungen waren. Aus dem Proletarier entpuppte sich unterwegs ein ganz passabler Begleiter, und auch der Fußlappen hatte sich mit der Zeit ein bißchen ausgestunken. Als er dann tatsächlich zwischen den Bäumen abbog, geschah das lediglich, um mir die Wahl zu überlassen, auf welcher Seite des Waldes ich austreten wollte, und er selbst ging brav auf die andere. Ich hatte allmählich schon das Gefühl, daß alles gut enden und der Proletarier mich zu einem Bauernhof fahren würde (der sogar entfernt an das Landskron meiner Kindheit erinnerte), wo alle aus den »wilden Abschiebungen« interniert sein würden, und da wir am frühen Abend kamen, würde gerade das Abendbrot gereicht – gedeckte Tische unter Apfelbäumen, deutsche Großmütterchen und -väterchen, irgendwelche bayerischen Gassenhauer singend, Familien mit kleinen Kindern, deutsche Jungs mit Hunde-, Katzen- und Schafsmasken, zwischen den Bäumen tobend, über allem schwebt der Friede der Felder und Weinberge, und ich würde dort Vater und Mutter finden, sie vom Tisch holen, ihre fettigen Mäulchen mit der Serviette abwischen und sie wieder nach Hause bringen.

Als wir aber endlich an Ort und Stelle angekommen waren, sah ich, daß es die Gemeinde Pohrlitz war, unweit von Brünn. Der Genosse ließ den Wagen am Feldrand stehen, und wir traten in das Getreide. Es war ein herrlicher Sommerabend, die Grillen schrien wie verrückt, und am Himmel stand ganz nah bei der

Sonne der klar sichtbare Mond. In der Mitte des riesigen Pohrlitzer Feldes erwartete uns ein großer Kreis, in dem überhaupt nichts wuchs, als sei dort unlängst eine fliegende Untertasse gelandet und habe dieses große Stigma im Korn hinterlassen.

Sie dürfen hier nicht graben und kein Kreuz oder Ähnliches aufstellen, sie dürfen diesen Ort auf keine Weise kennzeichnen und niemandem davon erzählen, sagte der Proletarier. Dann entfernte er sich und ließ mich zurück, ich hörte, wie er den Wagen startete und nach Prag zurückfuhr.

Bis hierher hatte man sie also gejagt – hier ließ man sie eine riesige Grube ausheben, und dann wurden sie ermordet, in die Grube geworfen, die zugeschüttet und sorgfältig festgetreten wurde, lange liefen sie in dem Kreis wie auf einem Deckel herum und traten fest.

Die Sonne fuhr hinter den Horizont, und es wurde dunkel. Ich lag auf dem Rücken und schaute in den Himmel mit den kalten Sternen. Ich wußte, daß ich über einer riesigen Grube lag, in der Leichen eingepfercht waren, unanständig ineinander verkeilt, und daß es jetzt eine Unmenge solcher Gruben in ganz Europa gab, von den ehemaligen deutschen KZs, wo die Kapazität der Brennöfen die tägliche Todesproduktion nicht zu schlucken vermochte, über Ungarn, Rumänien, Österreich, Polen, die Ukraine und Rußland bis zum Ural. Und wie ich auf dem Rücken dalag, hypnotisierte mich der direkte Blick in die Augen der Sterne und versetzte mich in einen sonderbaren Zustand – bis ich mich schließlich auf die Seite drehte und zu einem Knäuel zusammenrollte, ich rollte mich immer mehr ein, so daß ich zuletzt wie ein Embryo war. Und wie ich weiter dalag und die Sterne weiter auf mich einwirkten, fühlte ich, wie ich in die Grube unter mir zu sinken begann und mir zugleich etwas aus ihr entgegenlief, ich sank tiefer zu der sich nahenden Gebärmutter meiner Mutter, bis ich wieder in sie eintrat und in ihr verblieb. Ich atmete kaum, und die

Sterne hörten nicht zu glühen auf. Die ganze Nacht über huschten nächtliche Wesen durch das Getreide, und ich wußte, daß sie am Rande des Kreises stehenblieben und neugierig schauten, Wesen, die es hier schon immer gegeben hatte, Tiere, stumme Zeugen, die seit Urzeiten mit Bewunderung und Verehrung den Weg des Menschen zu seiner Größe, seinem Stolz und Ruhm verfolgten.

Früh am Morgen weckte mich eine angeheiterte Gesellschaft; sie gingen auf dem Weg entlang des Kornfelds und grölten fröhlich:

> Am Tag der heiligen Katharina,
> am heiligen Sonntagmorgen
> hat man den Burschen angeworben …

Ich trat aus dem Kreis heraus, schaute mich um, schüttelte die Grannen ab und eilte nach Brünn zurück zu meinem Sohn, um ihn bei Madame Venedig junior abzuholen. Und Madame gab mir als Zugabe auch noch einen Haufen vollgeschissener Windeln. Denn mochte sie auch noch so gutherzig sein, Windeln für mich zu waschen war sie nicht gewillt.

Aber noch etwas, meine Herren. Im selben Monat ereignete es sich auch noch, daß man Vater zum zweitenmal holen kam. Diesmal suchten sie aber nicht mehr den deutschen Sammler, sondern den russischen Emigranten Trotzkij. Es waren KGB-Agenten, die mit dem Segen der tschechischen Behörden russische Emigranten aufsammelten. So wie sie vorher die Gestapo aufgesammelt hatte.

Sie können niemanden zweimal töten, sagte ich zu ihnen. Meinen Vater haben Sie schon als Sammler getötet, so daß Sie ihn jetzt als Trotzkij nicht mehr töten können, Genossen. Das sahen sie ein. In diesem Punkt waren sie schließlich vollkommen einsichtig.

Viertes Buch

DER ELEFANT

47

Der Hauslehrer

Meine teuersten Lieblinge, eines Tages wird Ihnen mit einem Schlag klarwerden, daß das, was Sie leben, durchmachen und erkennen, immer nur wiederkehrt und daß es eigentlich stets dasselbe ist, bloß, daß es jedes Mal in einer etwas anderen Gestalt erscheint, bis es eine merkwürdige Ordnung geschaffen hat, die Sie zwar nie verstehen werden, nein, wirklich, Ihre Bemühungen sind vergeblich, aber darum geht es auch nicht, meine Liebsten, damit Sie mich recht verstehen, eigentlich geht es nur darum, daß Sie wissen, daß es hier eine Ordnung gibt und Sie ihr nicht entkommen können. Auch in meinem Leben gibt es, wie Sie noch hören werden, Situationen und Motive, die sich wiederholen, aber ich weiß schon längst, daß es sich dabei um keine Wiederholung handelt, sondern um die Offenbarung der Ordnung und ihres Rhythmus. Außerdem begegne ich auf meinem langen Weg immer den gleichen Zeichen, und ihre Verdopplung und Vervielfachung soll mich gerade darauf aufmerksam machen, daß es sich um Zeichen handelt. Paß auf, Kleine, sagen sie mir, wir wollen dir etwas mitteilen, etwas anvertrauen, und es hängt nur von dir ab, ob du uns zuhören willst.

Als ich einst unter, Sie wissen ja schon, ziemlich merkwürdigen Umständen die Hauslehrerin für die Tochter des Ingenieurs Tomas Pařízek war (übrigens, nach dem Krieg wurde der Herr Ingenieur wegen seines Sponsorings der tschechischen Faschistenbewegung und seiner eifrigen Kollaboration mit den Okkupanten hingerichtet, sein Besitz fiel dem Staat zu, und seine Frau, will sagen, seine Tochter – sehen Sie, das werde ich ewig durcheinanderbringen, war es Sáva oder Alžbětka, die dann den Sohn des stellvertretenden Direktors der einflußreichen Wiener Creditanstalt geheiratet hat? –, nach dem Krieg also emigrierte Sáva oder Alžbětka samt Gatten in die Schweiz, und ich bin ihr nie wieder begegnet, statt dessen dann am Ende des Jahrhunderts ihrer Enkelin, aber das hat noch Zeit, nein, meine Liebsten, Sie werden es nicht versäumen), als ich also einst die Hauslehrerin der Tochter oder Frau von Ingenieur Pařízek war, hatte ich nicht die geringste Ahnung, daß auch mein Sohn einen Hauslehrer haben würde, und zwar einen ebenso unkonventionellen, wie ich es war, und vielleicht sogar einen noch exzentrischereren. Wie man in den Wald ruft, so schallt es heraus, meine Herren.

Am Ende des Krieges, kurz nach meiner patriotischen Mission, gebar ich einen Jungen, aber das wissen Sie ja schon, und nannte ihn Martin nach meinem Lieblingswolf, aber das wissen Sie auch schon. Und ebenso wissen Sie, daß Bruno mir seinen Segen dazu gegeben und gesagt hatte, daß wir keine Garantie hätten, daß er noch im Laufe meines reproduktionsfähigen Alters durch seine Reinkarnationen zu seiner menschlichen Gestalt gelangen würde, und ich mit den Kindern deshalb nicht erst auf ihn warten dürfe, sondern daß er jedes Kind, egal, mit wem ich es haben würde, mit Liebe als sein eigenes annehmen werde, und je früher und je mehr, desto besser, wenigstens würden sie uns der süße Sonnenschein unseres Herbstes sein, wenn es eines Tages dazu käme. Er nahm also Martin als seinen eigenen Sohn an, aber sobald es möglich war, schickte er ihm eine Gouvernante.

Martin war ein außergewöhnlich lieber Junge, aber eigentlich habe ich, meine Herren, nie viel von ihm gehabt, weil er die ganze Kindheit über gerade mit dieser Gouvernante, die ein alter, weiser Karpfen war, zusammengluckte. Ich schaffte es nicht, sie voneinander zu trennen, und obwohl ich schon immer das geradezu ungezügelte Vertrauen der Tiere genoß – der Karpfen schenkte es mir nicht. Mit meinem Sohn unterhielt er sich, bis ihnen der Mund fusselig wurde, aber kaum tauchte ich in der Nähe auf, verstummte er so schnell, daß mich das nahezu beleidigte. Bald aber begriff ich, daß es so in Ordnung war. Es gab da also etwas zwischen dem Karpfen und meinem Sohn, wo Weiber nicht dazwischenzuquatschen hatten, wie es normalerweise auch zwischen meinem Sohn und Bruno der Fall gewesen wäre, wenn er hier mit uns hätte leben dürfen.

Als die Zeit dann gekommen war, beschloß ich, Martin nicht in die Schule zu schicken. Ich wußte nur zu gut, daß Schulen nach Schülerurin stanken, nach dem Naphthalin der verpaukerten Tugenden und nach Schulkabinetts voller ausgestopfter Tiere. Außerdem war der Schulunterricht im Jahre 1951, als Martin schulpflichtig wurde, nicht mehr nur eine Sache harmloser Bildung und allgemeiner Aufklärung, sondern auch eine konzentrierte Erziehung zur lakaienhaften Ergebenheit für die Ideen des Sozialismus und zur feurigen Liebe zum Diktator Stalin. Und so hätte es sich sicher auch Bruno gewünscht: Auf daß nur der Karpfen das fortsetzen mochte, was er bereits in Angriff genommen hatte.

Nachdem ich meinen Sohn aber nicht zur Einschulung in die erste Klasse geschickt hatte, lud mich die Direktorin der Schule auf dem Jakobsplatz, wo Martin hingehörte, persönlich zum Gespräch vor, sie bat mich in ihr Büro, plazierte mich in einem Sessel, ließ uns Kaffee bringen und sagte, daß sie sehr froh sei, mich kennenzulernen, denn sie treffe immer gerne die Eltern ihrer Schüler und Schülerinnen, da sie ja nicht nur Direktorin sei, sondern auch selbst unterrichte, jawohl, sie unterrichte Bürger- und Staatskunde, weil sie es sich nicht einmal vorstellen könne, nur organisatorische und administrative Funktionen auszuüben und in keinerlei lebendigem Kontakt mit der Schülerschaft zu stehen. Dann schwieg sie und wartete, was ich darauf sagen würde, ich aber sagte nichts. Und so schlug sie direkt zu: Möglicherweise haben Sie es nicht gewußt, aber der Schulbesuch ist nicht nur ein Recht, sondern auch eine Pflicht, die Sie einfach respektieren müssen. Ihr Sohn Martin Sammler hat hier unter seinen Mitschülern seinen angestammten Platz, den sie ihm nicht vorenthalten dürfen. Dann stand sie auf und ging zum Fenster. Nach einer Weile winkte sie mich heran, damit ich mir etwas anschaute.

Sehen Sie den Mann da mit der Karre, der Schaufel und dem langen Besenstiel? Er lebt unter uns und sammelt – mit Verlaub – Hundekacke und Pferdeäpfel auf die Schaufel, fegt Kippen von den Bürgersteigen, leert Abfalleimer, und dort, wo ein Ast auf den Weg gefallen ist, muß er sich bücken und ihn aufheben.

Ein bemerkenswerter Mann, sagte ich endlich.

Aber Genossin, wandte die Direktorin erzürnt ein, ich weiß wirklich nicht, was Sie Bemerkenswertes an ihm finden! Es ist doch ein Straßenkehrer! Ein Mensch, der es abgelehnt hat, die Schule zu besuchen, und jetzt nichts weiß und nichts kann, so daß ihm die menschliche Gemeinschaft den einzigen Platz zugewiesen hat, den er wirklich verdient, den Platz eines Abfallbeseitigers.

Da ich der Genossin Direktorin nicht sagen konnte, daß sie sich um die Bildung meines Sohnes überhaupt keine Sorgen zu machen brauchte, weil er von einem weisen Karpfen unterrichtet wurde, schwieg ich lieber wieder, und die Direktorin dachte schließlich, daß sie mich überzeugt hatte. Als ich meinen Sohn aber auch dann nicht einschulen ließ, wählte die Schulleitung eine härtere Gangart. Ich erhielt eine amtliche Aufforderung, daß ich meinen Sohn umgehend zur Einschulung zu schicken habe, andernfalls würde mein Verhalten geahndet. Aber obwohl ich überhaupt nicht reagierte, passierte letztendlich überhaupt nichts.

Ich war nämlich die einzige Nicht-Zigeunerin in Brünn, die sich weigerte, ihr Kind in die Schule zu schicken. Deshalb wurde mein Fall irrtümlicherweise der Kuratorin für Zigeunerfamilien zugewiesen, und man schickte eine Sozialarbeiterin zu mir, die sogar mit einigen Worten Romani ausgerüstet war. Als ich ihr öffnete, schaute sie mich verwirrt an, entschuldigte sich für die Belästigung und fragte, ob ich nicht zufällig von einer Zigeunerfamilie Sammler wisse.

Ich bitte Sie, Sie brauchen sich nicht zu entschuldigen, sagte ich und bat sie herein. Zuerst lehnte sie entschieden ab, dann aber zog sie sich die Schuhe aus: also gut, für einen Augenblick. Aus dem Augenblick wurde schließlich eine ganze Stunde, während der ich ihr zum Beispiel von Dürers Melancholie erzählte, deren vergrößerte Reproduktion an der Wand hing, gleich neben dem Bild des Alpen-Eisenbahntunnels im Semmering und dem Gruppenbild der Maschinenführer mit der Lokomotive Ajax, der ältesten Dampflok des europäischen Kontinents. Und in einem Moment, als ich gerade verstummt war, hörten wir durch die Wand aus dem Nebenzimmer, wie der Karpfen meinen Sohn die Grundlagen der Heraldik lehrte. Es klang nur sehr schwach durch die Wand, wie ein entferntes Mückensummen, aber auch so verstanden wir, wie der Karpfen erklärte, daß Adler-Weibchen und Adler-Männchen in der Heraldik grundsätzlich so unterschieden werden, daß das Männchen immer zwei Köpfe habe, während das Weibchen nur einen einzigen besitze. Folglich habe die österreichisch-ungarische Monarchie also einen männlichen Adler im Wappen, weil er doppelköpfig sei, wohingegen Schlesien, aber auch Mähren nur ein einköpfiges Adler-Weibchen im Wappen trügen.

Das ist interessant, sagte die Sozialarbeiterin, und um es zu behalten, wiederholte sie es gleich mehrere Male vor Ort: Also, Weibchen einen Kopf und Männchen zwei Köpfe! Adler-Männchen zwei Köpfe und Adler-Weibchen einen! Darauf wäre ich nie gekommen! Und mit dem Blick auf Dürers Melancholie sagte sie abschließend: Bei Ihnen erfährt man so viele Dinge!

Bis auf die Zigeunerfamilie Sammler. Über die kann ich Ihnen leider nichts sagen. Ich selbst bin eine Sammler, aber – wie Sie selbst sehen – wohl keine Zigeunerin.

Es muß ein Fehler passiert sein, versicherte mir die Sozialarbeiterin, ich entschuldige mich nochmals, es wird Sie niemand mehr belästigen.

Und in der Tat passierte nichts mehr. Mein Sohn fiel aus ihrer Evidenz heraus, und um seinen Schulbesuch kümmerte sich niemand mehr.

Das heißt aber keineswegs, daß ich von dem Karpfen restlos begeistert gewesen wäre. Er war doch kalt wie eine Hundeschnauze, aber was mich vor allem mit ihm versöhnte, war die Tatsache, daß Bruno ihn geschickt hatte. Ich muß allerdings gestehen, daß ich, als ich den Karpfen mit dieser krächzenden und wichtigen Stimme eines chinesischen Mandarins reden hörte, zunächst befürchtete, aus der Haut zu fahren. Dann aber mußte ich einsehen, daß der Karpfen Martin wirklich eine Menge beibrachte, weil er selbst viel wußte. Ich hörte zum Beispiel seine Ausführungen über die Kultur der Eingeborenen auf Celebes (der Karpfen hatte sich bereits an mich gewöhnt und verstummte nicht mehr, wenn ich im Zimmer erschien), und ich muß zugeben, daß diese Ausführungen komplex und gründlich waren.

Sie können natürlich einwenden, daß ihn ja niemand gebeten hatte, ausgerechnet der Eingeborenenkultur auf Celebes eine derartige Aufmerksamkeit zu widmen, nach der hier kein Hahn kräht, aber dann muß ich auch ehrlich hinzufügen, daß der Karpfen auch die exakten Wissenschaften nicht vernachlässigte, namentlich die Mathematik und Geometrie. Ich war zum Beispiel eine bezauberte Zeugin seiner Erklärungen zum

Satz des Pythagoras. Der Karpfen verwendete nämlich nicht den allgemein bekannten und an den Schulen präsentierten Euklidischen Beweis, sondern er griff nach einer viel einfacheren, befriedigenderen und der schulischen Öffentlichkeit gänzlich unbekannten Methode, die jedoch allem Anschein nach auch Pythagoras selbst angewandt hätte.

Ursprünglich fand der Unterricht natürlich im Bad statt, dieser zweiten Heimat der Weihnachtskarpfen. Dann kam mir das aber doch unwürdig vor, und so siedelte ich den Karpfen von der Badewanne, aus der er Martin bislang unterrichtet hatte, in ein großes, beleuchtetes Aquarium um, in das ich auch Wasserpflanzen gesetzt hatte, die er als Unterrichtshilfen nutzen konnte, um verschiedene Schemata, Zeichnungen und Diagramme aus ihnen zu bilden, was dann auch gerade beim Beweis vom Satz des Pythagoras tatsächlich geschah. Als ich einmal nach Hause kam, befanden sich an der Vor- und Rückwand des Aquariums bereits zwei sorgfältig zusammengestellte Diagramme, und der Karpfen gab gerade eine ausführliche Erläuterung dazu.

48

Der Beweis des pythagoreischen Lehrsatzes

Und wie also bewies der Karpfen, daß der Flächeninhalt des Quadrats über der Hypotenuse eines rechtwinkligen Dreiecks der Summe seiner beiden Kathetenquadrate entspricht?

Auf dem ersten Diagramm (an der Vorderwand des Aquariums) befand sich ein Quadrat, das durch zwei gekreuzte Senkrechten in zwei verschiedene Quadrate (ein größeres und ein kleineres) und zwei gleiche Rechtecke geteilt wurde. Die gleichen Rechtecke waren dann durch Diagonalen in vier gleiche rechtwinklige Dreiecke geteilt. Und hier wies der Karpfen auf die Tatsache hin, daß beide Quadrate (das größere und das kleinere) tatsächlich wie die Quadrate über den Katheten dieser vier Dreiecke erschienen.

Auf dem zweiten Diagramm (an der hinteren Aquariumswand) befanden sich in demselben ursprünglichen Quadrat vier gleiche rechtwinklige Dreiecke, die mit den Dreiecken aus dem ersten Diagramm identisch waren, und zwar so, daß ihre rechten Winkel die Quadratecken füllten, während sich ihre Hypotenusen im Innern befanden und so ein weiteres Quadrat im Quadrat bildeten. Auf diese Weise war das ursprüngliche Quadrat in vier rechtwinklige Dreiecke und ein Quadrat über all ihren Hypotenusen aufgeteilt, wobei die Summe der vier Dreiecke gleich der Summe der zwei gleichen Rechtecke aus dem ersten Diagramm war und das Quadrat über den Hypotenusen der Dreiecke deshalb wiederum der Summe der beiden Quadrate (des größeren und des kleineren) aus dem ersten Diagramm glich, jawohl, der Quadrate über den Katheten derselben rechtwinkligen Dreiecke!

Ich mußte zugeben, daß das eine exzellente Erklärung war! Zudem konnte man alle Übereinstimmungen mit einem Blick durch das Aquarium nachprüfen, mit dem Durchblick von einem Diagramm auf das andere.

Bei einer anderen Gelegenheit fand ich den Karpfen, wie er meinem Sohn erklärte, daß es auf dieser Welt keine Gerechtigkeit gebe, obwohl es zweifellos schon immer Bemühungen darum gegeben habe. Einem zufälligen Zeugen könne es gar erscheinen, fuhr der Karpfen fort, als verhielte es sich genau umgekehrt, als seien auf dieser Welt Verrückte, Schurken, Diebe und Mörder auf Rosen gebettet, während der Mensch, je ehrlicher er sei, ein um so schlimmeres Ende nehme, als sei die

Gerechtigkeit als solche schon ein Ei, das das Embryo der Zerstörung in sich berge, denn jeder Versuch, sie zu etablieren, führe zu einem schrecklichen Ende, wenn er überhaupt irgendwohin führe, so daß die einzige Möglichkeit, die der Mensch vielleicht überhaupt noch habe …

Lassen Sie sich nicht stören, lassen Sie sich nicht stören, das interessiert mich – ich machte eine beruhigende Geste, aber der Karpfen und mein Sohn schauten sich nur mißmutig nach mir um. Ich setzte mich wie ein verschämtes Schulmädchen in die Ecke, doch der Karpfen war wie bedeppert, es kam kein Schmatz mehr aus ihm heraus. Ich habe dann nie mehr erfahren, was mich schon immer interessiert hatte, und nicht nur mich, sondern auch viele andere, und vielleicht auch Sie, was weiß ich.

Obwohl sich der Karpfen schon an mich gewöhnt hatte und normalerweise nicht mehr verstummte, wenn ich das Zimmer betrat, blieben einige Dinge weiterhin lediglich dem Ohr meines Sohnes vorbehalten.

49

Die Hölle der Liebe und das Paradies des Lasters

Habe ich Ihnen schon von Denis erzählt? Wenn nicht, dann hören Sie sich das an, es lohnt sich. Denis war der, der seinen Lebensunterhalt damit verdiente, daß er für alle kleineren böhmischen, mährischen und slowakischen Städte Rotarmistenstatuen produzierte. Auf Rotarmisten für größere und große Städte hatte er keinen Anspruch, weil sich die zwei verdiente Künstler des Volkes untereinander aufgeteilt hatten. Denis nahm es ihnen aber nicht übel, weil das Bildhauern für kleinere Städte letztendlich ein viel besseres Geschäft war, denn es gibt ja viel mehr davon. Damit er eine solche Massenproduktion aber vor seinem Gewissen verantworten konnte, so eine Rotarmisteninvasion in unseren beschaulichen Städtchen, fertigte er sie so (und er führte es mir anschaulich vor), daß man nur die Maschinengewehre abzubrechen und an einigen Stellen etwas abzuknicken brauchte, und schon hatte man Statuen von T.G. Masaryk, dem Befreier-Präsidenten.

Wenn das kommunistische Regime einmal fällt, versprach Denis, pack' ich mein Werkzeug zusammen, schmeiß' die Karre an und fahr' von einem Städtchen zum anderen, um die Rotarmisten in Masaryks umzuwandeln, und so wird in meinen Fußstapfen gleich eine ganze Masaryk-Armee entstehen, unsere mächtige Landwehr.

In den Masaryk-Armisten sah Denis aber nicht den Sinn seines Lebens. Den fand er wiederum in seinem buchstäblich unterweltlichen Schaffen. Seine Freizeit verbrachte er nämlich in drei miteinander verbundenen Höhlen im Mährischen Karst, wo er heimlich an einer mächtigen unterirdischen Inszenierung von Dantes *Göttlicher Komödie* arbeitete. Die erste Höhle stellte die Hölle dar, die zweite das Fegefeuer und die dritte das Paradies. Manche Figuren, aber auch ganze Höllen-, Fegefeuer- und Paradiesauftritte brauchte er aus den riesigen Stalaktiten und Stalagmiten nur zu Ende zu formen, andere haute er mit dem Vorschlaghammer direkt aus den Höhlenwänden, und nur ganz wenige gestaltete er in seinem Atelier und brachte sie dann nachts unter einer wild ausgebeulten Plane versteckt nach unten, wo er sie plazierte.

Von diesen drei Höhlen wußte niemand, sie waren mit dem zugänglichen Höhlensystem nicht verbunden, nur der unterirdische Fluß Punkwa fand seinen Weg in sie hinein und füllte den Raum mit einem ununterbrochenen Unterweltsgeflüster und Denis' Figuren mit glitschigem düsterem Leben. Hinunter gelangte man an Orten, wo es niemand erwartet hätte, aber Denis hat mich nicht damit beauftragt, sie Ihnen jetzt zu verraten.

Du bist der einzige Mensch, der mein Werk je gesehen hat, denn es ist eigentlich nicht für die Menschen bestimmt. Es ist mein Gespräch mit dem Herrgott.

Nun, ich weiß nicht, was Denis mit dem Herrgott hatte, aber unter den Figuren der Seligen und ihrer Seligmacher, der Gepeinigten und ihrer Peiniger fand ich auch mich selbst. Entsprechend der Phasen, die unsere Beziehung durchlief, wanderte auch meine Statue vom Paradies ins Fegefeuer und schließlich bis in die Hölle, wo sich Denis infernalische Martyrien für sie ausdachte: Er ließ sie von Wildschweinen anfallen, schänden und auffressen, er mauerte sie in die Decke der Höhle ein, von wo nur ein Auge schmerzerfüllt nach unten sah, er pflanzte einen Baum in ihre Nieren, der so schnell wuchs, daß seine oberen Äste aus ihrem Mund und ihren Augen hervorsprossen, er quetschte sie aus wie eine Zahnpastatube zu einem widerlichen Haufen. Ich begriff, daß Denis meine Doppelgängerin benutzte, um Druck auf mich auszuüben, ähnlich wie man beim Voodoo kleine Tonfiguren benutzt.

Und dann passierte es, meine Herren. Denis lud mich zum Abendessen ins Grandhotel. Diesmal ließ er aber Kerzen auf unseren Tisch stellen und, na sieh mal einer an, auch Silberbesteck decken, und es gab Blumen in Vasen und im Korb. Da er ein geschätzter und beliebter Gast war, paßte sich das Personal seinem Stil an, und die Kellner und Serviererinnen strahlten wie Schmuck und Kleinodien, und alles um uns herum war ein einziges und einzigartiges Fest. Ich hatte keine Einwände und keine Fragen, und auch Denis tat, als sei nichts, es war ihm dennoch anzumerken, daß er immer noch nicht ausreichend gewappnet war gegen meine eisige Gleichgültigkeit.

Nach dem Essen ließ er ein Taxi rufen, das uns zu ihm nach

Hause brachte, in eine Villa im Jirásekviertel (ursprünglich Masarykviertel). Und hier legte die Henne der Festlichkeit endlich ihre Eier, und gleich zwei: zwei Verlobungsringe.

Ich weiß, um wessen Hand ich anhalte, und ich mache mir nichts vor. Aber für mich ist es wichtig, jeden Tag mit dir zusammen zu sein, neben dir aufzuwachen und zu wissen, daß wir einen gemeinsamen Namen tragen. Und dafür kann ich dir alles bieten, wozu es ein fleißiger Rotarmistenproduzent im Laufe seines Lebens gebracht hat.

Denis Kotatschka, es wäre mir nie in den Sinn gekommen, daß du so eine kitschige Seele hast! Vergessen wir's, damit du dich morgen nicht schämen mußt.

Mitten in der Nacht weckte mich dann etwas. Ich trat ans Fenster, schob die Vorhänge auseinander und schaute aus dem ersten Stock der Luxusvilla auf die Stadt. Hier irgendwo hatte auch Ingenieur Tomas Pařízek seine erste Brünner Villa gehabt. Und hier war die kleine Alžbětka mit dem Schlitten unter den Lastwagen gefahren. Ich drehte mich um und sah Denis, wie er schlief, auf seinen rosigen Wangen den ruhigen Ausdruck eines unter dem Apfelbaum ruhenden Obstbauern, als gehe er gar nicht durch die Hölle der Liebe zu mir, als seien alle seine Qualen nur eine kurzweilige Laune schlechter Verdauung. Das machte mich beinahe betroffen. Und dann ertönte wieder das, was mich geweckt hatte.

Ich wußte, daß ich zu so später Stunde in Brünn kein Taxi mehr auftreiben würde, und so weckte ich Denis. Er staunte, aber meine absolute Gewißheit überwand all seinen Widerstand. Noch nie hatte er mich so unumstößlich und selbstsicher erlebt.

Was ist das für ein Zirkus? wollte ich wissen.

Woher soll ich das wissen? Irgendwo aus der Tätärä. Ich glaube, aus Leipzig oder Dresden.

Und wieder ertönte das langgezogene Trompeten eines Elefanten. Keinen Moment habe ich daran gezweifelt, daß du es warst, Bruno, so ungeduldig bis jähzornig konntest nur du deine Sehnsucht durchsetzen! Und war es nicht bezeichnend, daß du schon zum zweitenmal zu einem Tier griffst, das wütend nach seiner Liebe röhrte?

Wir kamen nach Schimitz, wo der Zirkus seine Zelte aufgeschlagen hatte, er hieß Freundschaft. Wir fuhren langsam um ihn herum, bis ich Denis ein Zeichen gab, daß er anhalten möge.

Und nun verdünnisier dich, Kumpel, verschwinde, meine Liebe!

Ich war ungeduldig und deshalb auch grob, aber es stand nicht in meiner Macht, etwas dagegen zu tun. Kaum war Denis verschwunden, kaum hatte ich gesehen, wie sein Wagen in die Straßen von Schimitz abgebogen war, rutschte ich behende ins Zirkuszelt und fand mich in einem leinenen Pferdestall wieder, wo die Araberhengste den Atem anhielten, als sie mich witterten. Ich schaute mich vorsichtig um, schlüpfte wieder hinaus und machte mich auf den Weg, vorbei an den Raubtierkäfigen (die Tiger sprangen wie ein einziger Mann auf die Beine, und zwölf gelbe Augen verfolgten mich begierig) zu dem großen bauchigen Zelt, wo ich den Elefantenstand vermutete.

Da hast du aber schon nicht mehr geröhrt, weil du mich schon gerochen hattest, und du fingst an so zu tun, als ob nichts wäre und es eigentlich auch um nichts gehe.

Dann schlüpfte ich in den Elefantenstand, und alle Elefanten wurden aufmerksam. Und du hast fieberhaft versucht, dich in keiner Weise von ihnen zu unterscheiden. Fünf Elefanten, fünf Elefantenjungs und alle gleich bis aufs Haar. Ich bin mir sofort wie die Prinzessin vorgekommen, die den auserwählten Prinzen finden und erkennen soll. Ich habe aber wirklich nur einen Augenblick gezögert, dann bin ich losgerannt und habe mich an dein riesiges Bein gedrückt, das ich kaum zu umarmen vermochte.

Ich hab' natürlich gewußt, daß das riesige Bein und die dicke, rauhe Elefantenhaut, an der ich mich jetzt genüßlich rieb, daß das überhaupt nicht du warst, sondern sich in dem Berg von Elefantenfleisch nur vorübergehend ein Versteck für deine Seele, klitzeklein wie eine Zecke vielleicht, befand, daß du irgendwo da drinnen hocktest, aber da ich bis dahin nicht die geringste Chance hatte, durch den Elefantenwall zwischen uns durchzudringen, nahm ich bereitwillig deinen Rüssel als Honorarkonsul deiner Seele, und als er mich ins Stroh warf, spürte ich die aufsteigende Wollust, die verbotenen Früchte von Sodom (während die anderen Elefanten mit weitaufgerissenen Augen wie versteinert zuschauten).

Am Morgen konnten wir uns nicht trennen (die übrigen Elefanten standen noch immer wie mit Scham begossen um uns herum, rot wie die Nelken, soviel hatten sie in ihrem ganzen Leben noch nicht gesehen wie jetzt in ein paar Stunden, und ich garantiere Ihnen, daß sie es so schnell auch nicht wieder gesehen haben), und dann kniete der riesige Elefant vor mir nieder und sagte: Nimm mich zu deinem Mann, und Sie hätten ihn sehen müssen! Aber diese Idylle war nicht von langer Dauer, weil die feinen Elefantenohren hörten, wie am anderen Ende des Zirkus der Elefantendompteur aus dem Wohnwagen gekrochen kam und sich seine morgendliche Zigarette anzündete.

Noch bevor er aber zum Elefantenstand gekommen war und seine Zigarette ausgetreten hatte, schaffte ich es, Bruno von der Kette zu nehmen. Wir rissen das Zelt nieder und flüchteten in der entstandenen Panik aus dem Zirkusareal und der Stadt.

Wir wußten, daß wir nur in eine einzige Richtung mußten, auf die Böhmisch-Mährische Höhe, in die Berge. Wir liefen natürlich nicht auf den Verkehrswegen der Menschen, sondern quer über sie hinweg, und wir jagten im Tempo eines Eilzuges dahin. Ich brauche Ihnen wohl nicht zu erzählen, daß ich auf

Brunos Rücken saß, und sobald wir die ersten Ausläufer der Hochebene erreicht hatten, hüpften wir auch schon vor Freude, weil es hier einen viel günstigeren Handlungsraum für uns gab.

Es waren schöne Tage gegen Ende Mai, und hier auf der Hochebene, wo sich der Frühling immer verspätet, brach er gerade jetzt aus, und wir taumelten berauscht durch ihn hindurch. Ganze Tage ritt ich auf dem Elefanten, und in der Nacht ritt dann der Elefant auf mir, wobei er außerordentliche Rücksicht nahm, daß er mich nicht aufschlitzte, auftrennte, zerriß, zerbrach, zertrümmerte, zerstörte oder zerkleinerte, und am Morgen wachte ich auf, eingewickelt in eines von Brunos schlabberigen Flanellohren, und die Sonne zog uns schon aus der Falle. Sofort brachen wir auf zu unserer weiteren schaukelnden Reise, wir trafen unterwegs nur auf Waldarbeiter, Obstbauern, Bergsteiger, Bienenzüchter und Urlaubsdelegationen der Revolutionären Gewerkschaftsbewegung, die uns, wenn wir ihnen begegneten, undurchdringlich umstellten, und Bruno blieb nichts anderes übrig, als kräftig Luft zu holen und sie alle mit dem Rüssel zu zerstreuen.

(Sie fragen, wieso wir uns denn plötzlich auf so etwas Ungewöhnliches eingelassen haben? Denn bis dahin hatte ja gegolten, nur ein Mal und MEHR NICHT! Aber wie Sie selber wissen, wird man jeder Regel mit der Zeit überdrüssig, und alles verzeichnet eine gewisse Entwicklung. Letztendlich kam es aufs gleiche raus. Denn je mehr Lust wir uns mit vollen Händen gönnten, desto schlimmer war dann der Abschied danach.)

Natürlich wußten wir, daß unsere Zeit schnell zur Neige gehen würde. So sollte es uns auch nicht überraschen, als das Ende tatsächlich gekommen war. Sogar der indische Premierminister Jawaharlal Nehru selbst (im Geiste seiner Prinzipien der friedlichen Koexistenz *panjtschaschila*) lieh der sozialistischen Tschechoslowakei einige der gewandtesten Mahuten, indische Fährtensucher, Jäger, Dompteure und Elefantendressur-meister. Als Bruno sah, wie sie sich uns von vier Seiten mit Stöcken, Speeren, Seilen, Haken und Ketten näherten, war ihm klar, daß dies das Ende war. Wir verabschiedeten uns rührend, und seine zwei Greiffinger am Ende des Rüssels zwickten mich liebevoll ins Ohr, bis ich mit Tränen in den Augen ins Schwanken geriet. Die Mahuten ließen mich natürlich gehen, ich war als Beute nicht interessant für sie. Kaum aber, daß ich mit zusammengebissenen Zähnen an ihnen vorbeigegangen war (es waren schokoladige Inder mit strahlend weißen Turbanen, die in der Landschaft der Laubfrösche und Kreuzwege herausragten wie Warzen auf antiken Statuen), trat ich eine verzweifelte Flucht an, um nicht Zeugin dessen zu werden, was zwangsläufig folgen mußte, um nicht Zeugin von Brunos brutaler Erniedrigung zu sein.

Zu Hause erwarteten mich Martin und der Karpfen bereits ungeduldig. Und der Karpfen, kaum daß er mich in der Tür gesehen hatte, schrie krächzend: Ich ziehe meinen Hut vor Ihnen, Frau Sonja, ich ziehe meinen Hut vor Ihnen! Ich fertigte ihn grob ab in der Befürchtung, er würde losplappern. Und ich schloß mich in meinem Zimmer ein und verbrachte dort fünf uneinnehmbare Tage.

Um aber Denis nicht zu vergessen. Nach der Nacht, als er mich zum Abendessen ins Grand eingeladen, dann um meine Hand angehalten und mich schließlich nach Schimitz gefahren hatte, zum Zirkus Freundschaft, nach dieser Nacht hat er sich nie mehr gemeldet. Er verlor sich aus meinem Leben, und wie ich etwas später erfuhr, verlor er sich irgendwie ganz. Ich hörte, daß er vielleicht emigriert war und sich irgendwo durch die Welt schlug. Ich bin mir aber sicher, daß wir, wenn dem so gewesen wäre, heute etwas von ihm wüßten. Er hätte in Brasilien nämlich ein Denkmal für den unvergeßlichen Präsidenten Kubitschek de Oliviera errichtet oder die Statue Flügellose

Nike vor der Oper in Sydney. Oder er hätte umgekehrt den schwarzen Kontinent mit serienmäßigen Statuen der dortigen Diktatoren überschwemmt, den Denkmälern lebendiger Monstrosität. Ich bin aber überzeugt davon, daß dem nicht so ist. Und ich wüßte, wo er zu suchen wäre.

Eines Tages klopft jemand an einer zufälligen Stelle mit dem Hammer, und in den Mährischen Tropfsteinhöhlen wird eine ganze Wand einstürzen und den Eingang zu Denis' Dreierschiff freilegen. Und der mit dem Hammer wird überrascht weitergehen und natürlich Denis in der Hölle finden. Er wird Denis in der Hölle finden, die er sich selbst gebaut hat und in der er jetzt mit meiner steinernen Doppelgängerin lebt, mit der Statue der Sonja Trotzkij, und sie tanzen zusammen an der Höhlendecke Walzer, Tango, Polka, und ein Chor von riesigen Eidechsen klatscht ihnen dazu den Rhythmus.

50

Die Botschaft des Präsidenten Eisenhower

Mehr als einen Monat lang schien es mir, als geschehe etwas Merkwürdiges um mich herum, und dieses Gefühl in mir wuchs. Als ich es meiner Kollegin Sylva anvertraute, erfuhr ich, daß sich so, aber natürlich doch, daß sich so eine Migräne ankündige.

(Erst jetzt merke ich, daß ich in meiner Nachkriegsgeschichte von einem Zeitabschnitt zum anderen springe und Ihnen keinerlei Möglichkeit biete, sich ein bißchen darin zu orientieren. Also bitte: Man schreibt das Jahr 1957, im vorhergehenden Jahr schickte Chruschtschow seine Panzer nach Budapest, mein Sohn ist zwölf Jahre alt, und die kommunistische Tageszeitung *Rudé právo* greift gerade die *Eisenhower-Doktrin* an, diesen *schändlichen Zug gegen das Lager des Friedens und des Sozialismus*. Der Betrieb, in dem ich beschäftigt bin, heißt nicht mehr Verwaltung der Brünner Parks und öffentlichen Grünanlagen, sondern Technik- und Gartenverwaltungsamt der Stadt Brünn, und ich bin gerade vom Terrain in die Administration übergewechselt, ich habe aufgehört, Beete in Brünner Parks zu bepflanzen, und angefangen, die Ergebnisse der Planerfüllung der Beetbepflanzung in Brünner Parks zusammenzustellen.)

Noch einmal also: Mehr als einen Monat lang schien es mir, als geschehe etwas Merkwürdiges um mich herum, und als ich es der Kollegin Sylva anvertraute, erfuhr ich, daß sich genau so eine Migräne ankündige.

Am selben Tag, als ich nach dem Gespräch mit Sylva nach Hause zurückkam und aufschloß, hörte ich drinnen komische Geräusche, und als ich die Tür aufmachte, stand mein Sohn dahinter mit einem langen Holzschläger. Er lächelte und bat mich, nicht zu erschrecken, er habe Besuch da, was mich zunächst tatsächlich sehr erschreckte, weil so etwas in Martins kurzer Lebenslaufbahn noch nie passiert war. Er hatte sie ausnahmslos mit dem Karpfen zusammen verbracht. Nun stellte ich erfreut fest, daß es sich bei dem Besuch um einen sympathischen jungen Mann handelte, der einen zweiten und genauso langen Holzschläger in der Hand hielt.

Wir haben hier ein bißchen Kricket gespielt, klärte mich der Besucher auf, auch wenn ich Ihren Einwand natürlich akzeptiere, daß es unmöglich ist, Kricket nur so zu zweit zu spielen und noch dazu im Wohnzimmer, dennoch haben wir es versucht. Zu meiner Profession gehört es nämlich, alles auszuprobieren, auch unter sehr erschwerten Bedingungen. Er nahm beide Schläger, hob den Ball vom Fußboden auf und packte alles zusammen in ein elegantes Köfferchen.

Und jetzt geh wieder zu deinem Karpfen, sagte er und gab Martin einen freundschaftlichen Knuff. Der aber fühlte sich betrogen, weil er den Mann mit dem Köfferchen bis jetzt als seinen Besuch betrachtet hatte.

Er stellte sich vor und küßte mir die Hand. Er war ein amerikanischer Agent (mit dem Decknamen Robert Lowell), und er gestand mir, daß er mir länger als einen Monat gefolgt war, um sicherzugehen, daß mit mir alles stimmte, ehe er Kontakt zu mir aufnahm.

Ja, die Hartnäckigkeit dieser Beschattung spüre ich noch jetzt am ganzen Körper, Mister Lowell, auf jedem Zentimeter meiner Haut. Es hatte bei mir den Charakter einer angehenden Migräne.

Er entschuldigte sich, daß er nicht anders gekonnt habe, weil er erst habe sicher sein müssen, um seine Mission nicht zu gefährden. Um mir jetzt im Gegenzug auch gewisse Garantien zu geben, erinnerte er mich an die Aktion mit den Wolfssoldaten. Ich wußte, daß nur Major Rujbr in die Aktion eingeweiht war, und der war, gleich nachdem die Kommunisten den Außenminister Jan Masaryk ermordet hatten, emigriert.

Wie geht es dem Major?

Er ist zum Oberst befördert worden, und obendrein hat er eine schöne Ranch in Texas bekommen. Übrigens, er denkt viel an Sie und läßt Sie grüßen.

Gut, Herr Lowell, und nun zu der Mission.

Natürlich, die Mission. Ich werde Ihnen nun die Botschaft des Präsidenten Dwight Eisenhower übermitteln, mit der er sich an das tschechische Volk wendet, in dem Bewußtsein, daß er ihm als Generalstabschef der amerikanischen Armee nach dem kommunistischen Putsch zwar nicht geholfen habe, nicht die so erwarteten Eliteeinheiten nach Prag entsandt habe, daß er sich aber jetzt dafür entschuldigen möchte und seinen besten

Agenten schicke, um dem Volk dieses schönen Landes eine wirkungsvolle Resistenz gegenüber den Kräften der totalitären Repression beizubringen. Die Botschaft werde ich auswendig vortragen, weil ich keine kompromittierenden Schriftstücke bei mir führen darf.

Als ich Robert Lowell dann Ham-and-Eggs servierte, fragte ich ihn: Werden Sie hier bei mir wohnen?

Aber ich bitte Sie, Kleines. Sie sind nur mein erster Kontakt. Ich beabsichtige, im Laufe der Zeit alle netten Menschen dieses kleinen Landes zu kontaktieren.

Ich fürchte, so klein ist es nun auch wieder nicht, wandte ich ein. Und im übrigen bin auch ich nicht mehr die Kleine. Und auch die Menschen hier sind nicht so nett.

Ich bitte um Entschuldigung, ich habe es nicht so gemeint. Ich wollte nur sagen, daß ich nicht bei Ihnen wohnen werde, weil ich in einer – er schnippte mit den Fingern – Kupperfritte wohnen werde. Dann dachte er nach und korrigierte sich: Will sagen, in einer Futterkrippe! Das Tschechische spielt mir manchmal noch bös mit! Ich werde mir eine schöne Futterkrippe in der Nähe von Brünn suchen, in den Wäldern über der Brünner Talsperre. Und das wird eine Zeitlang meine Basis sein. Wie Sie sehen, habe ich vor, mich hier wie ein klassischer Agent aufzuhalten, aber meine Mission ist dabei rein humaner Art. Sehen Sie, ich bin mit keinerlei Tötungsinstrumenten ausgestattet, und schauen Sie, ich bin durchströmt von einer grenzenlosen Menschenliebe. Jetzt aber noch ein praktisches Detail. Wir müssen noch eine Chiffre für die Kontaktaufnahme im Notfall vereinbaren. Kennen Sie die Fabel vom Einhorn von James Thurber? Macht nichts. Es reicht, wenn Sie sich zwei Sätze daraus merken. Wenn Sie jemand mit dem Satz: *Im Garten ist ein Einhorn* anspricht, antworten Sie ihm: *Und frißt Rosen.*

Natürlich blieb Robert doch noch eine Weile. Und es

wurde schließlich eine ganze Woche daraus. Sehr zur Freude meines Sohnes, auch wenn er Robert teilen mußte (der Sohn hatte ihn tagsüber, ich nachts).

51

Das Ende des Baruch Spinoza

Und so wurde mir (leider erst spät) bewußt, daß mein Sohn ein Alter erreicht hatte, da ihm ein Karpfen allein nicht mehr ausreichte, wenngleich es auch der weiseste war, den die Erde je getragen hat. Ich habe mich stets bemüht, die Welt meines Sohnes von der Welt meiner Liebhaber zu trennen, wollte nicht, daß meine Zügellosigkeit, derer ich mich schämte, Martins Kindheit und Adoleszenz in irgendeiner Form zeichnete. Ich hätte aber blind sein müssen, um nicht zu merken, daß er schon immer die Angewohnheit hatte, meine Liebhaber am Hosenbein zu fassen, falls sie doch zufällig in seine Reichweite gekommen waren. Das hätte mich stutzig machen müssen.

Bruno hatte meinem Sohn einen Karpfen geschickt, dessen Blut kalt und dessen Augen tot aufgerissen waren. Der Karpfen lehrte Martin zwar alles, was er selbst wußte, er pumpte eine ungeheure Summe menschlichen Wissens in ihn hinein, von den ersten Erkenntnissen der philosophischen Schule in Miletos im 6. Jahrhundert vor Christus bis zum sogenannten Neuen Determinismus, das heißt dem durch Plancks Quantentheorie gezeugten Determinismus, der an den englischen und amerikanischen Universitäten gerade Gegenstand von Gelehrtendisputen wurde, aber das alles war nicht das, was Martin jetzt gerade am meisten brauchte. Das ganze riesige Wissensuniversum, das ihm der Karpfen vermittelte, war absolut unbrauchbar, wenn es nicht durch eine väterliche Berührung erwärmt wurde, durch die Hand des Vaters, die der Karpfen aber nicht nach Martin ausstrecken konnte, auch wenn er sich zerrissen hätte. Und da erschien Robert wie gerufen, der den Umgang mit heranwachsenden Jugendlichen bei der YMCA und Setons Woodcrafters gelernt hatte. Von allen meinen Liebhabern kam Robert meiner Vorstellung vom idealen Vater für Martin am nächsten, natürlich nur, wenn man von Bruno einmal absieht. Ich betrachtete also mit Liebe die Stunden, die Robert mit Martin verbrachte, auch wenn sie sich manchmal in die Länge zogen und auf Kosten unserer Nächte gingen. Um so drückender wurde für mich das Bewußtsein, wie betrogen sich Martin fühlen würde, wenn der Agent Lowell definitiv die Anker lichten würde. Als am Ende der Woche dann aber auf einmal beide verschwunden waren, fühlte ich mich betrogen.

Zuerst wollte ich es einfach nicht glauben. Ich stand in Martins Zimmer, wo nur seine Pantoffeln unterm Bett von ihm übriggeblieben waren, ich stand vor dem Aquarium, der Karpfen glotzte mich an, kaute wie eine Kuh und trat Wasser auf der Stelle. Und nirgendwo eine Nachricht, weder von Robert noch von Martin. Dann erinnerte ich mich selbstverständlich, wie mir Robert Lowell erklärt hatte, daß er in keinem Falle irgendwelche Nachrichten oder andere kompromittierende Schriftstücke hinterlassen dürfe.

Ich sagte etwas Vulgäres und schnitt in einem Anfall ohnmächtiger Wut Baruch Spinoza die Kehle durch. Wie bitte, ich habe Ihnen noch nicht verraten, daß der Karpfen Spinoza hieß? Jetzt ist es aber sowieso zu spät, auch wenn er Heidegger geheißen hätte oder Ludwig Wittgenstein. Die ungeheure Ansammlung enzyklopädischen Wissens verwandelte sich innerhalb weniger Sekunden in zuckenden blutigen Glibber. Ich wischte mir die mit Schuppen verklebten Hände langsam, ganz langsam an meinem Rock ab.

Und dann briet ich den Karpfen, die eine Hälfte aß ich noch am selben Abend und die andere gleich am nächsten Morgen. Vollgestopft mit Karpfenfleisch, nahm ich Rucksack und Zeltplane, ging zur Straßenbahnhaltestelle und fuhr zur Talsperre.

Der Altweibersommer neigte sich gerade dem Ende entgegen, und blutige Sonnenfetzen hingen wie Wäsche über dem Stausee. An den Ufern wuchsen rote Vogelbeeren, und in dem smaragdgrünen Haar der umliegenden Wälder erschienen auch schon herbstliche Blutstropfen, als flöge ein riesiges Rebhuhn mit abgehacktem Kopf steil empor und schüttelte sich über dem Waldbaldachin.

52

Im Garten des Einhorns

Ich rechnete damit, meine Herren, daß ich dort möglicherweise den ganzen Rest meines Urlaubs verbringen würde, weil ich viel Zeit brauchte, um all die Wälder sorgfältig zu durchkämmen, die sich jetzt in der Seeoberfläche vor mir spiegelten. Ich wußte freilich nicht, wo und wie anzufangen. Hätte ich die Wälder in ein Sieb schütten und durchschütteln können, auf daß nur noch alle Futterkrippen und all die improvisierten Waldsportplätze übriggeblieben wären, auf denen Robert Lowell meinen Martin jetzt Kricket lehrte! Ich stand mit dem Rucksack auf dem Rücken da und sah auf den See, auf dessen Grund ich einst mit Mutter gelaufen war, während sich über unseren Köpfen die Luftschiffe formierten. Das ist mein ganzes Leben. Ich finde mich immer an denselben Orten wieder, auf den Koordinaten des Schicksals, die sich immerfort in Bewegung befinden, wie die Sterne auf ihren Umlaufbahnen im mobilen ptolemäischen System. Nun ja, ich schulterte den Rucksack, drehte dem Stausee den Rücken zu und stieg einen Waldpfad hinauf.

Nach einer Stunde erwartete mich oben eine hohe Kiefer. Ich legte den Rucksack am Baumstamm ab und hangelte mich hoch in ihre Wipfel, sah aber lediglich einen dichten Pelz aus Blättern und Nadeln, der auf allen Hügeln um mich herum lag und aufgeschlagen war bis zum Horizont. Es sah aussichtslos aus.

Ich hatte natürlich nicht damit gerechnet, schon in den ersten zwei Tagen etwas zu finden. Ich nahm mir vor, systematisch vorzugehen, auch wenn in mir das Gefühl überwog, daß ich auf diese von meiner Mutter geerbte deutsche Gründlichkeit pfeifen und nur der Stimme meines Herzens folgen sollte, diesem Wahnsinnsschrei meines Vaters oder noch eher meines Großvaters und seiner orthodoxen indianischen Fährtensucher.

Selbstverständlich probierte ich letztendlich beides aus, aber auch das Herz führte mich nur auf Irrwegen wie eine verrückte Wölfin. Als ich nach drei Tagen immer noch keinen Erfolg hatte, gab ich mich schon der Verzweiflung hin. Ich lief quer durch den Wald und rief nach Martin. Nur ein mitleidiges Echo antwortete mir.

Am fünften Tag griff ich nach etwas, das ich für eine Maßnahme für den äußersten Notfall gehalten hatte. Ich hatte Roberts: Keine schriftlichen Nachrichten! nämlich immer noch im Gedächtnis. Er hatte mich aber im Stich gelassen, warum sollte ich dann seine Direktiven beachten?

Ich fischte also die für den äußersten Notfall vorbereiteten Papierbögen aus dem Rucksack, ging durch den Wald und hängte Aufrufe an die Bäume: Martin, komm zurück! Robert, gib bitte Martin zurück! Und so ergab es sich auch, daß ich mich an die konspirative Losung erinnerte, die ich mit Robert vereinbart hatte, und ich fing an, meine Hälfte der Losung an die Bäume zu hängen (die Antwort auf die Nachricht, daß ein Einhorn im Garten sei): Und frißt Rosen.

Als ich aber schon Dutzende davon angebracht hatte und sich das Einhorn immer noch nicht meldete und nirgendwo sein goldenes Horn erschien und nirgendwo seine goldenen Hufe klirrten, hatte ich die Nase voll und machte mich daran, überall Zettel mit der Aufschrift: Fresse Rosen! Fresse Rosen! Fresse Rosen! aufzuhängen. Und zum Schluß auch: Fresse Einhorn auf!

Noch heute bin ich überzeugt davon, daß gerade diese Verzweiflung die Wende herbeigeführt hat, mit der ich, meine Herren, überhaupt nicht gerechnet hatte.

53

Ich will dich, Mlock!

24. September 1957. Den ganzen Tag verbrachte ich mit vergeblichem Suchen. Und gerade als ich auf dem Rückweg zur Basis war, zu meinem Zelt auf der Waldlichtung, wurde es mit einem Schlag dunkel, der Himmel zog sich zu wie mit einer Rabenschwinge. Ich ging weiter im Dunkeln, und erst nach einer Weile überlegte ich, daß ich lieber anhalten und abwarten sollte. Demnach, wie der Himmel zugezogen war, sah es aus, als könne mich in der Finsternis ein heftiger Regenguß oder auch ein böses, im dichten Fell des Waldes wie ein Hornkamm funkelndes Gewitter erwischen. In dem Moment aber, als ich

stehenblieb, ging plötzlich ein Licht vor mir auf, und ich sah, daß ich mich am Anfang einer langen Schneise befand, eines durch den Waldkorridor verlaufenden Weges, und nach kurzem Zögern ging ich auf das Licht zu.

Natürlich erinnerte mich der Weg durch den Waldkorridor an etwas. Und Sie werden es mir nicht glauben, aber zuerst konnte ich mir gar nicht ins Gedächtnis zurückrufen, woher er mir so bekannt vorkam (das Herumgelaufe den ganzen Tag hatte mich ganz tumb und benommen gemacht), bis sich das Licht am Ende der Schneise so weit genähert hatte, daß ich bereits die halbgeöffnete Tür zu dem Zimmer mit dem Perserteppich erkannte. Da wußte ich freilich auch, wohin ich da, hipp hipp hopp, im Schweinsgalopp, wohin ich da geraten war. Auf dem Teppich lag kein Plüschteddybär mehr und auch kein Parfümfläschchen, denn wie Sie sich zu erinnern belieben, hatte der Ingenieur Pařízek doch beides aufgehoben und auf die Kommode gelegt.

(Kleiner Exkurs, liebe Freunde. Ist Ihnen auch schon aufgefallen, daß das Transzendente jeden von uns mit geprüften und bewährten Tentakeln ständig betastet und auf die Schippe nimmt? Schon einmal hatte es mit der Einsicht in das Zimmer nach mir gegriffen, und so bleibt es jetzt dabei. Ist das nur Bequemlichkeit oder was?! Das möchte ich gerne wissen. Kann das Transzendente bequem oder gar faul sein?)

Als wir damals (in der Karpato-Ukraine) versucht hatten, uns der halboffenen Tür zu nähern, war sie in einem bestimmten Moment verschwunden, als sei sie nur eine optische Täuschung, eine Wald-Fata-Morgana, die nur in bestimmten Situationen und von einem bestimmten Winkel aus zu sehen war. Ich erwartete nun, daß das geöffnete Zimmer auch jetzt, kaum daß ich den nächsten Schritt getan hatte, erlöschen und verschwinden würde. Diesmal blieb es aber, hatte sich festgesogen oder so ähnlich und blieb da. Bis ich an die Tür kam und mich nach einem gewissen Zögern – was Sie hoffentlich verstehen werden – entschloß, einzutreten.

Da stieß ich jedoch auf etwas, das mich daran hinderte. Als wäre im Rahmen der halboffenen Tür eine Glasscheibe eingesetzt, als wäre der Zimmereingang verglast. Aber warten Sie mal, das ist ja überhaupt nicht präzise! Auf einer Glasscheibe gibt es nämlich immer, und sei es auch nur ganz geringfügig, Schlieren, und es sind Unregelmäßigkeiten darin, die unser Auge registriert, wohingegen dieses eine vollkommen durchsichtige, klare, absolut unsichtbare Scheibe war, an der es nichts gab, woran sich das Auge hätte festhalten können. Und nicht nur das Auge. Ich weiß, daß es schwer zu begreifen ist, aber obwohl sie undurchdringlich im Wege stand, war sie dennoch nicht zu ertasten.

Die Handflächen auf der nicht zu ertastenden durchsichtigen und klaren Scheibe schaute ich hinein auf den Perserteppich. Eine Weile passierte überhaupt nichts. Eine so absolute Leere, als zöge jemand den Erzengel an der Kehle empor! Ich weiß nicht, wie lange es dauerte, aber dann sah ich eine Bewegung, dort, wo der Teppich die Wand berührte. Es sah so aus, als würde der Fußboden nicht ganz an der Wand anliegen oder als ob dort sogar überhaupt keine Wand sei, sondern nur ein Anstrich im Leeren, eine nur in die Luft gemalte Wand. Und zwischen dieser Wand und dem Fußboden begann nun etwas aufzutauchen.

Ich weiß nicht, von wo sie emporstiegen, aber es waren Mutter und Vater.

Zuerst tauchten ihre Köpfe über dem Teppich auf und dann auch schon die Schultern, bis ich sehen konnte, daß sie sich an den Händen hielten, daß sie von irgendwoher zusammen hinaufstiegen, sich dabei an den Händen hielten und mich anlächelten, Lew Trotzkij und Gudrun Sammler. Sie stiegen auf den Teppich und gingen auf mich zu (auch ich lächelte), bis sie in unmittelbarer Nähe des Durchsichtigen, aber Undurchdringlichen stehenblieben, das uns jetzt trennte.

(Lassen Sie uns eine Abmachung treffen: Wir werden diese unsichtbare, aber undurchdringliche Trennwand von geheimnisvoller Konsistenz von jetzt an doch wieder einfach nur Glasscheibe nennen. Jetzt, wo wir im Bilde sind, kommt es auf das Wort auch nicht an.)

Ich glaube, ich sagte etwas zur Begrüßung zu ihnen, und sie sagten auch etwas. Ich sah, wie sich ihre Lippen bewegten, hörte aber keinen Laut, ich hörte kein anderes Geräusch als den Wind, der im dunklen Wald hinter meinem Rücken in den Baumkronen stöberte, oder das gelegentliche Knarren der Zweige.

Dann drückte ich mich ganz an die Glaswand und schrie, ich öffnete den Mund, so weit ich konnte, es nützte aber nichts, bis Vater mir ein Zeichen gab, daß es keinen Sinn habe. Er griff in seine Brusttasche, suchte nach etwas, zog einen Kalender heraus, öffnete ihn, lehnte ihn an die Glaswand und schrieb eine Weile lang etwas, dann riß er das Blatt aus dem Kalender, drehte es zu mir und hielt es in meiner Augenhöhe gegen die Glaswand: Wir sind durch eine undurchdringliche Wand getrennt, durch die man nichts hören kann. Wir können uns aber mit Hilfe von Zetteln verständigen.

Ich zog die Papierbögen aus dem Rucksack, auf die ich meine Nachrichten für das Einhorn gekritzelt hatte, und schrieb auf einen davon: Mama, Papa, ich grüße Euch lieb! Ich hoffe, daß Ihr die ewige Glückseligkeit genießt, helft mir aber bitte, meinen kleinen Martin zu finden!

Vater machte eine beruhigende Geste, schrieb auf das nächste Kalenderblatt und hielt es ans Glas: Zuallererst, es gibt keine ewige Glückseligkeit. Alles ist anders. Aber darum geht es jetzt nicht. Wir sind hier, um dir mitzuteilen, daß Martin nichts passiert ist und auch nichts passieren kann. Er ist bei dem Agenten Robert Lowell, der ihn sein Handwerk lehrt. Wie wir in Erfahrung bringen konnten, ist der Agent Lowell der beste nach James Bond.

Ich zuckte ungeduldig mit der Hand und antwortete sofort: Wo ist er? Wo sind sie?

Mutter streckte die Hand aus, nahm Vaters Notizbuch und den Bleistift, schrieb lange irgend etwas, dann leckte sie das Blatt artig ab und klebte es in meiner Augenhöhe an: Du brauchst dir um den kleinen Martin überhaupt keine Sorgen zu machen. Agent Lowell ist kein Pädophiler, sondern ein echter Gentleman von allerbester Erziehung. Mit seinen zwölf Jahren braucht Martin väterliche Autorität und auch jemanden, den er bewundern kann. Du kannst ihn nicht immer zu Hause einsperren wie die Prinzessin von Siebenbürgen und der Bukowina. Du würdest ihm den Weg versperren, den er zu gehen hat. Unser armes gemartertes Land braucht tapfere Männer, Ritter des Herzens, die der kommunistischen Hydra die Stirn bieten!

Ich schrieb sofort zurück: Mama, was soll der Blödsinn! Martin ist doch noch ein Kind! Und reicht es denn nicht, daß ich schon als tapfere Wolfspartisanin gegen den Nationalsozialismus gekämpft habe? Du hast doch keinen blassen Schimmer, was ich mit den sowjetischen Werwölfen durchgemacht habe, was diese Gottesgeschöpfe alles mit mir angestellt haben!

Vater unterbrach mich aber mit einer entschiedenen Geste, nahm das Notizbuch von Mutter und schrieb: Meine liebste Sonitschka, ich verstehe, wie dir zumute ist! Es reicht aber nicht, daß du gegen den Nationalsozialismus gekämpft hast. Erinnerst du dich noch, was ich dir immer von Nikolaj Berdjajew zitiert habe?

Wütend kritzelte ich auf russisch auf den Zettel und klatschte ihn an die Wand: Scheiß auf Berdjajew!

Mutter bat Vater wieder um seinen Kalender und schrieb

mir zurück: Es gibt eine Welt der Männer, in die alle Jungen eines Tages aufbrechen, und wir können es nicht verhindern, Sonitschka …

Die Bleistifte rotierten, und die beschriebenen Zettel fielen auf den Boden und türmten sich auf beiden Seiten der gläsernen Wand. Martins Schicksal ging mir über alles, und so wußte ich gar nicht gebührend zu würdigen, wie kostbar dieses Treffen war und daß es sich auf dieser Welt nie wiederholen würde. Und wie immer bei einem aufgeregten Gespräch (wie immer bei uns zu Hause in jenen alten Zeiten vor dem Krieg, vor den beiden Kriegen) benutzten wir dann alle drei Sprachen, wir wechselten von einer in die andere und in die dritte, das lateinische Alphabet vermischte sich auf unseren Zetteln mit dem kyrillischen und verstrickte sich mit Mutters deutscher Schrift, es nuschelten die russischen Härte- und Weichheitszeichen, es zischte das deutsche scharfe S, und es zwitscherten die tschechischen Zischlaute wie Schwalben auf Stromleitungen.

Unsere Begegnung hatte aber anscheinend auch eine genau bemessene Dauer, denn Vater holte auf einmal seine Maschinenführer-Zwiebeluhr heraus, klopfte mit dem Zeigefinger aufs Zifferblatt und schrieb auf den letzten Zettel, daß sie zum Schluß noch eine Überraschung für mich hätten. Und daß sie jetzt der Überraschung den Platz räumen würden.

Sie hielten sich schon wieder an den Händen und entfernten sich dergestalt, daß sie mit kleinen Schritten rückwärts bis zur Wand gingen und dort irgendwo zwischen Wand und Teppich allmählich abzutauchen begannen, bis zum letzten Augenblick lächelten sie aber aufmunternd, und dann sah ich nur noch Vaters winkende Hand über dem Teppich, aber auch die tauchte schließlich unwiederbringlich unter.

Nach Vaters und Mutters Abgang (wenn ich es so nennen darf) wurde der Raum hinter der Glaswand wieder von einer unaussprechlichen Leere beherrscht, was ich dazu nutzte, meinen vom Schreiben ermüdeten Arm zu lockern. Ich machte schnelle Kreisbewegungen mit dem Handgelenk und dann auch mit dem Ellenbogen.

Ich hatte aber noch keine sechsundzwanzig Kreise gemacht, da begann zwischen der Wand und dem Teppich schon wieder etwas aufzutauchen. Diesmal war es aber nur ein einziger, für mich jedoch der allerliebste Kopf.

Schon als die Augen aufgetaucht waren, spürte ich ihre gewaltige Zündkraft und trat instinktiv von der Wand zurück. Aus der unterweltlichen Fallgrube stieg ein junger Mann im weißen Anzug mit dezenter Krawatte und einem Strauß Rosen empor. Der Anzug hatte vielleicht einen etwas altmodischen Schnitt, stand ihm aber entschieden besser als Elefantenhaut oder Hirschfell. Und so sah ich ihn in seiner menschlichen Gestalt. Obwohl es das allererste Mal überhaupt war, zweifelte ich nicht einen Augenblick:

Ich grüße dich, mein Prinz.

Vielleicht hatte er wirklich ein wenig Ähnlichkeit mit dem Kronprinzen, dem Erzherzog Rudolf von Habsburg, dessen geheimnisvoller Tod auf dem Jagdschloß Mayerling in Gesellschaft der engelsgleich schönen Baronesse Mary Vetsera vor langer Zeit (sehr, sehr langer Zeit) meine kindliche Phantasie angeregt hatte. Sollte das etwa heißen, daß Bruno ein Habsburger Bastard war, der in die Familie eines Wiener Hofschneiders gesetzt worden war? Das überlasse ich aber gern den jeden Pups ausgrabenden Historikern, weil es mich wiederum, um ehrlich zu sein, nicht besonders interessiert. Mich interessiert Bruno und nicht seine geheimnisvolle Herkunft.

Bruno verbeugte sich, machte gemäß der früheren Etikette einen tiefen Diener, und als er an der Glaswand zwischen uns angelangt war, zwinkerte er mir spitzbübisch zu, fischte ein Stück Pflaster aus der Tasche und heftete seinen Rosenstrauß an die Glaswand, so daß er jetzt zwischen uns flammte wie eine

Monstranz im Sonnenuntergang. Daraufhin trat er ein Stück zurück, zog einen Stapel Zettel heraus, mischte ihn geschickt wie ein Kartenspiel, und schon hatte er einen Füllfederhalter in der Hand.

Ich kam ihm aber zuvor und schrieb auf meinen Zettel: BRUNO!

Er antwortete sofort mit dem Zettel: SONJA!

Ich zögerte nicht und schrieb zurück: BRUNO!

Er reagierte sofort: SONJA!

Ich schrieb: BRUNO!

Er schrieb zurück: SONJA!

Ich sprach ihn an: BRUNO!

Er antwortete mir: SONJA!

Wir verbrachten eine Menge Zeit mit diesem Sonja!- und Bruno!-Ding, unsere Namen fielen wie Blütenblätter, wie Wachstropfen auf beiden Seiten der Glaswand, wobei uns klar war, daß es uns gerade an Zeit mangelte und daß wir sie maximal nutzen mußten.

Ich hatte immer gedacht, daß wir uns erst ganz am Ende der langen Reinkarnationsreise sehen würden, die Bruno zu durchlaufen hatte, bevor er wieder seine menschliche Gestalt erlangen würde. Aber das, was uns jetzt gegönnt war, war höchstwahrscheinlich nur das Aufblitzen eines Traums, ein Guckloch in die ferne Zukunft, eine Goldmünze aus der löchrigen Tasche des Paradieses! Und das Ganze hatte natürlich auch den Zweck, daß Bruno mir sagen konnte, daß ich mich um Martin nicht zu sorgen brauchte. Er war es doch gewesen, der Martin den Karpfen geschickt hatte, um ihm so eine Bildung zu ermöglichen, von der die meisten nicht einmal zu träumen wagen, eine Bildung, die in unserem Jahrhundert nur noch dem Philosophen Bertrand Russell, dem dritten Grafen aus der Familie der Russells, zuteil wurde. Da er aber gleichzeitig fürchtete, aus Martin könne ein trockener akademischer Knochen werden, und weil er sich sicher war, daß in unserem Jahrhundert nur der Freiheitskampf die wahre Glutstätte war, in der noch mannhafte Herzen geschmiedet wurden, kreuzte er seinen Weg mit dem Agenten Lowell.

Also gut, Bruno, du hast mich überzeugt. Lowell soll Martin all das beibringen, was der Karpfen nicht vermochte.

Wir standen da, jeder auf seiner Seite der Glaswand und jeder mit dem letzten Blatt, letzten Kärtchen in der Hand. Zwischen uns schwebte der Rosenstrauß, und hinter meinem Rücken im finsteren Wald stöberte der Wind weiter in den Baumkronen. Ab und zu knarrte ein Zweig. Ich schrieb auf meinen letzten Zettel: Ich will dich, Bruno, ich will dich, Mlock! Und Bruno auf seinen: Laß uns loslegen, Sonitschka Trotzkij, Sammler! Sofort streckte sich von irgendwoher der mit Spucke befeuchtete Finger Gottes aus und wischte meine Jahre weg. Wie alt war ich jetzt? Sechzehn? Sechzehneinhalb? Also gut, ich zog den Pulli hoch, schälte zwei Geißlein heraus und drückte sie an die Glaswand. Doch Bruno wurde unsicher. Ohne seine tierischen Attribute, Rüssel, Geweihe und Hufe war er auf einmal scheu und schüchtern und vor allem ungeschickt. Er stand dort eine Weile wie eine Salzsäule, ehe er das strahlend weiße Sakko auszog und sich zu Füßen fallen ließ und mit ungelenken Fingern die Krawatte aufschraubte. In dem Moment hörte ich, wie hinter meinem Rücken ein Gewitter aufzog, und schon schnitt seine Schneide in einem gewaltigen Aufprall all meine Kleider sauber entzwei und riß sie mir vom Leib. Bruno hingegen, in seinem gläsernen Käfig, in dem sich kein Blatt regte, konnte sich nur auf sich selbst verlassen.

Sie erwarten doch wohl nicht, meine Herren, daß ich Ihnen jetzt alles beschreiben werde? Ich sehe Ihren Augen ja schon an, daß Sie es tatsächlich erwarten! Das ist ja nicht zu fassen! Da können Sie aber lange warten! Ich empfehle mich! Ihre Sonitschka Trotzkij-Sammler!

54

Der Arbeiterkader

Ich habe Sie zwar hintergangen, wenn ich Ihnen nichts von den Intimitäten erzählt habe, die ich mit Bruno durch die undurchdringliche Glaswand hatte, aber vielleicht darf ich hoffen, daß Sie mir deshalb nicht böse sind, denn sehen Sie mal, die Geschichte läuft bereits weiter, und ich fordere Sie schon wieder zu einer Reise auf, und jetzt befinden wir uns irgendwo am Anfang der sechziger Jahre.

Ja. Eines Morgens wachte ich auf, ging ins Badezimmer, nahm den Kamm in die Hand, und plötzlich hörte ich zu meinem Erstaunen, wie ich mit einer klagenden, jammernden Stimme zu sprechen begann und wie ein wehmütiger, anklagender Monolog aus mir herausfloß wie einst aus meiner Mutter (da haben wir es also wieder: das, was Sie leben, erleben und erkennen, kehrt immer wieder zurück, und es ist immer dasselbe, es erscheint nur jedes Mal in einer etwas anderen Gestalt, bis es eine merkwürdige Ordnung bildet, die Sie zwar nie verstehen werden, aber darum geht es ja auch nicht, meine teuersten Goldschätzchen, es geht lediglich darum, daß Sie wissen, daß eine Ordnung da ist und Sie ihr nicht entkommen können). Während dem anklagenden Monolog meiner Mutter, ihrem weinerlichen Selbstgespräch hinter den sieben Bergen, bei den sieben Zwergen, damals aber ihre sie liebende Tochter zugehört hatte, hörte mir gleich hinter der Tür ein Spitzel zu.

Er stand lange da und versuchte, etwas aufzuschnappen, etwas aus meinem Selbstgespräch zu verstehen, aber als ihm das ganz offensichtlich nicht gelingen wollte, drückte er forsch die Türklinke und fiel flegelhaft bei mir ein, wobei er so tat, als ob er nicht geahnt hätte, daß ich im Bad war.

Was machte aber in meiner Wohnung, was machte hinter der Badezimmertür ein Spitzel?

Anfang der fünfziger Jahre war mein Sohn, wie Sie sich noch erinnern werden, aus der Evidenz der Schulbehörde herausgefallen. Und dann fiel ich durch eine wundersame Fügung aus der Evidenz der Staatssicherheit. Das Wunder hieß aber wohl in beiden Fällen Schlendrian. Vor kurzem erzählte man eine Geschichte von jemandem, den die Staatssicherheit verhaften kam, der sich aber zwei Tage zuvor das Bein gebrochen hatte, und als sie in aller Herrgottsfrühe bei ihm klingelten, war er noch im Krankenhaus, so daß sie sich verpaßten, und seitdem hatte er Ruhe vor ihnen. Das hätte der Gestapo nicht passieren können. In der Arbeit der Staatssicherheit jedoch, geführt von russischen Gorillas, vermengte sich der tschechische Schlendrian mit dem russischen, und so bildete sich eine phantastische Kombination heraus, die vielleicht so manchem das Leben gerettet hat.

Im Sommer 1945 kamen die Agenten des KGB, um Vater zu holen. Als sie aber erfuhren, daß er schon tot war, hatte ich unvorstellbar lange meine Ruhe. Dann aber fiel der Schatten von Vaters Namen erneut auf mich.

Im Jahre 1960 wurde nämlich der Mörder aus dem Gefängnis in Mexiko entlassen, den Stalin 1940 angeheuert hatte, um Lew Dawidowitsch Bronstein Trotzkij zu ermorden. Und kaum daß dieser Ramon Mercader (jawohl, wir haben schon von ihm gesprochen) das Gefängnis verlassen hatte, machte er einen Abstecher nach Moskau, um sich den Lenin-Orden abzuholen. Gleich danach durfte er sich für eine gewisse Zeit im goldenen Mütterchen Prag niederlassen, und erst im Zusammenhang mit ihm hatte man sich wieder meiner erinnert, obwohl ich mich unter dem Nachnamen Sammler versteckt hielt. Oder vielleicht gerade deswegen. Erneut tauchte der absurde Verdacht auf, ich hätte etwas mit jenem Stalinrivalen von damals gemeinsam. Der Mörder Trotzkijs kam, um mich zu inspizieren und trotzkistische Züge in mir zu identifizieren. Er beobachtete mich in dem Raum, in den man mich zum Verhör geladen hatte, lange durch einen durchsichtigen Spiegel. Ich spürte ganz deutlich seinen Blick aus dem Spiegel. Obwohl sie anscheinend zu keinem Ergebnis gekommen waren, galt ich in ihren Augen als Tochter eines russischen Emigranten und einer Deutschen, und so setzten sie mir wenigstens keine schnüffelnde Wanze in die Wohnung, sondern gleich eine riesige Wachzecke, nämlich einen Arbeiterkader.

Ich sehe aber, meine Herren, daß Sie nun auch wieder nicht mehr so kleine Jüngelchen sind, um nicht zu wissen, wer diese sogenannten Arbeiterkader waren und wie sie wie die Scheiße auf der Schaufel herumstolzierten, als die Partei und die Regierung sie direkt von der Drehbank geholt hatten und sie zu höheren Zielen aufstiegen. Karel Skotal ging von der Fabrik (den Energetischen Betrieben) direkt in die Redaktion des Bezirkstageblatts, die Rechtschreibfehler korrigierten ihm die Korrektoren, und schreiben lernte er in einem Crashkurs für Arbeiterjournalisten. Eines aber brauchte er nirgendwo zu lernen – frech und aufdringlich war er schon von Natur aus.

Kurz nachdem man den Kader bei mir einquartiert hatte (als Vorwand diente meine »Fehlbelegung«, ich wohnte allein in einer geräumigen Wohnung), fiel auch seine wasserstoffblonde Schlampe bei mir ein, und gleich teilten sie mir mit, daß sie eine Familie zu gründen gedächten und deshalb, verstehen Sie, Genossin, nicht in nur einem Zimmer wohnen könnten. Deshalb nahmen sie meine ganze Wohnung in Beschlag, und für mich blieb nur ein Verschlag übrig, der bisher als Rumpelkammer gedient hatte. Skotals Stute gab mir verschiedentlich zu verstehen, daß ich diejenige war, die da im Wege stand und die der Eindringling war.

Eins kam zum anderen, und zum erstenmal in meinem Leben passierte es mir, daß ich das Gefühl hatte, als würde ich für immer den Kontakt zu Bruno verlieren, aber auch zu meinem Sohn. Der Arbeiterkader bespitzelte mich, und die Staatssicherheit schleppte mich zu Verhören, ich verlor mein Zuhause, und es blieb kein einziges Plätzchen für mich, an das ich mich vor dem Unrecht der Welt hätte flüchten können, und wenn ich bis dahin auch standgehalten hatte in dem Bewußtsein, daß das doch genau das war, was sie wollten, nämlich das Gefühl von Vergeblichkeit und Hoffnungslosigkeit in mir hervorzurufen, fiel eines Tages leider mein letzter Schutzwall, denn – das hätten Sie selbst erleben müssen, meine Herren – ich stand einfach auf und packte alles in den Rucksack, was von den Sachen, an denen mir etwas lag, hineinpaßte, einige Kleider von mir und einige meiner Mutter, im Flur nahm ich das Bild mit dem Eisenbahntunnel im Semmering von der Wand, dann das Gruppenbild mit Vater vor der Lokomotive Ajax, der ältesten des europäischen Kontinents, und Dürers *Melancholie*. Ich nahm alles aus den Rahmen und rollte es sorgfältig zusammen, in der Kammer kniete ich mich auf den Boden und rollte mir ein Bison- und ein Bärenfell zusammen, die die orthodoxen Indianer am Tage meiner Geburt mitgebracht hatten, und dem Arbeiterkader sagte ich, daß ich gehen und ihnen die ganze Wohnung überlassen würde, was ihn nicht weiter überraschte, von Anfang an hatte er damit gerechnet, daß er mich eines Tages dazu getrieben haben würde, er wünschte mir viel Glück und lächelte freundlich, man mußte sie lieben, diese Arbeiterzecken!

55

Guten Tag, Major Gagarin!

Als ich dann mit dem Rucksack, in dem ich *omnia mea mecum porto* hatte, aus dem Haus heraustrat, wußte ich, daß ich wieder nur Vaters Weg wiederholte, wie er vor neunzehn Jahren alles zusammengepackt hatte, was er in den Transport mitnehmen durfte, und sein Konzentrationslager suchen ging.

Es war ein Dezembernachmittag des Jahres einundsechzig, vierzehn Tage vor Weihnachten. Und wenn Sie sich noch ein bißchen erinnern, meine Herren, herrschte damals ein so kalter Winter, daß die Schwarzau auch mitten in der Stadt zugefroren war und die Jungs, Scharen von Jungs, abends mit Taschenlampen auf ihr Schlittschuh liefen, so daß es aussah, als schüttete man bunten leuchtenden Sand durchs Flußbett, auf den Dächern lagen schwarze Rabenteppiche, und auf dem Freiheitsplatz erschienen bettelnde Tiere, die sich aus den bis auf die Knochen durchfrorenen Wäldern zurückzogen. Die Menschen gruben irgendwo alte, riesige Wintermäntel aus, bei denen es sich meist nur um die umgenähte Wintermontur der österreichisch-ungarischen Armee handelte.

Ich quetschte mich samt des Rucksacks in die Straßenbahn, die wie eine aufgewärmte Höhle war, aber je weiter sie sich vom Stadtzentrum entfernte, desto leerer wurde sie, bis hinter Sebrowitz auf dem Weg nach Bysterz nur noch ein Häuflein übrigblieb, und an der Endhaltestelle stieg ich dann ganz allein aus. Wer hätte auch hierherfahren sollen, in diese eisige Einöde hinter der Stadt? Es wurde auch schon dunkel, und ohne richtig zu wissen, was ich eigentlich vorhatte und wohin und warum ich mich auf den Weg gemacht hatte, trat ich nun in die Dunkelheit ein. Als zöge ich einen schweren Samtvorhang auf, irrte und torkelte ich lange da herum, bis der sternenbeleuchtete See der Brünner Talsperre auftauchte. Auch er war zugefroren, genau wie die Schwarzau. Es deutete aber alles darauf hin, daß ich damit gerechnet hatte.

Ohne zu zögern, setzte ich nämlich meinen Weg fort. Ich nahm den Rucksack ab, fischte die Schlittschuhe heraus, setzte sie an die Schuhe, zog sie mit dem Schlittschuhschlüssel fest an, lud den Rucksack wieder auf, betrat die Eisfläche und lief gleich nach der ersten unsicheren Berührung mit dem Eis los.

Ich lief auf dem Stausee wie einst vor langer Zeit (ja, vor einundsechzig Jahren) Bruno Mlock auf der zugefrorenen Donau, als er den entfernten Lichtern der Leopoldstadt gefolgt war. Ich lief auf dem See, der immer so viel für mich symbolisiert hatte, der Rucksack auf meinem Rücken war auf einmal federleicht, die Ufer traten auseinander, die Eisfläche wurde breiter, die Sterne loderten schamlos, und in dieser weißen Einöde hörte ich plötzlich Gesang, als flöge hoch über meinem Kopf die Lerche des Pflügers im Frühling, dann begriff ich aber, daß es meine Schlittschuhe waren, die so sangen: ein metallener Bogen auf Eissaiten, und dieser Klang hallte vom Winterhimmel wider und kam deshalb von oben zu mir.

Zu dem musikalischen Erlebnis gesellte sich bald noch ein weiteres. Ich sah nämlich etwas unter dem Eis. Es war so auffällig und so überraschend, daß ich sofort aufmerksam wurde und stehenblieb – und ich stand und stand noch mehr und kniete mich dann sogar ganz langsam hin, und stellen Sie sich das bitte vor, ich kniete mich mit dem Rucksack auf dem Rükken hin und schaute durchs Eis nach unten, wo ich tief auf dem Grund des Stausees, aber auch in der Tiefe der Zeit, mich selbst als Fünfjährige sah, wie ich neben meiner Mutter hertrippelte mit einem Kännchen für die Schlachtsuppe, ich bitte um Entschuldigung, daß ich Sie ständig an diese Szene erinnere, mir hängt sie auch schon zum Hals raus, aber wahrscheinlich ist sie auf ihre Art eine Schlüsselszene, und falls, meine Herren, unter Ihnen ein Psychoanalytiker sein sollte, aber nein, fahren wir lieber fort, ich sah mich selbst in der weit entfernten und längst verwehten Zeit, als es hier noch keine Talsperre gab, sondern nur das Tal mit dem Dorf Kinitz und gelben Häuschen (die jetzt in der Tiefe unter dem Eis verstreuten Eichhörnchenzähnen ähnelten), und ich sah auch, wie ich da unten gerade den Kopf in den Nacken legte und nach oben schaute, und so begegnete ich meinen Augen.

Und so schauten wir uns an: ich, einundsechzigjährig, auf dem Eis kniend, und ich, fünfjährig, tief auf dem Grund trippelnd.

Ich richtete mich vorsichtig auf, rückte den Rucksack zurecht und setzte meinen Weg fort.

(Nur am Rande und vielleicht der Vollständigkeit halber füge ich hinzu, daß unweit der Stelle, wo ich mich hingekniet hatte, eine Damenhandtasche mit violetter Umrandung auf dem Eis lag, was mich an die Luftschiffe erinnerte, die hier vor sechsundfünfzig Jahren geflogen waren, und die ausgelassene Damen- und Herrengesellschaft an deren Bord. Das war aber eine trügerische Erinnerung, wie Sie noch hören werden.)

Ich setzte meinen Weg fort, aber dann kam mir in den Sinn, daß ich mich bei der Geschwindigkeit, die ich aufs Eis legte (ich raste wie ein Rentiergespann), schon dem Ende des Sees hätte nähern müssen, es sah aber so aus, als ob die Ufer immer weiter auseinandertraten, die Seefläche sich vergrößerte und das Ende im Unendlichen verschwand.

Und hören Sie, meine Täubchen, es dauerte lange, unwahrscheinlich lange, bis ich begriff, daß das, was vor mir lag, nicht mehr der Brünner Stausee war. Es war etwas viel Größeres als ein Stausee und etwas viel Größeres als ein See überhaupt, ich hatte bisher nur einmal im Leben so riesige Wassermassen erblickt, und zwar, als ich drei Jahre alt war und einem Meer gegenüberstand, dem Ägäischen Meer, nun erinnern Sie sich, meine flatterhaften Täubchen, erinnern Sie sich an die Insel Kreta und auch an die Quallen und Seepferdchen, und erinnern Sie sich insbesondere an das neugierige Auge des Meeresfisches, aber das hier war offensichtlich ein ganz anderes Meer, der Stausee ging hier in das zugefrorene Nördliche Eismeer über.

So wurde mir endlich bewußt, was da mit mir geschah und wo ich hinfuhr.

Es geschah, daß ich die Lust verloren hatte, ohne meinen Sohn und ohne Bruno und ohne meine Eltern und ohne mein Zuhause zu leben, weiterzuleben wie eine Gejagte in diesem Land, das von Lumpen beherrscht wurde. Genau das hatte mir den Rucksack auf den Rücken gesetzt, genau das hatte mich aus der Stadt hinausgeführt bis zum Stausee, und genau das hatte mir die Schlittschuhe untergeschnallt und mich dem riesigen Ozean entgegengeschubst, der wie vom Hecht gerufen hier erschienen war, dem regungslosen Ozean des Todes, diesen Grabwüsten, die mich schon mit ihrem eisigen Atem berührten.

Als ich mich der Mündung näherte, durch die sich der zugefrorene Stausee definitiv ins Eismeer ergoß, sah ich etwas Großes und Weißes, das unbeweglich dastand. Richtig geraten, meine Goldschätzchen, da standen fünf riesige weiße Elefanten und versperrten mir den Weg ins Meer, fünf Elefantenjungs. Sofort sah ich aber auch, daß es keine echten weißen Elefanten waren, sondern nur Elefanten aus Eis und Schnee, daß es nur Eisstatuen waren, Schnee-Elefanten. Ebenso flink erkannte ich, daß die Schnee-Elefanten Bruno-getreu nachempfunden waren, daß sie nach seiner Elefantengestalt gefertigt worden waren und sogar seine reizenden Augen hatten, die in diesen Fällen wohl aus irgendeiner schalkhaften Ebenholzmasse hergestellt und auf beiden Seiten in die Eisköpfe eingesetzt worden waren.

Sie waren nur viel größer, als es Elefanten gewöhnlich zu sein pflegen, und alle fünf standen mit warnend erhobenen Rüsseln da, als wollten sie mir sagen: Halt, halt, djewotschka! Weil sie aber so riesig waren, war es natürlich auch kein Problem, zwischen ihren Beinen hindurchzufahren und den Weg ins Meer fortzusetzen.

Ich fuhr bis an ihre Eiskörper heran und schlüpfte unter sie wie unter die Gewölbe weißer Kathedralen. Da war mir aber schon klar, was sie dort taten. So wie Bruno meinem Sohn einst Baruch Spinoza als Hauslehrer geschickt und später seinen Weg mit dem Agenten Lowell gekreuzt hatte, ließ er jetzt am äußersten Rande des Riffs diese warnenden Piktogramme der Schnee- und Eiselefanten aufstellen, die mich in meinem verzweifelten Tun stoppen sollten.

Es war Brunos Wunsch, und Brunos Wünsche hatte ich immer respektiert, ob es sich nun um den Karpfen oder Robert Lowell handelte. Also drehte ich um und fuhr wieder zurück, obgleich ich bereits die furchtbare Müdigkeit verspürte, die nur diejenigen kennen, die das andere Ufer, die große Trennlinie schon fast erreicht hatten und nach einem plötzlichen Entschluß wieder umgekehrt sind.

Erst auf dem Rückweg merkte ich, was für eine lange Strecke ich zurückgelegt hatte und aus welch riesiger Entfernung ich zurückkehrte. Mit der Rückfahrt werde ich Sie aber nicht mehr ermüden.

Ich nahm die Schlittschuhe ab, stopfte sie wieder in den Rucksack, kletterte ans Ufer und ging zur Straßenbahnendhaltestelle zurück. Auf dem Weg gewahrte ich schon die ersten entfernten Signale der Morgendämmerung (meine Reise über den Stausee hatte sich also über die ganze Nacht erstreckt).

Ich setzte mich in die eiskalte Straßenbahn, hauchte in meine Handflächen und machte das, was ich als kleines Mädchen, wenn mir kalt war, Feuerchen genannt hatte. Lange blieb ich aber nicht allein. Der Straßenbahner kam mit einer Thermoskanne zu mir, goß mir heißen Kaffee in einen Becher und zog einen Flachmann mit Rum heraus. Er war der schweigsamste Kerl meines Lebens, wenn ich die zehn Minuten, die wir zusammen verbrachten (bis zur Abfahrt der Straßenbahn), auch zu meinem Leben zähle, was ich wohl tue. Die ganze Zeit über sagte er kein Wort. Als er mir den Kaffee mit Rum eingeflößt und mich so von oben gewärmt hatte, nahm er mich auf den Schoß, fand durch all die Schichten einen Weg zu mir und wärmte mich auch noch von unten. Hinter dem vorderen Waggonfenster wuchs das Sonnenlicht wie das Eidotter in der Henne, ich schluchzte leise, und der stumme Straßenbahner nahm mich vom Schoß, knöpfte sich hastig die Hose zu (schon mit dem Blick auf die Uhr) und ging wieder nach vorne, er klingelte, und die Straßenbahn fuhr los.

An den Haltestellen in Komein und Jundorf sammelten wir die ersten Passagiere ein, und wie wir den Weg auf der damals längsten Straßenbahnstrecke Brünns (von Bysterz nach Řečkowitz) so fortsetzten, fuhr die Straßenbahn auf den Schienen wie der Schieber in einem Reißverschluß, der hinter uns, ratsch, einen neuen Tag öffnete.

Ich stieg in Königsfeld aus und ging entlang des Kocianka-Hügels hinauf. Der Lautsprecher über dem Eingang in die Königsfelder Maschinenwerke brüllte aus voller Kehle das Lied *Guten Tag, Major Gagarin,* zwischen dem Weihnachtsschmuck am Tannenbaum vor dem Pförtnerhaus hingen auch einige Sputniks aus Stanniolpapier, und Väterchen Frost auf der Wandzeitung war in einen Astronautenanzug gesteckt und mit der Überschrift DIE ERFOLGE DER UdSSR IM KOSMOS – EIN GESCHENK AN DIE WERKTÄTIGEN DER GANZEN WELT! verziert worden. Ich kam mit einigen verspäteten Morgenmuffeln, und der Pförtner mit der Pistole auf dem Hintern schaute argwöhnisch auf meinen Rucksack. Als ich ihm erklärt hatte, was ich wollte, zeigte er mit dem Finger an eine Stelle, wo ich mich hinstellen und warten sollte. Dann kroch er wieder in sein Kabuff, telefonierte herum, wobei er mich nicht aus den Augen ließ, und als er den Hörer auflegte, nickte er einem älteren Arbeiter zu, der mich hineinbegleiten sollte.

Binnen zwei Stunden wurde ich als Kranführerin eingestellt, mein Alter schreckte sie überhaupt nicht (ein Drittel aller Fabrikangestellten waren Rentner), blitzartig wurden alle Formalitäten erledigt, das heißt mein Wechsel von der Administration der Technik- und Gartenverwaltung in den Fabrikbetrieb der Königsfelder Maschinenwerke, die Erläuterungen der Sicherheitsvorschriften und der Kranführerkurs, und dann bekam ich bereits den Zimmerschlüssel fürs Wohnheim und hatte wieder ein Dach über dem Kopf, was das eigentliche Ziel meiner Anstrengungen gewesen war.

Weißt du, die brauchen jetzt furchtbar dringend eine Kranführerin, deswegen haben sie so nach dir geschnappt, erklärte mir meine Mitbewohnerin Vladjka. Zwei Kranführerinnen sind kurz hintereinander in Mutterschaft gegangen, und eine hat vorgestern Selbstmord verübt. Du wirst mit dem Brückenkran fahren, das ist 'ne prima Arbeit, ganz sauber.

Da Vladjka der Mensch war, mit dem ich vielleicht jahrelang zusammenwohnen sollte, versuchte ich, ihr etwas von mir zu erzählen, warum ich mit einundsechzig beschlossen hatte, in der Fabrik anzufangen, und überhaupt.

Das hätte ich nie gedacht, daß du schon so eine alte Schachtel bist, du siehst höchstens aus wie vierzig, echt. Und du hast freiwillig die Wohnung geräumt? Wegen so eines Fieslings? Aber ich halte dir hier Vorträge –, und weißt du, warum ich im Wohnheim gelandet bin? Ich bin auch abgehaun. Er war Offizier, und ich hab' zwei Jahre wie in einer Kaserne mit ihm zusammengelebt. Wenn er einen Steifen kriegte, mußte ich sofort antanzen, salutieren und mich ausziehen. Er gab mir ein Zeitlimit dafür, das er dann ständig verkürzte.

Bevor sie mich schlafen ließ, erzählte sie mir noch von der Kranführerin, die zwei Tage vorher Selbstmord verübt hatte. Sie hatte die Wohnungstür offengelassen und einen Brief auf dem Tisch hinterlassen. Ganz sicher wollte sie, daß jemand sie abzuhalten versuchte, hat aber Pech gehabt. Du kennst das wirklich nicht? Du haust dir ein Loch ins Eis, tauchst dort mit der Axt ein, und der Schock vom eisigen Wasser lähmt dich dermaßen, daß du keine Chance mehr hast. Außerdem wächst das Loch hinter dir schnell zu. Das ist in diesem Winter der beliebteste Selbstmord in Brünn. Man nennt das »à la Meerjungfrau«.

Das ist nicht à la Meerjungfrau, sondern à la Mlock, korrigierte ich sie. Aber noch bevor Vladjka reagieren konnte, fragte ich: Hat die Kranführerin nicht so eine Handtasche mit violettem Besatz getragen?

Moment mal, Sonja, woher weißt du denn das?

Weiß nicht, ist mir nur so eingefallen.

Vladjka schaute mich eine Weile ungläubig an, sie war aber niemand, der sich mit irgendwelchen metaphysischen Fragen gequält hätte. Kurz darauf sprach sie schon von etwas anderem. Immer demselben nämlich. Von dem unglücklichen Schicksal der Frauen. Und so umarmten wir uns und heulten, wir heulten über das weibliche Leid und über die Liebe, die uns auswrang wie einen Feudel. Als wir fertig waren, bekam Vladjka einen Asthmaanfall, sie ließ die brennende Zigarette fallen, in ihrem Innern klapperte und röchelte es, sie wurde rot und wieder blaß und wieder rot, und ich lief wie wild auf allen vieren und suchte verzweifelt nach ihrem abhanden gekommenen Anti-Asthma-Spray, das ich schließlich unter dem Bett hervorzog. Vladjka spritzte sich eine Ladung in den Hals und zündete sich sofort eine Zigarette an.

Am nächsten Morgen saß ich schon in der Krankabine, hoch oben unter der Hallendecke. Die Kranbrücke setzte sich in Bewegung und näherte sich würdevoll einem großen Haufen riesiger Flanschen, neben dem der Binder stand und mir Zeichen gab, wo ich den Haken runterlassen sollte.

Als Kranführerin war ich schnell angelernt, Tages- und Nachtschichten, Materialbewegen in der Halle, aber auch direktes Abladen von der Schleppe. Ich saß auf dem Kran und schaute aus der Halle in die nächtliche Dunkelheit. Ein Zug mit gewalzten Profilen fuhr an die Rampe, und jemand mit einer Laterne stand auf dem Steigbrett. Ich war hier ganz glücklich, weil es nur Arbeiter und keine Arbeiterkader gab. Auch sie beneideten sich zwar um ihre Nasenpopel und zeigten sich vielleicht auch gegenseitig an, aber zu mir waren sie anständig. Und jeden Tag freute ich mich darauf, am Abend mit Vladjka über unser weibliches Leid zu heulen, über die Liebe, die uns wie einen Feudel auswrang. Darf ein Mensch überhaupt mehr wollen?

Ich fuhr langsam mit dem Haken nach oben, dann ein Stückchen nach rechts, und schon sah ich, daß die Seile wieder falsch eingehängt waren, schnell hielt ich an, bevor ein Unglück passierte, wo war denn der dämliche Binder schon wieder abgeblieben?

56

Etwas wie ein Kokon

Als ich fünfundsechzig wurde, sah ich immer noch aus wie vierzig, dafür wurde Vladjka, meine Mitbewohnerin, von Tag zu Tag älter. Als ich sie Anfang der sechziger Jahre kennengelernt hatte, war sie etwas über dreißig gewesen, jetzt aber sah sie schon älter aus als ich. Immer öfter hatte sie immer längere Asthmaanfälle und mußte immer öfter ins Krankenhaus. Dann bekam sie für eine kurze Zeit Invalidenrente, und plötzlich Schluß. Ich möchte nicht darüber reden. Ich hätte nie geglaubt, wieviel mir an einer Freundin liegen kann. Auch wenn vielleicht das einzige, was uns verband, das Heulduett war, wenn wir uns in den Armen hielten und eimerweise Tränen vergossen über das unabänderliche weibliche Leid.

Nach Vladjenkas Tod lebte ich allein in dem Wohnheimstübchen. Dann riß die Zeit den Vorhang auf, es kam das Jahr achtundsechzig, und ich hatte zum erstenmal nach so langer Zeit das Gefühl, meinen Sohn wiedertreffen zu können. Er war nun schon dreiundzwanzig, und es hätte mich sehr interessiert, wie er jetzt war und wie er wohl aussehen mochte. Aber weder mein Sohn noch Robert Lowell erschienen. Und leider erwies es sich als richtig, daß sie keine Eile hatten.

Nach der Augustinvasion, als sowjetische Panzer bei uns einrollten, erinnerte ich mich an meine Mutter, wie sie mit den Henlein-Anhängern gestritten hatte, als sie Hitler lauschten und die Rechte in die Höhe schnellen ließen. Seit dem 21. August verbrachte ich die Tage und Nächte nämlich auf den Straßen, sprach ununterbrochen mit russischen Soldaten, stritt mit ihnen, versuchte, sie zu überzeugen und ihnen etwas zu erklären, aber im Gegensatz zur Mehrheit der Nation verspürte ich ihnen gegenüber keinen Haß, denn während ich mit ihnen sprach, sah ich wieder meine Wolfssoldaten vor mir, und es bereitete mir keinerlei Schwierigkeiten, auch ihre Begierde zu stillen, wenn auch meistens nur so im Hauseingang und im Stehen, ich befriedigte zigtausend Besatzungssoldaten und redete dabei ununterbrochen auf sie ein, ich redete, und meine Stimme biß sich in ihre Seele. Dann erfuhr ich, daß alle Soldaten, die ich auf diese Weise bearbeitet hatte, der erste Besatzungstrupp nämlich, schnell durch einen zweiten ersetzt wurde und daß der erste, von mir verzauberte, irgendwo in Sibirien gelandet war, mit meinem Bild tief im Herzen und konterrevolutionären Ideen infiziert.

Irgendwann Anfang September 1969 kamen sie in die Fabrik, um mich zu holen. Ich lud gerade riesige Pakete mit Paletten von der Rampe, und der Meister, der mich ganz gern mochte, sagte den Genossen, daß in der Schicht keine andere Kranführerin zur Verfügung stehe, die mich ablösen könne, und daß die Paletten abgeladen werden müssen, da man in der Produktion schon auf sie warte.

Es half mir aber nicht viel, weil sie mich abends im Wohnheim einsackten. Sie brachten mich in die Stasi-Zentrale in der Leninstraße, wo sie bereits ein großes buntes amerikanisches Magazin auf dem Tisch ausgebreitet hatten, mit einem Foto von mir aus den Augusttagen unter der Überschrift: *Trotzkijs Tochter infiltriert Breschnjews Besatzungsarmeen.*

Die Zeit, da wir Sie mit Samthandschuhen angefaßt haben, ist vorbei, sagte einer der Stasi-Männer. Von jetzt an können Sie jederzeit für immer verschwinden, und kein Hahn wird nach Ihnen krähen.

Und keine Katze miauen, fügte der zweite Stasi-Mann hinzu.

Und keine Kuh muhen, übertrumpfte ihn wieder der erste.

Und keine Ziege meckern, tobte sich wiederum der zweite aus.

Im Wohnheim bekam ich eine neue Mitbewohnerin. Sie wußte sehr genau, warum man sie bei mir einquartiert hatte, und legte sich ins Zeug, um sich das zu verdienen, was man ihr versprochen hatte. Und so hatten sie mich wieder auf die altbewährte Art. Ich hatte aber schon seit Jahren eine Genossenschaftswohnung beantragt, und so ging ich zum zuständigen Referat und stellte dort fest, daß ich nur den gesparten Betrag zu hinterlegen brauchte und die Wohnung bereits bezugsfertig war. Alles verlief verdächtig glatt.

Die Genossenschaftswohnung lag allerdings in einer noch im Bau befindlichen Siedlung in Bohonitz, nicht weit von der städtischen Müllverbrennungsanlage, dem Knast, der frisch gebauten Irrenanstalt und dem Krematorium. Es war ein noch viel trostloseres Viertel als Czernowitz, wo sich die Irrenanstalt befand, in der Vater während des Krieges eingelocht worden war. Zudem wurde diese Siedlung im Geiste und im Namen der immer wieder erneuerten und vertieften tschechoslowakisch-sowjetischen Freundschaft gebaut, und die Straßen wurden nach sowjetischen Republiken, Städten und Helden benannt. In dem Schlamm und den Schutthalden dieser riesigen Baustelle gab es noch keine Gehwege und Straßen, dafür standen aber schon Statuen sowjetischer Helden der Arbeit und sogar die gigantische Statue eines Traktoristen, der mit seiner Schafspelzmütze von einem überlebensgroßen Trecker winkte. (Hier hättest du dich austoben können, Denis Kotatschka, aufrichtige Grüße in die Hölle!) Und hier siedelte man also die Renegatin Trotzkij an. Meine neue Wohnung, eine Zelle, in die ich kaum hineinpaßte, sah aus wie eine Kunststoffgruft und war ständig mit Geräuschen aus allen sie umgebenden Zellen gefüllt. Ich empfand es jedoch als keine Katastrophe, denn so lebten Millionen von Menschen in diesem Land.

Ich wohnte noch keine vierzehn Tage dort und war gerade dabei, mich mit dem Gedanken abzufinden, daß ich von Bruno gerade mal seinen durchs Fenster geschobenen Rüssel in diese Wohnung einladen konnte (durch das Fenster sah ich täglich, wie die aufgehende und untergehende Sonne die trostlose Umgebung meines neuen Zuhauses in zerrissene Innereien von Schlachtvieh verwandelte), da hörte ich eines Morgens eine mir bekannte Stimme aus der Nachbarwohnung und sah dann auch schon durch die halboffene Tür diese Kuh, vor der ich aus dem Wohnheim geflüchtet war, ich sah die Kuh hier in ihrer neuen Bestallung, wie sie den Umzugsleuten zeigte, wo sie ihre Schränke hinschleppen sollten.

Damit du's weißt, sagte sie gleich bei der erstbesten Gelegenheit zu mir, deine Wohnung ist deine Knastzelle, du bist meine Gefangene und ich deine Aufseherin. Wenn du dich ordentlich benimmst, laß ich dich nachts schlafen. Wenn nicht, wirst du Blut pissen und Igel scheißen! Den Hunden den Hundetod, du Trotzkij-Schlampe!

Ich ging dann oft zum Hauptbahnhof, Züge gucken. Nun, da ich die Königsfelder Maschinenwerke verlassen hatte, hatte ich viel Zeit, von der ich endlose Stunden auf Bahnsteigen verbrachte, ich hatte es nicht eilig, nach Hause zu kommen. Ich war schon weit über siebzig, was zwar niemand für möglich gehalten hätte, aber ich erkannte das Alter ganz unzweifelhaft auch an der Tatsache, daß ich auf der ganzen weiten Welt niemanden mehr hatte, ich hatte keine Menschenseele, zu der ich mit meinem Kummer hätte gehen können. Sie werden mich an meinen Sohn erinnern und haben natürlich recht, bis auf die Tatsache, daß ich nicht mehr damit rechnete, ihn jemals wiederzusehen, und Sie werden mich an Bruno erinnern und wieder recht haben, bis auf die Tatsache, daß er schon unvorstellbar lange nichts mehr von sich hören lassen hatte.

Als ich mich vor fünfzehn Jahren mit den Schlittschuhen auf den Stausee begab, zog mich der Lockvogel des Todes an einer langen Angel, eine reizende Fahrt, die mich zugleich Bruno nähergebracht und durch die Unterwelt geschleust hätte, wo Bruno zwischen den einzelnen Reinkarnationen verweilte, in diesem Wartesaal seiner weiteren Schicksale. Aber Bruno verbot mir diese Möglichkeit, weil seine Reinkarnationsreise dann nie ihr Ziel erreicht hätte und wir uns nie in unserer menschlichen und irdischen Gestalt hätten treffen können. Ich war also zur Unsterblichkeit verurteilt, so wie Aale zu langen Liebesreisen von den Süßwassergewässern bis zur Sargassasee im Atlantischen Ozean verurteilt sind. Einen Moment dachte ich, meine Herren, auch über die Möglichkeit nach, nach Amerika zu emigrieren, zu Großvaters orthodoxen Indianern, aber es gab dann Gott sei Dank noch eine Möglichkeit, die plötzlich aufgetaucht war, ohne daß ich sofort erkannte, worum es ging und was das mit sich bringen würde.

Auf dem Rückweg von meinen Bahnhofsexpeditionen benutzte ich nie die Straße des Sieges (oder Ferdinandstraße oder Hermann-Göring-Straße oder Masarykstraße), um die machte ich einen großen Bogen. Immer aber schaute ich in die Richtung, in Richtung des Hauses, wo ich geboren war, ich schaute jedesmal hin. Dabei streifte mein Blick für einen Moment immer auch das Haus ganz am Ende der Straße des Sieges, ein gewaltiges Eckgebäude, das hier schon seit Beginn des Jahrhunderts stand, mit seiner merkwürdigen Kuppel, die aus dem Dach zu wachsen schien. Und immer, wenn mein Blick dieses Haus streifte, das eigentlich nur vierzig Meter von dem entfernt war, in dem ich die meiste Zeit meines Lebens verbracht hatte, immer, wenn ich die seltsame Kuppel wahrnahm, die wie das Hütchen einer Riesin auf dem Kopf dieses Eckhauses saß, erschauderte ich, nein, so ist es nicht, viel eher würde ich sagen, daß mich immer etwas von innen wärmte, als würde ich ein Gläschen von einem besonders scharfen Zeug runterkippen, jawohl, so ist es, die Kuppel begann mich immer häufiger in meinen Gedanken zu besuchen, bis sie auch in meine Träume trat und ich mich auf dem Weg vom Bahnhof nach ihr umdrehte und sagte: Kuppel, Kuppel, was willst du von mir? Und die Kuppel antwortete: Komm und sieh nach!

Also packte ich wieder meine Sachen und betrat mit dem Rucksack auf dem Rücken, ohne zu verstehen, wohin ich ging und warum, das mich belästigende Eckhaus.

Ich rief den Fahrstuhl, er fuhr aber nicht, also begann ich, ein Stockwerk nach dem anderen emporzusteigen, bis ich vor einer kleinen Eisentür zum Dachboden stand. Natürlich war sie verschlossen. Dann verfolgte ich nur noch überrascht, wie ich den Rucksack abnahm, die Blechbüchse mit Vaters Schlüsseln herausholte, seinem »Schlüssel-Notdienst«, und mit Gewißheit einen auswählte, ich steckte ihn in das Schloß der Eisentür und drehte ihn mit dem Gefühl, daß er brechen würde, knarrend um.

Die Tür öffnete sich, ich war auf dem Dachboden, und merken Sie's sich, ich schloß sofort hinter mir wieder ab. Ich tastete nach einem Schalter, fand aber nichts. Deshalb wartete ich eine Weile, bis ich mich an das Zwielicht gewöhnt hatte, es war aber immer noch kein Schalter zu sehen. Vor mir befand sich eine dunkle Holztreppe, die zu einem weiteren Bodenraum führte. Ich hielt mich vorsichtig am brüchigen Geländer fest, stieg hoch, und wieder befand ich mich vor einer Tür. Abermals half mir einer von Vaters Schlüsseln, ich öffnete, trat ein, schloß vor allen Dingen hinter mir ab (zweimal) und sah mich wieder um. Der Dachboden hier war aber so mit Gerümpel vollgestellt, daß ich mich nicht bewegen konnte. Ich fing an, das Zeug Stück für Stück auseinanderzunehmen und mir wie ein Schiff den Weg durch Eisschollen zu bahnen, durch Kram und Eissplitter, und ich ordnete alles wieder hinter mir, ich liquidierte den Weg hinter mir, bis ich endlich zu der dunklen Kuppel gelangte, die mich in meinen Gedanken und Träumen belästigte.

(Es könnte Ihnen jetzt so vorkommen, daß ich es unnötig rührselig mache, aber Sie irren sich, ich muß es Ihnen so darlegen, damit Ihnen kein Detail entgeht, Schritt für Schritt, Treppe für Treppe, und erst dann dürfen wir an die Tür zur Pointe klopfen, und erst dann können wir das Ganze verstehen.)

Ich stand also am Fuße der Kuppel, deren Korpus bedrohlich aus dem Dach des mächtigen Eckhauses wuchs. Es gab hier, meine Teuersten, eine Tür, ich sah aber kein Schloß, kein Schlüsselloch und nicht einmal eine Türklinke. Die Tür war höchstwahrscheinlich von innen gesichert, mit einem Riegel, einer Türsperre. Ich schaute mich lange um, fand eine Eisenstange und brach die Tür auf (drinnen klickte etwas und fiel zu Boden), ich senkte den Kopf ein wenig und trat mit dem Rucksack auf dem Rücken und der Stange in der Hand ein. Es war in der Tat eine Türsperre, aber ganz von Rost zerfressen, so daß sie beim Aufbrechen entzweigegangen war. Jemand hatte sie vor sehr langer Zeit von innen quergelegt, vor so langer Zeit, daß die Erinnerung daran bereits im ungelüfteten Gedächtnis des Hauses vermufft war.

Und ich sage es Ihnen gleich, meine Lieben: Die Kuppel war von innen sehr seltsam. Sie erinnerte nämlich an einen Musikpavillon irgendwo auf einer Kurpromenade. Im Halbkreis waren Notenständer und auch Stühle für die Musiker aufgestellt. Es gab aber nirgendwo ein Notenblatt und auch sonst nichts, was mir einen Hinweis darauf gegeben hätte, um was für ein Orchester es sich hätte handeln können und was man dort spielte. Nur an der Seite lag ein leerer Kasten von einem größeren Musikinstrument. Einem Violoncello? Als ich einen der Notenständer, einen Stuhl und den offenen Kasten berührte, konnte ich mich davon überzeugen, daß alles schon von einer dicken Staubschicht bedeckt war.

Aber warten Sie, Freunde, alles war zwar auffallend steif und unbeweglich, gleichzeitig aber mit einer deutlichen Spur einer längst vergangenen Bewegung geprägt. Die Musiker, die hier einst gespielt hatten, hatten es eilig, als sie dann gingen. Vielleicht sind sie geradezu gerannt: zwei umgestürzte Notenständer, überhastet weggeschobene Stühle und auf dem Fußboden der vergessene Violoncello-Kasten. Nur, wie hatten sie so Hals über Kopf verschwinden können, wenn von innen verriegelt war? Ich legte den Kopf in den Nacken.

Ich legte den Kopf in den Nacken, meine Liebsten, und schaute nach oben in die Kuppel. Dort befanden sich ganz kleine schmutzige Fensterchen oder viel eher verrußte Rechtecke, durch die ein kümmerliches Licht fiel. Und jetzt, jetzt sah ich es: einen deutlichen Ring in der Kuppel. Einen Beschlag, ein Gewinde, einen Niet? Nein, nichts dergleichen, glaube ich.

Vater erzählte mir mal, daß Züge, die im alten Österreich-Ungarn durch lange und niedrige Tunnel in Siebenbürgen fuhren, mit speziellen Schornsteinen ausgestattet werden mußten, deren oberen Teile man abnehmen und nach der Tunnelfahrt wieder aufsetzen konnte. Auch der obere Teil der Kuppel war wahrscheinlich abnehmbar, kein angelöteter Beschlag, keine Gewinde oder Niete, sondern nur eine verjüngte Stelle, an der der obere Teil am unteren anlag und sie ineinander einrasteten.

Als hätte ich die Szene vor Augen: In der Nacht, als ich geboren wurde, das heißt also vom 31. Dezember 1899 auf den 1. Januar 1900 (und in meiner nahen Nachbarschaft), saß hier, einen Moment, jawohl, ein Quintett, sie saßen hier und spielten, na, was spielten sie wohl? Mozart? Und als sie fertig waren, sammelten sie schnell die Noten ein und hoben mit vereinten Kräften den oberen Teil der Kuppel an, aber, damit ich es nicht vergesse, vorher sperrten sie noch den Zugang von innen zu, sie hoben also den abnehmbaren Kuppeldeckel (in dem Moment hat es wohl fürchterlich gefegt, denn draußen herrschte eine frostige Nacht) und kletterten von der Kuppel aufs Dach, die Hände voll mit Musikinstrumenten und Noten, die Bögen zwischen den Zähnen. Dann setzten sie den oberen Teil der Kuppel, den Deckel nämlich, wieder auf, prüften noch, ob er auch wirklich saß, ob alles tipptopp war, und bewegten sich dann mit äußerster Vorsicht auf dem vereisten Dach. Sie stützten und hielten sich dabei gegenseitig, bis sie irgendwo eine Strickleiter befestigten und sich ein Musiker nach dem anderen langsam auf die Straße hinunterließ, in die Tiefe der Ferdinandstraße, durch die gerade Karnevalsmasken liefen, der Karnevalsumzug, das neue Jahrhundert feiernd, Affen, Wölfe, Könige, Bettler, Hirsche, Elefanten, Todesmasken, Todesmasken, Todesmasken, Kater, Kater, Kater, Hammel, Hammel, Hammel, Bären, Bären, Bären, Karnevalsmasken mit Köpfen, größer als Körper, sie wälzten sich durch die Straße, rempelten sich gegenseitig an und taumelten. So ist es alles gewesen damals. Das heißt, so kann es gewesen sein. Muß aber auch nicht. Etwas Genaues werde ich nicht mehr ergründen. Es ist aber auch nicht mehr wichtig. Jetzt ist nur das wichtig, was sein wird.

Was sein würde, das wußte ich zufällig ganz genau:

Die Eisenstange, mit deren Hilfe ich in die Kuppel eingebrochen war, benutzte ich jetzt anstelle des zerbrochenen Türriegels und sperrte so erneut den Zugang nach innen zu. Dann zog ich mich ganz aus und stand eine Weile im flackernden Licht des eisigen Raumes, bevor ich Mutters Wäsche und Kleider aus den alten Zeiten vom Anfang des Jahrhunderts aus dem Rucksack fischte, mich auf einen Stuhl stellte und mich anzuziehen begann, ich hatte dabei mit all den Schnürchen, Rüschen, Bändchen und Schleifchen zu kämpfen, dann zwängte ich mich noch schwer und mühsam in ein Korsett aus scharfem Fischbein und in einen großen Rock, aufgebläht und verstärkt zu einer riesigen Glocke. Ich weiß nicht, wie lange das Anziehen und Einschnüren dauerte, ich verfolgte es nicht auf der Armbanduhr und hatte es überhaupt nicht eilig. Als ich endlich fertig war, blieb ich noch auf dem Stuhl stehen und kontrollierte alles an mir mit einem kleinen runden Spiegel, wie wenn jemand mit einer winzigen Kerze nach und nach die dunklen Räume einer großen Kathedrale inspizieren würde. Und dann stieg ich hoch.

Eingepfercht in das Korsett und den riesigen verstärkten Rock, kletterte ich die Kuppelwand empor, wobei ich mich an verschiedenen kleinen Erhebungen ihrer prachtvollen Konkave festhielt (da staunen Sie, wie flink ich beim Klettern war!), ich kletterte, ich kletterte auch samt des mit all meinen Schätzen prallgefüllten Rucksacks, ich kletterte wie ein großes kryptogames Insekt, dessen trügerisch verborgenes Geschlecht jetzt gespannt war und keinen Laut von sich gab, ich kletterte bis in den Gipfel der Kuppel hinauf und fand hier nach mehrmaligem Hin- und Herdrehen endlich eine passende Position, in der ich mich dann noch passender einhängte und mich allmählich dem hingab, was mich eigentlich hierhergeführt und mich bis in den höchsten Gipfel getrieben hatte, ich begann (und jetzt schauen Sie zu, meine Herren, lassen Sie es sich bitte nicht entgehen!) mich zu verpuppen. Aus dem Fischbein des Korsetts und dem verstärkten Riesenrock wuchs dein Kokon, Sonja (und aus dem Bären- und Bisonfell und aus dem Eisenbahntunnel im Semmering und aus der Lokomotive Ajax, der ältesten Lokomotive des europäischen Kontinents, und aus Dürers *Melancholie*), bis er dich ganz dünnhäutig einhüllte und einrollte.

So eine Emigration wählte ich also, meine lieben Jungs, und in dem Moment, als ich mich zu meinem Winterschlaf verpuppte, zu etwas Kokonartigem, hatte ich noch keine Vorstellung, wie lange der Schlaf dauern würde. Eine Zeitlang hörte ich durch die Wand des Kokons und die Kuppelwand noch die Geräusche des nahegelegenen Hauptbahnhofs, den Aufprall der Puffer, das Klopfen auf die Gleise und die Waggonräder, das Hupen der Lokomotiven, das Zischen des Dampfes und auch die Bahnhofslautsprecher, die die Ankunft und Abfahrt der Züge meldeten.

Dann versank alles in der Stille der doppelten Hülle dieses riesigen Kokons, der auf dem Dach des Eckhauses saß.

Fünftes Buch

DER PANTHER

57

Sonja oder Die Schläferin

Sonja Trotzkij-Sammler wachte auf in der Kuppelspitze, eingehängt in etwas Puppen- oder, wenn Sie so wollen, Kokonähnlichem. Obwohl sie ein anhaltendes Getöse von draußen vernahm, war ihr klar, daß dieses monotone und durch zwei Isolationsschichten (Kuppel und Puppe) gefilterte Geräusch sie nicht hatte wecken können und daß sie nur deshalb aufgewacht war, weil die Zeit ihres Erwachens gekommen war. Richtig, die Zeit des Erwachens! Und kaum hatte sie die Augen geöffnet, führte sie folgendes Selbstgespräch:

Vstávej, Soňo, ty spáči!

(Und wir, die wir dank noch nicht so lang vergangener historischer Ereignisse ganz gut Russisch können, wissen jetzt, daß Sonja Schläfer bedeutet, so daß Sonja eigentlich rief: Steh auf, Schläfer, du Schläfer!)

Und überhaupt, wie lange hast du geschlafen? Und sag mir, was soll dieses Getöse da draußen?

Nun, du wirst bald alles erfahren! Aber zuerst mußt du raus aus der Puppe und aus der Kuppel! Du zweifelst wohl nicht daran, liebe Freundin, daß du genauso wie die Musiker am Anfang des Jahrhunderts hinausklettern mußt: schön die Kuppel anheben, dann subito presto auf das Dach gesprungen und vom Dach runter auf die Straße!

Sonja zog sich zu einem der kleinen Fensterchen hin, preßte die Augen daran und sah das verschneite Dach, auf dem sich der eisige Wind drehte, genauso wie damals zu Beginn des Jahrhunderts. Dann schlüpfte sie schnell in Mutters Winterkleider und stemmte sich mit dem Scheitel gegen den Scheitel der Kuppel und mit den Füßen gegen eine der Ausbuchtungen. Aber die Kuppel bewegte sich nicht. Was nun also? Da sie eigentlich keine andere Möglichkeit hatte, als es weiter zu versuchen, drückte sie weiter, lange und ausdauernd, bis sie schließlich merkte, daß sie vergeblich drückte, weil sich im Scheitel der Kuppel etwas Ähnliches wie ein Schlüsselloch befand. Sie nahm Vaters Schlosserwerkzeug aus dem Rucksack, unter dem sich ein riesiger Bund mit Dietrichen und Sperrhaken befand, spielte ein bißchen mit dem Schloß herum und stemmte sich dann erneut dagegen. Die Kuppel klappte auf, der eisige Wind schoß hinein und schloß lautstark den Violoncello-Kasten. Sie packte flink ihre Sachen in den unzertrennlichen Rucksack, kraxelte auf das unwirtliche Dach und schloß sorgfältig die Kuppel hinter sich, weil sie nicht wissen konnte, wann sie sie wieder brauchen würde.

Und wie sie da auf dem Dach stand (in Mutters Winterkleidern vom Beginn des Jahrhunders, mit dem Rucksack auf dem Rücken und Vaters Dietrichen in der Hand), schaute sie endlich nach unten und erwartete, dort ein Karnevaltreiben zu sehen (so hatte sie sich das permanente Getöse erklärt, und in der Tat, sie erblickte eine lärmende Menschenmenge, und irgend etwas warf sie nach oben und unten wie im Karneval). Im selben Moment legte jemand da unten den Kopf in den Nacken, zeigte auf sie und ihren Sperrschlüsselbund, und augenblicklich fischten alle ihre Schlüssel aus den Taschen, hielten sie hoch und lächelten Sonja an. Dann begannen sie, mit den Schlüsseln zu läuten: Es ist soweit! Es ist soweit!

58

Kratochvils kurzweiliger Hut

Seit dem ersten Augenblick, da ich die Unsterbliche Geschichte erzähle, bereite ich mich darauf vor und freue mich zugleich (ich freue mich aufrichtig), selbst das Wort zu ergreifen, weil mir die Art und Weise, wie ich nur mittels meiner Heldin (Sonja) spreche, nicht so ganz liegt. Ich möchte wenigstens mit einem Härchen teilnehmen. Deshalb winke ich Ihnen jetzt mit meinem kurzweiligen Kratochvil-Hut zu.

Erst zu Beginn der neunziger Jahre, nachdem die Herrschaft der Angst definitiv gefallen war, sprach meine Mutter über etwas, worüber sie ihr Leben lang geschwiegen hatte. Das, worüber sie früher nie gesprochen hatte, betraf ihre Eltern. Sie wurden im Juni 1945, während der »wilden Abschiebung« der Deutschen, in eines der Sammellager verschleppt, von wo sie weiter nach Deutschland sollten. Im letzten Moment griff mein Vater ein, indem er seine Partisanen-Verbindungen nutzte, und Großvater und Großmutter durften zurückkommen. Im Lager waren sie an Typhus oder vielleicht Paratyphus erkrankt, kamen aber durch. Einige Jahre später wurde ihnen die tschechoslowakische Staatsangehörigkeit zurückgegeben, und sie durften weiterleben.

Meine Großmutter mütterlicherseits war Deutsche, sie hieß Emilie Hübl, sprach aber genauso gut tschechisch wie deutsch und erzog meine Mutter als Tschechin. Sie stammte aus der sudetendeutschen Familie der Hübls, jener Hübls, denen das große Gut und die Ländereien und Wälder in Landskron gehörten. Da das Landskroner Gut nicht geteilt werden durfte, erbte es Großmutters ältester Bruder, der allen seinen Geschwistern Bargeld gab, er zahlte sie aus und schickte ihnen darüber hinaus jeden Monat Lebensmittelkörbe aus Landskron. Für das Geld kaufte sich Großmutter ein Haus in Zástavka bei

Brünn und lebte dort mit Großvater, bis sie dann nach Strelitz und von dort nach Brünn zogen. In Zástavka und Strelitz lebten sie auch deshalb, weil es damals »Eisenbahner-Städtchen« waren. Großvater war nämlich Lokomotivführer.

Er war kein Deutscher, sondern Ukrainer (seine Großeltern kamen irgendwo von der ukrainisch-polnischen Grenze) und hieß František Žyla, aber während der deutschen Besatzung nahm er den deutschen Namen seiner Frau an, um der Gefahr des Abtransports in ein Konzentrationslager zu entgehen.

In den ersten Nachkriegstagen war ich fünf Jahre alt (und fünf Monate), ich wußte nicht, was los war, lief mit den anderen Jungs auf den Straßen rum, wir trommelten auf Töpfen und Pfannen und brüllten: Bum bum auf die Gebeine, Germanen sind Schweine! Hätte mir damals jemand erklärt, daß ich zu einem Teil auch Deutscher war (daß ich nicht nur Kratochvil nach meinem Vater, sondern auch Hübl nach der Großmutter mütterlicherseits war), hätte ich höchstwahrscheinlich einen kindlichen hysterischen Anfall erlitten, wäre mit Schaum vor dem Mund auf den Boden gesunken und hätte um mich geschlagen und getreten.

Als ich etwas älter wurde, fand ich selbst heraus, daß Großmutter Deutsche war (sie sprach meine Mutter gelegentlich auf deutsch an, obwohl diese es ihr ausdrücklich verboten hatte), ich hatte sie sehr ungern und nannte sie »kleiner Hitler«. Wieviel Haß sich damals in meinem kleinen Kinderherzen eingenistet hatte, Gott möge mir vergeben. Ich wünschte mir damals sehr, mich von meinen Mitschülern nicht zu unterscheiden.

Als ich elf Jahre alt war, emigrierte mein Vater, und Großvater, der Ukrainer, übernahm seine Vaterrolle. Zu jener Zeit wußte ich alles über Lokomotiven, ich durfte das große Lokomotivendepot in Ober-Gerspitz besuchen und hörte zum erstenmal von Triest, der Hafenstadt, in die Großvater vor sehr langer Zeit als Lokomotivführer der sogenannten Südbahn, der staatlichen Südbahn Wien–Triest, zu fahren pflegte.

In derselben Zeit hatte ich aber auch einen langen Traum, in dem Großvater meine Mutter heiratete, und zu der Hochzeit kamen Kosaken aus irgendeinem sowjetischen Film, der damals gerade in den Kinos lief. Es war kein angenehmer Traum, eine wilde und laute Hochzeit, die mich ängstigte. Nach dem Aufwachen wußte ich natürlich, daß Großvater meine Mutter nicht heiraten konnte, weil sie eigentlich seine Tochter war, er hätte ja nicht seine Tochter heiraten können, aber trotzdem schreckte mich noch lange die Vorstellung, daß es passieren könne, jetzt, da wir nicht mehr mit Vater zusammenlebten, daß ich Žyla anstatt Kratochvil heißen würde. Für diesen Namen empfand ich Abscheu. Mich ärgerte das Merkwürdige, Andersartige an ihm (das harte Ypsilon nach einem weichen Konsonanten!), und ich empfand ihn als eine provokante Häßlichkeit. Auf dem Schild an unserer Tür stand jetzt unter *Kratochvil* auch *Žyla* (wahrscheinlich, damit allen klar war, daß in der geräumigen Wohnung zwei Familien lebten, Halter von sogenannten übergroßen Wohnungen waren damals verdächtig). Jeder, der an unserer Tür stehenblieb, mußte auch an dem zweiten Namen stehenbleiben. Und ich fühlte, wie der Schatten von Großvaters sonderbarem Namen auf mich fiel.

59

Die Auferstehung des Lazarus

Wo waren wir stehengeblieben? Als Sonja in ihrer Puppe (die wie ein Hornissennest in der Kuppelspitze angeklebt war) aufwachte, war das Jahr 1989 schon zu Ende, und die Zeiten hatten sich geändert. Als hätte die Welt in dem Kokon geschlafen, und nicht Sonja. Die Zeiten hatten sich geandert, und Sonja fand sich in einer vollkommen anderen Zeit wieder als der, in der sie eingeschlafen war.

Sie erwachte aber auch in einiges Ungemach hinein. Schon wieder hatte sie keine Bleibe. Sie hatte nicht nur die elterliche Wohnung verloren (die weiterhin in der Hand des »Arbeiterkaders« blieb), sondern während der Zeit, als sie schlief (dreizehn Jahre lang, vom Winter 1976 bis zum Winter 1989) auch die Genossenschaftswohnung in der Bohonitz-Siedlung. In der Kuppel des Eckhauses in der Masarykstraße zu wohnen (jawohl, sie war schon wieder umbenannt worden, von Straße des Sieges zurück in Masarykstraße) kam nicht in Frage, da hätte ihr bald jemand einen Riegel vorgeschoben, wenn sie täglich über den Dachboden dort hätte hingehen wollen. Der Gott, der ihr das Ungemach beschert hatte, bescherte ihr leider keine Flügel, um die Kuppel anzufliegen. Er ließ sie aber doch nicht ganz im Stich. Schon Anfang 1990 schickte er Sonja gleich seine ganze Armee nach Brünn, nämlich die Heilsarmee. Sonja stellte mit Erleichterung fest, daß es für sie die bequemste Lösung war und daß sie jetzt, mit neunzig, überhaupt nichts mehr gegen Bequemlichkeit einzuwenden hatte. Sie lebte im Haus der Heilsarmee (in Sichtweite des großen Stadtparks) ein bißchen wie eine Obdachlose und ein bißchen wie eine Küchenhilfe. Vielleicht wäre sie dort auch für längere Zeit hängengeblieben, wenn sie am Ende der dritten Woche ihres Aufenthaltes nicht jemanden getroffen hätte, der schon wieder eine Weiche auf der Strecke ihres Schicksals stellte.

Sie sammelte im Speisesaal schmutzige Teller zusammen, als sie etwas Bekanntes hörte, nämlich Russisch, genauer gesagt, einen Russen, der tschechisch zu sprechen versuchte. Diese Begegnung spielte sich in der kurzen Übergangszeit ab, als die russische Besatzungsarmee gerade im Begriff war, uns zu verlassen, und die russische Mafia, die dann das Heer ablöste, erst ihren Weg zu uns suchte. Der Mensch hieß Jewfimij Andrejewitsch Nikon, war weder Okkupant noch Mafioso, und er kam zur Heilsarmee, um Seelen einzufangen, Schäfchen für seine Herde.

Jewfimij Nikon lebte vom Betteln und hatte zu diesem Zweck eine prosperierende Genossenschaft gegründet. Bettelei war aber nicht die eigentliche Berufung der Genossenschaft. In Wirklichkeit handelte es sich um eine religiöse Gemeinde oder Sekte, wenn Sie so wollen.

Sie haben Glück, Sonitschka, erklärte Nikon, gerade ist nämlich ein Platz frei geworden. Mit dem freien Platz meinte er einen metallenen Müllcontainer irgendwo im Gebüsch des Parks auf den Petersberg-Terrassen. Der Container war mit Stoffen ausgelegt (Abfall aus den Brünner Textilfabriken), so daß man in dem Metallungeheuer eine ziemlich angenehme und warme Lagerstätte hatte.

Und wie ist der Platz frei geworden?

Nun, sagte Nikon, wobei er die Finger verschränkte und derart laut mit den Gelenken knackte, daß ein in der Nähe stehendes Pferdegespann ganz sicher durchgegangen wäre. Nun, wie soll ich es Ihnen sagen? Eines jedoch brauchen Sie nicht zu befürchten, Ihre Ehre bleibt unangetastet, da die Verblichene nur eine Frau war. Ich würde Sie nie in einen Container stekken, wo vorher 'n Kerl drin war. Und wir haben den Container der Verstorbenen frisch ausgelegt.

Die Genossenschaft, die Nikon Schafherde nannte, bestand aus bärtigen Bettlern und einem Betteljungen. Als Sonja dann um die ganze Herde herumgegangen war, zählte sie sorgfältig alle Container im Gebüsch.

Es sind zwölf, behauptete Nikon, und die Zahl, Sonitschka, ist, wie Sie schon ahnen werden, keinesfalls zufällig.

Es sind dreizehn Container, berichtigte sie ihn. Es waren zwölf Apostel, und der dreizehnte war Christus. Darf ich wissen, wer hier der Christus ist?

Sonja und Nikon verbrachten eine Menge Zeit mit Erzählen. Abends saß er immer auf ihrem Container und hörte zu, was sie ihm aus dem Container über ihren Großvater und seine orthodoxen Indianer erzählte (ehrlich gesagt, mußte sie sich einiges ausdenken, weil sie von dem amerikanischen Großvater, der ihr ganzes Leben lang nichts von sich hatte hören lassen, nicht die geringste Ahnung hatte), und Nikon erzählte Sonja wiederum von seiner orthodoxen Mission in den Containern.

Es steht aber doch geschrieben, daß zwei Roms fielen, das dritte stehe und es ein viertes nicht geben werde.

Nein, nein, liebe Sonja, das gilt schon lange nicht mehr. Es wird genauso viele Roms geben, wie wir brauchen! Man muß immer von neuem beginnen! Und Moskau wird noch für lange Zeit ein sehr schlechter Ort bleiben. Die dortige orthodoxe Kirche ist jetzt gespickt mit Papisten, Kalvinisten, Lutheranern, Juden, Moslems und Buddhisten. Moskau ist schon längst kein heiliges Rom mehr! Man muß immer neu beginnen! Hier – und Vater Nikon zeigte auf die Lichter der Stadt, die unter den Terrassen leuchteten – wird schon bald ein neues Rom entstehen, und hierher werden die Zeigefinger der Propheten und die Karawanen der Pilger gerichtet.

Wie Nikon das mit dem Entstehen meinte, zeigte sich am Vorabend des großen orthodoxen Festes der Auferstehung des Lazarus. Der Park unter dem papistischen Peter-und-Pauls-Dom ergrünte, alles versank in betörenden Düften, und auch in den Containern der Bettelgenossenschaft gab es allerhand Freude und Jubel und Ziehharmonika. Als Sonja dann aber in der Nacht aufwachte, erwartete sie ein Schock. Sie wurde nämlich davon geweckt, wie jemand ihren Container öffnete, jemand, der genau wußte, wie man den von innen verschlossenen Container von außen knackte. In dem Moment aber, als er versuchte hineinzuschlüpfen, hielt Sonja schon Vaters Jägerdolch in der rechten Hand (den er als Mitglied der Freiwilligen Jägerkorporation von Zisleithanien besessen, von dem er aber nie Gebrauch gemacht hatte) und in der linken eine brennende Taschenlampe.

Ziehen Sie sich schleunigst Ihre Hose wieder an, Vater Nikon! Ich zähle langsam bis fünf, und dann werden Sie um den Stolz Ihrer Männlichkeit kürzer!

Ich möchte Sie bitten, nichts zu überstürzen, Sonitschka, und mich anzuhören. Erinnern Sie sich noch, wie Sie mich gefragt haben, warum es hier dreizehn Container gibt, wenn es doch nur zwölf Apostel gegeben hat? Sollte ich Ihnen damals die Antwort schuldig geblieben sein, dann nur deshalb, um sie Ihnen jetzt auf dem Silbertablett servieren zu können. Aus Ihnen wird nämlich der neue Christus geboren, und die Menschheit bekommt somit eine neue Chance! Sie werden die neue Muttergottes sein, und alles wird wieder neu beginnen! Der ewige Kreislauf der Liebe und Auferstehung! Es wird genau so viele Christi geben, wie die Menschheit brauchen wird …

… zwei, drei, vier, Vater Nikon! Ich weiß, daß ich nicht so aussehe, aber ich könnte gut und gerne Ihre Urgroßmutter sein. Eigentlich sollten Sie sich was schämen, so etwas auf Ihre Urgroßmutter zu richten …

Noch bevor Nikon antworten konnte, ertönte ein ohrenbetäubendes Gebrüll, eine Horde Skins, bewaffnet mit Eisenstangen, fiel in den nächtlichen Park ein, sie stürzten sich sofort auf die Container, schlugen auf sie ein und brüllten: Juden raus! Zigeuner ins Gas! Bettler ins Gas! Nikon hatte keine Zeit mehr, in die Hose zu springen, und so lief er raus, wie er war, um seine Schafherde zu verteidigen, und schichtete die Kahlköpfe mit seiner heldenhaften Keule zu einem jaulenden Haufen. Dann kroch er in seinen Container und jaulte ebenfalls ein bißchen, das läßt sich nicht abstreiten, und schmierte sich seine geschwollene, schmerzende Keule mit orthodoxen Duftölen ein.

Am nächsten Tag war dann das große orthodoxe Fest (Die Auferstehung des Lazarus), und deshalb mußte niemand aus der Schafherde auf seinen Bettlerposten, den ganzen Tag hingen sie nur herum, und Vater Nikon erholte sich von seinen Wunden. Am Abend erinnerte er sich dann, von jemandem gehört zu haben, daß irgendwelche Amerikaner im Haus der Künste Vorträge halten sollten, und so versammelte er seine Herde und zog hin.

60

Und frisst Rosen

Der Vortrag im Haus der Künste hieß Die letzten Tage der totalitären Regime. Amerikanische Journalisten zeigten dort Filme, die sie während der bewegten November- und Dezembertage in Prag, Berlin und Bukarest gedreht hatten. Der Eintritt war frei, was jedoch nicht der einzige Grund dafür war, weshalb der Vortrag auf so großes Interesse stieß. Die Menschen wollten immer noch verstehen, was eigentlich geschehen war, und immer noch wollten sie immer wieder die rührenden Szenen sehen, die schon bald im sentimentalen Pathos der Geschichte erstarren würden, der würdigen Vorlage für Ziertassenmalerei. Nikons Bettelgenossenschaft kam spät – bis sie aus ihren Containern gekrabbelt waren, war der Vortrag schon im Gange, weil Nikons Truppe aber Bettlertricks benutzte und eine Prozession von Aussätzigen mimte, mit einem Glöckchen vorne, einem Glöckchen hinten und dem Schreck umherziehender Insassen von Leprosorien auf den Gesichtern, bildete sich sofort ein breiter Korridor, durch den die Ärmsten zu den besten Plätzen mit Blick auf die Leinwand gelangen konnten, auf der gerade ein Film über den Fall der Berliner Mauer lief.

Es bestand kein Zweifel darüber, daß er vom Hubschrauber aus aufgenommen worden war, wahrscheinlich sogar mit mehreren Kameras aus mehreren Hubschraubern, die sich drehten und schaukelten, die Details anflogen und wieder aufstiegen. Und kaum hatte sich Nikons Schafherde schamlos die besten Plätze geschnappt, konnte sie schon mit offenen Mäulern verfolgen, wie sich zwei mit Spitzhacken, Spaten, Brecheisen, Schaufeln, Hacken, Brechstangen oder gar Preßlufthämmern bewaffnete Menschenmengen wie tobsüchtige Bullen auf die Mauer zwischen sich warfen, eigentlich auf zwei durch eine Zäsur getrennte Mauern, und immer wenn es der einen Menge gelungen war, auf ihrer Seite ein größeres Stück aus der Mauer herauszubrechen, brüllte sie vor Begeisterung, und die Menge auf der anderen Seite schloß sich dem Gebrüll sofort an, und auch der Hubschrauber machte gleich einen begeisterten Hüpfer, so daß sich Sonja der Magen umdrehte, dann aber begann sie im Rhythmus der beiden Rammböcke zu atmen, alle im Saal atmeten im Rhythmus der Rammböcke, atmeten gleichzeitig laut ein und gleichzeitig laut wieder aus und hielten das Tempo von der Leinwand.

Vater Nikon verfolgte das Ganze ziemlich lange mit Interesse, dann aber benutzte er einen weiteren seiner Bettlertricks, mit denen er seine Truppe über Wasser hielt. Im Augenblick der höchsten Spannung, als die Menge im Haus der Künste bereits restlos mit den Mengen verschmolzen war, die die Berliner Mauer niederrissen, wandte Vater Nikon den Bauchrednertrick an und sprach auf russisch von der Decke, er forderte die Anwesenden auf, sich sofort zwischen die Stühle zu legen, mit den Gesichtern nach unten und den Füßen, bitteschön, *pozhalujsta,* zum Epizentrum der Atomexplosion!

Alle blickten entsetzt zur Decke auf und waren schon versucht, den Instruktionen der altbekannten sozialistischen Zivilschutzübung Folge zu leisten, als die Massen auf der Leinwand ihre Spitzhacken, Brecheisen und Preßlufthämmer wegwarfen und sich mit den Zähnen unter lautem Knirschen in den Mauerresten festbissen, und dieses befreiende Knirschen zog die Zuschauer wieder zur Leinwand zurück, wo der Film mit dem totalen Zernagen der Mauer zu Ende ging, und auf die bis zu den Knien im Schutt und feinem Staub stehenden und sich umarmenden Menschen rieselten Schneeflöckchen, bis die ganze Leinwand in Schneegestöber gehüllt war und der Filmvorführer verkündete, daß nun nach Deutschland, dem Wintermärchen, Rumäniens blutiges Draculamärchen folgen würde, aber zuerst, meine Damen und Herren, gönnen wir uns eine kurze Pause.

Die Leinwand wurde dunkel, die Lichter gingen an, und die Menschen erhoben sich von ihren Plätzen und eilten zum Rauchen nach unten in die Halle. Sonja aber eilte zu Vater Nikon (sie hatte die Stimme von der Decke ganz sicher erkannt) und trat ihm heftig gegen das Schienbein. Als sie dann jedoch den Kopf hob, um sich zu vergewissern, daß er seine Lektion erhalten hatte (sieh mal einer an, noch immer schlummerte in ihr die Lehrerin mit dem Rohrstock in der Hand), verwischte auf einmal sein Gesicht, und ein anderes trat in den Vordergrund, ein Gesicht aus dem Hintergrund tauchte auf, aus der Gruppe amerikanischer Journalisten, und da begegneten sich auch schon ihre Augen und sahen sich lange stumm an, und dann endlich rief Martin glücklich aus: Im Garten ist ein Einhorn, Mama! Und Sonja stöhnte selig: Und frißt Rosen, mein Sohn!

61

Das Gespräch des Sohnes mit der Mutter oder Die Helfer

Allerliebste Mama, du himmlisches Kleinod, sagte Martin, wenn ich dir alles erzählen sollte, was ich in in den Jahren erlebt habe, als wir uns nicht gesehen haben, ich bin ja Ende der fünfziger Jahre gegangen, und jetzt schreiben wir schon die Neunziger! Was heißt gegangen, ich bin ja überhaupt nicht gegangen, ich war mit dem Agenten Lowell hier ganz in der Nähe, eigentlich haben wir uns nicht vom Fleck bewegt, wir konnten uns aber nicht bei dir melden.

Verstehe. Und kannst du mir heute schon etwas über deine Mission sagen?

Ach Mama, meine Teuerste, du mein Polarlicht, natürlich kann ich das, und wie gern. Aber im groben hat es dir damals schon Agent Lowell erklärt. Es gab mehrere Wege, mittels derer die Vereinigten Staaten Demokratie und Freiheit auf der Welt sicherten, wie es seit jeher ihre angestammte Pflicht ist. Von den verschiedensten diplomatischen Interpellationen über umfangreiche Wirtschaftshilfe und großzügige Investitionen, aber auch verschiedenste ökonomische Druckmittel, Embargos und Blockaden bis hin zur Teilnahme amerikanischer Einheiten an den Aktionen der UNO. Dann folgte eine lange Serie geheimer und supergeheimer Mittel. Und wir, Mama, der Agent Lowell und ich, haben geheime und gewaltfreie humanitäre Missionen durchgeführt. Unsere Aufgabe war es, die Menschen zu lehren, dem totalitären Druck standzuhalten. Und das hat sich schließlich, wie ich glaube, als das Wichtigste und Wirkungsvollste erwiesen.

Es ist also euer direktes Verdienst, daß die kommunistischen Regime gestürzt worden sind? Ihr habt die Brennpunkte des inneren Widerstands entfacht?

Um Himmels willen, Mama! Ich weiß nun nicht, wie es bei unseren Kollegen in anderen Ländern war, in Rußland, Deutschland, Rumänien oder Albanien. Aber bei uns gab es eigentlich nichts, was wir den Menschen hätten beibringen sollen. Wie schon Agent Lowell gesagt hat, die Leute kannten hier alles nur zu gut, und wir haben im Gegenteil von ihnen gelernt.

Moment mal, Martilein, willst du damit etwa sagen, daß ihr hier überflüssig wart? Daß du für nichts und wieder nichts von mir weggegangen bist?

Dem ist selbstverständlich nicht so. Unsere Mission hat sich nur innerlich gewandelt. Auf keinen Fall sind wir hier überflüssig gewesen. Weißt du, ich versuche, es dir an einem Beispiel zu veranschaulichen. Heute kann ich es dir anvertrauen. Während der Zeit des Totalitarismus haben wir nämlich regelmäßig einen Dissidenten besucht, den Schriftsteller Ludvík Vaculík, der in Dobrichowitz einen Garten hat. Aber dem Vaculík mußten wir nun wirklich nichts beibringen, im Gegenteil, er war es, der dem Agenten Lowell und mir beigebracht hat, wie man Pfropfen zuschneidet, Sauerkirschen mit schon austreibenden Pfropfen veredelt, die sich im selben Sprießstadium befinden wie die Unterlage, und wie man Bäume auf die modernste Weise pflegt, nämlich gar nicht, mit keinerlei Sprühmittel, man muß einfach nur die Knospenwickler das ganze Jahr hindurch zertreten, wenn sie einem beim morgendlichen Mähen benommen unter den Füßen hochfliegen. Und dann brachte er uns natürlich das Mähen bei, ausdauernd, fließend und elegant. Ach ja, das Schütteln von Nüssen nicht zu vergessen. Einmal traf uns Vaculíks Freund, der Dramatiker Václav Havel, der gerade aus dem Gefängnis entlassen worden war, bei dieser Arbeit an, er schaute einen Moment mit schüchternem Lächeln zu, wie geschickt wir schon pfropften. Dann sprach er den Agenten Lowell an:

Entschuldigen Sie bitte, Mister Lowell, was ich Sie, hm, immer schon mal fragen wollte, Ihr Name, ist das Ihr richtiger Name oder nur ein Name, den Sie, hm, bei einer Aktion benutzen?

Nur ein Name, den ich bei einer Aktion benutze.

Das dachte ich mir, hm. Und entschuldigen Sie bitte, aber hat dieser Name etwas mit dem amerikanischen Dichter Robert Lowell zu tun?

Man kann sagen, daß er viel mit ihm zu tun hat. So wie man Kriegsschiffe nach bedeutenden historischen Persönlichkeiten benannt hat, nennen wir Agenten mit humanitärer Mission uns nach bedeutenden amerikanischen Dichtern, die dann sogar eine Art geistige Schirmherrschaft über unsere Aktion übernehmen.

Das freut mich wirklich aufrichtig, glauben Sie mir bitte, antwortete Václav Havel, weil ich gerade diesen Dichter, hm, sehr schätze. Und ich gestehe –, daß ich ein Gedicht von ihm sogar, hm, auswendig kenne, leider aber nicht direkt im Original, sondern, hm, nur in der Übersetzung.

Darf ich Sie bitten, es mir vorzutragen? fragte Lowell.

Hm, ich bin kein Rezitator, ich habe zahlreiche Mängel in der Artikulation und werde dem Gedicht sicher schaden, ich bin mir aber auch bewußt, daß ich mich jetzt, nachdem ich es hier quasi angekündigt habe, nicht mehr, hm, aus der Affäre ziehen kann.

Und Václav Havel stellte sich unter Vaculíks Apfelbaum und machte eine ganz leichte, hm, Verbeugung:

Robert Lowell
Worte für ein Meerschweinchen, genannt Buchtel

In letzter Zeit wird das Licht im Flur nicht gelöscht,
damit ich keine Angst habe, aber ich habe keine Angst vor der
Dunkelheit,
sei gegrüßt, du von der Wand zum Fenster fliegender Pfeil …
Fünf Jahre und Licht ward mir zum Leben gegeben –
Heidegger sagte, der Rest sei Ekstase …

Mein Leben ist kurz, aber ich fürchte mich nicht,
mein schwerer Atem klingt wie trockene Haut.
Buchtel! Das sitzt. Ich hab' was durchgemacht.
Man wird mich wie Cromwell malen, mit jeder Warze:
ein kleiner Mop mit Beule, die Augen so hervortretend, daß leblos.
Als die Söhne auf mir hüpften, hatte ich ein dickes Fell.
Ich aß, vermehrte mich, dann aß ich nur noch,
mein Leben stand im Zenit, als Lyndon Johnson regierte ...
Gott wog mein schlechtes Pfund und befand es für leicht.

Das ist eigentlich alles, was ich dir sagen wollte, Mama. Dieser wunderschöne Sommernachmittag in dem Garten in Dobrichowitz und die Art und Weise, wie wir dort miteinander gesprochen haben, und überhaupt, wie wir alle uns dort verhielten. Die Menschen hatten es wirklich überhaupt nicht nötig, daß irgendwelche Agenten sie irgendwas lehrten, und in der offiziellen Geschichtsschreibung werden wir auch mit keinem Strich erwähnt werden. Wir haben doch Vaculík nur geholfen, Sauerkirschen zu pfropfen, Gras zu mähen und Nüsse zu schütteln. Wir waren nur lächerliche Helfer. Und dennoch waren wir dort, wage ich zu behaupten, nicht überflüssig. Ohne unsere Anwesenheit wäre nämlich die unerträgliche Schwere der Existenz des Dissens zu einer untragbaren Last geworden. Durch unser Verdienst durfte sie sich aber für einen Moment in ein Jungsspiel verwandeln. Gott hat uns ein furchtbares menschliches Schicksal beschieden, gleichzeitig hat er uns aber das Geschenk des Spielens gegeben, was die Ernsthaftigkeit nicht ins Unernste zieht, sondern uns lediglich die Chance gibt, ihrer Schwere für einen Augenblick zu entkommen. Unser Jahrhundert war schrecklich, Mama, aber eines Tages, aus einem großen Abstand heraus, wird daraus ein großer Karneval. Und dann werden wir, die lächerlichen Helfer, Heiligkeit erlangen.

62

Fortsetzung des Gesprächs des Sohnes mit der Mutter oder Die Frage der Paternität

Sohn und Mutter gingen durch die abendliche Stadt vom Malinovský-Platz über die Theaterstraße Richtung Bahnhof und waren so ins Gespräch vertieft und derart benommen von dem betörenden Frühlingsduft (sie waren wie zwei durch eine riesige versteinerte Rosenblüte irrende Bienchen), so daß sie Menschen anrempelten, sich zu kleinen Häuflein einwickelten und sich dann mühsam wieder aus ihnen befreien mußten.

Ich weiß eigentlich nicht, wer dein Vater ist, und ich hoffe, du verstehst, mein Sohn, daß mir das nur schwer über die Lippen geht.

Martin war offensichtlich verlegen, er stammelte etwas und versuchte, sich diesem Gespräch irgendwie zu entziehen. Aber Mutter packte ihn schon fest am Flügel: Nein, nein, das ist eine Sache, die ich dir schon längst schuldig bin und die ich dir erklären muß. Nur, du mußt mich verstehen, ich suche nach Worten. Und nach einem Moment des Zögerns: Weißt du, es war ja nicht nur ein Vater, es waren mehrere auf einmal.

Willst du damit sagen, daß du vergewaltigt worden bist? fragte er beherzt, biß sich aber sofort auf die Zunge.

Wieso denn vergewaltigt, mein Sohn, es war sozusagen meine dienstliche Pflicht. Nun ja, eine meiner dienstlichen Pflichten. Ich müßte aber lügen, wenn ich nicht zugeben würde, daß ich alle fünf ganz gern hatte.

Er sah sie an, senkte dann schnell den Kopf und öffnete unwillkürlich, ohne sich dessen bewußt zu werden, die Hand und schaute sich seine fünf Finger an.

Wie ich sehe, werde ich es dir mit allem Drum und Dran erzählen müssen. Und so fing sie an, von Major Rujbr und der großen patriotischen Mission zu berichten, in die er sie hineingezogen hatte. Und auch darüber, wie anstrengend es gewesen war, sich die fünf Wolfssoldaten weit genug vom Leib zu halten. Und nun weiß ich halt nicht ganz genau, wer von diesen fünf Rußkis, Soldaten Gottes, wer dich auf dem Gewissen hat.

Weißt du, Mama, das hätte ich dir nie …

Zugetraut? fragte Sonja.

Und beide prusteten vor Lachen.

Sie gingen über eine lange Straßenbahninsel. Rechts auf dem Eckhaus befand sich die Kuppel, in der Sonja noch vor kurzem ihre lange Traumserie geträumt hatte.

Ich bin also ein Nebenprodukt des Attentats, das auf Hitler, Bormann, Göring und Goebbels vorbereitet wurde.

Du hast Himmler vergessen, Liebling. Der wird häufig vergessen, weil er auf den ersten Blick nur so ein grauer Bürokrat war. Keinesfalls aber ein geringeres Schwein. Und noch etwas, du bist kein Nebenprodukt, sondern letztlich die einzige, dafür aber königliche Frucht der Aktion.

Also bin ich in einer Aktion erschaffen und für eine weitere vorherbestimmt worden, seufzte Martin.

Von der Straßenbahninsel bogen sie zum Petersberg ab und stiegen zum Park auf den Terrassen hoch.

Das ist leider wahr, dachte Sonja, beide haben wir bis zur Selbstaufgabe dem Vaterland gedient. Ich mit dem Agenten Rujbr, Martin mit dem Agenten Lowell.

Sie kamen auf das Territorium von Nikons Schafherde. Sonja öffnete ihren Container, und Martin schaute überrascht hinein. Drinnen befand sich anstelle von Abfall ein Drahtboden mit einer Matratze darauf, eine Decke, ein kleines Kissen mit einem aufgestickten, sich küssenden Täubchenpärchen und zwei aufgeschlagene Zeitungen: *Moskowskije nowosti* und *Frankfurter Allgemeine Zeitung*.

Um Himmels willen, Mama, wie lebst du? Und was ist eigentlich mit unserer Wohnung in der Masarykstraße passiert? Ich habe dich dort gesucht.

Und hast dort den Genossen Skotal vorgefunden, den Arbeiterkader …

Er hat sich geweigert, mir zu erklären, wie er dorthin gekommen ist, und behauptet, noch nie von dir gehört zu haben.

Es hätte mich auch gewundert, wenn er was anderes behauptet hätte. Und sie erzählte ihm, wie sie um die Wohnung in der Masarykstraße gebracht worden war.

Dann bringen wir das aber wieder in Ordnung.

Wohl kaum. Ich bin ja freiwillig gegangen.

Wenn du das freiwillig nennst …

Nun ja, wie soll ich es dir erklären? Ich bin doch der Eindringling hier. Während das Volk dieses Landes ordnungsgemäß den Sozialismus aufgebaut hat, habe ich dreizehn Jahre verschlafen, verpuppt wie ein blödes Insekt im Kokon auf irgendeinem Dachboden. Eigentlich war es eine Kokon-Emigration. Und so kann ich jetzt keine Ansprüche auf irgend etwas geltend machen.

Also machen wir es anders, Mama. Ich habe genug Geld, um dir in Brünn eine neue Bude zu kaufen und daß du von einer anständigen Rente leben kannst.

Du bist schon wieder auf dem Sprung, nicht wahr, Martin? Du versorgst mich hier ein bißchen und nimmst gleich wieder Reißaus, ist doch so, oder?

Aber Mama, ich habe doch ein Handwerk gelernt, und es gehört sich so, es jetzt auch auszuüben.

Mein Gott, das klingt so rührend, mein Sohn. Und wo wirst du diesmal mit dem Agenten Lowell Sauerkirschen pfropfen, Gras mähen und Nüsse schütteln? Und vielleicht auch Ziegen hüten?

Wie du sicher ahnst, habe ich darüber zu schweigen. Auch vor der eigenen Mutter.

Ich werde jetzt verschiedene Länder der Welt aufzählen, schön dem Alphabet nach und langsam eins nach dem anderen, und du wirst nichts sagen und mir dabei nur hübsch in die Augen sehen ... Also los, mein Junge: Albanien, Angola ... Ist dir überhaupt in den Sinn gekommen, daß ich schon neunzig bin und daß das eine Altersgrenze ist, hinter der Mütter absolut alles über ihre Söhne wissen dürfen? Denn wenn wir uns das nächste Mal treffen, kann ich gut und gerne auch schon tot sein ...

Mama, bitte, keine Erpressung ...

China, ich sehe, es wird China sein, seufzte Sonja Trotzkij-Sammler. Als ob du nicht wüßtest, daß ein Menschenleben in China nicht mal soviel wert ist wie ein Körnchen Reis. Und das Universum, mein Sohn, ist dort zu einem einzigen Entenei eingestampft, und das Ei ist zudem auch nur ein Windei. Aber du würdest ja sowieso gehen, auch wenn ich es dir verbieten würde. Geh nur, pack ruhig deine Koffer, und lichte die Anker! Es ist nun mal Mutterpflicht, die Söhne in den Tod zu schicken ...

Mama, werd bitte nicht hysterisch ...

Ich hoffe, daß du mir wenigstens eine Ansichtskarte mit einer Dschunke oder Pagode schickst, obwohl, um ehrlich zu sein, wenn ich wählen dürfte, hätte ich am liebsten eine Dschunke auf einem See bei Sonnenuntergang.

Ich verspreche: Es wird eine Dschunke auf einem See bei Sonnenuntergang sein.

Jetzt, im ersten Halbjahr des Kapitalismus, eine schöne Wohnung in Brünn zu kaufen, war nicht ganz ohne. Es funktionierte noch nichts, aus dem Kadaver des Sozialismus war noch kein blühender kapitalistischer Garten gewachsen, und Wohnungen wurden nur auf dem Schwarzmarkt und unter obskuren Bedingungen verkauft. Schließlich trieb Martin etwas in der Siedlung Lesná auf, einer Plattenbausiedlung zwar, die aber großzügig angelegt war und immer noch im Grünen versank und im Gegensatz zu der Siedlung in Bohonitz noch für Menschen gebaut worden war und nicht für realsozialistische Karnickel.

Die Wohnung befand sich im sechsten Stock, mit Balkon und Aussicht auf die laute Ringstraße. Gleichzeitig entbehrte man hier aber auch nicht den täglichen Kontakt mit der Natur. In der Mitte der Siedlung war nämlich ein Waldpark (Schlucht genannt), in dem eine Menge Eichhörnchen lebten, die in den Vormittagsstunden, wenn die meisten Bewohner der Plattenbauten außer Haus waren, rege Streifzüge auf die Balkone unternahmen und auskundschafteten, was es dort so zu Essen oder gar zum Mitnehmen gab. Sonja beobachtete neidisch, wie sie sich mit der Eleganz von Hochreckturnerinnen entlang der äußeren Fensterbretter bewegten, hoch über den Straßenschluchten, und wie sie von einem Balkon zum anderen schlüpften. Überall gelang es ihnen innerhalb weniger Augenblicke, die Topfdeckel anzuheben, die Papierschachteln auf- und wieder zuzumachen und eine Gesamtinspektion des Terrains vorzunehmen, ohne eine Spur zu hinterlassen. Immer steckte sie ihnen etwas zu, jawohl, sie setzte ihnen etwas Leckeres vor, um sie für sich einzunehmen, und in den Momenten, da sie an der verglasten Balkontür stand und die Eichhörnchen, die gerade eines von ihren liebevollen Geschenken zusammenpackten, ihr einen Blick zuwarfen, verspürte sie immer das Verlangen, eines von ihnen ernsthaft anzusprechen, um mit ihrer Hilfe zu ermitteln, wo Bruno gerade steckte, wie es ihm ging, in welcher Herde er gerade weidete und was für Krallen oder Geweihe er sich gerade wetzte.

Sehen Sie, in bezug auf Bruno war in dem Gespräch mit Martin kein Wort gefallen, und doch ist uns klar, daß man gerade über ihn hätte sprechen sollen (über wen sonst, wenn nicht über ihn?), tat man aber nicht. Irgendwie hatte Sonja immer noch keine rechte Lust auf dieses Thema.

63

Zieh hin, Gedanke, auf goldenen Flügeln

Werfen wir die Erzählung jetzt aber wieder ein Stück nach vorn. Wir befinden uns in der zweiten Hälfte der neunziger Jahre, genauer: im Jahr 1996. Im Frühling hatten die Wahlen stattgefunden, die die bislang gefestigte Stellung der rechten Koalitionspartner in der Tschechischen Republik erschüttert hatten, und erste Streiks deuteten an, daß die Ära des sozialen Friedens wohl zu Ende war. Sonja hatte sich in der Wohnung in Lesná längst eingelebt, und dank Martin bekam sie jeden Monat tausend Mark von einem Schweizer Konto, was für unsere Verhältnisse eine Stange Geld ist. Es kam auch die versprochene Ansichtskarte mit der Dschunke auf einem See bei Sonnenuntergang, aber keine weitere Information, nichts darüber (was lediglich mir und jetzt auch Ihnen bekannt ist), daß sich Martin und Lowell nicht direkt in Zentralchina aufhielten, sondern im von China besetzten Tibet, wo sie, als buddhistische Mönche getarnt, gerade eine Wiese im Bergweideland mähten – ausdauernd und fließend, wie Vaculík es sie gelehrt hatte –, während bei uns in den Zeitungen immer öfter Nachrichten über das Vorkommen von großen katzenartigen Raubtieren an verschiedenen Orten der Republik erschienen, am häufigsten jedoch in Nordböhmen, es wurde von einem Panther, Jaguar oder eventuell auch Puma berichtet, gleichzeitig meldeten die zoologischen Gärten aber, daß aus ihren Käfigen überhaupt nichts entflohen sei und auch nicht, Gott sei ihr Zeuge, habe entfliehen können. Manche sahen darin eine Verbindung zu den Nachrichten über Wölfe, die jetzt in den bisher ruhigen Beskiden-Wäldern plötzlich Schafe rissen (hatte uns die Apokalypse in Gestalt der großen katzenartigen Raubtiere und Wölfe etwa ihre ersten drohenden Vorboten geschickt?), und dann brachte das Fernsehen, das uns schon seit Jahren mit dem englischen Schriftsteller und Wissenschaftler Arthur Clarke bekannt gemacht hatte, der sich auf seine alten Tage in Sri Lanka niederließ und verschiedene Rätsel der Welt erforschte, seinen neuesten beunruhigenden Bericht über einen großen Panther, der sich seit den neunziger Jahren in der Nähe von städtischen Agglomerationen herumtreibe. Auch Clarke hatte keine Erklärung dafür, aber Sonja wußte Bescheid.

Natürlich hätte sie sich auch täuschen können. Vergessen wir aber nicht, daß sie diesen besonderen Bruno-Riecher hatte für seine aufkommende, wachsende und einkreisende Nähe. Allerdings war sie schon sechsundneunzig, und ihre Sinne hätten gewiß ihr gutes Recht gehabt, zu versagen. Sonja glaubte aber, sie hatte beschlossen, mit aller Macht zu glauben, daß dies nicht der Fall war, kein Fall von Versagen. Und letzten Endes, wie lange hatte sich Bruno schon nicht mehr gemeldet? War es nicht schon höchste Zeit, daß er wieder von sich hören ließ?

Ein kalter Sommer ging zu Ende, ein vorzeitiger Herbst zog ein, und bereits in der ersten Novemberhälfte riß der graue Himmel auf und schüttete die erste Schneebescherung aus. Sonja befand sich auf dem Heimweg, sie stieg an der Endhaltestelle der Straßenbahn aus, sah zunächst den märchenhaft weißen Hang, und erst als sie näher kam, erschrak sie über eine steil nach oben galoppierende Spurenkette. So vor aller Augen! Gleichzeitig war sie sehr gerührt über diese Dreistigkeit. Genau daran erkannte sie mit Bestimmtheit Bruno. Im Handumdrehen erhielt sie die Gelegenheit, sich davon zu überzeugen, daß sie, falls sie zufällig den Weg nach Hause nicht finden sollte, nur den Spuren zu folgen, sich lediglich an ihnen zu orientieren brauchte, und ein paar Minuten später stand sie schon vor der Tür des Plattenbaus, während Bruno, wie man aus den mehrfach den Häuserblock umringenden Kreisen ersehen konnte, hier schon seit einiger Zeit mürrisch herumlief und ihre Ankunft kaum erwarten konnte.

Ich gehe doch lieber zuerst die Spuren wegfegen, schlug Sonja vor, als sie ihn im sechsten Stockwerk in die Wohnung ließ. Bruno aber nickte nur in Richtung Fenster. Draußen fing es königlich an zu schneien, und Büschel von Schneeflocken legten sich schon fleißig in seine Spuren.

Du Liebe voller Pein, Kränzchen aus Unkraut, Laubfrosch aus Pfützen, Stirnband aus Sternen, Pfad aller Pfade. Von allen Tieren, deren Haut Bruno bereits durchlaufen hatte, war dies zweifellos das Wesen, das mit seiner angemessenen Größe, seinen edlen Bewegungen, aber auch der Liebesausstattung wenigstens ein bißchen Sonjas Vorstellung von ihrem unsterblichen Geliebten entsprach. Nichts an ihm ragte überflüssig heraus wie bei dem Hirsch oder dem Elefanten, und im Gegensatz zu dem Schimpansen hatte er doch auch etwas von der Würde eines Liebhabers. Zum erstenmal sah es nach einem ruhigen und langen Zusammenleben aus, ohne das Gepöbel von Jägern mit Stöcken, Spießen, Seilen, Haken und Ketten. Zum erstenmal sah es nach einem regulären ehelichen Beisammensein aus, wie Gudrun Sammler damals das Zusammenleben immer genannt hatte. Du Pfad aller Pfade, Laubfrosch von den Sternen.

Am liebsten lag er immer unter dem Radiator am Fenster, von wo aus er sie den ganzen Abend lang faul beobachten konnte. Aber die Zeit wurde reif auch für mutigere Taten. Sonja erlag nämlich schließlich der Versuchung, das Zusammenleben mit Bruno den Nachbarn in der Siedlung vorzustellen. Zunächst zumindest denen aus dem gegenüberliegenden Plattenbau, deren Fenster in ihre Fenster schauten. Und als ihr der Stolz auf Bruno bereits zu Kopf gestiegen war, stellte sie einen kleinen Tisch ans Fenster, an dem sie dann abends hinter einer dicken Gardine wie hinter einer Leinwand saßen, auf die ihre Schatten fielen. Der des Panthers war so hergerichtet, daß Bruno in einem Morgenmantel zu sehen war und die Tierschnauze geschickt mit der Hand abschirmte, in der er einen großen, nach walachischer Art geschnitzten Tschibuk hielt.

Es ereignete sich dann (ich schäme mich fast, es zu erzählen), daß sie es bereits so weit trieben (Sonjas betrüblicher Hochmut trieb es so weit), daß sie des öfteren gemeinsam ausgingen. Und zwar, wenn sich der abendliche Nebel auf die Stadt legte oder sich der morgendliche noch nicht zu lichten anschickte. Dann bewegten sie sich bedächtig und würdevoll in einer ausreichenden Entfernung von den Menschen – dort hinten, sehen Sie, an der Linie des Horizonts – eingehakt ineinander, Bruno wie eine Vogelscheuche in einem riesigen Mantel, dafür aber mit einem schicken Hut.

Und dann wurden sie schon so ungezogen und übermütig, daß sie sich sogar ins Janáček-Theater wagten, in die Oper *Nabucco,* deren bewundernswerte Soprane, Bässe und Tenöre die Herzen der Brünner schon seit geraumer Zeit entflammen ließen.

Sie kamen erst im allerletzten Augenblick und schlüpften wie Schatten unter den Händen der Platzanweiserin hindurch. Natürlich legten sie nicht in der Garderobe ab (Sonja beobachtete gerührt, wie Bruno seinen großen Mantel während der Vorstellung wie ein dickliches Baby im Arm hielt). Sie hatten Plätze ganz am Rand, damit sie sich rechtzeitig wieder hinausstehlen konnten. Obwohl sie die melodramatische Geschichte über das sich gegen fremde Tyrannei erhebende Volk mitgerissen hatte, vergaßen sie nicht, daß sie leider verduften mußten, noch bevor die Oper zu Ende war. Es nahm aber alles einen etwas anderen Verlauf.

Verdis Musik ließ in Sonjas Seele zunächst nur zarte und blasse Pflänzchen von Kindheitserinnerungen aufkeimen, die sich jedoch schon im zweiten Akt zu einem hartnäckigen

Wuchs verdichteten, der dann im dritten Akt Sonjas Vorstellungskraft mit Erinnerungen von nie dagewesener Kraft und Schönheit überwucherte (sie war wieder ein kleines Mädchen und saß vor dem Klavier bei Madame Venedig, einer ehrlichen Verehrerin der italienischen Oper, die ihre Schülerinnen nicht nur klimpern, sondern auch singen lehrte, in Verdis und Puccinis Muttersprache), so daß sich Sonja, als der Chor auf der Bühne das rührende Lied von der Sehnsucht nach der Heimat *Zieh hin, Gedanke, auf goldenen Flügeln* sang, wie eine Schlafwandlerin aufrichtete und zu Brunos Entsetzen in den Chor mit einstimmte und das Lied mit kreischender Stimme auf italienisch sang: *Va, pensiero, sull'ali dorate.* Alle drehten sich sofort in ihre Richtung, und obwohl Sonja nach Brunos Schienbeintritt augenblicklich verstummte, war es schon zu spät, unwiderruflich zu spät, die Platzanweiserinnen rannten bereits in ihre Richtung. Als sie sich dann schnell von den Plüschsitzen erhoben und entlang der Reihen zum Ausgang schlichen, verhedderte sich Bruno kompliziert in seinem großen Mantel, und obwohl er selbst weich und geschmeidig, ja, man könnte direkt sagen, seidig war, verursachte er einen Heidenlärm, als er zu Boden ging und auf sein Pantherfell sauste, wobei er noch eine der Platzanweiserinnen von den Beinen holte, die dann nicht mehr geschmeidig und seidig fiel, sondern hindonnerte wie ein Kartoffelsack. Die Menschen fingen an zu zischen und drehten sich nach ihnen um, aber die Platzanweiserin hatte schon aus unmittelbarer Nähe Brunos große gelbe Augen und Pantherzähne gesehen und heulte auf wie eine Sirene. Zwei Zuschauer sprangen sofort auf und eilten ihr zu Hilfe. Bruno warf geschwind den Mantel weg und ließ ihn als Häuflein hinter sich zurück wie den Kothaufen eines Dinosauriers, in dem seine Verfolger sofort versanken. Dank seines schwarzen Fells war er jetzt in der Dunkelheit beinahe unsichtbar und bot Sonja an, sich auf seinen Rücken zu setzen, dann eilte er mit ihr zum Ausgang.

Während Bruno also fast unsichtbar war, war Sonja leider nicht unsichtbar, sondern leuchtete in ihrer Abendrobe mit Silberrand geradezu. Wie sie jetzt so auf dem fast unsichtbaren Bruno ritt, sich hin- und herwarf und Bruno sprang, wie sie da so wild ritt, sah es wie etwas sehr Obszönes aus, und jemand schrie gleich auf, pfui! Während auf der Bühne der Freiheitskampf den Siegesgipfel erklomm und den Tyrannen die Strafe Gottes ereilte, hatte das Publikum bereits eine neue Beute, drehte Nabucco mit einem Mal den Rücken zu und stürzte durch alle Ausgänge aus dem Zuschauerraum, um Sonja und Bruno den Weg abzuschneiden.

Nieder mit Klaus! rief jemand, die Menge wurde von einem jakobinischen Zorn geschüttelt, und die vom revolutionären Pathos Nabuccos vollgestopften Zuschauer rasten wie auf Rollschuhen. Sonja und Bruno huschten an der Garderobe vorbei, aber die Menge zeigte eine geradezu phantastische Behendigkeit, jetzt auch noch durch das revolutionäre Opernfinale hochgepeitscht, das sich durch die sperrangelweit offenen Türen über ihre Rücken auf den Parkplatz vor dem Theater ergoß, wo es das Dach eines österreichischen Busses eindrückte. Sonja ritt auf Bruno die Treppe zum Ausgang hinunter, aber die Menschen waren ihnen schon auf den Fersen, Bruno stieß jemanden in der Tür zu Boden, schoß hinaus und kletterte, ohne zu zögern, die Wand empor, Sonja fuhr auf seinem Rükken wie in einem Fahrstuhl bis aufs Dach des Theaters, während sich die Menge vor dem Eingang zusammenrottete und sich gierig umschaute. Bruno sah sich das von oben an und sagte: Ja ja, wir sind nur um ein Haar entkommen, die hätten uns zerfleischt wie die Jagdmeute den Dachs!

Erst als die unbefriedigte Menge wieder ins Foyer zurückkehrte, um ihre Überzieher und Mäntel zu holen, glitt Bruno mit Sonja vom Dach herunter, Sonja ging gleich zur Straßenbahnhaltestelle, und Bruno rannte auf seinen eigenen vier Beinen, wobei er sich im Halbdunkel und im Schatten hielt. Kaum war Sonja an der Endhaltestelle ausgestiegen und hatte die Richtung der Plattenbauten angesteuert, hörte sie schon aus großer Entfernung, wie Bruno vor der Tür ungeduldig schnaufte.

Also verzichteten sie künftig aufs Theater und lebten bis auf diese Einschränkung friedlich weiter. In manchen Augenblikken hatten sie vielleicht gar das Gefühl, daß ihnen zu ihrem Glück nichts mehr fehlte und Brunos menschliche Gestalt nun auch wieder nicht so etwas Wesentliches war, ohne das sich nicht hätte auskommen lassen. Genau das war aber ein fataler Irrtum. Und so verschwand Bruno eines Tages wieder, wie er gekommen war.

64

Ein stolzer Bastard

Mein Großvater mütterlicherseits war der Enkel eines ukrainischen orthodoxen Bischofs irgendwo von der ukrainisch-polnischen Grenze, eines orthodoxen Bischofs, der sich eines Tages mit seiner ganzen Familie aufmachte und nach Prag zog. Warum er das tat, weiß ich nicht. Und überhaupt weiß ich nichts Näheres über ihn, im Familienarchiv ist nichts erhalten geblieben (Großvater hatte nach dem Attentat auf Heydrich lieber alles verbrannt, wahrscheinlich zu Recht, denn nachdem sich die Attentäter in einer orthodoxen Kirche versteckt hatten, stürzte sich die Gestapo auf die Reste der orthodoxen Kirche bei uns). Ich erfuhr erst aus Großvaters Taufschein von seinem Vater. Er hieß Stepan Žyla und hatte seinem Sohn zwar Ukrainisch beigebracht, ich habe aber nie im Leben aus Großvaters Mund auch nur einen einzigen ukrainischen

Satz gehört. Und auch kein ukrainisches Buch bei ihm gesehen. Russische hatte er nach dem Krieg gleich mehrere aufgetrieben. Er las auf tschechisch, deutsch und russisch. Ich erinnere mich, daß er riesige Mengen von Büchern las (Großmutter las überhaupt nicht).

Mit Vaters Emigration nach dem kommunistischen Putsch und durch das Zusammenleben mit Mutters Eltern hörten wir nach und nach auf, Kratochvils zu sein, und wandelten uns in Žylas und Hübls. Zuerst habe ich mich dagegen gewehrt, mich davor geekelt. Zwischen Großmutter und mir ist für immer eine Distanz geblieben, zu der auch ihre evangelische Strenge beitrug (sie war Katholikin, hatte sich aber etwas von ihren deutschen evangelischen Vorfahren bewahrt), während mir der ukrainische Großvater letztendlich immer näher gerückt ist.

Als Schlossergeselle hatte er einst ganz Europa durchwandert und als MUnd waschinenführer dann alle möglichen Strecken befahren. Was er nicht im wirklichen Leben durchwanderte, durchwanderte er dann später (schon fern des Heizkessellärms und der Eisenbahnstrecken) in den Büchern.

Als wir nach Vaters Emigration in der Wohnung in der Rennergasse wohnten (Brünn, Rennergasse 3, IV. Stock) und die Wolken um uns herum, die uns von der übrigen Welt trennten, immer dichter wurden, begann ich, in Großvaters Welt zu leben, von der ich heute glaube, daß sich in ihr sein eigenes abenteuerliches Leben mit den Gestalten aus der Menge an Büchern, die er später gelesen hatte, vermengte, aber auch mit den ukrainischen, russischen, tschechischen und deutschen Märchen aus seiner Kindheit. All das erschuf eine sonderbare Fauna, deren Kreaturen sich ständig irgendwo auf der Grenze zwischen Menschlichem und Tierischem bewegten und von den Tieren zu den Menschen schlüpften und von den Menschen zu den Tieren, und die Toten verkehrten dort mit den Lebenden. Sie dürfen aber nicht den Eindruck haben, daß es etwa eine

Welt des Schreckens und des Grauens gewesen sei. Es waren alles domestizierte Kreaturen und verspielte, liebevolle Wesen.

Mit Gewalt aus der Wirklichkeit meiner Altersgenossen (unter denen ich mich vorher so eifrig einzumischen versucht hatte) gerissen, lebte ich in Großvaters Welt. Ich betrat sie nicht gerne, lange widerstrebte sie mir auch, aber sobald ich sie einmal angenommen hatte, begriff ich, daß von dort kein Weg zurückführte (ich war für immer in seiner Kammer hinter dem blaugestrichenen Flurfenster gefangen, zwischen den eingerahmten Fotografien alter Lokomotiven und Eisenbahntunnel und zwischen Haufen von Büchern, deren Einband sich auflöste, Büchern, in denen sich Seiten in deutscher Schrift mit lateinisch und kyrillisch bedruckten vermischten, und die Zeit war im Klicken des Zeitschalters gegenwärtig, im permanenten Erlöschen und Aufleuchten der Glühbirne auf dem Flur hinter dem Fenster).

Heute weiß ich, daß ich nicht nur eine Kreuzung aus Tschechen, Deutschen und Ukrainern bin, sondern auch aus Wölfen, Panthern, Schimpansen und verbastardierten Sagengestalten und daß ich jetzt für immer auf der Seite der Bastarde und Enterbten stehen werde, auf der Seite derer, die Ihre Welt nie annehmen wird.

65

Alžbětka semper viva

Eins habe ich vergessen, Ihnen zu sagen. Als nämlich Sonja auf Martins Anordnung hin Geld aus der Schweiz zu bekommen begann, handelte es sich gleich das erste Mal um einen größeren Betrag, wahrscheinlich, damit sie sich die Wohnung einrichten konnte, vielleicht zwanzigtausend Mark, ich weiß es jetzt nicht genau, dafür weiß ich aber ganz sicher, daß sie das Geld nahm und gleich damit zu Nikons Bettelgenossenschaft eilte. Das Geld nahmen sie zwar an, dachten aber keineswegs daran, aus ihren Containern wegzugehen, sie ließen sie jetzt lediglich tapezieren und auspolstern, installierten dort eine elektrische Heizung und natürlich auch Kabelfernsehen. In den Container von Sonja hatte Vater Nikon schon eine neue Muttergottes gesetzt.

Bevor wir aber Sonja weiter folgen, möchte ich doch wiederholen, was Sie schon längst wissen oder zumindest ahnen: Sonjas Eltern waren zwar Katholiken, es handelte sich aber sehr wahrscheinlich um einen Kompromiß, nämlich um etwas zwischen dem *russisch*-orthodoxon liturgischen Pomp (einer Ekstase, einem Gastmahl der Sinne) und der *deutschen* protestantischen Strenge (der strengen geistlichen Ordnung). Und wie bei jedem Kompromiß war auch diese Wahl durch eine gewisse Lauheit des Verstandes charakterisiert, die immer den Glauben lähmt. Lew, Gudrun und Sonja Trotzkij heiligten zwar die Feiertage und sorgten (soweit sie dazu in der Lage waren) für die Rettung ihrer Seelen, ihr wahrer religiöser Eifer war aber irgendwo anders. Deshalb durchstöbern wir in diesem Roman auch nicht so viele Brünner Kirchen. An die, die wir schon betreten haben, an die werden wir uns aber halten. Und jetzt ist es mal wieder an der Zeit, erneut eine Kirche zu betreten, in der wir uns schon einmal aufgehalten haben, einst, inzwischen sind aber so viele Jahre vergangen, daß wir uns die Augen reiben können, als würden wir sie zum erstenmal betreten.

Zuerst also gehen wir die Treppe hinauf und befinden uns auf einer Terrasse mit Heiligenstatuen und Blick über den ganzen Dominikanerplatz, der leider in einen großen Parkplatz verwandelt ist. Die Tür der Michaelikirche ist halb geöffnet, schlüpfen wir also hinein – es ist uns aber nicht vergönnt, den großartigen barocken Raum zu besichtigen, da wir gleich auf Sonja stoßen. Sie steht da und steht, vielleicht will sie sich wieder umdrehen und verschwinden, denn sie weiß nicht, warum sie eigentlich hergekommen ist, es ist doch kein Sonntag und auch kein Feiertag, aber da erhebt schon der Priester (wir sind gerade in eine Predigt hineingeplatzt) seine Stimme und sagt:

Wenn der Apostel Paulus sagt: Wenn es die Auferstehung von den Toten nicht gäbe, die Auferstehung eines jeden von uns, dann ist auch Christus nicht von den Toten auferstanden, dann bedeutet das auch, daß, wenn die Toten nicht auferstehen, meine Predigt hier vergebens ist, und vergebens ist auch Euer Glaube. Also höret, meine teuersten Gläubigen, den elementarsten Glaubenssatz, ohne den wir nur die armseligsten aller Menschen wären! Christus ist auferstanden von den Toten auch als Vorgänger für alle, die bereits verschieden waren! Denn genauso, wie alle in Adam sterben, werden sie in Christus auferstehen. Generation für Generation, Menschengeschlecht für Menschengeschlecht, sie alle kommen und gehen nicht nur zu dem Zweck, die Plätze für die Nächsten frei zu machen, und wir sind nicht hier, damit unser Gesicht nur für einen Augenblick in der riesigen Masse auftaucht und dann für immer wieder verschwindet –

(Hier aber verstummt der Prediger auf einmal mitten im Satz, und wir schauen überrascht, was mit ihm passiert ist und wohin er seinen Blick richtet. Aber natürlich, er sieht Sonja an, er sieht auf das Gesicht, das plötzlich unter der Kanzel aufgetaucht ist. Er sieht Sonja an und schlägt dann, vielleicht um sie nicht zu verscheuchen, schnell die Augen nieder. Gleichzeitig drückt er aber einen Knopf auf dem Pult vor sich und setzt erst dann seine Predigt fort.)

– wir sind nicht hier, damit unser Gesicht nur für einen Augenblick auftaucht, nur für einen Bruchteil der Zeiten ans Gotteslicht hinaufschwimmt, sondern damit alles, was uns gehört, das heißt auch unsere Körperhülle, die aus dem Stoff des Zeitlichen gewebt ist, damit alles eines Tages zur Unsterblichkeit erhoben wird, weil der göttliche Programmierer auch mit ihr gerechnet hat.

Da eilt aber schon der Küster zur Kanzel, bleibt vor ihr stehen, und der Priester deutet ihm an, zu ihm emporzusteigen. Er zeigt auf Sonja und sagt schnell etwas. Obwohl er sich bemüht, keine Aufmerksamkeit zu erregen, beginnen schon alle, sich in Sonjas Richtung umzudrehen. Als Sonja sieht, daß der Küster auf sie zugeht (auf dem Dach der Kanzel leuchtet das weiße Fleisch des Paradieses, unter der Kanzel kocht die barocke Schwärze der Hölle wie Teer, und die Märtyrer der Hölle strekken ihre verrußten Arme nach den Seligen des Paradieses aus), weckt das eine uralte Erinnerung in ihr, ein uraltes Bild springt hervor (alles wiederholt sich immer wieder, jedes Menschenleben verfügt nur über eine begrenzte Anzahl von Situationen, die ständig variieren!), und sie beschließt, lieber schnell zu verschwinden. Da ist es aber schon zu spät, der junge Küster mit einem gewaltigen roten Vollbart und John-Lennon-Brille steht bereits vor ihr. Sie will zurückweichen, doch es geht nicht, die Menschen hinter ihr stehen undurchdringlich geschlossen. Der Küster lächelt freundlich, er lächelt, so freundlich wie er nur kann, bis sein Vollbart wie ein Beutelmeisennest aussieht, und in dem Moment fliegt aus dem fleischigen Nestausgang auch schon die Frage: Heißen Sie nicht zufällig Sonja Trotzkij? Jetzt könnte sie noch den Rückzug schaffen, wenn sie ihren Namen verleugnen würde, aber sie versucht es nicht einmal.

Erkennen Sie sich? fragt der Priester, und Sonja sieht sich selbst, etwa fünfundzwanzigjährig. Das ist doch ein Foto aus der Zeit, als sie bei Ingenieur Pařízek Gouvernante war, aber sie erinnert sich nicht mehr, bei welcher Gelegenheit sie sich damals fotografieren ließen, es muß wohl einen Anlaß gegeben haben, nur daß sie ihn vergessen hat. Sie befindet sich auf dem

Foto in Gesellschaft von Sáva Pařízek und möglicherweise nur kurz vor dem Moment, da sich Sáva ganz in ihre Tochter, in Alžbětka verwandelte.

Gleich nach der Samtenen Revolution, erklärt der Priester, wandte sich eine große Schweizer Geflügelfirma an mich und bot mir eine hübsche Summe für die Instandsetzung der Kirche an, wenn ich ihnen helfen würde, jemanden zu finden. Das paßte mir überhaupt nicht, ich bin ja schließlich kein Phil Marlowe, aber dann kam Frau Hoffmann persönlich, die Frau des Besitzers der Geflügelfirma, sie sprach sehr gut tschechisch, und es handelte sich auf den ersten Blick um diese Frau hier (der Priester legte den Finger auf das Foto), die da neben Ihnen sitzt. Das Foto habe ich natürlich von ihr. Und so hat mich eigentlich nur eine einzige Sache interessiert: Warum sollten Sie gerade hier in unserer Kirche erscheinen? Und Frau Hoffmann sagte mir, daß sich vor sehr langer Zeit in unserer Kirche etwas abgespielt habe und Sie dabei waren.

Zwei Monate, nachdem Sonja dem Priester ihre Adresse hinterlassen hatte, das heißt im Mai 1997, kam Frau Hoffmann aus der Schweiz und besuchte sie. Die Ähnlichkeit war so auffällig, daß sich Sonja das Herz zusammenkrampfte. Natürlich war sie nicht Sáva-Alžbětka von der uralten Fotografie. Sie hieß Angelika. Sie war ungefähr fünf-, sechsundzwanzig, das heißt etwa so alt wie Sonja in jenen alten Zeiten.

Meine Großmutter hat mir so oft von Ihnen erzählt, so daß Sie, Frau Trotzkij, eigentlich schon immer ein Teil meines Lebens waren. Ich habe schon lange versucht, Kontakt zu Ihnen aufzunehmen, aber als ich Ihnen an die Adresse schrieb, die ich von Großmutter bekommen hatte, kam der Brief mit dem Hinweis zurück, daß Sie dort nicht mehr wohnen. Unter den Kommunisten, das werden Sie ja verstehen, hatte es keinen Sinn, weiter nach Ihnen zu suchen, aber gleich zu Beginn der neunziger Jahre habe ich es erneut versucht. Ich habe mich nämlich daran erinnert, wie mir Großmutter erzählt hat, daß Sie sich gerade hier in der Michaelikirche zum erstenmal begegnet sind. Sie war sich sicher, daß Sie dort eines Tages wieder auftauchen würden.

Und hat Ihnen Ihre Großmutter gesagt, fragte Sonja, unter welchen Umständen wir uns dort begegnet sind?

Wie sollte ich es nicht wissen, sagte Frau Hoffmann traurig nickend. Großmutter war ganz in Schwarz, und irgendein Priester, der Ärmste, ist wie ein Champagnerkorken zur Decke emporgeschnellt. Aber genug, lassen wir die alten Geschichten, ich möchte Ihnen, Frau Trotzkij, einen Vorschlag machen. Fahren Sie bitte mit uns nach Rouchow, wo ich Sie gern zum Mittagessen einladen würde, und nach dem Essen schauen Sie sich, wenn Sie möchten, mit uns die Geflügelfarm an, die mein Mann dort kaufen will. Alles weitere sehen wir dann.

Angelika Hoffmann wurde auf ihrer Reise nach Tschechien nicht von ihrem Mann, sondern von Ingenieur Peter Moritz begleitet, dem stellvertretenden Direktor dieser großen Schweizer Geflügelfirma, und die Reise hatte zweierlei Zweck, wobei schwer zu sagen war, welcher der Hauptzweck war, ob Angelikas Treffen mit Sonja oder Moritz' Besichtigung der Rouchower Geflügelfarm, deren Kauf Hoffmanns Firma erwog. Wie auch immer, der zweite Zweck wird uns nur als Kulisse für Sonjas Gespräch mit Angelika dienen.

Sie fahren also nach Rouchow, und Ingenieur Moritz sitzt hinter dem Lenkrad, glücklich, daß sie endlich von der Autobahn abgefahren sind. Sie fahren auf einer ruhigen Straße durch eine blühende Allee, und Angelika erzählt Sonja (sie duzen sich noch nicht, reden sich aber schon mit dem Vornamen an), wie sich die Großmutter an ihrem Lebensabend nur noch an sie erinnerte, Sie waren, Frau Sonja, das einzige Thema, das sie noch interessierte. Sie erlebte das Ende ihres aufregenden und turbulenten Lebens mit der Gewißheit, daß sie alles Wichtige und Wesentliche, was ihr je von Nöten gewesen ist, gerade von Ihnen bekommen hatte, in Ihrem geduldigen Schulunterricht, und an die Jahre, die Sie in der Familie Pařízek verbracht haben, erinnerte sie sich mit einer solchen Zärtlichkeit, daß sie damit auch meine gesamte Kindheit zu sättigen vermochte, die sonst öde und verwaist gewesen wäre, wie es in Familien reicher Leute mitunter vorkommt.

(Wir rekapitulieren: Sáva, verwandelt in Alžbětka, heiratete den Sohn des stellvertretenden Direktors der einflußreichen Wiener Creditanstalt Wolfgang Mon, und nach der Hinrichtung des Kollaborateurs Ingenieur Tomas Pařízek emigrierten sie in die Schweiz, wo sie ihre Tochter Eva bekamen, die dann den Schweizer Uwe Winberg heiratete, einen Großcafetier in Zürich. Mit ihm hatte sie die Tochter Angelika, die mit dem Geflügelfabrikanten Hoffmann verheiratet war. Alžbětka war nun also, wie wir bereits wissen, Angelikas Großmutter. Damit können wir es fürs erste genug sein lassen.)

Das einzige Hotel in Rouchow steht auf dem T.G. Masaryk-Platz (bis vor kurzem noch Platz der Freundschaft) und heißt Bei Paracelsus (der berühmte Arzt, Philosoph und Alchimist Theophrastus Paracelsus verbrachte im Jahre 1537 acht gesegnete Monate auf dem Rouchower Schloß), und als Sonja im Hotel zur Toilette geht, entdeckt sie dort in einer dunklen Ecke vor dem WC ein Ölgemälde des Platzes, in dessen Zentrum auf einem hohen Sockel die Statue eines Rotarmisten mit Maschinengewehr stand. Auf dem T.G. Masaryk-Platz fehlt heute natürlich jede Spur von einem Rotarmisten, er wurde samt des Sockels rausgerissen wie ein Zahn, und dabei wäre es möglich gewesen, den Maschinenpistolero mit ein paar Hammerschlägen zum Väterchen Masaryk umzumodeln, er war einer von Denis' Androgynen, den Masarykarmisten, nur daß Denis Kotatschka dieses Geheimnis mit in die Hölle genommen hatte (wo er heute mit Sonjas steinerner Replik eine kleine Herde steinerner Knirpse hat, die durch die Karstunterwelt krabbeln). Während die Samtene Revolution mit Kotatschkas Statue unbarmherzig kurzen Prozeß gemacht hatte, tat es ihr doch leid, auch das Ölgemälde mit dem Rotarmisten wegzuwerfen, das Werk irgendeines lokalen Meisters, und so setzte sie es vom Ehrenplatz im Restaurant in die dunkle Ecke vor den Klos.

Sonja sitzt mit Angelika und Ingenieur Moritz am Fenster mit Blick auf den Platz (und auf das Loch von dem herausgerissenen Maschinengewehrschützen), und der Kellner, kaum daß er die aufgeschlagene *Neue Zürcher Zeitung* sieht (in der Moritz gerade den ausführlichen Kommentar zu dem frisch geschlossenen Vertrag zwischen der NATO und Rußland liest), löst sich von den Spielautomaten und bringt die Speisekarten, die in Samtmappen mit einem Bild von Paracelsus' Retorten liegen. Im Angebot herrschen Erzeugnisse des örtlichen Geflügelhofs vor, was Angelika und Moritz sofort verwerfen und lieber beim falschen Lendenbraten bleiben und Sonja sich ihnen anschließt. Während sie warten, bis der Kellner ihnen das Essen bringt, ist draußen hinter dem großen Restaurantfenster ein fauler Sonntag, der 18. Mai 1997, und über den öden Platz schreiten gemächlich zwei Schildpattmiezen, die in ein ehrenrühriges Gepräch verstrickt sind.

Ihre Familiengeschichte ist unvorstellbar verworren, eröffnet Sonja schon vor dem Aperitif das Gespräch, weil Ihre Großmutter, Gott hab sie selig, zugleich Tochter und Ehefrau des Ingenieurs Tomas Pařízek war. Um genau zu sein, zuerst die Ehefrau und dann die Tochter.

Auch das hat mir Großmutter erzählt, sagt Angelika nikkend, Sie haben aber richtig korrigiert, daß es sich dabei nicht um Inzest handelte, weil Ingenieur Pařízek natürlich nicht seine Tochter heiratete, sondern seine Frau unter besonderen Umständen zu seiner Tochter wurde.

Ja, sagt Sonja jetzt wieder nickend, und ehrlich gesagt,

wenn Ingenieur Pařízek seine Tochter geheiratet hätte, wäre es eine ganz fade Geschichte gewesen, verglichen mit der, deren Zeugin ich wurde. Aber sowohl die eine als auch die andere hat ihre Wurzeln in den tiefsten Abgründen der menschlichen Seele, die uns erst Doktor Freud mit psychoanalytischen Leitern zugänglich gemacht hat.

Und Doktor Carl Gustav Jung, beeilt sich Angelika Hoffmann hinzuzufügen, schon eine stammestreue Schweizerin.

Gewiß, pflichtet Sonja bei, die beiden berühmten Doktoren. Dann lenkt sie heftig ab: Und hat Ihnen, Ihre Großmutter denn auch verraten, Angelika, daß Sie nicht nur ihr, sondern vor allem auch der echten Alžbětka auffallend ähnlich sind, der wirklichen Tochter von Ingenieur Pařízek, die in ein Grab gelegt wurde, das es heute nicht mehr gibt? Als der kleine Friedhof im Stadtzentrum Mitte der fünfziger Jahre liquidiert wurde, war Ingenieur Pařízek schon längst tot, Ihre Großmutter mit ihrem Mann schon längst in der Schweiz und Sie, mein Engel, noch im großen Teich. Ich werde leider nie mehr erfahren, was man dort fand, als das Grab geöffnet wurde, und ob dort nicht nur eine leere Luftblase war.

Ingenieur Peter Moritz, der kein Wort Tschechisch versteht und für den Sonjas und Angelikas Gezwitscher wie Vogelstimmen in der Krone eines alten Schweizer Birnbaumes klingt, liest weiter in der Schweizer Zeitung und sieht sich gerade das Bild an, auf dem der ehemalige Diktator von Zaire, Mobutu Sese Seko, mit seiner Leopardenmütze schnell in einen Wagen steigt, der ihn außer Reichweite der Rebellen bringt, aus dem Land, das seine autoritäre Regierung bis zur absoluten Verwüstung und Armut gebracht hat.

Nach dem Essen und einem Gläschen mährischen Weins und einer Tasse Kaffee (wobei Sonjas Gespräch mit Angelika weiterhin fortgesetzt wird, sich aber allmählich anderswohin zu verschieben beginnt, denn jetzt fragt Angelika Sonja nach ihrer

Lebensgeschichte), und noch bevor alle zur Besichtigung des örtlichen Geflügelhofs aufbrechen, äußert Ingenieur Moritz gewisse Zweifel, die ihm soeben bei seiner Zeitungslektüre gekommen sind: Ich bin mir überhaupt nicht sicher, ob wir gut daran tun, wenn wir uns jetzt für die Geflügelfarm interessieren. Das Wirtschaftswunder von Premierminister Klaus ist, mit Verlaub, allmählich im Arsch, die Linke schwingt hier schon überall ihre Peitsche, und die Regierung benimmt sich wie eine in Panik geratene Herde. Ich fürchte, daß hier alles wieder für eine Zeitlang dem sozialistischen Trott anheimfallen wird. (Was Sonja wiederum daran erinnert, wie sie vor kurzem jemand aus dem Umfeld der ehemaligen russischen Emigration gewarnt hat, daß Vater Nikon in Wirklichkeit ein Agent des russischen Aufklärungsdienstes sei und hier von Anfang an nur eine einzige Aufgabe verfolgt habe: nach allen erdenklichen Wegen zu suchen, um den Beitritt der Tschechischen Republik in die NATO zu erschweren, so daß die ganze religiöse Sekte, Nikons gesamte Schafherde nur eine theatralische Camouflage sei, die von den allgemein primitiven Vorstellungen von russischer Religiosität als einer eigenwilligen Folklore ausginge.)

Unterwegs passieren sie das Renaissance-Schloß, auf dessen Turm noch ein Schatten des großen roten Sterns verblieben ist, dann fährt der Mercedes an dem verkommenen Schloßpark und an einem noch verkommeneren jüdischen Friedhof vorbei, wo die hebräischen Tafeln immer noch umgestürzt daliegen, so als ob sich jemand zu abrupt von einer Kartenpartie erhoben hätte, und schließlich fahren sie runter zu der häßlichen Siedlung, ähnlich einer Krabbenherde, die langsam einen Hang hinunterkriecht, dem Geruch verfaulten Fleisches nach, der hier durch den Gestank des Hühnerhofs treu imitiert wird. Die Geflügelfarm befindet sich in den Objekten einer ehemaligen Zuckerfabrik, die bis heute von dem mittlerweile herrenlosen Fabrikschlot dominiert werden. Einen Moment warten sie vor dem Eisentor, auf dem das Logo der Geflügelfarm gelb leuchtet, ein Querschnitt durch ein großes Ei, höchstwahrscheinlich ein Straußenei.

Ingenieur Moritz drückt lange wiederholt auf die Hupe (alles wird hier von einer erstarrten Sonntagshitze beherrscht), bis sich das Tor endlich mit einem Höllenlärm öffnet. Angelika lehnt sich aus dem Autofenster und erklärt dem, der ihnen aufgemacht hat, daß sie aus der Schweiz gekommen seien, aus Zürich, um sich die Hühnerfarm anzusehen. Der Mann ergreift panisch die Flucht und rennt in eins der Gebäude. Man hört sein Geschrei: Die Schweizer, die uns kaufen wollen, sind da, diese Hoffmanns! Und drinnen bricht sofort Chaos aus, das schließlich jemanden ausspuckt, der aussieht, als hätte es ihn direkt aus der Sonntagswanne gespuckt, er hat noch nasse Haare, knöpft sich im Gehen die Hose zu, ficht einen Kampf mit seinen eigenen Hosenträgern aus und stellt sich ihnen als Ingenieur Miloš Slezina vor, Betriebsleiter, und schon auf den ersten Blick ist zu erkennen, daß es so ein wehleidiger Typ mit zwei silbernen Ohrringen im linken Ohr ist.

Sie waren gerade bei Bruno, Frau Sonja, bei Bruno Mlock, erinnert Angelika, während Ingenieur Slezina sie durch die Hühnerfarm führt (er ist offensichtlich ganz scharf auf den Kauf, wie die Henne auf Rotz), und Angelika übersetzt dem Ingenieur Moritz, was der Ingenieur Slezina sagt, und Ingenieur Slezina, was Ingenieur Moritz sagt, und Sonja ist ihr überall dort behilflich, wo das Tschechisch von Alžbětkas Enkelin in der Klemme steckt. Gleichzeitig setzen die beiden ihre Damenrunde fort:

Und so kehrt mein verlorener Bruno immer wieder zurück, bisher allerdings immer nur in Tiergestalt.

Soll ich das so verstehen, Frau Sonja, daß Sie Sex mit Tierchen haben?

Sie werden doch keinen Anstoß daran nehmen, mein Engel?

Ovidius Naso hat doch nicht nur die *Ars amatoria* geschrieben, sondern auch die *Metamorphosen,* die ja wohl auch von so etwas handeln. Aber in Wirklichkeit ist es natürlich so, daß Bruno und ich uns stets darüber im klaren sind, daß er nur in diesen Tierchen steckt wie eine Hand im Handschuh.

Ingenieur Slezina, der im Gegensatz zu Ingenieur Moritz jedes Wort der schnatternden Damen versteht, schaut sie jetzt entgeistert an, aber nicht lange, weil Angelika ihm bereits die Frage und Aufforderung von Ingenieur Moritz übersetzt: Und Sie haben wirklich nur drei Schnellmasthallen? Wir werden für den Anfang aber dreißig benötigen!

Leider können wir uns nicht weiter ausbreiten, es gibt hier ja die Siedlung.

Seien Sie doch nur ein bißchen großzügiger, Menschen kann man doch umsiedeln! Wir werden hier Halle um Halle bauen!

Sie irren sich, Frau Sonja, ich nehme keinen Anstoß an Ihnen, ich beneide Sie ja! Wie herrlich: Opfer der Leidenschaft einer Bestie zu werden!

Bis auf die Tatsache, daß es meistens gar keine Bestien waren. Einmal war Bruno zum Beispiel auch ein Schimpanse.

Wirklich, ein Schimpanse? fragt die bezauberte Angelika.

Da aber betreten sie schon den Vorraum zur ersten Schnellmasthalle. Es empfängt sie Hühnergeschrei, das so dicht ist, und Hühnergestank, der so laut ist, daß Sonja darin taumelt wie eine Boje im Meeresstrom. Dafür schreiten Angelika und Moritz festen Schrittes drauflos, denn was Moritz betrifft, ist der Gestank und das Geschrei der Broiler Teil seiner professionellen Ausstattung, und was die Ehefrau des Schweizer Hühnerbarons anbelangt, gehören der Gestank und das Geschrei wiederum zu ihrem »Familiensilber«.

Und Brunos Weg durch die tierischen Verwandlungen, wann wird er wohl zu Ende sein, Frau Sonja? Wann werden Sie sich in Ihre menschlichen Arme fallen?

Wenn ich das wüßte, mein Goldstück! Schauen Sie mich nicht so an, Angelika, ich weiß es wirklich nicht! Herrgott, die Hühner machen so einen Krach! Und Sonja holt Luft, um sie zu übertönen: Das einzige, was ich sicher weiß (und sie holt noch einmal Luft) ..., was ich sicher weiß, ist, daß mich der Weg ... durch Brunos Reinkarnationen ... bis ins nächste Jahrtausend führen wird! Ich soll da nämlich auch noch etwas übergeben ... eine Botschaft der weisesten Menschen aus dem neunzehnten Jahrhundert!

Was für eine Botschaft?! schreit Angelika.

Das ist es ja gerade! kreischt Sonja. Ich habe die Botschaft an Bord eines Luftschiffes übernommen! Als ich fünf Jahre alt war! Und was darin ist ... was darin ist ... werde ich erst erfahren, wenn ich sie im Jahre 2005 wieder weitergebe! An irgendeinen fünfjährigen Fratz! Bis dahin ist die Botschaft in mir ... fünffach verschlossen!!

Meine Damen, meine Damen, weiter geht's, weiter geht's! schreit auch der Ingenieur Moritz, während Ingenieur Slezina schon die Tür aufhält, die den Vorraum von der eigentlichen Halle trennt. Noch drehen sich alle nach den Säcken mit Granulatfutter um, das aus Fischmehl hergestellt und bis zur Decke des Vorraums gestapelt ist, und auch nach der dicken Hühnerwärterin, deren Aussehen verrät, daß sie es sich zur Gewohnheit gemacht hat, vom Futternapf der Broiler mitzuessen, und daß ihre Hand, während sie da so dickbresig sitzt, von Zeit zu Zeit in einen der Säcke fährt und sie sich dann stöhnend vollstopft. Wenn Ingenieur Slezina gerade in der Nähe ist, haut er ihr auf die Klauen, aber die Unsitte ist inzwischen schon so tief verwurzelt, daß er ihr die Hände mit der Kreissäge abschneiden müßte.

Kaum daß unser Grüppchen die Schnellfutterhalle betreten hat, kommt es zum Mitchell-Leibniz-Effekt, das Geschrei und der Gestank sind hier, direkt an ihrer Quelle, überraschend gedämpft. Auf dem Boden liegen lange Blechfutternäpfe, die permanent mit Granulat nachgefüllt werden, durch die Tröge fließt ununterbrochen Wasser, und von der Decke leuchten pausenlos Neonlampen. Es wird nämlich Tag und Nacht gefüttert, die Mastbroiler kennen keine Ruhezeiten und sind mit einer unsterblichen Gefräßigkeit gesegnet.

Bis jetzt, liebe Angelika, weiß ich gar nicht, was sich in der Botschaft der Weisesten überhaupt verbirgt, aber ich kann mir natürlich meine Gedanken dazu machen. Vielleicht wieder nur eine weitere menschenfressende Utopie. Vielleicht tue ich ihnen aber auch unrecht. Vielleicht findet sich dort endlich die reine Quelle der Menschlichkeit, der Sprache, mit der sich bisher weder die Menschen noch die Menschheit anzusprechen vermochten …

Die Halle durchquert man auf Betonpfaden, die von beiden Seiten mit zuverlässigem Stahldraht geschützt sind. Dahinter ist dann das fürchterliche Hühnergewühl, die Schlachtbroiler drängeln sich einer über den anderen, sie treten rücksichtslos aufeinander, fallen in die Futternäpfe und kreischen ununterbrochen, sie kreischen auch, während sie sich mit Granulat vollstopfen, so daß immer wieder einer erstickt.

Hinter jeder Halle befindet sich eine Laderampe, erklärt Slezina Moritz, und Angelika übersetzt es. Dann öffnet Slezina bereits das hintere Tor, reißt die Torflügel befreiend weit auseinander, und sie treten hinaus auf die Rampe, an die beim Abtransport der Broiler ein spezieller Lastwagen gestellt wird, voll beladen mit langen Broilerkäfigen.

Das hier, schnalzt Moritz, wird auch wegfallen! Es wird nicht nötig sein, die Broiler irgendwohin zu transportieren, ihre Verarbeitung werden wir vor Ort erledigen. Und Ingenieur Moritz zeichnet mit entschlossenen Bewegungen Schlachthallen in die Luft.

Nach der Besichtigung der Hühnerfarm lädt Slezina seine lieben Gäste zu einer kleinen Erfrischung ein, die seine Frau unterdessen zubereitet hat. Alle sitzen im Wohnzimmer, dessen Wände mit Fototapeten beklebt sind, die den Fünfuhrtee irgendwo auf dem Dach der Welt evozieren: von den Wänden schauen die Gipfel der Himalaja-Riesen auf sie, des Mount Everest, Kanchenjunga, Makalu, Annapurna, Dhaulagiri, Nanga Parbat, und Sonja fühlt einen leichten Schwindel von diesen eisigen Höhen, in denen sie es sich jetzt gemütlich gemacht haben. Es wird mährischer Apfelstrudel serviert, die Frau des Ingenieurs bedient sie, und die beiden Ingenieure kommen auf das Lieblingsthema aller Hühnerfarmer, nämlich zu den Japsen. Angelika und Sonja dolmetschen wieder für sie und setzen simultan ihr eigenes, äußerst interessantes Gespräch fort.

Dürfte ich Sie um etwas bitten, Frau Sonja? Möchten Sie nicht die Gouvernante meiner Tochter werden? Gouvernante und Hauslehrerin?

Ach, Sie haben eine Tochter? fragt Sonja verwundert, weil noch nie die Rede von ihr war.

Ach nein, sagt Angelika lächelnd, aber was nicht ist, kann ja noch werden. Wir in der Schweiz können das schon genau timen. Junge oder Mädchen, nichts einfacher als das, den Tag und die Stunde, six, five, four, three, two, one, peng!

Letztes Jahr war ich mit dem Reisebüro TORTOURIST, das heißt Reisen durch Tür und Tor, in Tokio und habe mir dort die Exkursion zu einer großen japanischen Geflügelfabrik natürlich nicht entgehen lassen, und ich habe mit eigenen Augen die phantastischen Japsen gesehen, wie sie am Hühnerfließband saßen, erzählt Ingenieur Slezina, und mit einem einzigen Griff können die bei den frisch geschlüpften Küken die zukünftigen Hähne von den zukünftigen Hennen unterscheiden. Und die zukünftigen Hennen schicken sie weiter, und den zukünftigen Hähnen drehen sie das Hälschen um, als wenn man an einem gelben Knöpfchen dreht, und schmeißen sie auf das Fließband für die Abfälle.

Hier erklärt Angelika Sonja, daß der ganze Witz darin bestehe, daß man nur die Hennen zu Broilern mästen könne. Die Hähne seien in dieser Hinsicht unbrauchbar, und deshalb gehe es darum, gleich von Anfang an die Hennen von den Hähnen zu unterscheiden, um kein Futter zu verschwenden. Und das bei frisch geschlüpften Küken und so schnell könnten eben nur die Japsen. Es sei eine besondere Gabe, Talent und Pfund dieser bemerkenswerten Leutchen aus dem Land der aufgehenden Sonne.

Wir in Zürich, sagt Ingenieur Moritz, beschäftigen eine ganze Herde dieser geschickten Japsen, und sie sind ein wahrer Segen für das Haus. Mit der Zeit werden wir auch einige hierher entsenden.

Warum erzähle ich Ihnen das aber, Frau Sonja? fragt Angelika und gibt sich auch gleich selbst die Antwort: Mein Angebot zielt nämlich noch weiter und noch höher. Und jetzt hören Sie mir bitte gut zu. Das läßt sich nämlich schon mit einer ziemlichen Genauigkeit und Zuverlässigkeit einrichten: ich werde also eine Tochter haben, sie wird Alžbětka heißen und in der Nacht vom 31. Dezember 1999 auf den 1. Januar 2000 geboren werden. Verstehen Sie mich jetzt? Und Sie, als Gouvernante, werden dann Alžbětka erziehen, bis sie in der Lage ist, im Jahre 2005 die unsterbliche Botschaft der weisesten Leutchen von Ihnen zu übernehmen.

Sie reden natürlich von den Japsen! fällt Ingenieur Slezina begeistert ein, aber Angelika bedenkt ihn mit einem eisigen Blick und spricht weiter zu Sonja, und das so überzeugend, als sollte die noch nicht gezeugte Alžbětka die Festtorte für die Antrittsfeier des dritten Jahrtausends werden, eine Torte, die Angelika schon bald duftend backen würde, dort unten, in ihrem tragbaren Backofen.

Aber, meine liebe Sonja, kommen Sie so bald wie möglich, damit Sie sich in der Schweiz einleben können, bevor Alžbětka geboren wird! Liebe Sonja, kommen Sie sofort! Richtig, kommen Sie sofort!

Dann kehrt unser ausgebufftes Trio, Ingenieur Peter Moritz, Sonja Trotzkij-Sammler und Angelika Hoffmann schon zurück nach Brünn. Sie haben alles erledigt, was nötig war (natürlich jeder auf einer anderen Ebene, Moritz hat beispielsweise Slezina vorläufig nichts versprochen, wieso denn auch, man wird erst sehen, ob überhaupt), und jetzt flitzen sie schon über die Straße und stinken dabei auch ein bißchen nach Fischmehl, dem Granulatfutter für die Broiler. Der Sommertag wird allmählich dunkler und kühler, und an der Frontscheibe fließt schon die kalte Sonnenspucke herab. In Angelikas und Sonjas Herz wird das Feuer aber nie erlöschen, das sie dort mit dem heutigen Tag entzündet haben.

66

Coda

Einige Tage nach dem Besuch Angelikas, die der Alžbětka meiner längst vergangenen Jahre so unglaublich ähnlich war, habe ich mich entschieden, meine Herren. Ich verkaufte die Wohnung in Lesná zu einem vorteilhaften Preis, tauschte die gewonnene Summe in Mark, Franken und Dollar und begab mich auf die Reise nach Zürich, meine Lieben. Ich wählte aber nicht das Flugzeug, meine Täubchen, und auch nicht den Direktzug, sondern eine Rundreise durch Europa, ja, meine teuren und goldigen Schätze, zu Vaters Ehren wählte ich eine lange Aussichtsfahrt mit den europäischen Eisenbahnen, um so die transeuropäischen elektrischen, Motoren- und Turbinenexpresse zu erproben, aber auch die abgeschlagenen Garnituren auf den gebrechlichen und gefährlichen Trassen irgendwo in Rumänien und Albanien. Und diese Reise, meine lieben Haubenlerchen, dauerte Wochen, eigentlich den ganzen Juni dieses Jahres 1997, einen Monat, während dessen ich die Eisenbahntrasse und die Bahnhöfe überhaupt nicht verließ, ich setzte mich lediglich von einem Zug in den anderen und durchreiste idyllische Landschaften, wo schon das reifende Korn in der Mittagsglut stand, und Täler mächtiger Flüsse, über denen sich mit Schlössern und Burgruinen besetzte Hügel erhoben. Woanders spürte ich wieder die Nähe zum Meer, bis ich von Schuppen besät war, und dann passierte ich in unmittelbarer Nähe die Alpengipfel. In der Nacht erwachte ich und sah durch einen Spalt zwischen der Jalousie und dem Schlafwagenfenster die Lichter riesiger Städte, die durch die Schnelligkeit des Expreßzuges zu einem Kometenschwanz gedehnt wurden, in der nächsten Nacht aber wieder nur noch vereinzelte Lichtlein, die in die Urwälder der Karpaten geworfen waren, ich fuhr in diesen Zügen aber auch über die immer noch deutlichen Nähte zwischen der ehemals östlichen und der ehemals westlichen Welt, über Krampfadern, die nie mehr vergehen würden, und ich sah Gegenden, die so verdorrt und verelendet waren, als habe die Apokalypse darauf bereits ihre Heuschrecken ausprobiert, Feuer und fallende Sterne, ich kreiste auf diesen Strecken wie in einem sich unendlich wiederholenden Traum, wie in einem sich drehenden Umzug von Masken und Gesichtern, die mir von irgendwoher bekannt und vertraut waren, von Zeit zu Zeit geschah es aber auch, daß ich aufhörte, der Landschaft hinter den Fenstern zu folgen, und nach einem Buch griff, das ich mit auf die Reise genommen hatte, nach den Erzählungen von Karen Blixen, und die Geschichte aufschlug, in die ich mich bereits verliebt hatte, die Unsterbliche Geschichte.

So dauerte diese ziellose Pilgerfahrt einen Monat, wo sie lediglich mit den Schaffnern, den Zugbegleitern und zufälligen

Mitreisenden in Kontakt kam. Und dann fuhr sie noch an den Lac de Neuchâtel in ein Sanatorium, wo sie vor zweiundfünfzig Jahren das Kriegsende erlebt und wo sie Martin geboren hatte. Von dort schickte sie aber schon ein Telegramm nach Zürich. In Zürich erwarteten sie bereits Angelika Hoffmann und der Ingenieur Peter Moritz auf dem Bahnhof. Angelika und Sonja umarmten und küßten sich, und dem Ingenieur Moritz schüttelte Sonja freundschaftlich die Hand. Nun brannte sie nur noch vor Neugierde, endlich auch Angelikas Ehemann kennenzulernen. Und als sie dann am Ufer des Zürichsees entlangfuhren, ahnten sie noch nicht, daß sich in seinen Wassern (und im Körper eines riesigen Wals) Bruno Mlock bereits ungeduldig umherwälzte.

Aber das ist schon der Beginn einer anderen Geschichte.

Einer Geschichte, in der Sonja und Bruno die Grenze von Wasser und Land überschreiten, aber auch die Grenze zum nächsten Jahrtausend, hinter der dann Alžbětka wiedergeboren und Sonja wieder ihre Gouvernante sein wird, um ihr eines Tages die Botschaft der weisesten Menschen übergeben zu können, und sich auf diese Weise alles (oder fast alles) erfüllt, was in unserem Jahrhundert so tragisch zunichte gemacht wurde. Und Bruno wird schließlich in seiner menschlichen Gestalt erwachen, und Martin wird aus Tibet kommen und mit dem Agenten Lowell an Sonjas und Brunos Hochzeit im Wiener Stephansdom teilnehmen, einer Hochzeit, die dann ganz Wien mit betrunkenen Hochzeitsgästen überschwemmt, die durch die Straßen strömen und schieben und knurren, bellen, miauen, grunzen, wiehern, iahen, meckern, krähen und muhen.

Ja, das werden Sie möglicherweise alles einmal in einer anderen Geschichte lesen. Diese ist aber gerade zu Ende gegangen.

Beendet am Tag des heiligen Prokop, kurz vor dem ersten Ansturm der Jahrhundert- und Jahrtausendwasser.

INHALT

Erstes Buch
DER SCHIMPANSE

Zweites Buch
DER HIRSCH

Drittes Buch

Die Wölfe

Viertes Buch

Der Elefant

Fünftes Buch

Der Panther